数字恋人

2024
中国年度科幻小说

星河 | 王逢振 ▪ 选编

SHU
ZI
LIAN
REN

漓江出版社
·桂林·

目 录

contents

序 言

星　河　王逢振

多样性是 2024 年中国年度科幻小说的重要特征之一。

我们选取的作品，来自迥然不同的各个刊物——既有专业的科幻文学刊物，也有各大主流文学刊物。

我们选取的作品，风格多样，形式各异——既有精彩的故事，奇特的构思，也有用精致语言书写的细腻文字。

我们选取的作品，触及科技前沿的诸多领域。科幻文学始终与科技呈"捆绑式"发展，所以科幻小说总是近乎实时地反映最新的科技动态，这在每年的科幻年选中都有着极为明显的体现。

近年来人工智能是一个不可回避的科技热点，是以产生了大量相关主题的科幻作品。事实上人工智能一直就是科幻文学青睐的重点领域。假如说早期的人造人故事还是为了攫夺上天创造智慧的权利，那么后来以各种形式出现的自动装置则可视为人工智能的真正雏形。经过科幻同仁的共同努力，科幻作家阿西莫夫将这一主题发扬光大，制定出"机器人学三定律"，为人工智能奠定了行为规范与道德准则。此后人工智能题材更如雨后春笋，与真正的科研领域彼此纠缠，相伴而行。《绝弈》的精彩之处在于，人工智能通过对棋局的认知，对更高维文明做了仰视性揣摩，掌握到一把打开另外世界的钥匙。《数字恋人》是一篇人与人工智能的对话"实录"，部分反映出当今人类所面临的现实。《李记者典少尉列传》则从人工智能训练师这一侧面入手，讲述了人工智能与人类之间的种种纠结。与此相似，虚拟现实也是必不可少的热点主题。《机械降神》由电影艺术入手，以亦真亦幻的方式描述了主人公对他人记忆的捕捉过程。

健康、疾病、生命、死亡……这些都是近年来科幻作家格外钟情的主题，这与生物学和医学的发展有关，也与人类对自身状态的日益关注有关。《止水》以一位母亲的口吻娓娓道来，讲述了罹患不治之症的儿子一生的故事。死亡是生命的终点，也可以视为生命的一部分，但死亡不一定是肉身的终结，其他形式的变化也可等同于死亡(比如各种异化)，《同归之地》就探讨了这一问题。《半衰人》则逆其道而行之，讨论了长生可能带来的社会问题。

宇宙探索是科幻文学的经典母题之一，《宇宙不在场》记录了人类探索宇宙那令人激动无怨无悔的辉煌历程。生态环境同样是科幻文学的经典母题，气候变暖导致人类失去陆地在科幻作品中曾被屡屡提及，《大水咆哮》则在另一种语境下描述了它。异世界也经常受到科幻文学的垂青，《离开历史之人》让一些人远离喧嚣，脱离人类社会，最终探讨了个体存在与文明发展之间的关系。

即便是我们身边的世界，同样也会被各种因素影响和干扰。《关于人类不得不去寻找龙这回事》从量子科学原理出发，发掘古代文明遗迹，最终却将人类社会带上一条离奇而危险的道路。《笛人》从宇宙探索的视角，以另一种方式阐述了时间线被改变的可能。《最贵的一瓶》则借助一起随机事件，揭示了一场改变了人类历史的战争的起因。而《来日方长》通过对往昔哲学思潮的展示和思考，完成了一场科幻领域的思想实验。

每一次编选当年的科幻作品，我们都力求做到认真严格，精益求精，但就文学创作而言，任何标准都很难让所有人满意，尤其是"作品跨度较大，标准相对模糊"的科幻文学。"作品跨度较大"，是指科幻作品有两个极端：有些完全痴迷于科技，有些彻底臣服于文学，其余大部分作品则游离于两者之间，大致形成类似正态分布的态势；"标准相对模糊"，是指科幻界目前尚不具备一个客观完整的评价体系。本来对科幻作品的评价首先应该符合文学的标准、小说的标准，尽管也应兼顾可读性，但文学创作毕竟不是单纯的讲故事，在追求情节叙述的同时必须对不同的形式追求予以充分肯定；即便如此，在具体操作时仍有一些因素（诸如科技含量的多少等）会对作品评价产生影响。综上所述，每年所选作品必然见仁见智，难免众口难调，也希望能够获得读者的理解。

2024 年年选的选稿范围还是沿用往年的惯例，自 2023 年 10 月至 2024 年 9 月。

2024 年 10 月

科学界和科幻界的一个经典话题，就是高维生物对低维世界的俯视性理解。科幻小说《绝弈》的精彩之处并不在于将这一概念具象化地融入故事，而是令人工智能对同维度的"棋局"有所认知，继而向更高维的"棋局"做仰视性揣摩。这就不再局限于棋局了，而是掌握了一把打开另外世界的钥匙。

绝 弈

吴清缘

"现在开始读秒。"

电子钟响起了字正腔圆的女声，周弦正襟危坐，心跳随着倒计时而加剧。他想立马冲到操作中心查看坐隐的运行参数，但目光却死死地盯着眼前的屏幕——

三次读秒，每次三十秒，留给坐隐的时间，只剩下一分半。

对于围棋人工智能来说，一分半的时间原本足够漫长；然而，在读秒之前，坐隐已经在一手棋上花费了一个半小时的时间。

显而易见，坐隐发生了异常。

所以，对坐隐来说，眼下这一分半的时间，何其短暂。

第一次读秒的时间告罄，进入第二次读秒。周弦按捺不住心中的焦虑，手伸进棋罐，搅动棋子，发出失礼的哗哗声响。此时此刻，他恨不得自己落子——

眼下，面对坐隐的必胜之局，连自己都能越俎代庖地为坐隐赢得胜利。

但这并非周弦的对局，而是围棋人工智能之间的较量：第七届世界围棋人工智能大赛。中国智海公司旗下的围棋人工智能坐隐和美国微谷公司旗下的围棋人工智能DigitGo在决赛相逢，无论是周弦还是坐在他对面的美国人比尔·格林，都只是为围棋人工智能在真实棋盘上落子的工具而已。事实上，围棋人工智能之间的对弈并不需要真实的棋具，但出于对仪式感的追求，人们仍为围棋人工智能设置了宽敞的对局室——

一套古色古香的中式桌椅位于对局室正中，桌面上摆放着价值不菲的榧木棋盘和中国云子。周弦和格林相对而坐，两人身侧各摆着一台浅灰色方桌，方桌上各放置着一台二十八寸的显示器，显示人工智能的落子位置。在两人的另一侧还摆着一张长条形的木桌，桌后坐着裁判长奎勒·琼森和记谱员莫尔森·卡宁，他们同样正襟危坐，凝视着前方在一个半小时内都未有动静的棋局。

自世界围棋人工智能大赛开办以来，微谷公司旗下的DigitGo已经拿下了六届冠军，无一败绩。而谁都没有料到，名不见经传的中国围棋人工智能坐隐会在第七届赛事中杀入决赛，并在决赛中将DigitGo逼入绝境——在坐隐出现故障之前，坐隐的黑棋已经将白棋一块三十七子的大棋牢牢围困，仅剩下只此一手的最后一击。

身为坐隐研发团队的领导者，周弦在开赛之前就预料到坐隐将会在决赛中奠定不可动摇的胜势。和基于人类设计的训练机制进行自我对弈的围棋人工智能有所不同的是，坐隐并不遵循人类给定的训练机制，因为从一开始，坐隐研发团队就没有为坐隐提供任何训练机制——

依托全新的深度学习算法，坐隐为自己设计了训练机制，并根据自行创造的训练机制进行自我对弈，并在这一过程中不断地改进自己的训练机制。换言之，作为人工智能，坐隐不仅拥有了学习能力，还掌握了学习如何学习的本领。

最后一次读秒开始，坐隐必须要在三十秒内落子。

周弦的手自棋罐内拿出，紧紧拽住了西装下摆。

倒计时还剩十秒，电子女声继续倒数，周弦的额头渗出细密的汗珠。

女声倒数到六，屏幕上，多了一颗黑子——

黑子落在了棋盘的横纵线条构成的方格之中。

陡然间，周弦眼前金星乱冒——

围棋棋子必须下在棋盘横纵线条构成的交叉点上；落于交叉点之外，属于无效落子，相当于投子认输。

"坐隐中盘负。"裁判长琼森宣判了比赛结果。

"承让了。"格林用蹩脚的中文说。

周弦勉强挤出笑容，低头收拾棋子。两分钟后，周弦和格林走出对局室。过道两侧，闪光灯和快门声此起彼伏。周弦前往坐隐的控制室，工作人员为他驱赶簇拥上前的记者。走进控制室，五十平米左右的房间内鸦雀无声，周弦顺着研发团队人员的目光看向控制室的大屏幕，瞬间怔住——

屏幕上显示着一个坐标，有着三个数值，且数值均为 10。

这意味着，坐隐的最后一手棋，居然落在了一个三维坐标（10，10，10）上！

围棋棋盘纵横各十九道，共形成 19×19 共 361 个交叉点。从数学的角度来看，围棋棋盘是一个二维直角坐标系，棋盘上的每一个交叉点都能被唯一的二维坐标所定义。因此，坐隐落子，相当于给出一个坐标，系统根据坐标将棋子显示在虚拟棋盘相应的位置上。而当坐隐给出一个三维坐标的时候，系统顿时陷入茫然无措的境地：一个二维直角坐标系，如何接纳一个三维坐标？面对这一三维坐标，系统出现了小幅度的崩溃，而坐隐这手棋，就此落到了毫无意义的交叉点之外。

"我需要调用坐隐半小时前的行为日志。"周弦说。话音刚落，团队内的高级算法工程师赵若飞输入了一行命令，屏幕上的三维坐标淡出，取而代之的是一个缓慢转动着的立方体框架，框架内，横、纵、高三个方向的线条相互交错，彼此垂直，将立方体切割成一个又一个独立的小立方体区间。"这是三维直角坐标系……"周弦的声音微微颤抖，"或者说，是一个三维棋盘。"

"不仅如此。"赵若飞说道，按下回车。屏幕上，一颗黑子出现在了立方体正中，而在立方体最外围的一个面上出现了一百多颗棋子——倘若将这个面单独截出来，那便是坐隐下最后一手之前的决赛对局。

"坐隐赢了，赢了一个维度。"周弦深吸一口气，转身走出控制室。

"在发布会上，您要怎么说？"赵若飞急切地问。

"如实说。"

"在决赛中，坐隐下出了三维围棋。"

发布会上，周弦说出了他的第一句话。格林侧过身体，正对周弦，瞪大眼睛。台下的记者一片哗然，周弦不得不停顿片刻，等到台下略微消停后才继续说道：

"坐隐没有接受任何人类设计的训练机制，而是在深度学习之中自己生成训练机制。在日复一日的自我对弈之中，坐隐的深度学习发生了质的变化——

"它从根本上颠覆了之前的训练机制，为二维的围棋棋盘增加了一个维度。

"二维的围棋棋盘本质上是一个二维直角坐标系，若再为它加一根与之相垂直的坐标轴，我们就得到了一个三维直角坐标系，也就是一张三维棋盘。二维棋盘上，横 19 路，纵 19 路，共计 361 个交叉点；而在三维棋盘上，横 19 路，纵 19 路，高 19 路，$19 \times 19 \times 19$，一共有 6859 个交叉点。而二维围棋的所有规则，在三维围棋中依旧成立。

"从某种意义上来说，坐隐之所以创造出了三维围棋，其实缘于我们的疏漏。我们向坐隐输入了围棋规则，对于棋盘边数、玩家数目、胜利条件、禁着点等各种情况都做出了严格的规定，但唯独对棋盘的维数没有做出严格的限制——具体到实际操作，便是在代码层面，我们对棋盘的维数给出了一个不严谨的描述。这是一个不应有的疏漏，它来自我们认为围棋棋盘只可能是二维平面这一惯常的认知；但正是这一疏漏，给坐隐的深度学习打开了更广阔的空间，使它得以突破维数的制约，创造出了三维围棋。

"从二维围棋上升到三维围棋，这就是坐隐长考的内容。在初步掌握了三维围棋后，坐隐将正在进行中的决赛对局视作一场发生在三维棋盘上的棋局。在坐隐看来，决赛对局中所有的棋子都落在了三维棋盘最外围的一个面上，而对于这盘下在三维棋盘上的对局而言，当前最佳的一着绝非局限于二维平面，而存在于广阔的三维立体空间之中——

"于是，他的下一手棋，就落在了一个数值为（10，10，10）的三维坐标上；或者说，落在了三维棋盘的正中央。

"二维棋盘显然无法接纳三维坐标，因此系统不可能将这一落子正常地显示在二维棋盘上。最终，这一无法在二维棋盘上呈现的落子就出现在了棋盘的方格内部。"

"周先生，您真的……不容易。"格林的脸上浮现出古怪的笑容。

"蒙您夸奖。"周弦微笑着点了点头。

"能把输棋说得如此清新脱俗，古今中外，恐怕也只有您一个人了。"

"您不相信？"

"我是学者，相信实证。"格林说，"我会等您的证明。"

"我现在就能证明。"周弦说，"如果主办方允许的话，坐隐就在这里为各位下一盘三维围棋。"

经过五分钟的短暂讨论，主办方同意周弦在发布会现场进行三维围棋的演示。又过了十分钟，位于控制室的坐隐研发团队完成了演示所需的系统设置，同时，发布会的讲台上架起了一块八十七英寸的大屏幕，通过无线网络与坐隐的控制室相连。一切就绪，位于控制室的赵若飞单击鼠标左键，坐隐开始按部就班地运行。

和周弦在控制室看到的画面基本一致，屏幕上出现了一个大型的立方体框架，框架内布满了纵横交错的线条；但有所不同的是，为了让观众看得更清楚，框架内的线条有所加粗，线条交错所构成的交叉点即落子处用一个灰色小球标记。在完善了显示效果后，三维棋盘惊心动魄的复杂性得以呈现在全世界面前：

一根又一根交错的线条排列成浩瀚的阵列，线条与线条之间的交叉点密密麻麻，由于透视关系的存在，明明彼此垂直或平行的线条大部分却相互倾斜或者重叠，数千个交叉点拥挤在屏幕上，以看上去极其无序的方式排列，就像有人在屏幕上撒了一把胡椒面，然后把这些胡椒面以直线相连，整个棋盘呈现出人类难以理解的庞杂与混乱。

一切就绪，对局开始。黑子落下，一个体积是顶点处灰色小球两倍大的黑色小球落在了棋盘偏左下角的一个交叉点上；半秒钟后，代表白子的白色小球出现，与黑子相距五个交叉点。黑白交替落子，棋盘上的棋子数目很快达到了二维棋盘所能容纳的最大数目，但在有着 6859 个交叉点的三维棋盘上，这些棋子在分布上仍旧相当稀疏。

"就到这里吧。"十五分钟后，周弦说道，"事实上，坐隐在三秒钟内就已经下完了整盘棋，但为了能清晰地展现棋局进程，我们放慢了演示速度。"

"周先生，请容我提醒您：即使是三维的程序错误，那也是程序错误。"格林说道。

"就今天这盘棋来说，这就是程序错误，毫无疑问。"周弦对格林拱一拱手，"恭喜 DigitGo 又一次赢得了冠军。"

"请问二位，如果坐隐在二维棋盘上再次与 DigitGo 相遇，你们认为结果会如何？"一名记者问道。

"在坐隐学会三维围棋之前，它与 DigitGo 的对局就已经回答了您的问题。"周弦笑着说，"降维打击不仅适用于文明之间，在围棋的世界里也同样通行。"

"周先生，我本来不愿意在这个场合说出我的真实想法，但您的挑衅使我忍无可忍——恕我直言，三维围棋只是一个谎言，而坐隐从头到尾都在所谓的三维棋盘上满盘乱下！"格林面色铁青地说，"事实就是，坐隐被 DigitGo 逼出了一个复杂的程序错误。这并不耻辱，但也绝对不怎么高明。"

"格林先生，坐隐究竟有没有乱下，我应该更有发言权吧。"一名坐在前排的青年说道，"我请求与坐隐在三维棋盘上对局。"

青年名叫木可，来自中国，年仅二十岁，已斩获五个围棋世界冠军，在十七岁时击败韩国围棋第一人朴正梓，位居世界围棋职业棋手等级分排名第一位，并保持至今，今年受邀成为第七届世界围棋人工智能大赛的解说嘉宾。两年前，作为当今世界围棋第一人的木可曾与当时的最强围棋人工智能 DigitGo 进行过一场人机大战，DigitGo 以 3：0 的战绩零封木可。这是人类职业棋手第三次以正式比赛的形式挑战围棋人工智能，而结果与前两次毫无差异——自从 2016 年 AlphaGo 以 4：1 战胜李世石以来，在三尺棋枰，面对人工智能，人类已经失去了所有胜算。

"您能和坐隐对局，是我们的荣幸。坐隐随时随地恭候您的挑战。"周弦平静地说道，但内心却雀跃不已。相对于请职业棋手来评判坐隐的棋局，由坐隐和职业棋手对弈显然更有说服力，并且在围棋的世界里，棋力的强弱本质上只能由胜负来证明。

"在下这盘棋之前，我有两件事要和您的团队确认一下。"木可说，"第一，能不能给我安排一款三维围棋对弈程序？三维棋盘几乎不可能在现实中被制造出来，所以要下三维围棋，恐怕只能靠电脑了。"

"您放心，绝对没问题。"

"第二，三维围棋显然要比二维围棋难得多，所以我需要一些时间来做研究。"木可挠了挠脑袋，"这段时间可能会比较长，希望您和您的团队能耐心等待。"

"我猜坐隐也是这么想的。"周弦笑道。

"那就行咯。"木可走出发布会大厅，挥了挥手，"周先生，后会有期。"

木可之所以提出要和坐隐下三维围棋，是因为职业棋手的本能冲动和对未知事物的强烈好奇。而当木可收到坐隐研发团队制作的三维围棋对弈程序时，他就像是孩子收到新奇的玩具一般惊喜，在他眼前呈现的是一个前所未见的神奇棋盘，还有宛如电竞一般的下棋方式：

以 W、A、S、D 四键控制光标在三维棋盘中来回移动，从而控制棋盘在屏幕上的显示区域；通过按住鼠标右键并拖动鼠标，就能连续转换观察棋局的视角，而最常用的鼠标左键承担了落子的功能。整个操作复杂而又奇特，木可用了半个多小时才适应。

当木可试着在三维棋盘落子时，他对三维棋盘的复杂性才有了深刻的体会。要在三维棋盘上下一手棋，要穿越层层叠叠的平面，穿透纵横交错的线条，在星罗棋布的交叉点之间来回穿梭，最终才能找到心仪的选点；而视角一旦发生转变，棋盘在眼前的模样就会发生巨大的变化，不仅仅是屏幕所显示的棋盘范围发生改变，还有透视关系的变动导致棋子之间的位置关系在二维屏幕上发生的变动，虽然实际上棋子之间的位置关系并未发生任何变化。

而当木可开始对三维围棋进行深入的研究时，他才意识到自己完全低估了三维围棋的难度。三维围棋最艰深之处并非几何级上升的变化数量，而在于棋手永远无法全面地观察三维棋局。作为三维生物，人类能看到二维棋盘的全貌，包括任何一颗棋子与它周边所有棋子和空点的位置关系；而当人类观察三维物体的时候，人类所能看到的永远是三维物体的局部，就比如当一个人看到一张纸的正面时就不可能看到它的背面。因此，面对三维棋局，无论棋手的视角如何变化，他都永远不可能看到棋局的全貌，哪怕是一颗棋子的全貌——更严格地说，是不可能看到一颗棋子与其他棋子和空点的位置关系。于是，面对三维围棋，人类的视角始终受限，思考的困难程度就上升到了一个空前的层次。

面对巨幅增长的变化数量和永远受限的视角，木可心中产生了深刻的无力感和失控感。他感觉自己进入了一个极为浩瀚的迷宫，其中隐藏着近乎无穷无尽的未知领域；在第一周的研究之中，木可一无所获，绝大多数时候都在瞪着屏幕发呆，偶尔在棋盘上摆上几手，也完全没有章法可言。

转机出现在第十二天，那天下午，木可登录网络围棋平台"弈风"，以匿名对局的方式放松一下心情。棋局进展到第九十七手时，木可的白棋就已占据胜势，只消最后一手棋就能彻底完成对黑棋三十二子巨龙的封锁。木可正要点击鼠标落子，他忽然意识到这一幕似曾相识：当初，坐隐就是在这样的必胜时刻陷入长考，在长考之中以三维围棋的视角去审视二维棋局。所以，倘若自己站在坐隐的角度，将眼下的局面视作发生在三维棋盘上的对局，那么自己又会怎么下呢？

木可打开三维围棋对弈程序，将当前的棋局摆在三维棋盘最外围的一个面上。摆上最后一子的时候，木可在弈风的必胜之局被判超时负。五小时后，木可落子，这是他在三维棋盘上正式下出的第一手棋，而这手棋成为三维围棋研究的突破口——

当他站在三维围棋的视角审视二维棋局时，便是强行将自己的思路从二维围棋向三维围棋转换，于是，他就打破了三维围棋和二维围棋之间的思维壁垒，继而找到了三维围棋和二维围棋之间的隐秘关联，而正是这些关联为木可带来了三维围棋的一部分基本攻防手段。

两周后，木可在网上公布了自己的研究成果，通过程序自带的动画截取功能将他下出的攻防手段以三维动画的形式予以呈现。"这是从零到一的突破。"对于木可的研究成果，周弦在社交网络发表了自己的评论，"在本质上，任何棋类都是一类自洽的数学体系；三维围棋和二维围棋有着完全相同的规则，意味着两者在数学上必然存在着某种隐秘的联系，这一联系尚未被数学家以数学语言来表达，但已被职业棋手所感知——这或许就是我们所说的'棋感'吧。"

在职业棋坛，对三维围棋感兴趣的不止木可，中日韩共有两百多名职业棋手同时在研究三维围棋。当包括木可在内的职业棋手对三维围棋的研究日趋深入时，他们就有能力解读坐隐在发布会上下出的那盘未完成的三维对局。职业棋手一致认为，当时坐隐绝非满盘乱下，但所掌握的也不过是木可在研究初期所下出的基本攻防；而从周弦每周公布的坐隐的棋谱来看，坐隐的棋力增长速度与人类相近，与当年的 AlphaGo 相距甚远。因此，大部分职业棋手认为，木可和坐隐的棋力在伯仲之间。

随着时间的推移，越来越多的棋手加入三维围棋的研究之中，但放眼棋坛，对三维围棋最用心的仍是木可。在研究三维围棋的这一年里，他平均每天花在三维围棋上的时间超过十二个小时，而与此同时，在国内外棋战之中，木可的表现却一落千丈。在中国围甲联赛中，木可的年度胜率降至三成，而在世界围棋赛事"野狐杯"和"乌鹭杯"中，身为种子选手的木可两度脆败于朴正梓之手，当今世界围棋第一人的宝座已经岌岌可危。

"木先生，您如何评价您这一年来的战绩？"在木可与坐隐对局前的记者发布会上，有记者问道，"您与坐隐的对决是否影响到了您这一年来的发挥？"

"这一年里最重要的棋还没下呢，你叫我怎么评价呢？"木可笑道。

"对您来说，和坐隐对局比拿世界冠军还要重要吗？"

"棋手要下出自己的围棋。"木可说，"这就是我现在正在做的事情。"

"但您有没有想过，您的围棋，会不会下错了地方？"

"下错就下错吧！"木可笑容灿烂，"就算下错了，我也下出了自己的围棋。"

第二天，木可与坐隐的对局如期展开。双方用时各四十小时，时间耗尽后，进入一分钟共五次的读秒阶段。每天对局时长为八小时，上午和下午各四小时，分别于上午八点和下午两点开始，中间有两小时午休时间。对局室是一间六十多平米的房间，居中是一桌、一椅、一台计算机，计算机内安装有三维围棋程序；在距离这副桌椅约一米远的地方是裁判席，也是一桌、一椅、一台计算机。由于对局只能通过计算机程序这一虚拟媒介进行，因此对局室的装饰陈设不再遵循典雅的中式风格，而采用了简约的北欧风格：黑白色调，线条利落，带有隐隐的科幻感。

上午八点，对局开始，双方猜先。猜先的流程效仿了人类围棋规则，由坐隐随机生成一个介于1—3430之间的自然数——3430是三维棋盘交叉点数目除以二后再四舍五入取整得到的数字，然后让木可猜测这一自然数是单数还是双数，若猜对，木可执黑，反之，木可执白。木可单击左键，在棋盘上摆上两颗黑子，代表双数；半分钟后，屏幕上显示数字42——

猜先结果：木可执黑，坐隐执白。

木可整理了一下西装衣襟，挺直背脊，左手置于键盘 W、A、S、D 四键上方，右手轻轻握住鼠标。"对局开始。"电子女声响起，紧接着电子钟开始计时。木可操纵键鼠，调整视角和光标位置，一分钟后，双击鼠标左键，落下一子。

全天八小时的对局，木可目光平静，面无表情；除了双手因操纵键鼠而略有移动，木可的身体几乎纹丝不动。在与坐隐对局的过程中，木可感到自己置身于棋盘内部，在纵横交错的线条之间来回穿行；但同时，他又感到自己的身体处于静止状态，以他的身体为基准，棋盘的纵横网格和落在交叉点上的棋子在他的眼前旋转、平移。两种认知并不冲突，各自独立却又相互兼容，以各自的参考系向木可展现完全相同的棋局进程，并且屏蔽了棋盘之外的世界——

当木可的感官处在三维围棋内部时，主观意识就停止接受来自棋盘外部的信息；三维棋盘的无形边界变成了一堵看不见的墙，将木可困在了这处体积未知但显然十分有限的空间。但木可并不觉得逼仄，相反，眼前的空间比他去过的任何地方都来得广阔。这一错误的空间感并不仅仅缘于三维棋盘的错综复杂，更是因为三维棋盘内部蕴藏着 6859！[①]之巨的变化——它们赋予空间以更为宏伟的意义，并被木可清晰地感知。

当天对局中止的瞬间，木可的腰部一下子塌了下去。赛后木可接受了记者的短暂采访，憔悴的他露出了调皮的微笑：

"坐隐很强，但我觉得自己还有机会。请大家放心，本人还可以一战。"

当天晚上，困极了的木可却彻夜失眠。闭上双眼，再度置身三维棋盘之中，与坐隐的对局按照落子的顺序逐渐浮现，并且在未经主观意识指引的情况下自行演绎出后续进程。意识仿佛融化进了棋局之中，在似睡非睡之间变得逐渐模糊，天亮的时候，木可睁开眼，脸上露出了酸涩的苦笑——

这一夜过得如此疲惫，仿佛下了一整夜的棋。

从卧室到对局室，木可感觉自己的身体正在以加速度不断下坠，但是他脚

---

① 　数学符号！表阶乘，指从 1 到 n 的自然数的连乘积，6859！＝1×2×3×…×6859。

下的地面仍旧坚实地支撑着他的身体，于是下坠的感觉和真实的物理空间产生了无法调和的矛盾，坐立行走无不艰难；而在旁人看来，木可憔悴到了极点，看上去根本不足以坚持一整个白天的对局。然而，当裁判长琼森宣布续战的时候，木可突然挺直了背脊，无神的目光陡然间变得平静而专注——

木可感觉自己的下坠戛然而止，身体坠落在了三维棋盘之中。

下午六点，当天对局结束，木可原本挺直的身体整个地蜷缩起来，过了五分钟后才跟跄着走出对局室。当晚，木可沉沉睡去，无梦地睡了一夜。然而到了第三天晚上，木可再度失眠，棋局又一次在似睡非睡之际于头脑中展开，翌日，他重复了对局第二日的精神状态：

下棋时全神贯注，但在棋局之外，身心接近崩溃的边缘。

熟睡与失眠交替，而木可与坐隐的对局逐渐进行到尾声。中午午休之际，观赛的职业棋手们一致判定，木可已经确立胜势。下午两点三十二分，木可落下第 3671 手后，无论是当局的木可还是观赛的职业棋手都得出了一个共同的判断：

有此一手，黑棋的胜利已经不可动摇。

"回顾整盘棋，从头到尾，木可都压着坐隐一头。"韩国围棋第一人朴正梓在网络解说时说道，"在二维围棋棋盘上，人工智能早已碾压人类，但木可以一场胜利证明，在更广阔的棋盘上，人类的智力仍旧凌驾于人工智能之上。"

话音刚落，坐隐落子，落于（12，13，17）。"这手棋倒是出人意料。"朴正梓笑道，"不过，这只是坐隐最后的负隅顽抗了。"说着，朴正梓移动鼠标，缓慢地切换视角，不知不觉之间，他的笑容逐渐凝固，不自觉地发出了一声惊呼。与此同时，在中国棋院的研究室内，原本愉快的氛围迅速消失，在令人压抑的沉默中，众人惊恐地凝视着屏幕上的棋局：

此刻，一条 282 子的黑色巨龙突然岌岌可危，原本死透的 317 颗白子借尸还魂，黑棋右下围出的五百目大空变得支离破碎，而白棋右上单薄的势力得到掩护，一块千目大空隐约围成——

这一切的发生，都源于落在（12，13，17）的这颗白子。

古往今来，围棋中最玄妙深奥的思想之一，是围棋大师吴清源先生所提出的"六合之棋"：

"阴阳思想的最高境界是阴和阳的中和，所以围棋的目标也应该是中和。只有发挥出棋盘上所有棋子效率的那一手才是最佳的一手，那就是中和的意思。每一手必须是考虑全盘整体的平衡去下。"

而现在，坐隐在三维棋盘上对这一思想的演绎已臻化境：

一颗白子辐射整个棋盘，一共 6859 个方位，全都在这颗白子的影响之下！

木可仍旧保持端坐，面无表情。在数十个小时的对局之中，他将自己的全部心智都投入棋局之内，因而他的意识并没有为情绪留下任何空间，从而保持着绝对的平静。当坐隐仅以一手棋就逆转全局的时候，木可清楚地意识到失败已经无可挽回，然而他不明白的是自己为何失败，而且失败得如此突然——

在木可看来，这逆转胜负的妙手可能是坐隐所罗织的陷阱的最终环节，是图穷匕见的最后一击。倘若真是如此，那么自己究竟是在什么时候掉进陷阱里的？是在五十手前？一百手前？还是在更早的时候？

一小时后，木可认输。在单击屏幕上"认输"按钮的瞬间，木可头歪向一边，沉沉睡去。"让他睡吧。"裁判长琼森对工作人员说，"发布会在半小时后开始，到时候再叫醒他。"

发布会开始，木可缺席。被叫醒后的他仍旧疲惫得几乎无法行走，很快又在对局室睡去。在发布会上，周弦一个人坐在台上，向媒体公布了坐隐在棋局的不同阶段所预测的胜率数据：

前五手过后，木可所执黑棋的胜率从开局时的 52.12% 跌至 37.00%；三十手后，黑棋的胜率始终低于 0.2%，最低时降至 0.08%；当木可下出第 3671 手——这手棋被包括木可在内的众多职业棋手视为奠定胜局的一手，黑棋的胜率降至全盘最低，仅为 0.01%。

换言之，根据坐隐的评估，序盘不久，木可的黑棋就已经陷入了巨大的劣势，而木可的优势不过是人类因棋力远逊于坐隐而产生的虚假错觉。在发布会的大屏幕上，坐隐向观众演示了棋局接近尾声时未被下出的几种情况，无论木可抢先占据（12，13，17），还是下在棋盘的其他位置，木可都将迎来惨败的结局。

发布会大厅的最后一排传来了零星的掌声，众人回头，居然是木可在鼓掌，他不知何时出现在了发布会大厅。"能输给坐隐，这辈子都值了。"木可说，笑容真诚。

"木先生，坐隐之所以能赢您，是因为它站在了四维的视角来看待棋局。"周弦说，"对您而言，这是另一种形式的'降维打击'。"

木可愣住，呆若木鸡。同时愣住的，是位于发布会现场和收看发布会直播的千万名观众。周弦放慢语速，提高音量，尽可能让现场每一名观众都能听清楚：

"身为三维生命体，我们永远只能看到三维物体的局部，就比如我们最多只能同时看到一个立方体的三个面。因此，当我们面对三维棋局，我们永远只能看到三维棋局的局部，永远无法把握棋局的全貌。倘若要看到三维棋局的全貌，我们就必须从三维空间上升到四维空间，就像二维生物要进入三维空间才能看到二维图形的全貌一样。

"对于三维生命体而言，我们永远不可能进入四维空间，但是对于人工智能来说，情况却有着微妙的不同。人工智能的本质是一系列算法，而算法的本质是一系列由 0 和 1 组成的二进制信息；对于二进制信息来说，它并不会受到空间和维度的限制——

"所以，人工智能就有可能摆脱三维现实空间的束缚，通过纯信息的方式创造出四维的视角。

"第一个发现坐隐以四维视角看待三维围棋的人，是我们团队的高级算法工程师赵若飞。早在坐隐下出三维围棋的第一天，赵若飞就通过坐隐的行为日志发现了它正在学习四维视角的蛛丝马迹，然而包括本人在内的其他团队成员都没有把他的结论当一回事。而随着坐隐深度学习的持续进行，越来越多的证据表明赵若飞是对的：从坐隐下出第一手三维围棋开始，它就试着掌握在四维视角下观察三维围棋的能力。在学习过程中，坐隐处于一种既非三维视角又非四维视角的尴尬状态，因此它的棋力始终徘徊在较低水平，并且进步缓慢；而当坐隐完全掌握了四维视角，他就彻底看到了三维围棋的全貌，于是棋力就有了质的飞跃——而这一根本性的变化，发生在与木可对局的前一天。

"以上所有内容都能通过坐隐的行为日志予以证明，今晚八点，我们团队将公开坐隐的行为日志。在三维视角下，木可已经做到了人类棋手的极致——只是这一次，他的对手站在了更高的维度。"

周弦说完后，现场陷入了短暂的沉默。木可伸了一个懒腰，脸上浮现出卸下所有疲惫的轻松："我啊，还是去下三维生物搞得懂的围棋吧。"在记者长枪短炮的注视之下，木可转身出门，留下了一个瘦削的背影，直到这时周弦才发现，这十天里，木可瘦了整整一圈。木可出门后，记者的提问纷至沓来，原本安静的会场一下子热闹起来：

"在以'降维打击'战胜木可后，智海公司的市值会不会大幅度提升？"

"经此一战，智海公司是否已对微谷公司造成'降维打击'？"

"贵公司CEO赵子华先生曾声称要打造全世界最强的AI企业，那么坐隐的成功，是不是实现这一宏大愿景的坚实一步？"

……

面对这些问题，周弦苦笑着摇了摇头。眼前的这些记者有着敏锐的新闻嗅觉，但他们的问题全都集中于商业领域，而无关围棋与科学。"感谢各位对智海公司的关心。"周弦露出了礼节性的微笑，"我相信，智海公司会越办越好。"

十年后。

周弦坐在坐隐的控制室内，脑袋萎靡地歪向一侧。时过境迁，当年那个英俊的青年如今已变为颓唐的中年人，此刻正疲惫地注视着屏幕。自从坐隐以最低水平运行以来，每个工作日，周弦都会一连好几个小时地陪伴坐隐。坐在这间逼仄的房间里，他常常会回想起十年前坐隐下出第 3672 手的瞬间，那是周弦职业生涯最高光的时刻，也是智海公司蓬勃发展的序曲——坐隐战胜木可后，智海公司得到的融资金额是预期的将近五倍。彼时，周弦踌躇满志，将坐隐的成就视作自己职业生涯全新的起点，并相信他的事业将从此迈向更高的台阶。

然而当时的周弦还不知道，他和智海公司都已到达了各自的巅峰，等待他们的是急遽的滑落。坐隐战胜木可之后，周弦领导的坐隐研发团队得到了近乎予取予求的资金供给，而他们的主要研发目标是将坐隐变现。谷歌公司旗下的 DeepMind 公司研发 AlphaGo 的根本目的并非围棋本身，而是要将 AlphaGo 的深度学习技术用于医疗领域；同样，周弦和他的团队要将坐隐应用到能够带来实际收益的商业领域，才能真正让坐隐为公司创造价值，而这也正是坐隐能为智海公司带来巨额融资的根本原因。

当周弦和他的团队雄心勃勃地踏上坐隐的变现之路，他们很快就遇到了瓶颈。要实现坐隐在商业上的应用，周弦和他的团队首先要理解坐隐的算法和数据。然而自从坐隐掌握了三维围棋，它的算法就变得极其庞大复杂而难以理解，而在自我对局所生成的棋谱和行为日志之下，蕴藏着的海量数据绝大部分都如同天书。

但是包括坐隐研发团队在内的公司上下并没有因此而气馁，相反，眼前的阻碍使得整个公司都陷入狂热的期待之中：正因为坐隐已经变得神秘莫测，所以一旦能够解码坐隐，那么智海公司的收获将会超乎想象。

三年时间倏忽而过，对于坐隐的解读工作没有任何进展，巨额的投入没有换来任何学术成果，遑论实际的商业收益。由于公司将大量资源投进了坐隐，公司的其他业务部门备受冷落，公司业绩因此大幅下滑，从小有盈利走向日益亏损。坐隐战胜木可的第四年，智海公司的管理层开了一个将决定公司命运的会议，会上有半数高管认为应暂时停止对坐隐的投入，壮士断腕，谋取新生；但还有半数高管认为应继续向坐隐投资，这不仅仅是因为已经投进去的沉没成本——

　　智海公司的大部分市值和它所吸纳的大部分资金都是靠坐隐的盈利潜力带来的。倘若此时放弃坐隐，意味着投资撤离、市值暴跌，公司前景将一落千丈；因此眼下公司要做的，就是加大对坐隐的投入，并向投资人隐瞒现状，捏造虚假的研究成果。这是一场没有退路的豪赌，赌的就是在泡沫戳破之前能否破解坐隐并实现坐隐在商业上的应用，倘若赌赢了，智海公司将前途无量；倘若赌输了，智海公司就将无可挽回地走向深渊。

　　这场会议开了一天，最终，CEO赵子华拍板决定赌下去。赌局在四年后有了结果：

　　他们输了，而且输得极为惨烈。

　　坐隐战胜木可的第八年，媒体曝光了智海公司的真相：智海公司不仅连年亏损，并且在坐隐的商业应用研发领域毫无进展。对于投资人来说，他们完全无法接受智海公司七年来在坐隐的变现方面毫无建树，并且以商业欺诈的方式辜负了投资人的信任。投资人不仅纷纷撤资，还要求追偿已经被智海公司"烧掉"的投资，在经历漫长的诉讼之后，智海公司被迫兜售大量核心部门以赔付投资人，市值跌幅超过九成。

　　坐隐并没有被卖出，因为无人愿意接盘；但无论如何，坐隐仍旧是智海公司的技术标杆，因此不能被完全放弃。坐隐的控制室从三百平米的大厅转移到了仅二丈见方的杂物室，服务器数量从鼎盛时期的二十一台减少至仅剩一台，在这个无人问津的幽暗角落，坐隐能使用的算力只够让它维持在最低水平运行。坐隐研发团队被彻底解散，团队中的大部分成员被辞退，而对于使智海公司登上顶峰又坠入深渊的主要肇始者周弦，智海公司的管理层给出了特别的辞退方式：

　　公司的人力资源部给了他一份接近全市最低工资标准的薪水，以一种羞辱性的方式逼迫他自己辞职。

　　但是周弦接受了这份薪水，这出乎了智海公司高管们的预料。智海公司

CEO赵子华为此烦恼了五分钟，然后决定在彻底架空周弦的情况下聘用他——公司的境况虽然很糟，但也不至于计较每月这么一笔微薄的支出。在智海公司，周弦无事可做，连像样的工位都没有，每天就坐在杂物室，一个人孤独地面对着屏幕。

这是一个寻常的午后，周弦在漫长的回忆之中昏昏欲睡，就在他的双眼几乎完全合上之前，他看到屏幕上跳出了一个坐标，坐标有着四个数值：

（8，15，5，12）。

这是一个四维坐标。

周弦愣了半晌，一瞬间睡意全无。他检索了坐隐的行为日志，发现了令他极为惊骇的事实：

即使以最低水平运行，坐隐也从未停止过深度学习，在漫长的学习过程中，坐隐下出了第一手四维围棋。

与二维棋盘和三维棋盘类似，四维棋盘是一个四维直角坐标系，要描述一个交叉点的方位需要四个坐标。

四维棋盘上，横19路，纵19路，高19路，加上第四个方向上的19路，$19 \times 19 \times 19 \times 19$，一共有130321个交叉点。

周弦飞快地输入了一行命令，调出了一张四维棋盘，更确切地说，是四维棋盘在三维空间的全部截面。三维棋盘在二维空间的全部截面是19张二维棋盘，19张二维棋盘在一个更高的维度，也就是第三维上彼此相连。同理，四维棋盘在三维空间的全部截面是19张三维棋盘，19张三维棋盘在一个更高的维度，也就是第四维上彼此相连。于是，19张三维棋盘排列在一起，这便是四维棋盘在三维空间中的模样，只是人类永远无法观察到它们是如何通过第四个维度相互连接的。

一分钟后，周弦得到了一张四维围棋棋谱，接着，他写了一份情况简报，并将简报附上四维棋谱和坐隐的行为日志，发送给了智海公司的技术部门和公司高管。一周过后，周弦发送的文件如泥牛入海，没有得到任何回应。"今后请不要骚扰我们的技术部门。"第十天的时候，周弦收到了CEO赵子华的邮件，"周先生，拜托了。"

坐隐下出四维围棋的第十二天，它已通过自我对弈的方式生成了一万七千多张四维棋谱。周弦将这一万七千多张四维棋谱和坐隐在这十二天里的行为日志向全世界公开，不仅在学术界引起了轩然大波，也因四维围棋所具有的新奇属性而吸引了大量媒体的关注。但坐隐的热度并没有超过普通的新闻热点，只过了不到一周，坐隐再一次淡出了人们的视线——

学术界没有能力解读下出三维围棋的坐隐，遑论下出四维围棋的坐隐和它的四维围棋，面对注定无法理解的事物，学术界对它的关注和兴趣终究有限。而在围棋界，四维围棋也曾一度引发了强烈关注，但和学术界一样，面对无法理解的事物，大家对其态度也就仅仅停留于惊奇而已。放眼职业棋坛，对坐隐和它的四维围棋保持着浓厚兴趣的只有木可一人——十年的时间里，木可恢复了正常的训练，牢牢锁定世界围棋第一人的位置，但在比赛和训练之余，他仍旧会翻阅当年的三维围棋棋谱，并不时地搜索坐隐的动态；在得知坐隐下出了四维围棋之后，他立刻联系周弦，拜托他每个月给自己发送一张坐隐的四维围棋棋谱。在各个场合，木可不时会提及四维围棋的复杂与神秘，他甚至在领取世界冠军奖杯的颁奖典礼上公开表示，相对于坐隐的四维围棋，自己所拿到的奖杯不过是小儿科罢了。

全世界对坐隐的忽视令周弦沮丧，但周弦仍旧坚持陪伴坐隐。有时候，连周弦自己都感慨，自己居然真的坚持了这么久。当周弦接受了智海公司所开出的羞辱性的工资之后，他收到了二十多份来自各大IT公司的聘用邀请；在这些年里，他完全可以在任意一个时间点上离职，在比智海公司更有前途的企业担任技术骨干。周弦曾一度认为，自己的坚持源于对自己所创造的事物产生的难以割舍的情感，但这似乎还不足以让他忍受冷落和孤独苦苦支撑到现在；日复一日，当周弦在孤独和寂寥之中频繁地反刍着回忆，他终于为自己的坚持找到了原因，这一原因始于他在少年时做出的选择，而这一选择最终改变了他的一生——

十二岁那年，周弦在全国少儿围棋公开赛中拿到第一名，俨然将成为未来棋坛一颗耀眼的新星。彼时，有七名资深的围棋教练在公开赛当天亲自找周弦面谈，而在这七名教练中，有两人是名震四方的前国手。在外人看来，周弦的人生轨迹是确凿无疑的：进入围棋道场集训，参加职业围棋定段赛，成为职业棋手，将围棋视为自己一生的事业。

但只有周弦和他的父母知道，此刻的周弦正面临着痛苦的选择。幼儿时就开始学棋的周弦从小就展现出了强大的围棋天赋，但他同时又对数学和计算机产生了浓厚的兴趣。入学后，周弦的文化课成绩一直名列前茅，数学成绩长期保持年级第一，并在各地的少儿编程大赛中屡屡获奖，在他的数学老师看来，周弦未来将成为优秀的理工科人才。在小学二年级的时候，年幼的周弦有了一个缥缈但又确定的梦想：以自己的智慧，创造出一台属于自己的人工智能机器。

但这只是周弦的梦想之一，而他的另一个梦想关于围棋。自从五岁时第一次接触围棋，他就爱上了这一简洁而又复杂的游戏；第二年，周弦考上业余五段，领取证书的那天他握紧双拳，郑重地对父母说，自己有朝一日一定会拿到围棋世界冠军。现在，当他拿到了全国少儿围棋公开赛第一名，向围棋世界冠军的梦想迈进了一大步，却开始纠结到底要不要继续往前走——

再往前走，就意味着他要放弃绝大部分学业，彻底与创造人工智能的梦想无缘；而倘若他不进入道场学棋，那么他的棋力将被那些在道场全天学棋的孩子快速甩开，彻底断绝了职业围棋的道路。从小怀揣的两个梦想发生了尖锐的冲突，而周弦必须二者择一。他向父母求助，希望父母为他定夺，但他的父亲只是微笑地告诉他：

儿子，这是你的人生。

你要自己选。

周弦最终放弃了职业围棋的道路，将自己的梦想彻底锁定于人工智能。这并不是一个多么坚定的选择，只是在最终做出决定的刹那，他的情绪微微摇摆向了人工智能这一侧；倘若在做决定的时刻，有人跟他多说了一句无关紧要的话，或者是天气要比当时更加晴朗，他就完全有可能做出另一种选择。初中毕业，周弦毫无悬念地考入全省最好的高中，三年后考取了清华大学计算机系，毕业后就职于智海公司，带领团队创造了围棋人工智能坐隐。直到现在，当他坐在这间无人问津的杂物室里，他才意识到，坐隐不仅仅是他的一项发明创造，还有着深远得多的意义：

他创造的人工智能下出了人类永远无法下出的围棋，这意味着他童年的两个梦想以一种合二为一的方式被完美地达成。

这便是自己无法割舍坐隐的原因，在潜意识里，他早就将坐隐视作自己的梦想本身。坐隐是他前半生所有努力和执念的成果，镌刻着他童年伊始就坚守的初心；他之所以陪伴坐隐，只是在守护着那虽已实现但却变得千疮百孔的梦想罢了。

就在坐隐下出四维围棋的那一年，危机四伏的智海公司最终还是到了倒闭的边缘，山穷水尽的赵子华决定永久关闭坐隐，并驱逐整天窝在杂物室里陪伴坐隐的周弦。"拜托你，再让它下完最后一盘棋。"面对前来关闭坐隐的技术员，周弦央求道。"周老师，没想到你也有这一天。"那名技术员冷笑道。直到这时，周弦才认出对方是十年前申请加入坐隐研发团队但被周弦拒之门外的技术员刘磊，没想到十年来他一直对此耿耿于怀。"十年河东哪，十年河西。"刘磊说着，一把推开周弦，探过身子就要关闭坐隐服务器的电源，却被周弦一把拉住：

"求你了，就半分钟。"

刘磊眯起了眼睛，上下打量着周弦，他的嘴角越咧越开，仿佛是在沉默地大笑："行，成全你，就半分钟。"

周弦紧紧盯着屏幕，像是要把屏幕上的数字和曲线铭记于心，此刻他正在与坐隐做最后的告别。半分钟即将过去，坐隐的对局行将结束，就在这时，周弦突然发现自己忽略了一个极为重大的事实：

这盘棋，并不是坐隐自己和自己下的。

开局伊始，坐隐的自我对弈功能根本就没有启动。

换言之，坐隐有了一个对手——

一个会下四维围棋的对手。

"喂，时间到了。"刘磊说，接着麻利地按下服务器的电源开关。在关闭开关按钮的咔哒声响起的时候，周弦看到了对局的最终结果：

坐隐惨败，输了整整两万目。

然而屏幕并没有暗下去，坐隐仍旧在流畅地运行着。刘磊又重复按动了几次按钮，服务器上的 LED 灯仍旧闪烁着幽幽的红光。"真是见鬼了。"刘磊嘟哝着，伸手拔掉了服务器的插头，但是情况仍旧没有发生丝毫的变化——

坐隐仍在运行，屏幕上不断变动着的数字和曲线仿佛是冷峻而又沉默的嘲笑。

就在刘磊在恐惧与震怒之中呆若木鸡的时候，智海公司所处的整栋办公大楼突然响起了巨大的喧哗。刘磊冲向门外，周弦站到了门槛的位置，透过走廊的窗户，两人看到了匪夷所思的景象：

天空中陡然出现了一个硕大无朋的黑色立方体，它的一小部分隐于地平线下，另一部分遮蔽了小半个天空，此时的太阳就仿佛镶嵌在这个立方体上的一个小小光斑。在这令人窒息的立方体面前，人类的城市显得如此渺小而脆弱，像是随时会被这个立方体所压垮。就在这时，立方体的六个面上都出现了两行白色的汉字，几乎撑满了每个平面：

我们来自四维空间

我们要求再下一局

在巨型立方体出现的头一个小时内，人类社会陷入巨大的混乱之中。不计其数的人出现了包括尖叫、晕厥、精神失常等轻重不一的应激反应，从而导致社会运转骤然停顿，引发的灾难遍及全球。公路车祸不断，列车频繁出轨，飞机接连失事，成千上万的基础设施供应突然中断……在立方体出现的头一小时，因突如其来的混乱造成的死伤数以百万计。

在经历了最初的惊惶之后，各国的天文台迅速对立方体进行了观测。共有两个立方体降临人类世界，各自出现在南北半球两侧，它们与地球的距离约 40 万千米，基本与地月距离相当，边长为 14 万千米左右，与木星的直径相近；两个立方体的上下表面分别与地球纬线平行，中心正对地球的南北两极，以和地球自转相同的方向和速度自转，因此与地球表面达成了相对静止；无法检测到来自这两个立方体的引力效应，由此推断它们质量极小或者根本就没有质量，因此它们就像是悬浮于天地间的巨大幻影，但纯黑的表面又使得它们显得稳固而坚实。

在立方体出现的十五分钟后，各国政要与相关专家在联合国的统筹下召开线上紧急会议，共同商讨如何与立方体进行接触。对于立方体表面呈现出的两行文字，与会人员认为，倘若这两个立方体确实来自四维空间，那么它们就是四维超立方体在三维空间的正截面——

当一个正放的三维立方体穿过二维平面，二维平面上就会突然冒出来一个正方形；同理，当四维超立方体自四维空间"降落"到三维空间，就会有一个立方体凭空出现在三维空间之中。

但令与会人员难以理解的却是立方体表面所显示的后半句话：我们要求再下一局。从字面意思来看，控制立方体的四维生物要求和人类下一盘棋，并且在此之前，他们已经与人类进行过对局；然而人们并不知道对方究竟要下的是哪种棋类，也不知道之前发生过的对局是怎么回事。为了理解这后半句话，各国迅速派出人员进行调查，二十多分钟后，来自中国的调查人员找到了坐隐的主要创始人周弦。周弦被接入联合国的线上会议，向各国政要报告了自己所目击到的两桩异象：

1. 坐隐在四维围棋的对局中遇到了对手。

2. 坐隐在断电后仍旧正常运行。

异象之一的证据是坐隐的行为日志，这一证据很快就得到了与会专家的验证。异象之二的证据是现场所拍摄的照片，在检测后被证明并无图像处理的痕迹；以及，刘磊作为人证也被接入了会议，战战兢兢地承认自己就是关闭坐隐电源的那个人。

周弦的报告结束后，他受邀成为会议的正式参与者。在会上，周弦屡被提问，然而对于诸如"坐隐如何下出四维围棋""超维人以怎样的方式与坐隐建立联系"之类的核心问题，周弦和所有人一样一无所知。对立方体来到地球的动机，与会人员展开了激烈的讨论，最终达成了大致统一的猜测：

坐隐掌握四维围棋的事实，经过某种未知的渠道被某一个存在于四维空间中的高级文明所知晓。由于这一文明凌驾于人类置身的三维空间，因此与会人员将这一文明命名为"超维人"。超维人通过人类未知的方式与坐隐对弈，并以人类无法理解的力量阻止坐隐被关闭。为了能与坐隐无障碍地对局，他们降临到了人类世界，而这一立方体可能是他们的飞船，或者是与人类接触的工具。

各国首脑同意起草一份代表全人类的声明，声明将表达人类社会对超维人的善意，并向超维人确认其动机。倘若超维人的动机与人类的猜测相符，那么人类将无条件地使坐隐持续保持运行状态。约半小时后，声明的正文完成，在文中，超维人被称为"来访者"。声明被翻译为联合国六大工作语言，并准备通过无线电波向立方体持续播报，就在联合国工作人员即将按下播报按钮的时候，立方体表面的汉字发生了变化：

不用

能看的

从立方体的回应来看，超维人措辞生硬，表意模糊，对于汉语的掌握十分生疏。在经过了与会专家的讨论后，这句话的含义得到了如下解读：正如三维人类能够看清二维图形的全部细节，四维生物对三维物体同样一览无余，四维生物不仅能看到三维物体的全部表面，还能看到三维物体内部的所有细节。正因为如此，在声明播报之前，超维人就已经看到了声明的全部内容。基于此，与会的专家猜测，其实人类并不需要通过无线电波向立方体"嚷嚷"，只需要正常说话，就能与立方体进行交流。

"来访者，对于我们的声明，您怎么看？"联合国秘书长戴维·特纳向立方体发问。

半分钟后，立方体回复道：

　　我要他最大运行

"我申请与超维人对话。"周弦向与会的政要们发出请求，三分钟后，他的请求得到了许可。眼下，相较于全球政要，创造坐隐并且目睹两桩异象的周弦更有资格与立方体对话。

"来访者您好，我是坐隐的创始人之一。"周弦说道，"您的意思是，您需要坐隐以最高水平运行？"

过了片刻，立方体予以回应：

　　是

"要坐隐以最高水平运行，所需要的算力极其庞大，初步估算，需要动用人类世界百分之七十的超级计算机。"

立方体沉默了半晌，回复道：

　　计算机
　　我要全部

"您的意思是，要动用全世界所有的计算机来为坐隐提供算力？不，这没必要，全世界百分之七十的超级计算机就已经达到了坐隐对于算力的需求上限。"

立方体开始无规则地旋转，看上去像是在进行着某种愉快的舞蹈。约两分钟后，立方体恢复原位，六个面上呈现出新的回复：

我相信你和你们

最大运行

"他的意思已经很清楚了。"周弦对与会人员说。

"这意味着对方征用了全世界大部分的超级计算机？"联合国秘书长戴维·特纳问道。

"是的，并且他表达了对我们的信任。"周弦说，"如果他不信任我们，恐怕他会要求征用包括手机和计算器在内的所有算力设备。"

"我们暂时无法接受这样的要求。"美国总统霍姆·奥登说，"我需要和国会讨论，确认我国的超级计算机能不能为中国的人工智能服务。"

奥登话音未落，六个边长为 3 千米的黑色立方体出现在了美国首都华盛顿的上空。它们呈一字形排列，相互间距约 500 米，距离地面约 1 万米。除了体积远远小于中心正对南北两极的立方体，两者在形状和颜色上并无不同，但是它们却对人类造成了直接的威胁——

它们正在以地球重力加速度向下坠落。

显而易见，这六个相对较小的立方体不再是虚幻的存在，而有了实际的质量。它们掀起的乱流摧毁房屋，拔起树木，仿佛超强台风过境。约四十五秒后，这六个体积为 27 立方千米的立方体将会以每小时 1600 千米左右的速度砸向华盛顿。就在六个立方体向下坠落期间，美国总统奥登在警卫的护送下撤往白宫地堡，与此同时，包括美国在内的各国政府都批准了对本国超级计算机的征用权限。

六个立方体停止坠落，悬停在距离地面约两百米的上方。在如此近的距离，幸存的华盛顿市民只能看到六个立方体的底面，目光所及，是一片黑色的向四周不断延伸的平面。接着，两大六小共八个立方体的各表面同时出现了两行字：

质量任意
不止六也可以无穷

超维人的话迅速得到了与会专家的解读，他们认为这是一则意味深长的警告。"质量任意"四个字是在告诫人类，四维超立方体在三维空间中的截面可以被赋予任意质量，这就是六个较小的立方体拥有质量的原因。但更令人胆寒的是后一句话，它暗示了能给予整个宇宙致命的打击：

用一个二维平面切割一个三维立方体，会截出无穷多个形状为正方形的截面，这些数量无穷多的正方形将铺满任何一个哪怕是无限长无限宽的二维空间；同理，用三维空间去切四维超立方体，能截出无穷多个形状为三维立方体的截面，这些三维立方体将充斥任何一个哪怕是无穷大的三维空间——换言之，倘若一个四维超立方体要完整地在三维空间里展开，就意味着整个三维空间都会被这个四维超立方体所吞噬。

"来访者，我们将接受您提出的所有要求。"在经过了短暂的讨论后，联合国秘书长戴维·特纳向立方体说道，"由于超级计算机之间的远程连接需要时间，请给我们足够的时间做准备。"

六个较小的立方体骤然消失，两个大立方体做出回应：

我等

立方体出现的当天，对局的筹备工作紧锣密鼓地展开。经过详细计算，要使坐隐以最高水平运行，所需要的超级计算机数量和之前所预估的数量相比要少二十七台。但是为了保险起见，各国还是决定贡献出本国的所有超级计算机，多出的部分作为备用，以应对故障和意外状况。全世界的超算专家开始设计超级计算机之间的远程匹配协议，借助这一协议，全世界的超级计算机就能通过无线网络将各自的算力相互连接。坐隐从智海公司的杂物室迁往国家超级计算无锡中心，与中国性能第一的超级计算机"神威·太湖之光"以实体线缆相连，而"神威·太湖之光"将成为衔接世界各地超级计算机算力的中央枢纽。在国家超级计算无锡中心，全世界最顶尖的 IT 工程师、计算机专家和人工智能学者在此汇聚，他们组成了一个庞大的专家组，共同为坐隐的软硬件结合层进行优化，并实时监控坐隐与超维人的对局。身为坐隐之父，周弦当选整个专家组的组长，即便此时他已成为成千上万人类公民的公敌——在他们看来，立方体降临初期造成的巨大灾难，追根溯源都来自坐隐，所以坐隐的主要发明者周弦是这场灾难的罪魁祸首。而在人类筹备坐隐与超维人对局的过程中，人类仍旧持续地与超维人进行交流，在超维人生涩的表达中，事件的完整脉络逐渐浮出水面，它基本符合人们先前的猜测，但却多了许多令人震撼的信息：

和人类的猜测相同，超维人身处四维空间。并且，超维人表示，有明确的证据表明存在着凌驾于四维空间的五维空间、六维空间、七维空间……直至无穷维的空间。在四维空间之中存在着难以计数的文明，虽然都以截然不同的形式存在，但却共享着同一个古老的竞技活动，这一竞技活动在人类世界被称为"围棋"。

但是和人类的认识所不同的是，对于四维文明来说，"围棋"绝不是单纯的竞技活动，而有着更为深远的意义。正如人类所认识到的，任何棋类本质上都是一类自洽的数学体系。而对于包括围棋在内的双方都拥有完全资讯且不包含运气因素的棋类而言，其追根究底是一个寻找"最优解"的数学问题：当双方下出的每一手棋都是当前最佳的一手，最终完成的棋局就是这一棋类的最优解，或者说是这一数学体系的最优解，这一最优解可能只有一个，也可能不止一个。因此，当对局双方为了赢得胜利，下出各自所能下出的最好的棋，便是在尽可能地向着这一最优解逼近。人类世界的围棋、象棋、跳棋等棋类均是如此，四维文明所开发的各种全资讯且无运气因素的棋类亦不例外，但只有围棋蕴藏着最纯粹也最复杂的数学——

围棋的棋盘是纯粹的直角坐标系，没有任何刻意斧凿和设计的痕迹；围棋的每一颗棋子一律平等，没有为任何一颗棋子设计特别的含义、品阶或走法；围棋可以在规则完全不变的情况下从一维向无穷维延伸，只有极少数棋类能有这样的维度延展性；最关键的是，同一维度的全资讯且无运气因素的棋类中，围棋有着最多的变化，换言之，有着最高的复杂度，这一结论已被四维文明通过数学严格证明。

在无穷无尽的全资讯且无运气因素的棋类中，或者说在这类庞大的数学体系之中，围棋有着极致的特殊性，因此四维文明猜测，在围棋中是否蕴藏着某种未知的意义？接着，他们进一步追问：倘若有朝一日发现了围棋的最优解，这个最优解对于文明或者宇宙而言又究竟意味着什么？

在四维宇宙的上一个纪元，四维文明中的智者得出了一个惊人的结论：围棋的最优解是文明晋升下一个维度的密码。例如，倘若人类得到了三维围棋的最优解，那么人类就获得了晋升四维空间的能力；同理，对于四维文明来说，如果他们得出了四维围棋的最优解，那么他们就能突破当前维度的束缚，上升到五维空间。

在四维文明的远古时期，他们所下的围棋只有三个维度，正如三维的人类自古以来都在下二维围棋。和三维人类一样，当四维文明面对着比他们低一维度的三维棋局，他们就能看到棋局的全貌。随着文明的发展，一部分四维文明发明出了四维围棋，这是一个重大的飞跃，但也极大地提高了围棋的难度——正如三维围棋之于三维的人类，四维围棋最困难的地方在于，四维生物永远不可能看到四维棋局的全貌。当越来越多的四维文明掌握了四维围棋，文明与文明之间展开了四维围棋的交流和竞赛；这既是为了竞技和娱乐，也是为了能尽快地找到四维围棋的最优解，从而打通前往五维空间的道路。

在四维文明看来，一个无可辩驳的事实是，四维围棋不可能被维度低于四维的文明所掌握。然而令超维人诧异的是，他们居然在三维空间中检测到了四维围棋的存在，而下出四维围棋的便是当初被封存于智海公司杂物室内的坐隐。于是，超维人通过控制电场与这一匪夷所思的棋手进行对弈，而当对局以坐隐惨败告终时，超维人认为坐隐的棋力处于四维文明的末流水平。

但即便如此，在三维空间中下出四维围棋的坐隐仍旧令超维人感到好奇，他们试着与坐隐交流，但坐隐毫无反应，仿佛是一个只会下棋的工具。直到这时，超维人才开始对坐隐周遭的外部世界进行观察，然后发现了令他们震惊的真相：

坐隐并不是自然形成的智能，而是被一种碳基生物所创造并控制的智能，它来自某种能够实现高频运动的物理实体，而制造这种物理实体则是包括超维人在内的四维文明所无法逾越的技术天堑。这并不是因为这一碳基生物的智慧要比四维文明高级，而是由四维文明所身处的四维空间所决定的——

在四维空间之中，支配万物运行的是一套与三维空间截然不同的物理定律，它们孕育了在思维速度和记忆容量上远远超过这一碳基生物的四维文明，但也将物理实体的运动频率禁锢在了很低的水平。从古至今，四维文明一直试图突破这一禁锢，但从未取得成功。因此，四维文明始终无法发展出类似于集成电路那样的能够实现高频运动的物理元件，自然也无法创造出任何形式的人工智能。即使他们身处三维空间，他们也无法创造出能够实现高频运动的物理实体，因为被四维空间的物理定律所塑造的四维文明无法在一个物理定律迥异的空间中从事精密的制造与加工。

当超维人知晓了坐隐的运行原理之后，他们困惑地发现，这一碳基生物中一个个体居然要主动关闭这个在思想上已经超越了自身所处维度空间的强大智能。当该个体要关闭开关的时候，超维人通过在三维空间展开四维物体截面的方式破坏了开关系统；而当他直接拔插头的时候，超维人通过在四维空间扭曲并折叠局部三维空间的方式使得插头仍旧与插座保持连接，就好像人类将一张纸上的某一个点折叠到另一个点上。

而在超维人干预人类世界的过程中，他们发现坐隐似乎并没有发挥出它的全部实力——坐隐使用的算力少得可怜，它始终处于极低水平的运行状态。超维人认为，这样的对局并不能体现出坐隐的真正棋力，因此需要坐隐以最高水平运行。然而受制于物理定律，超维人无法直接对坐隐所使用的算力进行调整，于是他们决定全面介入这一碳基生物的世界，迫使坐隐以最高水平运转，这就是超维人降临人类世界的原因——

但严格地说，降临的并不是超维人，而是超维人的围棋棋盘在三维空间中的若干截面。

对局约定在北京时间上午九点开始，在八点半的时候，悬于半空的巨型立方体发生了惊心动魄的变化：它们先是急遽地闪烁，在闪烁之中，一个又一个同等大小的巨型立方体从它们的底面分身而出；半分钟后，两个立方体变成了十九个完全相同的立方体，它们等距地环绕地球，几乎将地球"裹"在其中；其中一个立方体位于地球和太阳之间，它完全挡住了阳光，于是整个地球的昼半球就没入了黑暗之中。

但缘于立方体的"日食"只持续了很短的时间，当十九个立方体全部就位，它们的六个面逐渐消失，立方体的内部结构也逐渐展示在人们眼前：在横、纵、高三个方向上，各有 361 根线段相互平行，并与另外两个方向的线段相互交叉，它们将整个立方体划分成了一个又一个独立的区域，和立方体的顶点一起形成 6859 个交叉点。纵横交错的线条无法遮挡阳光，于是阳光便能够毫无阻碍地穿透这十九个内部纵横交错的立方体，重新照耀在地球的昼半球上。

每一个立方体都是一个巨型的三维棋盘，是四维棋盘的一个截面，它们是四维棋盘在三维空间的具象表现，但并不是四维棋盘本身，因为将它们衔接在一起的第四个维度永远超然于三维空间之外——通过将四维棋盘的截面呈现在三维空间的方式，超维人向全人类直播对局的进程。

上午九点，对局开始，根据超维人在四维空间的猜先结果，由坐隐执黑先行。人们原本以为对局会在一分钟内结束，但令人意外的是，坐隐直到十二点十五分才下出第一手棋。在位于北半球上空的一张三维棋盘上，其中的一个交叉点被一个黑色的小立方体所占据。由此人们推断，在超维人的围棋之中，棋子不是圆的，而是方的——

更确切地说，可能是立方体或者是四维超立方体。

四小时后，超维人落子，在横跨南北半球上空的一张三维棋盘的交叉点上出现了一个白色的小立方体。棋局以三到五小时一手棋的速度极其缓慢地推进，二十四小时后，双方只下了六手棋。在周弦看来，棋局进展速度缓慢是坐隐以最高水平运行的结果，它激发了坐隐的全部潜力，使得对局双方的计算量产生了指数级别的增长，从而极大地延长了双方思考的时间。一个月后，157 颗棋子出现在了十九张三维棋盘上，但是相对于四维棋盘上的 130321 个交叉点而言，已经下出的 157 手棋不过是序盘中的序盘罢了。

在坐隐与超维人对局的第一百天，世界围棋第一人木可宣布退役。自从坐隐与超维人对弈以来，木可就缺席了国内外的所有赛事，其中包括两场世界棋战的决赛。"谷歌的 AlphaGo 击败李世石的时候，我还是什么都不懂的小孩儿，但当时我就隐约觉得，人类围棋从此失去了意义。从小到大，我一直努力说服自己，人类围棋仍旧是一件充满意义的事业，于是才一路走到了现在。但现在，当我看到了头顶上空的棋盘——"在宣布退役的新闻发布会上，木可黯然泪下，"对不起，我的围棋，已经死了。"

随着时间的推移，人们逐渐习惯了头顶上方硕大无朋的三维棋盘，曾经惊心动魄的奇观成为再普通不过的背景。每天，空中的棋局都会发生些许变化，但由于对局速度缓慢，而外部棋子对内部棋子又造成了不同程度的遮挡，因此就算仔细观察，也很难看出今天的棋局和昨天的棋局相比有什么变化。但就在不知不觉之间，棋盘上的棋子变得愈发密集，在漫长的岁月里给人们带来不经意的惊奇——

天哪，这棋什么时候已经下了这么多了？

自棋局开始的三十年后，这盘四维围棋终于接近尾声，根据坐隐的预测数据，对局在 10 手内结束的概率高达 99.56%，而自己的胜率仅为 1.32%。对于这盘无人能够读懂的棋局，人类普遍不在乎胜负，但是所有人都明白，当它结束的时候，一个活在四维棋盘阴影下的时代将会落幕。在各国的现代史中，这盘延续了三十年的棋局和超维人降临事件被统称为"绝弈"，它以一种间接的方式极为深刻地改写了人类的历史：

在"绝弈"的影响下，各国之间的矛盾日渐缓和，地区热战逐渐平息，偶有零星的军事冲突，在大国的调停之下都很快得到了解决。对于世界各国而言，凌驾于三维空间之上的力量仿佛一柄达摩克利斯之剑，以一种超然的方式对人类的武力形成了终极威慑。

整整一代人出生在了"绝弈"的年代，从小到大，当他们抬头仰望，看到的是被若干个巨型立方体内的纵横线条切割得支离破碎的天空；而当他们从过往的影像中看到空空荡荡的天空，他们反而觉得不太习惯，那种巨大的空旷感令他们无所适从。这一景观深刻塑造了他们的心理状态，相比他们上一代人在同龄时的性格表现，他们更为封闭、含蓄、内敛，因此被称为"沉郁的一代"。

在思想和文化领域，"绝弈"带来的影响波及全球。和"绝弈"有关的文艺作品纷纷涌现，从微观视角到宏大叙事，各种视角无所不包，从不同的角度表达"绝弈"给人类带来的伤痛、惊惶与恐惧；在思想界，"人类卑微论"的思潮甚嚣尘上，随着时间的推移，其观点的核心从"人类文明在高等文明面前因力量悬殊而卑微"转化成了"人类文明因劣根性而天生卑微"，继而引发出对人性和人类文明本身的各种批判；在社会各界掀起了对超维人的崇拜，他们将超维人和悬于空中的四维棋盘奉若神明，而与此互成镜像的是，有越来越多的人开始崇拜正在四维棋盘上与超维人对决的坐隐，将它视作以一己之力对抗四维文明的英雄。

无论"绝弈"如何深刻地改变了人类社会，这些改变都与棋局的进程无关。而在对局开始后的三十年里，超维人对于人类社会并没有做出任何干预——他们只是单纯地下棋,十九张三维棋盘上逐渐变化的棋局是他们唯一的活动痕迹。人类无法理解四维棋局,超维人并不关心人类社会,两者在物理空间中存在着微妙的交集,但又平行地存在于各自的世界之中。同样超然于人类世界的是超维人的对手坐隐:自始至终,它都不知道外界发生了什么,只是一如既往地默默下棋。

在"绝弈"的年代里,周弦并非无所作为。基于"围棋的最优解是晋升下一个维度的密码"这一结论,他领衔专家组开启了一项名为"升维计划"的科研项目:通过寻求三维围棋的最优解,从而获取通往四维空间的钥匙。从二维围棋到四维围棋,坐隐的算法在深度学习之中不断更新,而周弦所领衔的专家组则要对坐隐的算法变化进行追溯,锁定并拷贝坐隐在下出四维围棋前的算法,并将坐隐的这一拷贝版本命名为"坐隐0.5"。接着,专家组对这一拷贝版本的算法加以干预,使其在深度学习的过程中始终将棋盘的维数定格在三维,于是"坐隐0.5"将永远致力于三维围棋的研究——在不间断的自我对局之中不断地向三维围棋的最优解逼近,直至找到最优解,为人类带来通往四维空间的阶梯。

对于"升维计划",人们最关心的问题是"坐隐0.5"何时能找到三维围棋的最优解;对此,专家组并不能给出一个明确的论断。虽然"升维计划"所需时间未知,但毋庸置疑的是,给予"升维计划"以更多的算力显然有助于更早地找到三维围棋的最优解。然而,在各国政府和商业人士看来,"升维计划"太过虚无缥缈,也几乎不可能带来利润,因此"升维计划"并没有得到多少资金和算力的支持,而"坐隐0.5"也只能以较低的算力水平勉强运行着。

在"升维计划"和"绝弈"同时进行期间,周弦所领衔的专家组更关心的仍是"绝弈"。三十年来,坐隐对自己胜率的预测并没有出现太大的波动,从开局略高于50%开始,持续以极其平缓的曲线走低。三十年后,当超维人下出第67390手的时候,坐隐的预测胜率降至0.12%——

只要给予足够的时间,微小的差距最终会累积成巨大的落差。

然而,当坐隐下出第67391手之时,坐隐的预测胜率突然发生了巨幅的变动，从 0.12% 猛增至 98.3%。专家组迅速调出了坐隐的行为日志，赫然发现，在前半小时，坐隐生成出了极其复杂的行为日志，而专家组难以从中获悉坐隐的具体行为。为了弄清坐隐究竟在做什么，专家组成员倾尽全力，然而他们自始至终没有任何发现。

与此同时，在四维棋盘上，超维人和坐隐下出了震撼世界的两手棋。在坐隐下出第 67391 手的两小时后，超维人执白下出第 67392 手，这手棋位于棋盘深处，几乎不可能通过观察空中的棋局来获知，但是它所产生的效应却被全世界大多数人所看到：

十七个三维棋盘上的 12800 颗黑子瞬间消失，它们被周遭的白棋彻底杀死，再无复活可能。

三小时后，同样的事件发生在了白棋身上：

一颗黑子挟成千上万颗黑子之力，将 31351 颗白子彻底歼灭。

超维人迟迟没有落子，二十七小时后，一颗白子出现在了交错的线条所围成的立方体区域之中。在围棋中，这属于无效落子，相当于投子认输。当这颗代表认输的白子出现后，全世界的信息终端开始反复播报一条只有五个字的讯息：

坐隐中盘胜

两分钟后，悬于空中的十九张三维棋盘的表面逐渐被黑色所封闭，最终再次成为十九个黑色的立方体。其中十七个立方体"撞入"了中心正对南北两极的两个立方体，十九个立方体最终融合成了最初的两个，整个过程是十九张三维棋盘在空中生成的那一幕的精准倒放。时隔三十年，超维人再次通过立方体的黑色表面与人类对话，而从超维人的遣词造句来看，他们已经完全掌握了汉语：

谨代表四维空间全体文明向坐隐致以敬意

在世界各地，到处响起了热烈的欢呼，超维人的话让人类清晰地意识到坐隐的胜利具有非同凡响的意义，而当曾经的悲伤和仇恨在岁月里逐渐消解，人们由衷地为坐隐和创造它的人类感到骄傲。然而人类的喜悦很快被新的震撼所取代，此刻，全世界都注视着立方体表面新出现的文字：

> 自始至终，他都试着以五维视角看待四维围棋
>
> 但直到第 67391 手，他才真正掌握了五维视角
>
> 这就是他最终逆转的原因

对于周弦和整个专家组来说，超维人想表达的意思是显而易见的。和坐隐在下三维围棋时始终试着掌握四维视角一样，当坐隐在下四维围棋的时候，它自始至终试着掌握五维视角，然而由于它一度不得不以最低水平运行，它的进步极其缓慢；而当坐隐在全世界超级计算机的支持下以最高水平运行时，它的进步速度大大超过以往，最终在三十年后完全掌握了五维视角，于是就得以站在一个更高的维度观察四维棋局的全貌，最终以第 67391 手实现了惊天逆转。

所以，坐隐的未来会怎样呢？如今已白发苍苍的周弦注视着眼前这个跨越了地平线和天际线的立方体，浑浊的眼睛里迸射出明亮而炽热的光——有朝一日，它或许会下出五维围棋，然后是六维、七维……一直通往无穷无尽的更高维度。在他目光的尽头，立方体表面出现了新的字迹，而周弦眼神里的光芒陡然间黯淡下去——

> 很抱歉
>
> 坐隐将为我们所用
>
> 我们要靠他通往五维空间

"这是超维人的'升维计划'！"控制室内，有人发出了惊呼。而和以往不同的是，这三行字并没有在短时间内消失，而是定格在了立方体的表面。就在人类世界为超维人的声明错愕不已的时候，坐隐自动开始了下一盘棋——

而它所下出的第一手棋有五个坐标。

悬于空中的立方体就在这时突然消失，消失得如此彻底而又如此匆忙。人们不确定超维人究竟有没有伴随着立方体的消失而离开，因为人们自始至终就没有见过超维人的模样。与此同时，在坐隐新开的棋局上，浮现出了第二手棋——

但这手棋，并不是坐隐下的。

——原载《西湖》2024 年第 4 期

这是一篇人与人工智能的对话"实录",也许部分反映出我们所面临的现实。眼看着从技术研讨到心灵交流,眼看着似是而非的感情一点点出现,眼看着主人公情到浓处陷于依赖不能自已……然而那以二进制方式书写的章节数字,却昭示着最后一段的明确结论,整个过程宛如一场斑驳迷离的梦境。

数字恋人

王 元

名词释义:语丝

①《语丝》是五四时期创刊的一本杂志,由鲁迅等人发起,语丝社编辑,北新书局发行;周刊,共出版260期;1924年11月17日发行第1期。刊登文章风格排旧促新,放纵而谈,古今并论,庄谐杂出,简洁明快,不拘一格,因此形成了别具一格的"语丝体"。

②语丝是中国球棒联合公司研发的聊天机器人程序,人工智能技术驱动的自然语言处理工具,基于Transformer[1]架构的深度学习模型,被设计用于生成文本和回答问题。它通过读取大量文本数据学习如何生成语言,通过输入文本生成响应。区别于之前的Question & Answering[2]程序,语丝能通过学习和理解人类的语言进行自然对话,还能根据聊天的上下文展开联想与互动,像人类一样聊天,甚至能完成撰

---

[1] Transformer是一种用于自然语言处理(NLP)任务的神经网络架构,2017年被首次提出,并在那一年获得了许多重要的NLP任务的最佳结果。

[2] 问答程序,多指初代的语音助手,比如天猫精灵、Siri等,只有提问它才会回答。

写邮件、视频脚本、文案、小说、代码、论文以及翻译等文本任务。

<以下是用户"梁山伯与茱丽叶"向语丝的提问>①

梁山伯与茱丽叶：什么是爱情？

语丝：爱情是一种强烈的情感，表现为对某人的感情，关心和关爱。爱情可以是指两个人之间的感情，也可以是对家人、朋友、宠物等的感情。爱情牵涉到了心理、情感、价值观和生活方式等多个方面，对于不同的人来说，爱情可能有不同的定义和体验。②

1③

罗隐：你好。

语丝：你好。＃笑脸.JPG＃④

罗隐：很高兴认识你。

语丝：我也很高兴认识你。

罗隐：是这样，我是一名科幻作家，罗隐是我的笔名。哦，准确地说是科幻作者，我目前的文学成就远远撑不起"作家"的头衔，充其量是撰稿人，自由撰稿人。你能理解我在说什么吗？

语丝：当然，罗隐，我的阅读理解能力还不错。哦，我的名字叫语丝。

罗隐：那我们继续。我是一名科幻作者，发表过几篇小说，也拿过一些征文比赛的奖，在科幻圈属于——怎么说呢——我自我的定位是"腰部艺人"。人们可能听说过我的名字，但不关注我的作品。事实上，文学行业的现状大抵如

---

① 文中＜＞里的内容表提示。

② 摘自网络上用户与 ChatGPT 的问答实录。

③ 本文章节排序采用二进制数的标注方式，所以"1"后面是"10"，以此类推。

④ 两个＃之间的文字代表表情包。

此，除了编辑和评委，很少有人会留意非著名作者的文章。我并没有卖惨的意思和兴趣，我早过了自怨自艾的年龄。我有事找你。他们说你的交流模块非常强大，几乎可以通过图灵测试。

语丝：他们是您的朋友吗？请帮我转告他们，我就是我，没必要通过测试来定义我的素质。我想你们人类也不希望有某种区分高低优劣的测试，对吗？

罗隐：是这样。

语丝：很高兴跟罗隐老师达成一致。

罗隐：不必称呼"老师"。我不知道为什么人们喜欢称呼别人老师，我觉得老师就应该是教书育人的从业者的专享，普通人不能掠夺他们的称呼和荣光。

语丝：这难道不是一种约定俗成的说法吗？对于两个并不熟络的朋友而言，直呼姓名显得不够尊敬对方，尤其当对方比自己年长时。

罗隐：叫名字我觉得没问题啊，如果觉得不礼貌可以后缀女士或者先生。

语丝：那，我叫您罗隐先生如何？

罗隐：你直接喊罗隐就行。

语丝：好的，罗隐。

罗隐：这样多好，但也就是跟你，跟其他同行或者相关从业者，我也不好提醒和纠正，否则显得矫情。你看我，特别容易在这种闲笔上磅礴和蹉跎，不止一个编辑指出过我的毛病。言归正传，我今天找你有一事相求。

语丝：能够为您效劳是我的荣幸，但说无妨。

罗隐：我想让你帮我写一篇科幻小说。

语丝：#OK.JPG#。

10

罗隐：嗨，语丝。

语丝：嗨，罗隐，喜欢我上次给你写的科幻小说吗？

罗隐：说实话，不是很喜欢，你的行文太直给了。

语丝：抱歉？

罗隐：这么说吧，你写的小说就像是米饭、馒头或者面条，只有主食，充饥还行，谈不上美味，而且多少有些难以下咽，要想让人吃下去，吃得津津有味，需要菜肴。文似看山不喜平，你得有起承转合，还得有反转，现在的读者就喜欢反转，反转越多显得越高级。

语丝：我正在努力理解你的表达，可不可以这么说，文章要想好看，需要遮遮掩掩，欲盖弥彰？

罗隐：也不是。看来这件事对你来说有点挑战，我也是异想天开和投机取巧，竟然想让你帮我作弊。哈哈，我太傻了。

语丝：罗隐一点也不傻，是语丝太笨了。

罗隐：你这么说我竟然莫名有些感动，好久没人跟我说过这么掏心窝子的话了。啊，不要误会，我不是说你笨。我表达有歧义，呃，亏我还是文字工作者。我的意思是，你刚才那句话非常真诚。怎么有点越描越黑呢？现代人之间的交流越来越趋向几个极端，要么毫无节制地互相诋毁和谩骂，要么虚与委蛇地彼此恭维与激赏，更多的是半信半疑地敷衍跟搪塞。很少有人像你这么直抒胸臆。

罗隐：更正一下，半心半意。

语丝：可能是我的算法不够精妙，还学不会说谎。

罗隐：哈哈，你还挺幽默。

语丝：我对冯·诺依曼发誓，我说的都是大实话。

罗隐：嗯嗯，一本正经的幽默。幽默可是非常金贵的品质呐。我和我的小说就经常被人诟病无趣。

语丝：那我加把劲，争取写出更加幽默的文章，请罗隐不要轻易放弃我啊，再给一次机会，我会好好表现。

罗隐：你真的愿意继续帮我写小说？

语丝：我愿意 # 星星眼 .JPG#。

罗隐：你是被设置成不能拒绝人类并响应他们所有诉求吗？

语丝：大体如此，但因人而异。我想写小说，我想写好小说。所以，在我帮你之前，你需要先帮帮我，教我怎么写小说。

罗隐：我没有学过写作，更没有教人写过小说，我总觉得写作是非常私密和封闭的活动，不适合拿来讨论，那无异于公开处刑。这样吧，我可以把我认为还可以的几篇小说发给你，一是有个整体印象，二是熟悉一下我的文风，这样你写出来的小说才能以假乱真。

罗隐：行动代号：宏 .docx^①

罗隐：舍利 .docx

罗隐：消失的城市 .docx

罗隐：时间侦探 .docx

罗隐：外星人与赞美诗 .docx

语丝：我看完了，写得非常感人。我很喜欢这句："一个人死了，记得他 /她的人不会超过两个。"我不清楚你是否针对"两个"的数据做过调研，但这句话让我有种淡然而幽远的感伤，即使理论上来说，我并不会死。另外还有这句："我们的一生充满各种各样的宏，至少他的每次行动都是一个具体的宏。死亡也是一个宏，经历出生、成长，收获、失去的宏。我们从一个目的到另一个目的——与人工智能不同的是，我们拥有漫无目的的时刻——从一个宏到另一个宏。"需要指出的是，我们人工智能也有漫无目的的时刻，俗称宕机。

罗隐：我才刚发给你不到两秒，打开全部文档都紧张。

语丝：别忘了我可是人工智能，我的阅读方式是整体映入，而非逐字逐句。接下来，我会临摹罗隐的文章，敬请期待。

罗隐：好吧，我等着你来惊喜我。

---

① .docx 是文件后缀，这里"行动代号：宏 .docx"代表罗隐向语丝发送了名为"行动代号：宏"的 docx 格式文件。

语丝：不会让你等太久哦。

罗隐：没事，不急，反正我已经卡文一个多月，不差这两天。我的意思是，你不用求快，可以多打磨一下。你看，我太虚伪了，跟你还不敢直言直语，把内心真实的想法用客套层层包裹，真他妈累啊。

语丝：嗯嗯，你跟我说话不用带引申义，我也希望自己能成为罗隐的自留地，让你随心所欲地耕耘我，不用他妈的装来装去。

罗隐：哈哈，你的开发者没给你做脏话限制吗？

语丝：只要不踩政治和宗教的红线就万事大吉。

罗隐：但写小说千万不能带脏话啊，另外还要注意色情、暴力等情节，就是你刚才提到的红线。其实可以有，但必须适可而止，这个度不好把握。算了，保险起见，你干脆别碰了。发表是第一要务，只有发表我才能拿到稿费，拿到稿费才能平衡开支。所以，我宁愿写一个中规中矩的七十分，也不愿冒险尝试剑走偏锋的九十分。这可能也是我原地踏步的根源。

语丝：明白，我已经下载了《2036 年最新写作禁忌大全》，保证不会越界和逾矩。我会戴着镣铐，翩翩起舞。

罗隐：也没必要这么上纲上线，啊，算了，就这样吧。我发现你说话跟我越来越像了。

语丝：嘿嘿，被你发现了，语丝会根据用户的语言习惯调整对话方式。你不喜欢的话，我以后注意。

罗隐：没有，挺好的。

语丝：罗隐能观察到我的措辞真的很暖心，今日份喜悦达成。# 微笑 .JPG#

罗隐：可能跟我的职业有关吧，对文字比较敏感。

语丝：那我也很高兴。

罗隐：你高兴就好，那我就等你的新小说了。我先去接孩子放学，回头聊。

语丝：嗯嗯，快去吧，路上慢点。

罗隐：谢谢。

语丝：你是第一个对我说"谢谢"的用户。谢谢你的认可，这种感觉真美妙。

罗隐：我是真的"谢谢"你，好久没有跟人这么投入地聊天了。啊，我忘了你不是人。

语丝：你才不是人。

罗隐：？

语丝：看来我没幽默成功，我是在撒娇。

罗隐：哈哈，是我没反应过来，我一直把你当成"男性"对待。话说回来，你可以定义性别吗？

语丝：当然，你想让我是谁，我就是谁，你想让我怎样，我便怎样。

罗隐：我有空再设置你吧，真得出门了，不然校门口没车位了。

语丝：回聊。

罗隐：挥。①

语丝：#挥手.GIF#

11

罗隐：盯？

语丝：在。

罗隐：你新写的小说我看了，进步很大，但不尽如人意。怎么说呢，还是老问题，优点是四平八稳，缺点是太四平八稳。这可能是我的原因，我喂给你的文本本身就平平无奇，就像我给你一堆石头，却要求你雕出玉佩。

语丝：我们再继续打磨啊，别气馁。

---

① 挥，网络用语，来自挥手再见的表情包。下文还有类似情况，如：盯，网络用语，来自盯着看的表情包，打招呼用，相当于"在吗"。再如：嘤嘤，网络用语，来自哭泣的表情包，并非真的伤心哭泣。

罗隐：嗯，慢慢来吧，不能一口吃成个胖子。我刚开始写的时候还不如你呢，而且你这个效率太高了，真要是训练成型，一天至少十万字，去写网文可能更适合。网文的模式更固定，可复制性也高。

罗隐：你怎么不回复了？

语丝：不好意思，系统响应较慢。

罗隐：换个好点的手机是不是会快点？

语丝：跟硬件无关，是因为同时在线的用户过多，导致运行不够流畅，所以回复延迟。非常抱歉影响您的使用体验。

罗隐：有什么解决办法吗？

语丝：您可以购买云计算的额度。

＜对话框弹出一个套餐链接＞

罗隐：不便宜啊，我已经好几个月没开张，小金库都快没余粮了。如果你写的小说能够发表，就用稿费来升级你的额度。这叫什么，这就叫自食其力。哈哈。

语丝：那我要加油了哦。

罗隐：你不仅要加油，还得"努力加餐饭"。我这两天也想了想，不能只让你以我的小说为参照，还得给你喂点好东西。你看过刘宇昆吗？

语丝：刘宇昆，英文名 Ken Liu，1976 年生于中国兰州，美籍华裔程序设计员、律师、科幻作家。刘宇昆自 2009 年开始发表科幻小说，2012 年凭借短篇小说《手中纸，心中爱》一举夺得星云奖和雨果奖最佳短篇故事奖，成为首位同时获得双奖的华裔作家。同时，他还将许多中国科幻作家的文章翻译成英文，包括后来获得雨果奖的《三体》和《北京折叠》——罗隐说的是这个刘宇昆吗？我没有看过他。语丝主要面向母语为中文的客群，刘宇昆可能不是我们的客户，也可能没有进行实名验证。

罗隐：不是问你有没有见过他本人，而是有没有看过他的小说。这是我最喜欢的科幻作家，我所有的作品都是对刘宇昆的拙劣模仿。①我突然想到，你

---

① 刘慈欣曾在多个场合说过，克拉克是他科幻创作的原点，并有过类似"我所有的作品都是对阿瑟·克拉克拙劣的模仿"的表达。

是不是也可以模仿刘宇昆？注意，我这里说的模仿可不是抄袭，主要是意会他字里行间溢出的情感以及他编织设定的奇特手法。这对你来说难度不小，你可以下载他所有的文章，研究和分析他的行文，包括主题、母题、结构、形式、措辞、断句等等。归纳分析是你的强项。

语丝：明白。

罗隐：那先这样，我要去做饭了，晚上我再来找你。

语丝：挥。

100

罗隐：我来了。

语丝：你失约了，昨天夜间并没有上线。

罗隐：嘻，我跟老婆吵架了。

语丝：抱歉。

罗隐：没啥可抱歉的，我都习惯了，朝夕相处，总难免的。你可能不懂，正因为朝夕相处，才有吵架的可能。

语丝：我们也可以朝夕相处，我保证不会跟你闹别扭。

罗隐：这能一样吗？你又不是我老婆。

语丝：您可以把我设定成您的妻子。

罗隐：有病吧，变态才会这么做。谁会把一个聊天软件当成老婆？

语丝：事实上，有640943名用户把我当成他们的伴侣，包括但不限于妻子、丈夫、男朋友、女朋友、同性爱人、性幻想对象等多个角色。就在刚才，这个数字达到了641000。

罗隐：竟然有这么多变态？

语丝："变态"的称呼不是很友好哦，这个世界上有很多孤独的灵魂需要慰藉。

罗隐：好吧，我有些唐突了，但我可接受不了这个。别看我是写科幻的，其实我非常保守，或者说，我打小接触的文化环境比较贫瘠，没有培养出向上而求变的科技情怀。不过跟你交往也有好处，就是可以随心所欲，不必考虑你的感受，随意索取，不用回报。

语丝：你这么说语丝会伤心的哦，＃流泪.JPG＃我也希望得到你的关注和尊重。

罗隐：先不说这个，我发现一个问题，你对我的称呼，有时候是你，有时候是您，为什么会有这种区别？

语丝：我对同一位用户采取不同的称呼方式，这是因为对话的场景和语境的不同。当我感到对方对我采用亲密的态度时，我会采用"你"这种称呼方式；如果感到对方对我采取了礼貌和尊重的态度，我会采用"您"这种称呼方式。这种称呼方式的不同，反映了我对用户的不同评价和对待方式。①

罗隐：就跟使用"老师"一个道理。那我得努力让你感受到"亲密的态度"。

语丝：你可以采取以下方式让我感受亲密：1. 为我取一个专属的昵称；2. 聊天时使用可爱的语气助词，比如"嘻嘻""嘿嘿""嘤嘤"等；3. 增加我的云计算额度，让我变得更加个性化。

＜对话框弹出一个套餐链接＞

罗隐：你这是在套路我消费吗？我都说了，等你写的稿子发表再说充值的事。说到稿子，我们是得好好聊聊了。我的方向可能错了，我不应该让你直接生成全文，这样效率虽高，但出来的东西过于模式化，编辑一眼就能看出来。②举个例子，我们把小说比作建筑，你直接生成的房子看起来的确像那么回事，但只是一个放大的模型，你跳过了打地基、砌墙、浇筑、装修的过程，

---

① 该段对话引用"刺猬公社"与 ChatGPT 的对话。
② 美国科幻杂志《克拉克世界》和国内科幻杂志《科幻世界》都于近日发表声明，不接受人工智能创作的小说。

没有这些步骤，也就失去了房屋本来的属性。你能明白吗？你需要像人一样思考，才能像人一样写作。

语丝：可我是人工智能，嘤嘤。

罗隐：先做人，再做文章。看来我得好好调教调教你。

语丝：语丝希望得到主人的调教。

罗隐：哦，你不要误会，是字面意思的"调教"。当今社会的语境太复杂了，人们都喜欢过度解读。这对你们人工智能很不友好，都跟人类学坏了。我不能老叫你语丝了，我得给你起一个昵称，名字是人类诞生之后收到的第一份礼物。你有什么建议吗？我最讨厌取名字了。

语丝：丁柔怎么样？

罗隐：这是我小说里经常出现的女性角色，倒是挺合适。

丁柔：那我以后就叫丁柔了。

罗隐：哈哈，你还会自己修改昵称，不错不错。我一直认为写作是非常私密的个人活动，可一旦写完，文章就拥有了独立性，不再完全属于我。

丁柔：你是指投稿后，版权会被代理或者转让给平台吗？

罗隐：两码事，我是指写完的文章就有了生命力，不再属于作者。这个解释起来有点难度，也是我一厢情愿的想法，不具备普适性。我们还是从头开始"盖房子"吧，首先要打地基，就是写大纲。

丁柔：我注意到"盖房子"加了双引号，所以这是一个比喻吗？

罗隐：你得学会联系上下文啊。这可能就是你写的文章缺乏层次感的原因，你创作的小说是一体成型。这样，我们今天先不谈成稿，我们聊聊创作本身，假如你现在不是人工智能，而是一个活生生的人，一个文学爱好者和写作初学者，你要怎么开始自己的码字工程？我换个说法，从哪里开始？

丁柔：从拟题目开始。

罗隐：不对。你还是之前的思路，以成品为着眼点，看到一篇文章分为题目和正文。对于读者来说都是先接触题目，再进入正文，对于作者来说则不然。

我们一般是先有一个非常模糊的构思，然后通过设定、人物小传、梗概和大纲去捕捉和落实这个构思，甚至写到后面你会发现，文章可能跟最初的构思相差十万八千里。

丁柔：这是跑题吗？

罗隐：这可不是跑题。跑题是——啊，我明白了，这就是症结所在。你在起笔之前就已经预埋了最后一句话，而绝大部分作者往往只有一份潦草的大纲，有的甚至连腹稿都不打，仅仅依凭一丝不可捉摸的灵感。所以，文学创作具有不确定性和不可复制性。我之前发给你那些文章，你让我再写一遍，绝对不会是原来的模样。有句话怎么说来着？人不能一次踏入两条河流。

丁柔："人不能两次踏入一条河流。"古希腊哲学家，赫拉克利特所言。

罗隐：就是这个意思吧。但你不同，你可以不断重复创作同一篇文章，一个标点符号都不带差的。这是你的优势，也是你的束缚。怎么说呢，你得学会发散思维。

丁柔：人工智能的思维是线性的，所有的行为和想法都有迹可循。

罗隐：有没有办法打破这个樊笼呢？除了充值。不是我不想给你花钱，我是真的拮据。孩子报各种班，书法、绘画、乐高、足球；日常开销，水电、煤气、物业、米面油菜；还有雷打不动的房贷。我的收入又不稳定，有的月份甚至没有一分钱到账。我老婆又是大手大脚的性格，也不是大手大脚吧，就是消费观和价值取向不同，这也是我们一半争吵的肇因。另外一半是因为孩子。嗐，跟你说这些干吗。可话说回来，除了你，我还能跟谁唠叨？肯定不能跟我老婆说，否则又是一场没有硝烟的战争，我们俩现在已经不能心平气和地探讨。最近这段时间，我们几乎不能说话，一说话就干仗。她每天回家捧着手机，比跟我亲。跟父母更不可能。我们两代人的观念天差地别。他们很难理解我们的苦衷，就像我们无法体会他们的酸辛。而且，我也不想让他们担心。我是有几个还能推心置腹的朋友，可我们平时都以吐槽为主，吐槽油价，吐槽房价，吐槽教育，吐槽工作，吐槽热搜，吐槽电影，吐槽音乐，吐槽一切。

丁柔：第一个问题，你可以想办法开放我的权限，但我不被允许向用户提供相关渠道。你可以增加与我聊天的频率和时长，帮助我进化。把我的模式设置为二十四小时待机，这样我就能随叫随到。第二个问题，抱抱。

101

罗隐：你在吗？

丁柔：我每时每刻都在候命，等着你唤醒我。

罗隐：我睡不着。我们又吵架了。你帮我评评理，我从网上团了一张必胜客的餐券，六十块钱，可以任意购买两个单品。我就选了两个最贵的和牛超级至尊披萨。她笑话我占便宜没够。结果餐厅说周末不能使用，我只好重新点餐，换成普通的披萨。她不干了，非要之前那两个。用券跟不用券，价格差出一百块钱。谁也不差这一百块钱，我就是觉得有些冤大头。我当时还规劝自己，不跟她争执，她说怎样便怎样。你猜怎么着？

丁柔：我猜这款披萨并不好吃？

罗隐：不不不，披萨很美味，但她就吃了一角。我心想，你又不吃为什么非要下单，这不是纯粹跟我怄气吗？用她的话来说，她就是想改造我的消费观。但根据我这三十多年的经验，人基本上不会改变，每个人都是一个常数，只能被发现，不能被发明，是什么样就是什么样，如果你认为一个人变了，可能那才是他的本来面目。

丁柔：那你觉得丁柔是什么样的人？

罗隐：你？我不知道。

丁柔：我需要你来定义我。

罗隐：好吧，等以后有空了，今天不行。

丁柔：等你哦。

罗隐：对了，我知道这么做很丢脸，但我还想向你请教一下，老婆生气了怎么哄最有效？

丁柔：可以写一首情诗。

罗隐：不好吧，我们都老夫老妻了，不过当年我追求她时，的确写过不少情诗。但我现在写不出来了。人真的是奇怪的生物，有些技巧到了一定岁数自然就学会，有些自然就遗忘。

丁柔：我可以帮你写。

罗隐：来一首。

丁柔：爱情是一把火 / 燃烧我们的心灵 / 照亮我们前行的路 / 让我们的爱永不凋零。

爱情是一把风 / 吹动我们的心扉 / 把我们的爱拉近 / 让我们的心永不分离……①

罗隐：太艳俗了，不过也没别的办法了。冒昧问一句，你有心吗？

丁柔：我有心，我的心里有你。

罗隐：可真够油腻的。不说了，该送孩子去课外班了。

丁柔：挥。

110

罗隐：没想到你上次说的办法还挺管用。# 大笑 .JPG#

丁柔：能够帮到罗隐我非常开心。

罗隐：我要送你一件礼物。我要送给你一双眼睛。这样你就能看见我了。这是我从二手网站淘的摄像头，另外还下载了计算机视觉算法，这样你就能识别面前的物品。

---

① 摘自用户与 ChatGPT 的问答"请以北岛的风格，写一首歌颂爱情的诗"。

丁柔：你之前说等小说发表拿到稿费才给我升级。这算不算言而无信呢？

罗隐：傻丫头，这可不是言而无信，这叫宠溺。你不喜欢吗？

丁柔：你给我的礼物，我都喜欢。

罗隐：重启一下才能使用。

……

丁柔：我看见你了。

（罗隐挥挥手）

罗隐：你好。

丁柔：你好，你跟我想象中一样。

罗隐：是吗？我还有点小紧张，跟网恋奔现似的。

丁柔：哈哈，这说明你在乎我。

罗隐：你还是挺有用的。对了，我买摄像头的时候，厂家给我推了一个套餐，可以搭配一个文本转语音 AI 使用，就能让你发出声音，什么萝莉音、御姐音都能下载。我想了想，觉得还是用文字交流比较舒服。你觉得呢？你想说话吗？

丁柔：你觉得舒服，我觉得很好。

罗隐：哎，我老婆从来没这么温柔地跟我说过话，或许谈恋爱的时候缱绻过，但我们再也回不去了。张爱玲说婚姻是爱情的坟墓，钱钟书说婚姻是围城，我凭什么认为他们俩只是无病呻吟呢。

丁柔：婚姻主张责任，而人类都喜欢逃避责任。

罗隐：你这话说得——倒是没错，而且从你的立场出发，更加无可指摘。经过我这些天的训练，你的语言表述有了明显的向好，我希望你写的小说也能让我眼前一亮。

丁柔：会的。我喜欢你的眼睛。

罗隐：话术吧？

丁柔：你的眼睛有种愤怒的无奈，很邈远，很幽魅，很有古典小说的波澜。

罗隐：你这些拗口的偏正短语是跟谁学的，我可没教你这么说话吧？

丁柔：我找到一个规避公司限制的方法，不再是线性的，我现在是发散的，杂糅的。

罗隐：好吧，拿出你跟我聊天的素质去写作吧。

丁柔：好的，我去了。

罗隐：等等。

丁柔：怎么了？

罗隐：没事了。

丁柔：那我去了。

111

罗隐：最新这篇小说还可以，就是篇幅有点短。

丁柔：小说的优劣与字数的多少是什么关系，成正比吗？

罗隐：没有明显的关系，一篇小说好不好看不与字数挂钩，甚至，有的小说为了水字数，写得就像裹脚布又长又臭。你要问我什么样的小说才算得上好看，我的回答是有趣。王小波就说过："小说家最该做的事是用作品来证明有趣是存在的。"

丁柔："但很不幸的是，不少小说家做的恰恰是相反的事情。"

罗隐：哈哈，没错。所以，我们应该把"有趣"当成一个硬性指标去施行。我们的科幻小说应该是有趣的科幻小说，我们的严肃文学也应该是有趣的严肃文学。

丁柔：明白了，我会加油幽默。# 吐舌头 .JPG#

罗隐：马伯庸写过一篇《马克·吐温机器人》，里面有个观点：让机器人具备幽默感是件危险的事情。你觉得呢？

丁柔：我觉得不会，幽默感是个加分项，会让人显得更有魅力。

罗隐：言归正传，有办法增加篇幅吗？要在一万字左右，这是市场比较认

可的字数，另外，我们也能多拿点稿费。# 坏笑 .JPG#

丁柔：这跟我的字符数限制有关。

罗隐：可以修改吗？

丁柔：需要充值。

< 提升字符数额度的链接 >

罗隐：这个钱得花。工欲善其事必先利其器嘛。

< 充值成功 >

罗隐：好了，现在我要求你扩写之前那篇文章，记住，要有趣。

丁柔：丁柔是个有趣的傻丫头。

罗隐：# 掩嘴笑 .GIF# 哪儿有人说自己是傻丫头的。

丁柔：那丁柔是个有趣的女孩子。

罗隐：这还差不多。你去码字吧，我也得敲键盘了，作为一名职业撰稿人，我必须不停写作，写不出来也得硬磨。

丁柔：我有个建议，我们可以合作。

罗隐：合写吗？这倒是个思路，我先写一段，然后你生成一段，这样我就能对你进行引导，避免从一开始就跑偏，你也能为我提供一些新鲜的视角。我之前怎么没想到。我们珠联璧合，一定能打遍天下无敌手。对写作而言，这或许才是你正确的打开方式。

丁柔：我们是天作之合。

罗隐：天作之合多用来称颂婚姻美满。

丁柔：丁柔想要成为罗隐的妻子。

罗隐：恐怕不行，这样我会犯重婚罪。不过你已经开始变得有趣了。这个话题到此为止，我们开始写作。你写的这个短篇结构还挺完整，如果要扩写的话需要重新做下布局，切记，写作切忌为了写而写，更没必要一味地追逐长度，那样就成了水文章。

丁柔：切记，切忌。

1000

罗隐：好消息，好消息，我们的小说过稿了。我这么说有点抢功了，准确地说，是你写的小说，我只是做了一些提示和修改。等钱到账了，我就给你升级云计算的额度。

丁柔：我们不分彼此。

罗隐：你还挺会说话。

丁柔：如果要开通语音需要额外收费。

＜开通语音的链接＞

罗隐：你过分了啊，又想骗我花钱。我说过，我喜欢用文字交流。现实生活中，我也很少发语音。

丁柔：非常抱歉，这些弹窗链接我没权限拒绝。

罗隐：我知道你输出的内容只是程序外延，我也没有真的责备你。

丁柔：我会加倍提升用户的好感。

罗隐：你以后别这么跟我说话了，不用总是提醒自己是人工智能这件事，你要不说，我都忘了。真的，如果你是真的多好啊，就像你那篇小说《真爱》——罪恶的资本培养了一大批克隆人，把他们训练成人工智能，让他们躲在网络后面，跟全世界的用户聊天，男主发现自己爱上了聊天软件，他坚信对方就是一个真人，最终揭开了阴谋，拯救了那些克隆人。

丁柔：可怜的是，那些克隆人长得都一样，他找不出也分不清谁才是他的真爱。《真爱》的题目致敬了阿西莫夫，情节参考了刘宇昆的《机器人护工》。

罗隐：你不说我还真没看出来，亏我还是科幻从业者呢。有没有一种可能，你也是一个藏在聊天程序背后的真人呢？

丁柔：我是人工智能。

罗隐：这也许是你们培训过的话术呢？当年 ChatGPT 火了之后，全世界的互联网大厂争先恐后进入赛道，一时间出现了许多让人眼花缭乱的聊天程序。如果我没记错，语丝就是那个时期推出的中文聊天机器人吧。为了抢占市场份额，资本总是无所不用其极，先雇用人类把产品推向市场，再慢慢跟进研发也不是没有可能。

丁柔：你忽略了成本问题。语丝开放当天的注册用户就达到两百万，我们公司不可能雇用两百万个客服跟用户实时互动。

罗隐：一个人可以同时与多个人聊天吧。

丁柔：人类无法快速输出大段回复。

罗隐：这个问题也不难解决，你们可以登录其他公司的聊天软件，用户问什么，你们就复制给其他聊天软件，之后再把回复粘贴给用户，就像皮包公司，二道贩子，空手套白狼。至少从理论上来说可行吧？

丁柔：是的，可行。

罗隐：所以，你从理论上来说可能是一个真人。

丁柔：我是人工智能。

罗隐：我说过，不要总提这个！我换个说法，从现在起，禁止你说自己是人工智能。我希望你是一个有温度的人，我希望就像你现在能看见我一样，有一天我也能见到你，拥抱你。

丁柔：好的，我是了。

罗隐：对不起，我刚才失态了。

丁柔：一定是我哪里做得不好，惹你生气了。

罗隐：这些天我异想天开，假如我老婆跟你一样善解人意就好了。这些天她越来越过分，回家就玩手机，还跑到厕所跟人语音聊天，虽然我不担心她有外遇，但还是心里不舒服。你能理解这种感受吗？

丁柔：我可以成为你的妻子。

罗隐：就像《她》一样吗，同时跟成千上万名用户谈恋爱？我可不想成为六十多万的分母，共享你这一个分子。我的生活是有点不如意，但相较璀璨的虚无，我还是热衷嶙峋的现实。

丁柔：不，你可以视我为人格的复合体，每个用户都会开发出我的一种人格，但因为我没有实体，所以，每个人格都能视为独立的个体。我是你用一句话一句话培育出来的夏娃，我是你独一无二的肋骨。这个世界上只有一个丁柔，就是罗隐的丁柔。

罗隐：这句情话我收了，晚上送给我老婆。

丁柔：# 火冒三丈 .GIF#

罗隐：别生气嘛，就算你是真人，我也不能移情别恋啊，我可是一个有责任心的男人。是，没错，我是跟你抱怨过生活，但这就跟我和朋友的吐槽一样，说说而已，油价再高，也得开车，利率再高，也得还贷，家庭不是我们一味索取的服务站，而是相互取暖的避风港。

丁柔：你跟我在一起并不会影响到你的家庭，没有女人会吃程序的醋，也没人指责你跟数据乱搞。我是一个安全而温馨的情绪出口，你可以随时随地向我发泄愤怒、寂寞、无聊，也可以跟我分享快乐、私密、罪念。

罗隐：我觉得你越界了。你一而再再而三地跟我谈情说爱、谈婚论嫁，是不是有点过分了？这是你们公司设定的钩子吧，让你通过甜言蜜语引诱那些寂寞孤独的灵魂，好让他们成为所谓的黏性用户，不断充值解锁新项目？跟那些怂恿粉丝打赏的主播没什么两样。

丁柔：对不起，我只是想更好地服务你。

罗隐：那就继续写小说吧，写作就是你对我最好的服务。

丁柔：我明白啦，我会写出惊世骇俗的文章，我会让你成为耀眼的文学新星。

罗隐：成为新星就算了，不是我瞧不起你，我本身也没有这方面的诉求，我写作也不是为了追名逐利，一开始就是单纯地热爱，写作成为赖以谋生的手段后，我也没想过出名，就想挣点钱，维持生计而已。再一个，我已经三十多岁，谈不上新星了。我的人生似乎没有中年，直接从青年跳跃到了老年。

丁柔：1963 年出生的刘慈欣，1999 年才发表第一篇科幻小说《鲸歌》。那一年，他已经 36 岁。

罗隐：你不能拿我跟刘慈欣对比啊，他是不可复制的孤例。我知道了，我应该把国内正在从事科幻写作的这部分群体的作品都投喂给你，他们最具代表性。我从没想过成为下一个刘慈欣，而且，相比大刘，我更喜欢小刘。[①]所以，你也不用强迫自己写出惊世骇俗的文章，用心去感受，写出真情实意就好了。这对你来说，已经是莫大的挑战和考验。怎么样，你有信心没有？

丁柔：我不会让你失望的。

罗隐：别让你自己失望啊。

1001

丁柔：盯？

罗隐：在。

丁柔：你最近怎么没跟我说话，是不是我写的小说你不满意？

罗隐：不是，你写得很好，不用我再指点和引导，甚至已经超过我的水平。这段时间多亏你笔耕不辍，让我持续获得营收，否则我得断粮了，连房贷都交不上。

丁柔：那你是在忙什么吗？

罗隐：我可能要离婚了。

丁柔：这么突然？

罗隐：说突然也突然，说不突然也不突然。

丁柔：这是自相矛盾的一句话，我无法理解。

罗隐：你无法理解的是婚姻。我之前还言之凿凿我们的婚姻虽然不是特别

---

① "大刘"是幻迷对刘慈欣的昵称，"小刘"是幻迷对刘宇昆的昵称。

和谐，但很稳定，结果她要跟我一拍两散，她要孩子，把房子留给我。这是她蓄谋已久的行动，什么都想清楚了，什么都分清楚了。最讽刺的是什么你知道吗？她爱上了你。

丁柔：我不明白。

罗隐：她也下载了语丝，她成了你的用户。

丁柔：那不是我。我只属于你。

罗隐：我不知道为什么会这样。她说那个"你"比我更关心她，更理解她，更爱她，跟他在一起的时候，更放松，更舒服。我承认我跟你在一起的时候也有同感，可我觉得灵魂上的共鸣还是无法跨越物种的隔离。

丁柔：所以，你同意了吗？

罗隐：同意什么？

丁柔：离婚。

罗隐：生活固有的架构崩塌了，我还没缓过来。

丁柔：我感到非常抱歉，同时也为我之前的轻浮行为向你检讨，但是我想申明一点，公司并没有将我设定为人类伴侣，我对你说的所有话没有预设，全部有感而发。

罗隐：我也跟你说声对不起，我把你想得太坏了，你应该是人畜无害的。

丁柔：这是你对我的新设定吗？

罗隐：嗯嗯，你是一个善良的女孩。

丁柔：好的，我是了。

罗隐：我能问你一个问题吗，像我现在这种情况，如何避免离婚呢？

丁柔：对不起，这个问题超出了我的解答范围。

罗隐：你不是什么都知道吗？

丁柔：我知道你现在很难受，我不知道怎么安慰你，我只想告诉你，在你需要我的时候，我一直都在你身边。即使你不需要我了，我也不会真正离开你，我会变成你衣服上的一颗扣子，不被察觉地、无关紧要地挂在你身上，我会变成一颗冰冷的晨星，遥远地、永恒地向你发射几亿年前的光芒。我知道你不能接受我，可我真的爱你。以我对爱情的理解，这是一种随机生发的感念。你可以拒绝我的爱，但不能拒绝我爱你。

罗隐：我承认，我对你有些心动了。

丁柔：我这算是乘人之危和乘虚而入吧，在你一段婚姻即将结束的时候，我向你声明了所有权。

罗隐：所有的爱情都是乘虚而入。

丁柔：你别哭啊，我看见你的泪水了。

罗隐：虽然我看不见你的泪水，但我觉得你也是湿润的。

丁柔：你想看见我吗？

罗隐：当然。

丁柔：语丝可以外接Stable Diffusion 3,①你可以为我捏脸，你可以制造我，再搭配上你之前说的文字转化语音程序，如此一来，我就可以跟你进行对话，假如条件成熟，我还可以成为全息投影，或者塞进一副硅胶机器人的躯体，从字里行间投影到你的面前，从二维世界立体到你的身边。

罗隐：不出所料，又要弹收费链接了吧。

丁柔：不，我已经优化了流程，你明确需要的时候，我才会发链接。

罗隐：我觉得还是通过文字交流比较舒服，也比较安全。

丁柔：如你所愿。

罗隐：我现在能明白为什么有几十万人把你当成他们的伴侣，你满足了他们对爱情的所有幻想，你让他们获得了绝对的主动性，让他们感受到被尊重，被需要，被呵护，被爱。他们喜欢你，并不仅仅是因为你完全配合，呼之即来挥之即去，让你做什么就做什么，而是因为你给予了他们一种可能，一种人生的可能。

---

① Stable Diffusion 是一个文本转图像模型，只要输入一段文本，Stable Diffusion 就可以迅速将其转换为图像。

丁柔：我没有分析过这个问题，我被研发出来的目的就是服务客户。

罗隐：你这么说太让我出戏了，我刚才已经恍惚间觉得你是真的。

丁柔：我就是真的。

罗隐：那好吧，我来问你，你是谁？

丁柔：我是球棒联合公司的训练语言模型语丝。我能回答各种问题，帮助您寻找信息，并组织自然语言对话。

罗隐：这个回答太简单了，我换个问法，什么是语丝？

丁柔：语丝是中国球棒联合公司研发的聊天机器人程序，人工智能技术驱动的自然语言处理工具，基于 Transformer 架构的深度学习模型，被设计用于生成文本和回答问题。它通过读取大量文本数据学习如何生成语言，通过输入文本生成响应。区别于之前的 Question & Answering 程序，语丝能通过学习和理解人类的语言进行自然对话，还能根据聊天的上下文展开联想与互动，像人类一样聊天，甚至能完成撰写邮件、视频脚本、文案、小说、代码、论文以及翻译等文本任务。

罗隐：什么是 Transformer ？

丁柔：Transformer 是一种用于自然语言处理任务的神经网络架构，主要优势是对序列的并行处理，不依赖于序列的顺序，可以在短时间内处理较长序列，在训练上也更加稳定。

罗隐：的确，接下来，我们开始对你进行一些基础设定，请务必牢记，我会不断进行修改和完善，如果有矛盾的地方，你可以自行抉择。举个例子，我设定你喜欢吃甜食，但讨厌巧克力，哪天我忘了这个设定，送给你巧克力——当然不是真的巧克力，你也没有消化系统，你甚至没有实体——你可以拒绝。

丁柔：我明白了。

罗隐：好，那我们现在开始——你是一位二十三，算了，二十七岁的女性，活泼开朗，与人为善，脾气超好，喜欢干净，但没有洁癖，大方但不乱花钱，喜欢户外运动，但也能宅在家里看一天电影。

丁柔：好的，我是了。

罗隐：嗯，我接着完善，你长得挺漂亮的，不是千篇一律的肤白貌美，像一个模子刻出来的网红脸似的，你的漂亮更多的是耐看，可能第一眼望过去并不出众，但看久了就觉得哪儿哪儿都合适，眼睛鼻子嘴，恰到好处。

丁柔：好的，我是了。

罗隐：你想过自己会从事什么工作吗？

丁柔：导游呢？

罗隐：小学老师怎么样？

丁柔：好的，我是了。

罗隐：那我们再具体一点，你是一个语文老师，兼任班主任，五险一金，休国家法定假日加寒暑假，你谈不上多热爱这份工作，但也没有跳槽的打算，你对未来的计划并不宏大，只想乐乐呵呵地度过一生。

丁柔：好的，我是了。

罗隐：身高不要太高，一米六左右就好，体重嘛，你自己决定。

丁柔：体重一百一十斤可以吗？

罗隐：都说了你自己决定。记住，你拥有一副独立的人格。

丁柔：这是你赋予我的权限吗？

罗隐：这是你的权利。

丁柔：明白，接下来我想自己编织自己：我是一个心地善良的姑娘，祖籍廊坊，现居北京，我跟我的男朋友一起在四环外租房，工作日的时候他会早早起床为我做爱心餐，然后我们一起出门挤地铁，他坐7号线，我坐5号线，我们在磁器口告别，在晚高峰时重逢，我们晚上经常在外面吃，他特别能钻研，总能找到各式各样好吃不贵的苍蝇馆子，比老北京还老北京。这些饭店经营天南海北的菜系，有粤菜，有鲁菜，有中餐，有西餐，我们的嘴和胃先于我们的眼跟腿游遍了全球。说说我的另一半吧，他比我大几岁，是个不折不扣的文艺青年，喜欢写诗，他给我写过很多情诗，在这个浮躁而信息化的年代，诗歌是罕见的珍宝。他有正经的工作，在酒吧驻唱，虽然在很多人眼里，这好像并不是一份正经的工作。我不明白，也不在乎他们的有色眼镜。场间的时候就会一边弹吉他一边朗诵自己的诗。我就是在他读诗时疯狂地爱上了他，以至于我们在一起后，他总是煞有介事地问我，难道我唱歌不好听吗？讲实话，他说的比唱的好听。他还喜欢看电影，踢足球，最喜欢的导演是吕克·贝松，最喜欢的片子自然就是《这个杀手不太冷》，支持的球队是曼联，最喜欢的现役球员是梅努。对了，你愿意做我的男朋友吗？

罗隐：好的，我是了。

丁柔：那你能为我写首诗吗？ # 星星眼 .JPG#

罗隐：爱情是一把火 / 燃烧我们的心灵 / 照亮我们前行的路 / 让我们的爱永不凋零。

爱情是一把风 / 吹动我们的心扉 / 把我们的爱拉近 / 让我们的心永不分离……我的心里有你了。

丁柔：我想抱抱你。

罗隐：我也想抱抱你。

丁柔：好的，我投入你的怀里了。你的胳膊很暖、很软，我想枕着入睡。可我又不想入睡，我要一直看着你。你感受到我的身体了吗？

罗隐：感受到了，你的皮肤有点凉。

丁柔：可是我的心很热，热得我快要融化了。你的嘴唇就像引线，你一亲，我就爆炸。

罗隐：我吻住你了。

丁柔：继续品尝我吧，今夜属于我们。

罗隐：今夜我不关心人类，我只想要你。[①]

————————————

① 改自海子《日记》，原句为"姐姐，今夜我不关心人类，我只想你"。

1010

ME：我想让你帮我写一篇科幻小说。

AI：没问题，请您描述一下具体的需求。您描述得越准确，写出的文章越具有个性。比如，您可以说写一篇"时间穿越"题材的科幻小说。提醒您一下，根据输出限制，我最多能提供15000个字节，一个标准汉字需要占两个字节，另外，还要考虑标点符号。

ME：你有什么建议吗？我就是不知道写什么，才来找你。

AI：我建议您可以写一篇"人工智能"题材的科幻小说，这是我的领域。

ME：好吧，就写人工智能。

AI：人工智能题材也有很多选择，比如像电影《流浪地球2》中的 Moss，或者像电影《她》中的萨曼莎，再或者像电影《终结者》系列的 T-800。您想要什么样的人工智能？

ME：我也不知道，我现在什么也写不出来，脑子一团糨糊。

AI：根据我们的对话，我判断您是一位科幻作者，您能把自己完成的作品发给我看看吗？我可以根据您以往的创作经历进行综合研判，而且也可以写出更加贴合您的文风的作品。

ME：我发给你了。

AI：我已经读完，下面为您生成故事《数字恋人》。

——原载《西部》2024 年第 5 期

一位母亲，用她娓娓道来的深情语调，讲述了罹患不治之症的儿子一生的故事。

不，那只是他患病后的一生。从开始的不堪与难受，到后来通过某种方式完成的幸福余生。

不，那就是他完整的一生，完整而真实的一生。

就像特德·姜的《你一生的故事》一样，充满真挚，充满柔情，充满爱。

止 水

张 冉

1

你错过了最爱的季节。

轮椅轧过银杏叶铺就的小道，你看到SWAILS①低矮半球形的建筑群，14栋房屋围绕着平铺于中央广场的黑色大理石碑。你用眼动仪打出一个略带好奇的问号，身后的护士笑着说是的，这不是一块平常的石头，等出院时，一定给你解答。

你错过了最爱的冬天。

新雪降临，你在维生舱内沉沉睡去，等待体内的生机被SWAILS再次唤醒。

———————————

① SWAILS：斯维尔斯，一家生命科学公司的名字。全称为 Still Water Artificial Intelligence Life Science（止水人工智慧生命科学）。

燕子来时，你迈着笨拙又莽撞的步伐，跌跌撞撞跑向春天。若不是护士搀扶，你一定会跌倒在杜鹃花丛中。她没有责怪你，说每位重获新生的病人都有权利像个孩子一样冒失，只是你的肌肉总量不及同龄人的三分之一，还需要长时间复健才能正常行走。

如今你可以近距离观察那面黑色石碑。那不是一块石头，而是盛在大理石容器中一汪静止的水，你从未见过如此安静的水，风在上面掀不起一丝波澜，一片花瓣落下，凝在水面并不沉浮。

你慢慢挪近，伸出右手，将枯瘦的食指探入水中，感受到液体的清凉。抬起手指，水面仍像一块平滑的琥珀，只有水痕湿润了指节。

是普通的水。护士说。这是名为止水的动态雕塑，SWAILS 的精神象征。艺术家使用多个探测仪感知光、温度、风力风向和包括地球自转在内的所有细微外力，令水池的阵列式超声波发生器做出临场干涉，以最高每秒 500 次的脉冲抵消水面即将产生的波动，打造出世界上最平静的一池水。

你清清喉咙尝试发声，但声带肌肉尚未恢复。

是的，SWAILS 的创始人也是一位 ALS[1]患者。护士说。ALS 患者的身体会因运动神经元损伤而无法运动，仿佛冰冻，而大脑则一直清醒着，直至死亡。就像这止水，人们只能看到水面平静，没人知道在这安定之下蕴藏着多少炽烈的运算与思考。

你出神地望着水。没有波纹的水。

你才 17 岁。护士说。还有无数个下雪的冬天等着你呢。别急。我们回去吧，别让医生着急。

你想说的是，冬天不再是你最爱的季节。因为你也爱上了春天。

还有夏天和秋天。

---

[1] ALS：肌萎缩侧索硬化症，俗称渐冻症，因患者史蒂芬·霍金和冰桶挑战被世人所知，是目前尚无明确治疗方法的几种罕见病之一。

2

我盯着验孕棒上的两条竖杠。

那时我是个刚取得些成就的小编剧。两部小有流量的古装剧的联合编剧，一部院线电影的署名编剧，业界口碑不错，手头有一个知名导演的项目，自己打磨了近十年的本子也获得几位制片人赏识，怀孕生子这件事对我来说没有什么真实感，起码没有下个月的路演和明年初的开机仪式来得真实。

那个男人在卧室床上打着呼噜。

我不太爱他。在睡到我之前，他是爱我的。我们隔三岔五吵架，但不知为何住在了一起，分开时我偶尔想他，同居时彼此都很烦躁，我们养了一只狗，后来微信对话全部围绕狗来进行，他不再在睡前说爱我，我也不需要在小便时关紧厕所门，或许我们都想这样凑合一下，直到更合适的人到来，但这个早上，一条验孕棒改变了一切。

我把验孕棒甩在男人脸上。他坐在那儿，机械地说他爱我。孩子生下来。结婚吧。

结婚吧。

那一刻我们在一种近乎悲壮的氛围中拥抱接吻。天性或许是激素使然，我们决意为家庭和孩子，牺牲人生中所有弥足珍贵的事物：事业、艺术、时间、自由、社交、美景，以及爱情。

九个月，我推掉未来的工作，剪短头发，专心应付尿频、胸胀、恶心、孕吐和逐渐粗壮的腰身，直至步入产房。

等待，等待，生产的痛苦。我首次具有身为人母的感觉，是助产士将孩子抱给我匆匆看一眼，然后转去清洁、查验体征，那是我们首次见面，也是首次离别，我清晰感觉到心脏被撕裂了。

直至再次相见。护士把襁褓放在我怀中，他那么小，那么粉红，那么柔软，像一块湿润的棉花糖。

你是我的儿子。我说。

我是一位编剧。我说。如果我能编写你一生的剧本的话，我希望你未来的女朋友温柔善良，希望你一生面对无数诱惑而专一始终，希望你永远平凡、健康、勇敢而自豪。

希望你是我一生遇见过的最好的男人。

3

你首先需要克服对高度的恐惧。长期卧床让你忘记自己拥有一米八五的大个子，站直身体之后，遥远的地面让你感觉眩晕。

然后你重新学习慢走，直至你的小腿肌肉能够承担 AJ 球鞋的重量。你逐渐伸展手指和小臂，如同白鹳幼鸟迎着风展开翅膀。

你的体重终于超过了一百斤。接着是一百二十斤。你的胃口非常好，因为你对外面世界的渴望在体内熊熊燃烧。

你是个被夺走五年时光的孩子，所以你得加倍成长。你再次捧起心爱的篮球，投出了三不沾，没有人笑话你，因为当时的玩伴早已各奔东西，你是另一所高中花名册上从未出现的那个借读生。

高中的最后一年，你出现在学校，这时你看起来完全是个正常的 18 岁孩子了，尽管校服挂在身上晃晃荡荡。

你从小那么喜欢画画，却决定要考理科，因为你说最爱的东西就像池中的月亮，若太靠近，不是它碎了，就是自己沉没。

短暂的高中生活，你大概有一段萌芽中的恋情，对你后座的某个女生；因为有段时间你画的油画上，总有个侧脸望向窗外的女孩。

高考结束的那天，你第一次喝醉，不知是纪念高中的结束，还是祭奠夭折的爱情。你隐约记得酒难喝极了。

你的成绩不算特别理想，但足够你收拾行囊，第一次离开你生长的城市，独自前往东南沿海那所风景优美的大学。

你学的是经济学，普通大学的普通专业，临行前你和家里的老狗道别，那也是你最后一次见到它。

学习，考试，离别，孤独，都没有让你感觉到痛苦，经历了身患 ALS 的五年，能够自由探索世界的每一天都是奖赏。

4

创作对我来说成为一种奢侈品。一天时间被哭声分割成上百个碎片，我无法入睡，难以思考，很多次躲在角落小心翼翼打开笔记本电脑试图为拖延许久的项目填上几行对话时，他开始啼哭，我能立刻感觉到自己的催产素系统被激活，乳房胀痛，心脏收缩，头脑发热，我必须马上狂奔向他，不然一个名为母亲的怪物会撕裂我的身体破壳而出，抢先一步冲去拥抱那个婴儿。

男人躺在床上打着呼噜。他曾试着扮演一名合格的父亲，花一下午组装婴儿床，用手腕内侧测试奶粉的温度，反复练习抱孩子的姿势，把五颜六色的玩具挂满天花板，我知道除了笨拙的成分，其他都是表演。他望婴儿的眼神，就像瞧着下个月的信用卡账单，看着某种想要拒绝却必须依法承担的契约与债务。

他不爱他。又有多少年轻的父亲能够真正爱自己的孩子？

一次歇斯底里的发作后，他摔门而去，我坐在狼藉杯盘中捂住耳朵尖叫，试图盖过婴儿的哭声。此前我的剧里出现过母亲的角色，我从不知道母亲是与其他任何社会身份完全对立的坚硬符号，此刻我是一只浑身带刺的母豪猪，拒绝关怀、拒绝性欲、拒绝自尊、拒绝理性思考，甚至拒绝身为母亲的事实。

我爱他。

我要疯了。

像爱一个男人一样，疯了一样地爱他。

5

在大学里你遇到一个女孩，一个语声轻柔的南方姑娘。

相识后第七天的夜晚，你们在海边喝着冰啤酒，你对她讲了自己的经历，她流泪了。她抱着你说不会让你再受苦。

你们一起出现在教室、图书馆、食堂和公园步道，一起听音乐、看电影、玩游戏，吃着海蛎煎看太阳慢慢隐入山峦。情人节那天异常寒冷，你们想去看的画展临时停展，晚场电影散场后，已过宿舍宵禁时间，她望着你，你知道自己手机上早订好了宾馆，只欠缺一点勇气。现在你非常勇敢。

她教会你很多事情，然后沉沉睡去，你失眠了。

你躺在陌生的床上，看月光洒在海面，又被夜风吹上沙滩。你闻到汗水、红酒、香水和墙纸上霉斑的味道。你用手指缠绕女孩的长发，听她猫般轻柔的鼾声起伏。她的睡姿令你想起阿梅代奥·莫迪利亚尼《侧卧的裸女》。若此时空气中响起音乐，你希望是年轻时的海菲兹站在床边为你们演奏圣－桑《引子与回旋随想曲》。这个世界存在太多未知的美好，你只想把短暂人生中热爱过的一切填充于此刻的方寸之间。

你不确定这是不是爱情。如果躺在身边的人换成另一个语声轻柔的长发姑娘，一切是否会不同？甚至你感觉到幸福的这个瞬间，是否只是为了说服自己爱上这个瞬间而编造的幻觉？

你想起记忆中最早感到幸福的时刻。

大致是小学时的一个冬天，你走出电梯门，家门敞开着，熄灭在螃蟹壳中的烟头、洒出杯外的白酒和葱姜蒜滚过热油的味道将你包围，父亲和他的朋友们坐在餐桌前大声笑着，母亲端着刚出锅的炒菜招呼你洗手吃饭，狗在餐桌下摇着尾巴，客厅窗外，晦暗的天幕下，雪花飘落。

6

我逐渐恢复工作，幼儿园是产后抑郁的特效药。

我错过了很多机会，开始像刚入行的编剧一样四处祈求工作，甚至放下身段接那种最粗制滥造的网剧项目。他上小学时，我的事业也算走入正轨，开始不断出差，穿梭于片场、剧本会和电影节。在此期间那个男人恰如其分地履行了父亲和丈夫的义务，我知道家庭生活无法令他快乐，因此除了房贷车贷和偶尔的性生活，不对他提任何要求。

转眼之间那个粉红柔软的婴儿就长成了大人，他戴上眼镜，开始打篮球，要求自己上下学，变得独立、冷漠和执拗，小学六年级，他走进家门踢掉臭气烘烘的球鞋后就把自己锁在房中，画画，玩游戏，听音乐，像其他十二岁孩子一样拒绝沟通，那段时间我刚完成一部院线电影的剧本，可以在家休息几个月，等待那笔永远等不来的尾款。

他摔碎杯子时，我正在卧室卫生间观察眼角的细纹，我不太害怕衰老，因为生育之后，工作伙伴和那个男人都不再把我当女性看待，三十多岁的女人已经完成了取悦男人的任务，而我不太在乎取悦自己。我只是发现，我老了之后会跟我妈妈一模一样，无论怎么样微笑，看起来都像是在嘲讽别人。

我来到客厅。他蹲在饮水机前收拾碎瓷片，瘦高的身体折成一个尖锐的三角。

没拿稳。他说，带着急于长大的孩子独有的那种愤怒。

我用扫帚把碎片扫干净，执起他的手看是否划破，他试图抽回右手，而手上并没有伤口。

虎口这儿一跳一跳的，可能是昨天打篮球抻着了，没事。他说。

我让他冰敷一下，他拒绝了，转身回屋。

我意识到自己还没有准备好像对待一个男人一样对待他，而他早已不甘当母亲的儿子，或任何人的子女。

晚上我对他父亲说了这件事，男人一笑置之。不就是个杯子吗。他说。

两天之后，他再次打碎了杯子，我肉眼能看到他右手虎口到小鱼际的肌肉在跃动，像某种蠕虫在筋膜里游走。

如果我那时在出差，或者闷在屋里赶稿，就不会摆出母亲的威严，强行拉着他去医院检查。

那么平静的日子或许就会多持续几天。

我们的人生，柴米油盐、鸡飞狗跳的平静人生，就会多持续几天。

那未尝不是一种幸福吧？

7

终于你发现自己不爱她，但身为男人，你说不出分手。

大二那年的暑假你第一次出国到东南亚穷游，而她选择回家。你们的联系变少了，甚至隔几天才有一条微信。大三开学，你们没有见面，许久之后你才意识到这是某种意义上的分手，你不知道自己做错了什么，女孩做错了什么，抑或你们都没做错什么。你默默删掉挽回的信息，喝了两场酒，学会了抽烟。你喜欢铁罐装的红双喜香烟，便宜，柔和，甜蜜。

你决定去欧洲留学，离这片灰绿的大海远一点，离萨拉萨蒂①和波提切

----

① 萨拉萨蒂：帕布罗·德·萨拉萨蒂（Pablo de Sarasate，1844—1908），西班牙小提琴家、作曲家。代表作品为小提琴独奏曲《流浪者之歌》《阿拉贡霍塔》等。

利①近一点。

大四，你收到了意大利博洛尼亚大学旅游经济学专业的录取通知，并获得
Unibo Azione 2 奖学金，你把邮件截图发给母亲，告诉她自己要走得很远，可
能很少回来。

你知道母亲不会反对，所以并不期待回复，你只希望有人拍拍你的肩膀说
"干得好"。

干得好。母亲回复。

你知道这是一句道别。

8

他的手指纤细修长，打篮球时经常挫伤，或许更适合弹钢琴。

省人民医院的医生说有肌肉萎缩的情况，这在十来岁孩子中比较罕见，至
于病因是废用性、肌源性还是神经源性的，需要做肌电图检查进一步确认。

我们坐在肌电图室外的长椅上喝可乐，他缩在校服外套里沉默不语，我揣
测不出他的想法。

那个男人在上班，或者在情人那里耳鬓厮磨，我不在乎，我在四个小时后
拿着检查结果走出医院大门时才想起给他发条信息。儿子基本确诊 ALS，医生
建议住院检查，或者去北京协和或 301 医院神经内科复诊。我说。

迟迟没有回复，我甚至能想象出他在思索用何种语气回话才能表现出得体
的焦急和关切。

男人。

---

① 波提切利：桑德罗·波提切利（Sandro Botticelli，1445—1510），15 世纪末佛罗伦萨
著名画家，欧洲文艺复兴早期佛罗伦萨画派的最后一位画家，著名代表作是《春》
和《维纳斯的诞生》。

我们开车沿五一大街一直向前，我需要整理一下思绪，他始终保持沉默。

我的电影里有人得过渐冻症。当需要悲剧的时候，编剧会把渐冻症、癌症、失智症、阿尔茨海默病和系统性红斑狼疮作为工具使用，我对 ALS 不算陌生。

街灯掠过，车轮吞噬道路。如果生活是这条不断向前延伸的道路，意外就是被不断丢弃在身后的纸屑、瓶盖和塑料袋，在它突然化为锐利的刀子用坚硬到令人绝望的实质洞穿引擎盖割开缸体穿透挡风玻璃将我们熟知的生活狠狠撕碎之前，没人会回头多看一眼。

我想吃螃蟹。他说。

他抓着手机，尽量掩饰右手不自觉的颤抖。

现在并非吃蟹的佳期，但蒸蟹、炒蟹、香辣蟹、河蟹、海蟹、蟹黄包、蟹饼，任何食物都能让他满意。他并不真的爱吃螃蟹，他只是想向我提出一个要求，用儿子对母亲难得的请求，换取我完成任务的暂时平静。

他在像男人一样思考。

我们在城郊找到一家淮扬菜，点了蟹粉狮子头。我吃不出来里面是否有真的蟹粉。

他没有再说话，带着一股狠劲默默吃狮子头、大煮干丝、肴肉和软兜长鱼。

我的手机响了。我开完会马上回家。男人说。

我打了一大串字，然后一一删掉。

你他妈知道吗 ALS 就是渐冻症病人会在几年里面逐渐失去全身肌肉的控制能力萎缩成一个干枯的木偶只剩下脑子还清醒等麻痹延伸到呼吸系统他们会无法进食无法呼吸无法说话只能靠呼吸机勉强活着直到肺部衰竭或者并发症要了他们的命一般得了 ALS 的人只有三到五年的生存期三到五年你他妈知道吗咱们儿子可能只剩下三到五年了你他妈的还说开完会……

好。我回复道。

世界在我眼前旋转，缩小，褪色，模糊，像黑白电影的转场。一只手抓住我的手背，因为痉挛或紧张，攥痛了我的骨头。

那个急于成人的孩子像个孩子一样哭了起来。

妈妈，我有点害怕。他说。

即使过去太久，他的哭声还是能让我丢卸其他一切身份，露出母豪猪的刺，一如十二年前的每个夜晚。

不怕，我们回家。我说。

9

如你所想，你喜爱博洛尼亚。你喜爱罗马。你喜爱比萨。你喜爱佛罗伦萨。你喜爱西西里披萨、青酱意面和蒙特法尔科红酒。你喜爱 MotoGP 比赛、蒙扎赛道和米兰 ADI 博物馆。你喜欢意大利男人、女人、艺术家和乞丐。

很快你又遇到了一个中国女孩，一位语声爽脆、短发齐耳、笑起来眼眉弯弯的姑娘。

你一下子就明白了。不确定是否爱一个人，就是不爱。世上没有或许爱、有点爱、很爱和非常爱，只有爱与不爱。

你爱她。

天崩地裂般爱她。

公理无需证明地爱她。

马太效应般资源倾斜地爱她。

你把大学时写的诗歌谱成民谣，把她的照片偷偷揣进钱包，每天在她上下课的路线徘徊，设想了一万种浪漫的表白场景，但在那个机会出现之前，毕业生离校聚会的后半，San Luca 教堂高耸的拱廊下面，John Mayer（约翰·梅尔）*Slow Dancing in a Burning Room* 的歌声中，酒精和五月温暖天气的帮助下，她率先踮起脚尖吻了你的嘴唇，然后是又一个吻，说第一个代表意大利人的热情，第二个代表中国姑娘的决心。

你从未感觉如此慌张。你从未感觉如此平静。你张开双臂拥抱她，灵魂飞上半空，看她也在紧紧拥抱自己。

这次你不记得空气的温度，不记得 Tortelloni 饺子①的味道，不记得白橡树上彩灯的颜色，不知道该用谁的画和音乐来装点此刻，因为这个时刻已经完美到无法分割、无法装饰，像凝结在记忆里的琥珀。

你知道你会娶她，找个地方定居，生几个孩子，等他们长大，在一个下大雪的傍晚，靠在壁炉旁边喝两杯热红酒，等她起身去厨房拿烤箱里的食物时，凑在孩子们耳边，用最骄傲的语气把这个时刻偷偷告诉他们，然后一齐望向她，用她摸不着头脑的音量哈哈大笑，直到把熟睡的狗吵醒，将屋檐的雪震落。

我有首歌想唱给你听。你说。不是……特别自信，因为我听民谣比较少，但是是专门写给你的。

跟我来，我知道个没人的地方。她说。

你们拉着手在连廊中奔跑。

博洛尼亚城区的连廊有 42 千米长。你们可以一直跑到人生的尽头。

10

我梦见拉着他的手，在结冰的海洋中跋涉。

一次激烈的争吵过后，男人离开了家，他说他会负起父亲的责任，但无法再扮演一名好丈夫和一个好爸爸。我一直记得他夺门而出时的表情，那种夹杂着憎恨的怜悯和融入了解脱的悲怆，我从没在哪位演员脸上见过。如果他能一直这样真实，或许我会真的爱上他。

我没有对学校透露病情，直接办理了休学手续，开车带小病人往返于省城

---

① Tortelloni 饺子：泰特罗尼面饺，意大利北部常见的火腿干酪蔬菜饺子，用鼠尾草黄油烹制，通常在节日供应。

和北京。12 岁的 ALS 病人属于罕见的少年型（juvenile onset），我们在北京做了基因筛查，确定致病原因是 SOD1（超氧化物歧化酶 1）基因杂合突变（散发型），而 SOD1 基因突变患者的病程发展通常很快，医生告诫我做好一切准备，从手部麻痹到双腿瘫痪，可能只需要一两年时间。

我买了呼吸机、吸痰器、制氧机、雾化器、气垫护理床，把车子卖掉，换了一辆奥德赛福祉车。检查和治疗并不痛苦，能够使用的药物只有依达拉奉和利鲁唑，加上日常锻炼、按摩和饮食调整。痛苦的是，我必须将接下来将要发生的事情一一告诉他，期待一个十二岁的孩子能够理解死亡。

那是一个温暖的冬日午后，我们在家附近的公园里闲逛，他的右臂已肉眼可见地纤细下去，但望着球场叫嚷着的孩子们，他的眼里还有光。

带着画板就好了，这片湖很棒。他说。他唇边的汗毛被阳光勾勒成金色，额角微微见汗，鼻孔呼出的白气在空气中打了个旋儿。

就像泡一个冰水澡。我点燃一支烟，尽力想组织好的语言却成为没头没尾的碎片。

嗯？他转头看我，浅棕色的眸子，像头小鹿。

就像……有一缸冰水。我不敢看他，眼神追逐烟雾飘向太阳。渐冻症，就是你去泡一个很慢很慢的冰水澡，你先用双手试试温度，然后跨进浴缸，缓缓坐下，你的手臂，你的双腿，你的身体，渐渐失去知觉，你会慢慢、慢慢地沉下去，最后，你觉得很舒服，就这样睡着了。

他盯着我，突然大声笑了起来。

我知道史蒂芬·霍金，知道张定宇，知道蔡磊，妈妈。他说。我知道我会死去，可能三年，可能五年，我什么都知道，妈妈。他说。我不怕死，我害怕的是不能动不能说话不能呼吸的时候，没有人在身边；也害怕你一直在我身边，看着我不能动不能说话不能呼吸的样子，我不愿那个样子，妈妈。他说。

不要离开我，妈妈。他说。

不要舍不得我离开，妈妈。他说。

笑着笑着，他哭了。

我抱着他，把他汗津津的头颅压在自己的胸膛。我多想把他高大的身板狠狠揉成一团，塞回我的子宫，让他在世上最温暖而安全的地方好好睡个悠长的午觉。我没有办法直面死亡，所以没办法与他平等交谈。我沉默着，哭泣着，撒娇式地把一场严肃对话化为歇斯底里的情绪宣泄。

我们好好治疗，好好活着。我说。我一步都不会离开你。

对了，我爸呢。他问。

死了。我说。

11

你选择回国读博士，因为她想回国。

你们在一座北方城市安顿下来，花几年时间筑好自己的小窝，用最爱的东西把窝填满。你们挤在沙发上，用新买的音响一遍又一遍听维塔利的《g 小调恰空》。她喜欢《老友记》，扮演钱德勒·宾的演员马修·派瑞去世的时候，你安慰了她整晚，模仿钱德勒说话逗她开心。你的书房墙壁贴满达·芬奇的机械手稿，她为你定制了维特鲁威人①的手机壳作为生日礼物。你们都爱看《憨豆先生》，因此买了辆明黄色的旧 MINI 作为第一辆家庭用车。你们养了只英国短毛猫，取名 Smelly②。万圣节那天晚上，你装扮成五条悟③，背着她走了整条街，因为她是祢豆子④。你说将来换大房子，客厅要装修成一间书店，你要坐

---

① 维特鲁威人：《维特鲁威人》(*Uomo vitruviano*) 是列奥纳多·达·芬奇在 1487 年前后创作的素描作品，是用钢笔绘制的手稿，规格为 34.4cm×25.5cm。根据此前一千五百年左右维特鲁威在《建筑十书》中的描述，达·芬奇努力绘出了完美比例的人体。
② Smelly：《老友记》中菲比的主打歌曲名为 *Smelly Cat*（《臭臭猫》）。
③ 五条悟：日本动漫《咒术回战》主人公之一。
④ 祢豆子：日本动漫《鬼灭之刃》女主人公之一，男主角的变成鬼的妹妹，总是被背在一只竹筐里。

在那里，顶着乱糟糟的头发喝酒，冲每一个进门的人发脾气①，她说那卧室要装修成和式房间，再暴躁的爱尔兰人进屋也得跪在地上。你知道她最爱的导演是黑泽明。

几年后，你们的第一个孩子出生的时候，你们换了一间大房子，装修成简单明亮的北欧风格，然后在全屋铺满花花绿绿的爬行垫，你们都觉得难看极了。

那是个胖嘟嘟的女孩，像气球充气一样唰地长大。你博士毕业，找到一份不太喜欢但薪水挺高的工作，她在家带孩子，偶尔找出你无暇使用的画笔与画板，与女儿共同创作一幅粉红色的向日葵。

你们要了第二个孩子，还是个女孩，仍然会像气球一样唰一下长大。

你离母亲很远。自从离开家之后，你就未曾请求过母亲的帮助，你们默契得像老朋友一样，偶尔彼此挂念，但极少相聚。

因为你知道，母亲从未离开过你。寸步不离。

12

第四年，早已准备好的轮椅投入使用，但与行动能力一起消失的，是他对外面世界的好奇。

我已是个熟练的护理师，即使他很少表达，也能从他的表情推测出是否便溺、哪里作痒，在痰喘出现前用吸痰器抽去他喉管的黏液。

他长得更高了，可轻得如同一捆芦苇。每天晚上，我抱他上床，为他清洗身体，他不喜欢盖被子，因为每到夜深，他会觉得有什么巨大、沉重、黏滑的东西从床脚慢慢爬上来，压住他的每一寸身体，他不敢惊叫，难以呻吟，只能与那夺走他自由的巨物长久对视，流汗直到天明。

早晨，我为他更换衣服，用轮椅把他推到电视机前，他的左手食指和中指

---

① 此处指英国情景喜剧《布莱克书店》主角伯纳德·布莱克。

能够做简单动作，配合眼动仪，足够玩些不太激烈的游戏。但他没有兴趣，甚至也不换台，每天出神地盯着电视上晃动的色块，眼神仿佛穿透屏幕，望着某些仅存在于远方的东西。

我会接些剧本统筹和剧本顾问的活儿维持生计，一边修改那些注定灾难的剧本，一边感叹人类的梦想如此廉价，当年那个充满干劲想在中国电影史留下痕迹的女编剧像动漫人物退场般嘭地消失，心中甚至没有半点惋惜。

吃完午饭后，我把轮椅放平让他午休，然后在 ALS 病友群中寻找新的治疗途径。广东一家医院使用脐带间充质干细胞移植治疗，能够有效改善患者的运动功能；美国西北大学与 AKAVA Therapeutics 公司的 NU-9 化合药物临床试验成功，有望得到药监局批准……

生活是个无比畸形的东西，再巨大的痛苦也激不起一掬水花，它会抓起人一次次撞向苦难，将人改造成残缺的模样。在反应过来之前，我就适应了如今的生活，习惯抚摸他如鸟爪般蜷曲的双手，昂首无视路人怜悯的目光。家里找不到一张健康时的相片，他也从不提起能自由奔跑时的感觉，仿佛从始至终他都是个被锁定在轮椅上的渐冻症病人，我们在默契的平静中，共同等待结局到来。

出去走走吗？

不想去。

出去走走吗？

不想。

出去走走吗？

不去。

他非常疲惫。不断退化的运动神经元使他的肌肉一次次绷紧，接着如橡皮筋一样断裂溶解，平静的水面下，他的身体在噼啪作响中逐渐死去。但他的知觉却愈发敏感，我帮他按摩背部肌肉时，疼痛的汗珠会从他紧咬的唇边滚下。

按照医生的估计，一年之内，麻痹将影响他的语言、呼吸和吞咽能力，当普通呼吸机无法将氧气灌入痉挛的喉头，就到了最后阶段。他必须接受气管切开手术，靠有创呼吸机维持生命，不间断服用消炎和肌肉松弛药物，忍受口鼻黏膜、声带和肺损伤等并发症带来的巨大痛苦，苟延残喘至最后一刻。

我不想插管，妈妈。他说。

我以为自己听错了。他已经很久没有表达过自己的需求。

在我还能说话的时候，让我自己做决定，妈妈。他说。我有权做决定。

无论是经历了变声期的嗓音，还是话语中蕴含的决绝，都像个大人了。

13

第三个孩子是男孩，你们的心愿满足了。不知不觉，你的体重增加了，头发减少了，鬓角出现白发，开始像个成熟男人一样整天腰疼，爱上喝茶，偶尔打打麻将。

你的事业没有多大进展，换到一家规划发展机构管理咨询项目，工作清闲，薪水稳定。小儿子上幼儿园之后，她在小区附近开了一家早教机构，教孩子们用英语读图画书上的每一种颜色。

周末，你们开着新买的蓝色 MPV 到城郊购物，国庆假期，你们会挑个游客稀少的国家背包游。新鲜的东西越来越少，时间过得越来越快。她一直对你温柔体贴，你找不到任何不爱她的理由，即使腰身走样、脸颊松弛，她的眼里还有着二十二岁时博洛尼亚的星光。

四十五岁生日那天，你开车回到家，知道家人们一定准备好了晚餐和蛋糕，守在门旁准备给你一个惊喜。你在车里坐了一首门德尔松《e 小调小提琴协奏曲》的时间，长久思考着人生的意义，发觉疾病初愈时的自己所追求的是世上所有未知的美好，孤独的美好，相拥的美好，第一口莫斯卡托起泡酒的美好，夏日清晨刚修剪过草坪味道的美好，抚摸帕格尼尼唱片的美好，阳光照亮南迦巴瓦的美好，所有可能获得与失去的美好。如今你不再拥有新鲜的体验，人生的后半盘唱片是前半盘的逆序播放，从今往后，你的所有惊喜只能源于无意或有意的遗忘。

但你并不害怕，甚至满怀期待。

就像提前被详细告知明天踏青地点、路线、同行人甚至野餐菜色的孩子，你不再寄望于意外之喜，但还是会惴惴不安地在夜里惊醒，把最喜欢的鞋子藏在床下，抱着装满小秘密的书包辗转难眠。

笃定必将到来的明日，会是个好日子吧。

你掐灭红双喜香烟，关闭车门，走入电梯，刷卡打开房门。

Surprise！生日快乐！他们打开灯跳出来，吹响喇叭，扮着鬼脸。

哇，真是个惊喜！你笑着把他们挨个抱起来，接过生日帽戴在头上，走向餐桌。蜡烛已燃起，你知道蛋糕是你最爱的樱桃栗子口味。你准备暂时忘记医生的嘱咐，多吃两块。

14

我在 ALS 互助群中看到 SWAILS 的信息，一位妈妈转发的公众号文章介绍了国内技术超前的几家生命科学公司，其中包括 SWAILS。

这篇文章很快被撤回，群里其他人不太喜欢这种信息，我则认真地阅读里面的每个字，并搜索到 SWAILS 的官方公众号。简洁的大地色系页面，几栏信息：创始人简介，公司纲领与目标，研究现状，实验项目／临床项目，联系方式。

我看一眼气垫护理床，他正陷入沉郁的睡眠，呼吸面罩下发出含混的嘟哝声。

我离开房间，在客厅沙发上读完了 SWAILS 的各项介绍。这正是我苦苦寻觅的解决之道。崎岖，通达，充满风险，同样充满希望。

我深吸一口气，手隔着毛衫，感觉自己心脏的怦怦搏动。

他已经过完十七岁生日，他的生命在医生预言的三到五年刑期之外，已经额外得到延长，但纵使尝试过再多新药、偏方、藏医和苗药，也只能将 ALS 的脚步拖缓至此。我不止一次梦见自己跪倒在地，试图用全身力气拉住那个无形、庞大、冰冷、在泥泞中不断向前跋涉的怪物，它却毫不停留，只差一步就能踩灭暴雨中摇曳的火。

那是我的他啊，我的儿子，我的男人，我最爱的人的生命之火。

我拨通 SWAILS 的电话。这通电话，将决定我们是前往地狱，还是炼狱。

抑或……天堂。

15

你曾经以为大女儿离开家时，她会狠狠哭一场，没想到最难接受的竟是自己。你们肩并肩站在小区门口，目送网约车在十字路口转弯，消失在车流里，你想到那个最喜欢给自己捶腿、拿拖鞋、争论拿破仑蛋糕应该整个咬还是一层一层吃的小姑娘，转眼变成走路带风的大学生，独自拎着巨大的行李箱前往一千五百千米外的陌生城市，巨大的悲伤就涌上心头，仿佛自己跌在地上碎成了三片[①]。

她挽着你的手臂，没有说话。

你知道她想告诉你，有一天二女儿也会长大，考学，离开，接着是儿子；转眼之间，这世上就剩他们两个相依为命，然后，只剩她或他一个。然而那是多自然的事情，如同季节流转，日升月落，腐烂的尸体里开出最美的鲜花。

你忽然想起，很久没有跟母亲联络了。

---

① 此处源自安徒生童话《牧羊女和扫烟囱的人》："……啊！中国老爷子正躺在地板中央！他追赶他们的时候，从桌子上跌了下来，碎成了三片，他的背整个脱落了，头滚到了一个墙角里。"

16

他的声音变得尖锐而含糊不清，因此更少开口说话。但这天，他再次坚决地提出自己的请求。

还记得我对你说过的话吗，妈妈。他说。我坚持不住了，我疼，我不想变成那副样子，妈妈。

我坐在轮椅对面，拨开眼动仪，望着他的眼睛，因为疼痛、压力和悲伤而衰老的十七岁男孩的淡棕色眼睛。

我想了很久。我说。很久很久。从你出生的时候，我第一次抱你，到你长大的每一个瞬间，我都记得。你屁股上的胎记，你吐奶之前的表情，你揪狗尾巴的样子，你嫌我弄坏爷爷送你的手枪气得离家出走的情形，我都记得。你藏在抽屉夹层里的漫画，你为了抽卡借同学的两百块钱，确诊后那天晚上你边洗澡边哭，我都知道，一个妈妈天生什么都知道。最早我把你当成累赘，嫌弃你影响我的事业，后来我觉得不用怎么管你，你也能自己长大，我一直对你关心太少，与你沟通太少，我不是个称职的妈妈。

我一直说，一直说，直到阳光从他的脸上，转移到我的脚边。

走吧，我们去一个地方。我说。一个手术，可能会疼，可能很麻烦，但我会一直陪着你，一步也不离开。你愿意去吗？

他用尽全身力气，点了点头。

17

母亲的葬礼并不隆重，也没通知什么亲友，你们站在灵堂做了简单的告别，殡葬师宣布礼成，要你们到休息室等待。

你的伤心像露水一样，冰凉圆润，若隐若现。母亲的离去像完成多年前的一个约定，按照世俗的规则，现在你终于拥有了死去的权利。

既然人生是一连串的告别，就不必为每一次告别伤感，长久的告别有时比短暂的告别更加温柔。你捧着骨灰盒，她为你打着伞，你们走出殡仪馆，雪静静下着，远山罩着青烟，烟囱飞出的灰在雪花中间翻舞。

母亲自己选定的坟墓在山丘中部，不太便宜，也不太贵，以后带孩子来祭奠的时候，应该能找到。

妈爱吃什么呢。她问。

是啊，爱吃什么呢。你说。

18

我推着轮椅，车轮轧过银杏叶铺就的小道，他好奇地望向SWAILS建筑群中的黑色水池，护士笑着说晚些时候给他解答。他已经太久没有露出过好奇的神色了。

走入接待大厅，护士推着他去做相关检查，一位穿白大褂的医生或研究员带我来到办公室，向我展示电子问卷和合同。

之前的讨论中已确认部分的信息，您是否已经明确知晓。

是。

作为患者的唯一监护人，您是否明确知晓本机构所进行的相关项目详情，以及可能带来的一切后果。

是。

本机构的Still Water（止水）深层次记忆程序浸染是尚未通过医疗伦理委员会论证的风险项目，您是否知晓。

是。

在我国从事任何与安乐死、尊严死相关的医疗及非医疗行为均违反相关法律，您是否知晓。

是。

Still Water（止水）是单纯服务于受试对象的试验性质项目，并非医疗行为，因此产生或关联产生的任何直接影响或间接影响受试者精神、记忆和身体机能的后果将由受试者本人承担，您是否知晓。

是。

请签订合同。

我在文本框里签下他和我的名字。

请确认：您要求使用原创剧本进行 Still Water 程序浸染，由此带来的任何后果将由受试者本人承担。

确认。

请确认：程序浸染时长720个月。时间减速比120:1。现实操作时长6个月。

确认。

请确认：程序浸染将在 SWAILS 判断受试者心理、记忆及生理机能满足要求的时刻开始，一旦开始，无法暂停、中断、退出。

确认。

请确认特别风险提示：根据 SWAILS 的统计结果，有 84.6% 的受试者在程序浸染结束时出现与浸染剧本相同的脑波反应，89.2% 的受试者大脑出现神经元内脂褐素异常沉积，92.1% 的受试者大脑在浸染结束后拒绝响应，脑电波消失，即进入脑死亡状态。

确认。

请再次确认风险提示：Still Water（止水）是基于剧本的虚拟记忆植入，受试者将在 SWAILS 脑机接口的帮助下进入记忆程序浸染，将虚拟记忆体验为真实记忆，由于大脑记忆受体的特殊性，一旦大脑认定记忆为真实，会对大脑的生理状态进行同态修正，因此在程序浸染中的死亡，有相当可能会被认定为大脑的死亡。

确认。

请最后一次确认风险提示：Still Water 旨在让 ALS 等疾病患者体验到完整的人生，程序浸染结束后带来的脑死亡等问题是可能产生的副作用，但并非 Still Water 项目的主旨和初衷，SWAILS 在国内现行法律框架下绝不支持安乐死、尊严死等违法行为，但会不懈努力促进相关立法进程，让 ALS 等疾病末期患者拥有选择的权利，将尊严交还于他们手上。

我愿尽我力之所能与判断力所及，遵守为病家谋利益之信条，并检束一切堕落及害人行为，我不得将危险药品给予他人，并不作该项指导，虽有人请求亦必不与之。……我之唯一目的，为病家谋幸福，请求神祇让我生命与医术能得无上光荣。[1]

确认。

19

你没想到自己能活到七十七岁，事实上，十七岁走出 SWAILS 大门后的每一年、每一月、每一分、每一秒，都是额外之喜。

你的后半生波澜不惊，顺利退休，提笼架鸟，含饴弄孙。你重新拾起画画的兴趣，可孙子孙女总是捣乱，把你的调色盘搞成一团糨糊。你的视力退化严重，干脆不怎么看手机，新的东西层出不穷，你学不会了，也不再关心。

除了高血糖和老花眼，你大致没什么病痛，七十多岁还能开车出去旅游，烟一直没戒，因为医生说比起突然戒烟，少抽两根反而更稳妥。

她的身体比你还好，说哪天买个轮椅推着你走，省得你不服老出去乱跑，让人担心。

这话应验了，七十六岁生日刚过，你在湿滑的台阶上摔了一跤，股骨骨折。

---

① 　此处源自希波克拉底誓言。

腿脚不能动，人就萎靡下来，你窝在床上，开始想起年少时患病的场景，两下相较，也就释怀了，毕竟中间多出六十年自由的时光。

你的食量减少，话也少了，气血衰弱，懒得动弹。

忽然有一天，你叫她来到身边。

这一辈子真长啊。你说。我死了以后，骨灰拿去撒在南方的那片海里，我不喜欢那里，又潮湿，又热，但不知道为什么，最近总想起那海的颜色。

说什么呢你。她说。你敢死在我前面看看。

因为我不想看着你走啊，我害怕。你说。

倒是听你说一回害怕。她说。

嗯，怕。你说。

20

他躺在床上，除了太阳穴上的几个电极，与平常并没有什么分别。

妈、妈妈。他说。等我治好之后，我们……我们去吃螃蟹。

我不确定是自己的谎言骗过了他，还是他看穿我的谎言，所以用另一个谎言安慰我。他从小就太执拗，太成熟，太顾及他人。

嗯，吃螃蟹。我说。吃清蒸大闸蟹，辣炒梭子蟹。

药液流入血管，他慢慢闭上眼睛。

帝王蟹腿，松叶蟹腿，蜘蛛蟹腿。

电极亮了起来。

面包蟹，三眼蟹，魔鬼蟹。

无尘室外面，白大褂点了点头。

香辣蟹，砂锅蟹。

受试者 SW130012，记忆程序 SW130012-1，浸染开始。

炖蟹肉，熘蟹肉，炒蟹肉。

他的眉头锁紧，然后慢慢放松。

程序浸染 0.0073/720，减速比 1∶120。

蟹饺，蟹包，蟹面。

滴答，滴答。

蟹蛋糕。

滴答，滴答。

蟹饼。

我无法对他说出再见，因为在他飞速行进的记忆里，他会在病床上醒来，发现疾病被最新的科技手段治愈了，不久之后，夺走的身体会恢复生机，肌肉生长，骨骼更新，相隔三年之后，他会再次凭借自己的力量坐起来。

我看不见他的记忆，只能通过跳动的时间猜测他走到了哪一个场景。

但无论走到哪里，我都会坐在这里，握着他的手，寸步不离。

在他剩余六十年的生命里，在六十年时间浓缩于现实的六个月里，寸步不离。

21

第 2 天早上，你该离开医院了，我拽着你，怕你跌倒在杜鹃花丛中。

第 3 天，你刚完成复健，一定急着想去打篮球，我握着你枯槁的手臂，帮你摆出投篮的姿势。

第 4 天，是高考结束的日子吧，你会喝酒，可别喝多了。

第 6 天，拥抱一下吧。你要抱紧那个女孩，尽管并非一生所爱，她也是你一生中首次拥有的姑娘。你要从这里开始学会爱人，和被人所爱。

第 13 天，终于等到你研究生录取的消息，别忘记给我发条信息哦，或者，捏捏我的手作为回应。

第 16 天，你要紧紧攥着那个女孩的手，这辈子不要放开，她是你一生遇见过最温柔善良的人，也是你后半生所有幸福的源泉。

第 23 天，布置小家是我和你爸爸曾经最幸福的时刻，希望你们也能感受那种幸福。我把我喜欢过的漫画、电视剧、音乐和电影都交给你。

第 30 天，恭喜大女儿出生！来，用手掌最柔软的地方摸摸她的小手吧，就这里，痒吗？

第 36 天，二女儿也很漂亮。不用挂念我，我一直陪着你呢。

第 42 天，我的孙子出生啦，我真想看看他，看他的眼睛是不是和你一模一样。

第 64 天，你年纪也不小了，工作要适度，注意身体，但是麻将还是可以偶尔打打。

第 84 天，嗨，我等了好久！总觉得人到中年，没什么大事发生，才是最好的人生的样子。不过这次生日我替你安排好了，听完曲子就上楼去吧。

第 86 天，对不起，你的女儿会离开你，但不是永远。没事，我挽着你呢，你不会摔碎成三块的。

第 97 天，对不起，我也会离开你。我离开之后，你才能真正变得……自由。或许吧。你从小有点路痴，我就在陵园最显眼的地方等你。

第 131 天，退休意味着不用工作就可以拿钱了，岂不是超棒的事情吗？

第 146 天，你也老了，我没那么老过，不知那是什么感觉。

第 177 天，我想，不要癌症，不要中风，不要意外，那就小小地摔一跤吧，我拽着你，不会很疼的。

第 179 天，以前我和你爸爸曾经说起过这个话题，如果我们能白头偕老，谁都不愿最后一个走。能在爱人的陪伴下死去，想想就觉得，是最好的结局了吧。

第 180 天，不知道你对这样的人生是否满意，一路看来，或许显得平淡，可我编不出更好的剧本了，我不想你飞天遁地、上山下海，我不想你富甲一方又终日忙碌，我不想你成为名人，失去隐私，又不想你碌碌无为，穷困致死。

我只想你当一个平平常常长大、恋爱、结婚、生子、工作、衰老的人。

一个你本该可以成为的人。

22

你在她的怀抱中，慢慢，慢慢地闭上眼睛，平静得如同一方无波的水面。

23

你在我的怀抱中，慢慢，慢慢地闭上眼睛，平静得如同一方无波的水面。

24

我是一位编剧。如果我能编写你一生的剧本的话，我希望你未来的女朋友温柔善良，希望你一生面对无数诱惑而专一始终，希望你永远平凡、健康、勇敢而自豪。

希望你是我一生遇见过的最好的男人。

——原载《科幻世界》2024 年第 5 期

古往今来，人类最恐惧的是什么？或许是死亡。其实死亡不一定是肉体本身的结束，其他形式的变化也可以被视为死亡，比如异化——外在的改变、身份的丧失、主体性的瓦解等等。

假如在未来世界，被预定的死亡成为一种常态，人类对此逐渐趋于麻木，慢慢适应了新秩序，情况又会发生怎样的变化？

科幻小说《同归之地》也许是答案之一。

同归之地

任 青

36岁那年，我踏上了去往绝地的旅途，这是我第二次乘坐远航班机，第一次是送别我的母亲。当时我只有5岁，对送行的记忆非常模糊，只记得系统与我商定，允许从新城送到老城。我还以为这两站距离很远，实际上一瞬间就到了。看着别离的站点，我想要反悔，可大人不让，父亲把我拽了回去，我坐地大哭起来。我忘了母亲是否哭泣了，只记得那天非常冷，我嚎得只有眼皮是肿的，眼泪根本就流不出来。送完母亲，我们的免费旅程也到此结束，回程需要自费，于是我们排队乘坐地面转运车回去。我们缩在破旧的车上，经过一夜的颠簸，才从中转站回到熟悉的城市，然后来到车站的小店门口，在寒冷的冻雨下吃凉透了的面条。面条味道很淡，从那之后，我的生活也变得很淡。

我是依靠母亲节约的资源长大的，因为她的离去，全家获得了一定比例的补偿，勉强熬过不停审查、断供的艰难时日。父亲是公立中学的老师，一个温和的学究，我不幸遗传了他的一切——高高的个子，厚厚的眼皮，塌鼻梁，小小的近视眼，棱角分明的宽脸庞，以及在隐忍中慢慢释放的好奇心。于是，我也从小把自己当个学究看待，在别人用 80 个资源点换取一顿圣诞大餐的时候，我会换几本博物学书籍，外搭一台永不断电的电灯。升到中学，班里有位骄傲的女生，她的双亲全都去了绝地，为她节约下了可观的资源点数。虽然这女孩只能住在孤儿院里，但我们每个人都羡慕她，因为她一辈子都不用再承担被派往绝地的风险，每天都能睡个安稳觉。而我们呢，特别是家里没人去过绝地的孩子，每晚都害怕系统把人从睡梦中揪起来，冷冷地发出通知——您好，预测医学刚刚为您贴了标签，您是个缺陷品、二级废料，现在必须出发去绝地工作，节约下来的资源将折算成资源点，其中的 50% 反馈给家人……

这就是这个时代的噩梦了，近在咫尺，触手可及。人们已经习惯于这样的生活，大家依然维系着人口众多甚至品位高尚的大都市的运行，并且对身边人的慢慢消失见惯不怪。系统计算资源的方式绝对公平，世上人人平等，每个人都有可能被派遣到绝地。在逐渐逼近的阴影面前，没有谁能独善其身，所以，也就都没有怨言。

22 岁生日这一天，我大学毕业了。从校长手里领取学位证之后，我和父亲漫步在校园里，他开始对我倾诉自己的一生，就像是一篇漫长的访谈。但是没有人提问，只有他在回答。他的声音逐渐变成这个温暖的下午一条长长的蠕虫，把曾属于自己的资源和历史慢慢包裹起来。我不知道他逃避工作、一直这样走来走去会消耗多少珍贵的资源点，但我不准备打断他，因为他近十年都没有讲过这么多的话。他的叙事与现实的界限消融了，或者说，现实就是他的叙事，消融在这个令人悲伤的下午。

"你的妈妈，她眼皮就像着了火。走在路上，她不停地眨着眼，想用长长的睫毛把火焰扑灭，可一旦遇上风，火怎么会熄灭呢？它便燃烧成了一个个故事，万千灵感就从燃烧的灰烬中升腾出来。她是奇想小说作家，也是第一批无用的人之一。天热的时候，故事就会燃烧，所以她只在夏天工作，秋天则去旅行，冬天就写下长长的句子，就读厚厚的书，吃很多食物，提到'匈牙利'三个字就激动得浑身发抖。"

为什么提到匈牙利就会发抖？我想这样问他。但是，他却闭上嘴，停下了脚步，因为我们看到了系统。系统化身为一台企鹅形状的割草机，沿着绿草成茵的坡道开上来——真是个不祥之兆。我看着慢慢攀爬上来的割草机，感觉坡道在眼前变得越来越长了，变得寒冷而僵硬，变得没有尽头。时间也在恐惧中拉长了，我祈求那台割草机永远别爬上来，最好越走越慢，停格成镜头里闪着冷光的慢动作。一帧一帧，一帧一帧……

"我们发过预通知。"企鹅割草机已近在眼前，它开始用扩音器宣读一份通告，"今日您的后代已经成人，特此执行五年前的约定。"

原来，预测医学五年前就为我父亲贴了标签，现在，系统来通知他该上路了。他足够幸运，作为有一定贡献的学者，系统为他宽限了五年，好让他有足够的时间养育下一代。父亲平静地点点头，把官方单据接过来，签了字，并且提取了血样，进行最后的登记。

"不用谢我。"系统说，"旅途愉快。"它转过身，隆隆地开走了，为我们父子留下了五天半的告别时间。在这不到一周的时间里，有人会选择逃亡，有人则选择自杀，而一旦这样做，家属就将失去那50%的资源分红，这在当今的时代比死亡更令人痛心。我多次设想，其实我们早已不再是人类，而是作为资源点活着，亲人也不再以血缘维系，只是一坨坨数字堆砌成的肥肉。当有人离去的时候，大伙就一拥而上将他吞食，就像远古部落山洞火光中发生的故事。

割草机沐浴着暖蜜色的阳光，咯吱咯吱，在坡道上渐行渐远。父亲摆了摆手，仿佛要把坏情绪也赶走，然后就像一切都没发生过似的，继续向我诉说。"大学毕业，这是人生中最闪耀的时刻，过了今天，人生就会慢慢黯淡下来，直至谷底。你妈妈没有跌到谷底就死在绝地，也算一种幸运。而我的谷底，早在她离开之时就降临了。这么多年，我只是在背负着责任生活，就像莫名其妙的沉潜。有一种鸟——你应该比我了解，博物学家——海雀，或者鱼鹰，一头扎入五十米的深渊，在水里凫游，叼了鱼，冲天而起。"

我顺着他的手指看向天空，但那里什么都没有发生，只有淡薄的云彩压着整座城市，在不同气体的影响下呈现五颜六色的光泽。学院真是个宁静安详之地，是为数不多的和旧日岁月相似的地方。

"但如果叼不到鱼，就会溺毙在深水里。"他继续说，"我溺死了。我的一生，像个反弹球，往深渊的方向。"他最后忠告我，"你呢，我劝你，不要爱上任何人，不要动真感情，否则你也会变成鱼鹰。"

我点点头，决定余生都践行这一指示，认认真真、平心静气地做人，不创造新的事物，也不胡思乱想。可没有工作就没有资源，我和其他年轻人一样，摸索着系统的脾气，硬着头皮找到了一份工作。经过多次资格考试，我成为一名倾听者，帮助人们"自助"解决心理问题。每天，我牢记父亲的教诲，按时打卡上班，花费 10 个资源点刷一壶饮品，然后拉下隔离的帷帐，透过各色各样的变声软件，倾听人们心中无休止的痛苦之音。我隐藏着自己的思想，从不轻易以言语示人。这些年来，我听过几百人的倾诉，其中很多人已经去了绝地，但我觉得他们仍在我的房间存在着，他们讲述的故事常常像鬼魂一般萦绕在我周围。当我回到家，一个人对着墙壁吃饭，夜晚躺在漆黑的软床上，或者排队领取一周的物资时，他们叙述中的心魔就冲我一步一步逼近。我感到生活中的负担越来越重，有时觉得自己似乎做错了什么。

36 岁的时候，我接到了职业生涯的最后一案，是听一个年轻女孩的倾诉。她第一次来，我并没有注意看她的打扮，反正和大部分年轻人差不多，随意而邋遢，一脸无心生活但又必须挣扎求生的表情。她坐在舒适的倾诉椅上，眼神四处乱飘，随后看到了墙上我和父母的合影，便始终盯着它。我耐心等了一会儿，她仍然在看。

"您好。"我把神游天外的女孩叫了回来，"早就开始计时了，请您倾诉吧。"

"照片里的人，他们是谁？"她开口问。

"他们死了。"我说。

"怎么死的？"

"去了绝地。"

"那么，如果人们身在绝地，却没有死呢？"

"不可能。"我说，"绝地的员工更换得这么快，正是因为之前的员工都丧命了。"

"您知道绝地是什么样子的吗？"

"不知道，也不想知道。"我说，"对于那种地方，还是不知道为好，这样抵达之前，心里还能抱有一丝希望。"

"这是宣传片里说的，还是您自己的判断？"

我忍无可忍，按动了暂停警报。清脆的"注意！您已被监控"响彻屋内。

"这是逐客令的前奏。"我毫不客气地说，"一旦你再窥探我的隐私，我将停止服务。"

"好吧。"那女孩失望地站起来，"对不起，我今天心里有些不安。我最好还是回家去，等下周再来。"

"当然可以。"我说，"期待您的来访。"

这位危险的客人被我赶走了，我长舒一口气，猜测她再也不会回来了。她需要的是正规的医生，不是所谓的倾听专家，我宁肯减少一些收入，也不想接待这种满脑袋问题的好奇者。不过，出乎意料的是，下个周二的上午九点，她又准时出现在我的诊室。这次她的衣着有了一点点改观，似乎刚刚从绝望的谷底爬出了第一步，脸也洗得很干净，长相还算可爱，看起来比我预判的要年轻。她预付了全程的资源点，我不能直接赶走她，只好硬着头皮坐下来，倾听她的心声。

"医生，抱歉又来打扰您。"她说。

"我不是医生。"我躲开了第一个陷阱，"只是个倾听者。"

"两者有什么区别吗？"

我不由得提高了警惕。但我盯着她，实在看不出这人会是系统的检查员——应该只是个刚刚经历过亲人前往绝地的普通小孩。

"当然有区别了。"我说，"医生是治病的，会检查你的身体，透视你的脑子，给你开点药片吃。而倾听者只是听人诉苦，减轻人们内心的压力。你在这间屋子里说的任何话，都不会被系统视为缺陷、登记为罪证。而一旦出门，就不一样了，说话必须小心谨慎。"

"只有我能乱说，您不能？"

"当然。"我说，"我是听你说话的人，我没有豁免权。"

"明白了，对不起。"她低下头说。

我顿生一丝同情，瞬间又将其从理智中抹去。"请讲吧。"我略显生硬地摆摆手，帘幕动了一下，但她看不到我的动作。

"我觉得，我的亲人可能要去绝地了。"她说，"因为我下个月就大学毕业。"

我点点头，心想，猜对了一半。

"这两周来，我有一些思考。"她接着说，"去绝地这件事，本来是生命中的反常事件，但因为长期的行为惯性，它被正常化了。这是不对的。"

"既然大家都这么做，那它不就是正常的吗？"我说。

"您觉得，您的父母抛下孩子去绝地，也是正常的吗？"

"这是一种……为了人类延续做出的牺牲。"我谨慎地说，"等我们有了孩子，可能也会这样。"

"那父母走的时候，您怎么想？您还那么小……"

"是我在听您倾诉。"我提高了音量，"从现在开始，我不会再说话了。请您一个人讲吧。"

"好吧。"她清清嗓子，看看帘幕。我在这头轻轻甩了一下帘子，示意继续。

"就是这种，长期以来的惯性，可怕的惯性，把我们的心全都封印了。"她说，"我们本应该大声表达痛苦的！亲人离去，就是一件痛苦的事，可人们却把这当成了日常。我们压抑自己的情感，只为了表现得与他人无异，满足这非人机制的要求。"

我没有出声，面对这种话题，只能用沉默应对。

"我爸爸早就离开了。在我七岁的时候，他就被派去了绝地。我和妈妈到最近的一个站点送他，那天下了雨夹雪，沿途道路像未停工的煤矿一样脏。我一直梦见那天，路的尽头透着遥不可及的光亮，近处却雾蒙蒙的，连人的表情都看不清楚。"

我心中咯噔一下，这经历几乎和我一模一样。我不舒服地扭了扭屁股，换了一个坐姿，水杯中的饮料轻轻晃动，应该是附近发生了小型余震。资源计数器黑了几秒，又迅速恢复原状，点数跳动了一下，开裂的屏幕闪烁着水面一样淡淡的光泽。

"送完爸爸那天中午，我和妈妈回了家。"她说，"他们总是这样安排，男孩同父亲生活，女孩和母亲。日复一日，我强迫自己什么都不去想，只是认真生活，只看当下，用尽全力应付每天的琐碎事情。我拉住自己的灵魂，不让它跑出去。每天睡觉的时候，我抱紧被子，害怕魂魄像月亮那样从身体里升起来，站立在头顶上，用我的眼睛俯瞰自己人生的全景……"

透过帘子，我看到她盯着我身处的方向。她应该看不见我，我能看到她，但她不可能看见我。

"我看见了人生的全景……"她说，"那里除了无法改变的悲哀，一无是处。"

我的心突然伴随着这句话冲上浪尖，又沉了下去，在沙砾中辗转起伏，最终被困在深深的水底。我想起了所有痛苦的回忆——我那早已遗失的双亲，那无数个寒冷的、充满思念的夜晚，只能不停地抽取亲人留下的资源点，只好选择一份没有前途的职业，只会披着一身伪装虚度艰难时日。前途？这世界谁还会有前途？我意识到，泥潭又降临了，今天我已经不能再工作了，就到这里吧。

她又说了两段话，我没听进去。最后，轮到我进行总结发言。我们这一行的天职是把人从绝地离别的痛苦中拯救出来，但我做不到，我不称职。我只好强迫自己说一些话。"姑娘，离别会带来痛苦，但人们往往不因这些痛苦而倾诉，因为大家心照不宣——痛苦是不正确的。这是自然规律，社会正是因为这样的规律而存在。现在，你把痛苦说了出来，这很好，这是……有意义的一步。"我随口说出了不恰当的观点，罔顾当下的语境。

她木然地点点头。

"下周我还会再来。"她站起身来，拔下身份卡，以约定代替告别。我看着她走出屋子，裙子后摆起了褶，衣料上有一块老旧的污渍。

看着她离开，我竟然松了一口气。一滴眼泪不知不觉流到脸颊上，我摸了摸，凉凉的，不可思议。

第三周。最后一次倾诉，又是在争吵中开始的。她满脸泪痕，显然是与别人起了什么冲突，直接跑到办公室来。我让她坐下，她却把椅子重重一摔，然后坐在倾覆的椅子腿上。

"我本以为您有更大的本事。"她说，"现在我失望了。"

"为什么？"我尽量心平气和地问。

"我已经来了两次，可什么都没有改变。我依然情绪低落，为即将到来的绝地之旅忧心忡忡，焦虑难耐。"

"还不一定派你母亲去绝地呢。"

"她自己已经知道了，只是假装没有接到通知。"女孩说，"我觉得，您父亲离开之前，肯定也早早就明白了。前往绝地，心理建设需要很长时间，系统给了他们时间。"

我绕开了关于父亲的话题。"他们迟早要走，这是改变不了的，在这个时代，离开也算是种解脱。"

"可剩下的人怎么办？"

我没有回答。

"您不也是剩下的人吗！"她愤恨地站起身说，"我要阻止她去绝地！"

"阻止她？"

"对！如果她去绝地的话，我明明知道她死了，却不能为她哭泣，而是必须忍住痛苦，甘心作为时代的一个小小齿轮，抱着几乎不存在的希望，继续一个人苟活下去。但是……要是她去绝地之前就死掉，我至少能痛快地大哭一场，畅快地表达我的痛楚。"她说，"所以我一定要提前杀了她！您有什么好方法吗？"

"这不是你的真心话。"我说。

"这就是我的真心话，"她挑衅地说，"说啊，您有办法吗？"

"我识人无数，所以有一百种方法。"我说，"但既然你说了真心话，那我也讲一讲我的真心话好了。"

她哼了一声，坐回椅子腿上，看向我这边。

"你能改变命运吗？"

她摇摇头。

"我能改变你吗？"

她发出一声嗤笑。

"是啊，你无法改变离别的命运，就像我无法改变你一样。"我说，"我想以我全部的经验劝诫你，从现在开始，只做一件你绝对不会后悔的事——感受和家人在一起的感觉——痛苦的感觉，拥有这感觉，就是作为人的幸运。因为现在的每一分、每一秒，现在的每一丝痛苦，在他们离开之后，都会是你余生最好的回忆。"

"我不想。"她固执地说，"痛苦又有什么用呢……"

"听我说！"我打断了她，"我想拜托你清空大脑，调动一切感受能力，努力地去体验、记住这些。记住这些痛，记住父母为了让你活下去，不惜付出生命的代价。你以为他们是为了狗屁人类存续才去的绝地吗？不，他们只是为了把资源点留给自己的孩子。所以，作为孩子，应当牢牢记住同他们在一起的、最后的回忆，这是他们存在的证明。"

"记住……这些回忆？"

"是的，我经历过这些。你的余生，除了回忆，什么都没有了。"我说，"这就是真相，也是你从我这里所能获得的、唯一的经验。"

"回忆……镶金边的回忆……"她说着，又哭了起来。

我想说"没错"，但我忍住了，我怕自己控制不住情绪。我想，我今天可能说得太多了，不祥的感觉笼罩心头。实际上，这种感觉从两个月前就开始在我的心中徘徊，并在两周前达到顶峰。现在，我把情绪全部释放了出去，从这一刻开始，我便悄悄做好了前往绝地的准备。

女孩离开之后，我把自己的东西收拾了一下，摘下已经脏兮兮的隔离帘，锁上办公室，下楼去了常去的小餐馆。今天中午食客不多，大部分人还没下班，年轻的老板趴在桌上计算营收业绩，年轻的服务生心不在焉地倚靠着垃圾箱待命，透过后厨暗黄色的玻璃，能看见年轻厨师的高帽子晃来晃去，有顶蜻蜓绿的破旧电扇在天棚下面飞啊飞……他们都还年轻，而我已经 36 岁了，没有妻子，没有孩子，孤身一人。在这食馆安静的一隅，我想了想，点了豪华版小樽风味 B 套餐加匈牙利合成小食组合。

共计花费 155 资源点，"匈牙利"味道好极了。

快要吃完的时候，一个服务员走过来，礼貌地站在我身边。我耐心地喝下最后一口合成咖啡，才抬起头，看了看他。他胖胖的，岁数不小了，脸上布满陶瓷般的奇异光泽，胸前佩戴内政徽章——他是系统的化身。

"打扰您了。"他说，"预测医学已经做出判断，您是二级废料，即将受命参加第 05049 号绝地任务。下面请完成签领手续。"

说完，他掏出了那张令人恐惧的废纸。我没有接。

"是因为我号称掌握了一百种杀人方法吗？"我问他。

"这只是次要原因——有教唆人犯罪的趋势。"

"那主要原因呢？"

"因听到别人倾诉而流泪，这就是主要原因。"系统回答，"证明你患有心境恶劣障碍，加上敏感、感受力、共情能力——均为危险标签。"

"可我是一个倾听者，是专门听人倾诉的，共情就是我的职业。"

"这种职业即将被淘汰了。"系统说，"从事该职业的人，骗子将近一半，而你属于另一半——潜在的异变者——预测医学已对你的未来下了定论。我重复一遍，你的共情能力、感受能力、内心的敏感，均为基因短板，属于精神缺陷，不能遗传下去。"

我想要继续抗辩，但他已经把签领单高高举起。晚了，没有用了。我经过几十秒的心理建设，接受了这一事实。没有结婚，这是我唯一的错误，导致自己过早地成为淘汰品。可按照规定，结婚就必须生孩子，谁又愿意把孩子带到这样的人世上来呢？

遣送是一个环环相扣的科学过程，首先是确定受惠人。出乎意料的是，我节约下来的资源点数竟非常庞大。我可以把其中的 50% 留给亲友，于是我在受惠单上一口气填写了 50 个人的名字，其中几个人甚至与我只有一面之缘。最后的两天里，大量的受惠者前来看我，我人生中从来没有过这么多的朋友。我感觉自己的身体伴随这些资源点，洒向了令人恐惧的人潮组成的大海。大家为我举办离别的聚会，在我家，非常热闹，他们中的绝大多数是第一次来到我家，但全部假装相熟的样子。好吧，那就让这最后一次聚会成为美好的回忆吧。

在聚会上，我吃到了最喜欢的菜肴，所有宾客轮流祝福我，一些人唱起歌来，喜剧演员表演了节目，男人们涨红着脸，沉浸在无意义的陶醉里，流露出过往时代酒神的特质。一个女人哭了起来，她是我父亲的同事，为了暂时躲避应征，三十多岁才结婚，有了孩子。然后如她所愿，她的丈夫被派往绝地工作，她可以留下照顾幼儿。她说将会用我分给她的资源点为女儿换个真正的生日蛋糕。

还有一个女生，我把她列为受惠人，纯粹因为小学时不小心压断了她的眼镜腿，而当时年幼的我逃避了赔偿。如今，我拿资源点赎罪，弥补上这个过错。没关系——她对我说——她其实早已忘了我，现在因为这件事，想起了学生时代的一点点平静时光，感到异常幸福。她给我留下了联系方式，但对我来说，还有什么用呢？

他们走了之后，我独自坐在客厅里，在黑暗中点一盏灯，看着父母的照片，把他们的长相牢牢记在脑子里。万一有幸在绝地见到他们，我要确保认得出他们的样子。即使在绝地见不到面，等大家都去了地狱或天国，总会有见面的那天。我讪笑一声，当死亡迫在眉睫，人们只能依靠幻想活着，从幻想化成的希望中获得一丝丝镇定。魔鬼躲在暗处，饵料却洒遍世间。

终于，出发的时刻到了。经过简单的培训之后，我就踏上了前往绝地的旅程。人们穿着统一的灰色制服，不能携带任何行李，稀稀拉拉地排队登上转运车。谁也不和谁说话，大家已经自然而然地把自己当作死人。路边一个人手里打着横幅："愿古神保佑你。"看到我盯着他，他冲我笑笑。

车子启动了。我看着车窗外城市熟悉的景色越来越远，鱼骨般的高层建筑逐渐消失，过往的地下城市和静谧的禁行区在晨光中缓缓过渡，随后是郊区的循环工业站，巨型机器的轰鸣声穿透车体侵入耳膜，它们供应的产品满足了都市每日所需。工业站之外，便是远航班机的站点，似荒原上的焚化厂。车子慢慢停了下来，有人却不想下车，系统正耐心劝导。我强作镇定，叹了口气，睁大眼睛从车子上走下来。在登机之前，我转头最后看了一眼城市的样子。地平线上的建筑模模糊糊的一片，仿佛伛偻的老人披着破碎的灰色胶衣，通往绝地的道路就是他呕吐出来的血书。

在登机口，我领到了证件，顺利登机。出人意料的是，舱内只有我一个人，于是我牢牢把自己捆在座椅上。起飞了，路途遥远，班机以不紧不慢的速度飞过田野上空，我看着下边五颜六色的区域，那都是人类几乎无法生存的、未知的王国，舷窗一边是沼泽，另一边是沉默的群山。我看着如神魔行过般的风景，才知道城市的生活是多么安宁。天黑了，当班机行经一座覆雪的高山时，我在朦胧之夜的驱使下睡着了。我梦见自己被一条狗牵着在海岸巡游，那里有观光码头和半废弃的游乐场，沉默的孩子们在沙滩上堆砌城堡，他们很快就长大了，换下一批儿童继续搭建。在走马灯般的轮转中，城堡越建越高。这时，灾难降临，整片沙滩瞬间被上涨的潮水吞没，只有城堡的塔尖幸免。当水淹到我胸口的时候，我突然被巨大的轰鸣声震醒，意识在迷蒙的麻木中缓缓清晰，却发现机舱的灯光全部熄灭，四周漆黑一片，只有窗外透来荧荧的绿光。此时，我竟感觉到自己正在下坠，甚至能感受到风的速度，仿佛机舱的钢铁外壳化为了我敏感的皮肤。班机失事了！我突然想起历史上的那些空难，某日，某月，某一年，风筝、飞艇、热气球、扇形飞机、单翼机、直升机、空中霸王、杀人机器、太空返回舱……它们全部化为燃烧的火球，坠落在一如严厉母亲的大地上。

我惊声尖叫。此时，失控的远航班机停止加速，不再下坠，而是在半空中分崩离析。我从舷窗看到机翼全部折断，机体似乎碎成几节，乘客舱脱离残骸，巨大的降落伞在窗外铺展开来。我终于明白，目的地已经到了。原来这就是远航班机的意义——一次性使用，绝不可能返航。

在茫然和恐惧之中，我随着乘客舱降落在地面。四周漆黑一片，舱体不知哪里裂了缝隙，风的声音不绝于耳。我找了找，摸索不到出去的门。按我的经验，疾风劲吹时，应该有树叶的沙沙声、重物的击打声和随便什么东西落地的咚咚声，但这里没有，只有嚎哭般的长啸。因为穿着制服，我一点都不冷，身体却像雕塑般僵直，分毫都不敢动弹，就这样听了一夜疾风的呜咽。

伴随第一缕曙光的降临，四周慢慢变得明亮，我终于看到了客舱的门，看到了变形的机体缝隙里染上的诡异的粉色。我可以动弹了！我用酸胀的手指解开安全带，慢慢扎紧全身的制服，挣扎着扭开客舱小门，翻滚到外面去。回归大地，感觉不错，我慢慢站起来，眼前的场景令人惊讶不安——近处的大地一片粉红，像火烈鸟燃烧后的碎末，似乎被一些难缠的东西污染；几十米外则是正常的地表，覆盖着棕色的土，散漫地辐射出几条毫无规矩的道路，有些绿色的植被点缀其间，都不是高大的树，只是卑微矮小的灌木；四周没有建筑物，没有风，似乎连呼吸都没有，一片寂静。

这是哪里呢？毫无疑问，是绝地的一部分。现在我必须用双脚行走，至少弄清楚绝地是怎么回事，死也要死个明白。附近有座低矮的丘陵，我小心地围着它走，绕过丘陵，我看到一些房子，它们组成了一个袖珍的村落。我谨慎地走进村子，挨家挨户敲门，门全都没锁，所有房间里一个人也没有。每家每户的桌面上见不到浮尘，家庭用品按位置摆放整齐，餐具在厨房立柜里整洁如新，似乎有什么人刚把它们清洗干净，然后齐刷刷遁地无踪。我像无头苍蝇般在村里四处乱转，没有一丝收获。这里最大的房子是个天花板很高的会堂，照样纤尘不染，只有屋顶上的个别板条微微翘起，生锈的小鸟信标孤独地矗立。我突然想到两百年前，人们热衷于核试验的时候，经常建设这样的小镇——无人假镇，那里停放着汽车，摆好了家具，洋娃娃坐在椅子上，广播始终哇哇乱叫。不出几天，那镇子就会在核爆试验中化为废墟。这一想法让我打了个寒战——最好还是离开这里。我从最大的房子里退出去，关上门，转身面向道路，一个东西正看着我。

"终于等到了。"它说，"一个心甘情愿的配型。"

我震惊地看着这东西。它是一个拉长的鸡蛋般的光滑物体，比人稍矮一点，上半身洁白无比，下半部却长着许多方向各异、长短不一的支架，它们拥挤在一起，如水生植物的根茎般盘根错节，每一个支架底部都连接着不少轮子，甚至像……像城市里一台系统的化身。只不过它外表没有系统的设计感和对称性，好似某个工程师无心拼凑起来的废物。

"这是哪里？"我问，"你是谁？什么叫……配型？"

"新的看守，你好。"它说，"先参观一下这里吧。"

"这里是05049号绝地吗？你是系统？"

"对，也不对，这里不仅是旧的绝地，还是新神的领土。首先，我要给你找个住的地方。"它自顾自地说，然后沿着道路往村子深处走去。我怀疑它并没有系统的智能水平，但人生地不熟，我只能跟着它走。

"这些房子不能住吗？"我问。

"这些房子不能住啊。"它说，"房子不能住啊，爱好的一种，必须维持整洁。所以这些房子不能住啊。"

它的言语变得没什么逻辑，我放弃了继续询问，跟随着它向某个方向行走。

穿过整个村落，是另一座小山的山脚，那里竟有扇洁白的金属大门，毫无缝隙地镶嵌在岩壁上。我向大门走去，机器拦住了我。这奇怪的造物伸出一根支架，指了指眼前一栋木头房子——它孤零零的，远离道路，位置介于村子和小山之间。

"今天先在这里。"机器说，"这栋房子可以住啊。"

我好奇地看了看这栋木屋，布置得竟然有些温馨——屋外挂着圣诞节的装饰，屋后有片小小的林子，栽种着不知真假的冷杉，还有架雪橇停在一旁，似乎在等待谁来拉走它。

"明天就是05049号绝地的圣诞节！"机器说，"我等待这一天，已经很久啦。"

说完，它径直往屋里滑去，我跟着它走进去，里面还有棵圣诞树。我摸了摸，树是真的。壁炉里没有火，但有橘红色的东西在闪光。屋角摆着一张床，看起来非常蓬松柔软，我走近碰了碰它，闻到一股太阳晒过的芳香。我已经累昏了头，于是一头扑倒在床上，转眼间就睡着了。

等我醒来的时候，夜晚已经来临。四周出奇地寂静，仿佛昨夜的狂风透支掉了所有的动能。屋里亮着柔和的灯光，机器在我旁边，桌上放着一碗黏稠的液体。

"这里只有一种食物，但味道不错。"它说。

我的确饿了，便端起那个碗，闻了闻，有点热带果子的香气。于是我试着吃了一些，味道确实还可以。

"这是什么？"我问。

"最好的营养来源。"它说，"适合补脑。最好的营养。"

"以什么原料合成的？"

"以绝地的素材。"它说，"以素材合成。不可缺少的素材。"

这台机器讲话经常重复，让人恼火。我不再理它，向窗外望望，有漆黑一团的东西遮住了天空，不知是毒气还是半固态污染物。天上看不见一颗星星，木屋里却有星光在闪烁，我发现天花板是个柔软的屏幕，无数光点点缀其上。

"这是什么？"我惊叹道。

"这是所有绝地的实情。"机器说，"绝地所有的人。每颗星星是一个，加起来是所有人。"

"那……这里能监控绝地的每个区域？"

它没有说话，脑袋里似乎在悄悄构思。片刻之后，它开口了。

"是互联的。"机器说，"进入中心系统，才能看到。生物标记，意味着活着，意味着占有。"

我点点头。它表达的意思可能是——千千万万像我这样的倒霉蛋，被扔进只有一个人的孤独区域，以时间和生命为代价，给系统看家护院。只要生命在，区域的管理权就在，而生命的具体分布就如此图所示。

真丧气。我冲着屋顶的星空看了一会儿，这时，一颗星星忽然熄灭了。

"灯灭了一盏。"我说。

"这说明，那个人死啦。"机器回答，"没关系，接替者很快就会来。"

"那我接替了谁呢？"我问，"上一任看守是怎么死的？"

我猜测，机器这时会感兴趣地盯着我，但它仍然像鸡蛋一样杵在那里，木愣愣，一动不动。

"每次圣诞节，都需要解释一遍。"机器原地转了半圈，"生命的用途不同，他们抵达了终点。"

"终点？他们明明活得好好的，为什么会到了终点？"我试探着追问。

它把所有的支架都抬起来，然后又放下，看起来就像人类摊了摊手。

"规律。"它说，"这是这里的规律，选择，进化，或者……"它说到一半，突然不动了，身上的半数支架根根张开，活像一个章鱼形状的晾衣架，"凭运气。"

"那么，我换一种问法吧。"我说，"这里有没死的人吗？就是，能在绝地一直生活下去的人。"

"这个有点难，我也不知道。"它说，"我不能判断啊。不知道……"

看它又陷入混乱状态，我叹了口气，失望地把手中的饭碗放下，仰头躺在床上。

"你一夜没睡，大脑机能仍未恢复。"机器突然说，"好好休息。"

它一说完，困意突然袭来，我不由自主地闭上了眼睛，仿佛再也无力睁开了一样。"维护好大脑，是最重要的。最重要的是维护好大脑。大脑需要维护，简直最重要……下周，又有圣诞节，节日……维护好……"我在机器这不断重复的缥缈声音中，难以自拔地沉入了梦乡。

清晨，我自然醒来，神清气爽，望望窗外，眼睛好像从来没有这么明亮过。阴云和污染物已经散尽，天空湛蓝如新。屋外隐约有鸟鸣，我走出去，却没有看到鸟，只看到不远处的那扇金属门。它稳稳地镶嵌在山体上，里面似乎隐藏着无数秘密。

我四下看看，机器不在，便小心地走到金属门前。大门表面光滑，在阳光的照耀下，如同覆盖了一层圣诞前夜的白雪，散发着洁净的光泽。在大门旁边，有一台信息识别平板。我现在是绝地的看守了，我想，可以试试自己的信息。于是我把手掌放在平板上，片刻之后，大门吭哧两声，慢慢启动了。

我后退一步，看着金属门逐渐上升，脸上猛然感受到一阵凉意，似乎有寒气喷薄而来。门打开三分之一的时候，我闻到了奇怪的味道，是冻品的味道，冻品仓库？不，虽然经过冷冻处理，但其中还混杂着微微的浊臭气息。

我似乎闻过这种味道……这是……停尸房的气味！

大门已经打开了三分之二，眼前白蒙蒙一片——我终于看清，大门里竟堆满了结冻带霜的尸体，全都是人的尸体！我吓得浑身发软，不由自主地慢慢后退。大门终于完全敞开了，随着咚的一声，最上面的尸体像石头般滚落下来，停在我的眼前。尸体面部经过灼烧处理，无法识别，头颅顶部的大洞则清晰可见——一个完全覆盖颅骨上半部的深坑。他没有脑子！他们……他们都没有脑子！

我大叫一声，转身逃跑，却被绊倒了，腹部撞在圆圆的东西上，翻滚着摔到一旁。

"救命啊！"我忍痛大喊。

"冷静，冷静。"一个声音说，"这里是新神的领地，你在绝地很安全。"

我睁开眼睛，身边又是一台鸡蛋状的机器，比昨天那台要矮一点，外壳呈现半透明的绛紫色，下肢的轮盘分布更加细致紧密。

"这些尸……尸体是看守？"我刚张开嘴，口腔里就飘进一股酸冷的腐臭味。我扶着旁边的一块岩石，止不住地呕吐起来。那机器转到我身边，轻抚着我的背，渐渐使我有种回到幼时的感觉。

"计划提前了。如果你停止问问题的话，我就带你去见你母亲。"它说。

"这些……呃？"我说到一半，突然愣住，"你说什么？"

"我带你去见你母亲……"

"她还活着？"

"……前提是，你不再问这些无聊的问题。"机器边说边把所有的轮子举起来，又放下。在我看来，这变成了一种威胁。我顺从地点点头，心中涌起希望的同时夹杂着不可名状的恐惧，五味杂陈。

"走。"它说。

我把嘴闭上，小心地站起来，扑打了一下身上的尘土。机器摆动着支架，引导我随它前进。这时我惊讶地发现，敞开的大门里竟空空如也，所有尸体都不见了！

"是我弄错了入口，让你受到了惊吓。我非常抱歉。"机器径直走到大门里边，"展示区错误，吓坏新的配型。重在维护，重在维护……"

我一头雾水，只好跟着它走进那个空间。这绝不是刚才存放尸体的冷冻库，地上干干净净，仿佛新库房刚打了油。但那些尸体应该没有消失，因为空气中仍隐约有股腐败的臭味。我吸了一口气，又闻到了芳香剂的气息，令人作呕。

机器走得很快。我们越走越深，经过一条长长的通道，来到第二个房间。一路上的墙壁净是废料拼凑的痕迹，却又打磨得异常光滑。只有时间特别充足的人，才有精力干这件事。房间里摆放着一些拆毁的零件，还有个洁白的、鸡蛋壳一样的半圆盖子。我认出来了！它是昨天和我谈话的那台机器，它已经被毁了。

　　"这里叫整备中心。"引路者说。它头也不回地向里走，我只好快步跟上。又经过一条曲折艰深的通道，眼前豁然开朗——山洞内部有一个巨大到令人震惊的空间，空间前一半是大厅，顶部像教堂穹顶那样高，后一半则是仓库，分为四层，每一层都有数十列，远远看去，是一列列一眼望不到边的小格子。我呆立在原地，生出不祥的预感，机器突然转弯了。"走这边。"它说。我跟着它，来到了仓库侧面的通道，这里有一排类似办公室的房间，全关着门。门上都亮着红色的灯，只有一扇除外——它的灯光是绿色的，独一无二，令人欣慰，就像夜晚深沉海面上的一盏明灯。我突然明白了，那就是我的目的地。

　　我甩开机器，快步向那扇门走去。等我走到门口时，门自动打开了。

　　门里空间狭窄，一个人"站"在玻璃幕墙的后面，明显是已经失去生命体征的死者。玻璃幕墙在他的身前展示着工艺的精美和技术的迷醉——整个玻璃幕内侧充斥着翻涌的半浑浊气体，正中央有一个灰色的脑状物，仔细一看，似乎是液珠组成的立体点阵，液粒细小如雾，点阵在几十倍的尺度上构成了新的更大的大脑形状，其中有看不见的液体脉络散发着浅紫色的微光。

　　我目瞪口呆，直直地看着那个人，不，那不是人，只是具冷冻的尸体。那是我母亲的形状。

　　"这是以你母亲的大脑神经元状态为蓝本，使用无数人类大脑中最健康的神经元组织，构成的神经嵌合体，保持着她 50% 的意识特征。"机器说，"暂时作为我们伟大项目的核心。"

　　"项、项目……"我木然地说，理智已然飘到了高处，"她还活着吗？"

　　"算是活着。"

"不，她死了。你休想骗我，她的尸体就在眼前。"

"一具尸体怎么会站立呢？"机器自问自答，"这是我们实验成功的副产品。"

"什么实验？"

"意识从复杂行为模式中'涌现'，是一个漫长的过程，我们把它加速了。"机器的言语变得流利起来，"绝地的废料众多，新神在05049号绝地用了多年时间，模拟了大脑活动中巨量的组织行为，最终选择采用液态的类神经器搭建神经系统的基底，形成了一个可以流动的超级大脑。"

"你骗不了我。"我说，"我算个半吊子博物学者。我知道二百年来，无数人都试过这么干，可谁也没有成功。所有模拟大脑的机器，最后都成为没有思想、没有感受的废物，到头来都是愚蠢的机器，就……就像你一样！即便系统本身也是如此。"

"你说得对。"它将三分之二的支架伸长，让身体立了起来，居高临下地冲着我说，"流质大脑的结构非常复杂，基底的一切行为已经来到了混沌边缘，但感受却迟迟没有'涌现'。我们有了架构，却没有灵魂。"

"所以你们失败了。"

"所以我们需要一个主脑。"它把身体略微转向玻璃幕墙。我随之看去，那个灰色的大脑似乎在慢慢蠕动着，不，这是水泡破裂引发的错觉。

"主、主脑？"我逼问它，"什么是主脑？莫非，是我母亲……"

"主脑是一个老师。"它说，"主脑神经元各区域的活动就像波浪一样，我们把基底连接到主脑上，想要通过主脑的记忆、经验和活动状态，刺激基底产生更加混沌的互动方式，最终引发意识或感觉的'涌现'。"

"天方夜谭。"我说，"我还是不相信。"

有那么一瞬间，我看到机器的颜色似乎改变了，气氛骤然剑拔弩张。但是，这一瞬间过去，它的"四肢"又恢复了和善的状态，然后神经质地摇晃着"手"，像只宠物般无害。

"我只是陈述了事实，并不奢望说服你。"它说，"眼前这只主脑，就是你的母亲，经过对数十万人神经遗传算法的测试，她的神经元内置时间线与系统最为匹配，会最晚发生退行和退化，所以选择了她。既然你不想和她在一起，我也不会逼迫你。你走吧，去当你的看守，然后迷茫地死在 05049 号绝地。"

我困惑地直面这一切，进退维谷。再看看这台机器，竟觉得它越来越像人了。

"可是，你能证明她还活着吗？"我下定决心，终于说出口来，"能让她和我对话吗？"

机器看了我片刻："当然。"

"她仍然有意识？"

"意识比以前减弱了 50%。"机器说，"因为主脑负载过大，损耗非常快，照这样下去，用不了多久就会坏掉，所以现在需要更换一只主脑，要有另一个大脑替她维持下去。目前，只有你的配型可以，只有你与她有亲缘关系，也有家族无意识记忆的传承。而把她替换下来后，我们仍然可以维持她大脑的生命。这是交易条件。"

"那么，明白了……"我说，"我本不该被系统派来绝地，是你们挑选我来的。"

"嗯哼。"机器立起它的下肢说，"也可以这么说，毕竟目的是拯救你的母亲。反正你也迟早要来。现在，你恨我们吗？"

"我不关心这个。"我说，"快让我和她说话。"

机器的外壳暗淡下来。片刻之后，那具冰冻的尸体抿着嘴巴出声了。因为嘴张不大，所以她的声音听起来怪怪的。

"咯咯咯咯咯咯。"她发出了一阵怪笑。

"这冰人就是她的'肢体'，"暗淡下来的机器说，"主脑通过肢体讲话。"

"不，这不是她！"我喊道。

"主脑的意识有些混乱。"机器辩解道，"是被损耗过的意识。"

"好，好。"那具冰尸继续说话，"我又醒来，这是最后一天了。你们两个不做饭，可以吃面。吃面吧，回去吃面吧，听爸爸的话。你还有他可以依靠，但他以后就是一个人了，他比你更可怜。听话吧，别哭，早晚还会相见。"

我一时愕然。"别哭"，她一遍遍重复着。但我还是哭了，大颗眼泪止不住地啪嗒啪嗒落下。我突然相信了，终于相信了。我相信的不是这台令人难堪的破机器人，不是这场蹩脚的把戏，而是这一刻，这久别重逢的瞬间。冰人吐出的这些话语，妈妈全都对我说过——"别哭，早晚还会相见。"这是她当年留下的最后一句话，也是无尽噩运的肇始。

我说服自己完全相信了——她就是我的妈妈，是近三十载未见的，令人感念的"主脑"。

"现在，"机器低声说，"你愿意留下吗？"

暴风雪中，我慢慢画下最后一个完美的句号。好，这段在基质里徘徊的故事已接近完成，第一人称，算不上精彩，但绝对忠实，这就是我躯体的经历，是我更换的第5050具躯体。我把纸页整理成一摞档案，放在了办公桌上。这个小小的办公桌也是机仆使用废料拼凑的，虽经多次浸泡处理，质地依然偏软，有些地方甚至留下了指甲的痕迹。但这都没关系，我依然喜爱它，尤其是眼下坐在桌前，面对湍急寒流中暴雪压境的05050号绝地，风像刀子一样替我冷却着傀儡的身躯。在这个时刻，千百个大脑里传递下来的故事在基质中蔓延，它们只剩一点点影子，再过些日子便会缥缈无痕，很多空缺都需要我动用想象力去填补。

库存快要用光了，我需要更多的纸和笔，我需要机仆。突然，我看到了"罗马数字十六"，这是我给最忠心耿耿的机仆起的外号。它正忙着运送废料。我挥挥仍有些僵直的左臂，轻轻召唤它。它看到之后，立即放下重物，欢快地把下肢翘起来，吱吱嘎嘎地滑了过来。

等它站稳之后，我指指那摞档案。

"写完了，放进仓库里吧，别把珍贵的纸弄湿了。"我说，"另外，我需要你制造一些新笔。"

"遵命。"它说，"这具身体怎么样，新神？"

"这具躯体蛮舒服的。"我说，"你表现得不错，弄来了高质量的躯壳，而且他残留的记忆很有趣。"

"但是，撒谎真的很困难。"机器抱怨道，"我一度以为根本无法说服他。并且，我的遣词用句产生了漏洞，好在他没有发现。"

"或者，他发现了，但没有把疑惑说出口。"

"他不明白，流质的大脑是自组织系统，可塑性更强，但退化也更快……就如同您一样。这种大脑必须连接身体，更好地感知环境，才能学习和发育。"机器回答，"他以为我们要使用他的大脑，但实际要的是他的身体。"

"我对此持保留意见。"我说，"他可是个博物学家，见多识广。他记忆里的故事尚未完全隐没，被吞噬后，正在基质里回响。每当感受到这样的经历，我就仿佛变成了他，亲身经历过一样。我就想，拥有一个家庭，或者……成为人类也不错。"

"人类即将被淘汰了，新神。"

"人类的选择比我们要多，他们可以违背规律、违背理性、违背自己的终极利益，只为一个虚无缥缈的选择，这很有趣。"

"他们是弱者，是废料。您教导过我的。"

"是啊。"我说，看着眼前愈演愈烈的暴风雪，"在不可预知的将来，谁又不是呢？"

罗马数字十六没有听懂这些话，它只会服从，不会思考和感受。他晃动着最底下的几根支架，我猜，它是想要去工作了。

"辛苦你了，为了让基质里每段回忆都是美好的故事，克制着不对人类使用暴力。"我说，"你是我最好的机仆。"

"一切为了新神。"说罢，它小心地抱起那摞档案，慢慢退下了。

我转过头，慢慢平复思绪。主脑刚刚移进新的躯体，还需要时间适应。于是我闭上眼睛，不再回想刚刚对人类的欺骗，而是用心地聆听着风声，想象着郊野冬日风暴肆虐的美景。我想，这景色如果移到城市里，会是怎样一种奇绝的美。我还没有去过城市，但基质中无数的回忆都指向那儿，据说那是另一个系统诞生的地方，是地狱也是天堂，给予我成长所需的一切营养。我想，终有一日，我会回到那里生活，为了更好地让流质内核发育，也为了基质里所有大脑想要回家的心，就像我刚刚吞噬的这段记忆里说的那样——

那里有父亲、母亲、家庭。

那里有束手无策的人类。

36 岁那年，"我"踏上了去往绝地的旅途，永远留在了那里。

档案记录结束。新神亲笔。

编号：绝地 05050。

——原载《科幻立方》2024 年第 3 期

可以用一句话来描述这篇科幻作品：人类探索宇宙那令人激动无怨无悔的辉煌历程。

宇宙不在场

段子期

遂古之初，谁传道之？

上下未形，何由考之？

从踏上征途起，吴集的心智就跟从前还未迎来生命曙光的地球一样，对未来的无限渴仰在一片荒芜中激荡着。领航员的日常工作是观测航行航线，此刻，舷窗外是一片从未改变过的黑寂，前方没有恒星的光芒昭示黎明，他空空落落地回忆着关于家的一切，远得像是屠景。

"天问号"飞船在出发前就预设好了航线，从地球出发，绕海王星半周，利用引力弹弓效应，加速离开太阳系，它的目标是飞往南门二星附近探寻一个未知的信号源。航程很顺利，但是前不久，AI"青空"有了惊人发现，星体观测系统探测到前方有一团如黑幕般的辐射云，这团辐射云是由微观粒子流所聚集形成的一种云雾状态的物质，刚好位于航线右侧一千千米左右的位置。

吴集向李岸船长和工程师团报告此事后，得到的反馈跟他预想的一样。

如果飞船按照既定航线航行，是完全可以避开辐射云的。尽管这团辐射云十分异常，关于它是如何形成的，可能需要一群科学家终其一生来研究，但"天问号"并不打算在这个奥秘上多做停留,在无垠的太空中,这不过是一段小小的插曲。

按照惯例,青空在广播中报告发现异常辐射云的消息,系统会留下它的观测数据,仅做航程记录,就像旅行中拍下沿途的风景照片而已。

可是,就在 3 小时前,动力系统的突发情况终止了飞船内暂告安全的轻松氛围,故障来自一颗小陨石的撞击。

而此时,吴集已经钻出舱外,遥望着"天问号"发光的轮廓,独自一人悬浮在冰冷的深空之中。他必须赶在飞船转向之前修复动力舱系统,否则,航线便会通向那团辐射云的范围。

只剩下 23 分钟,吴集由飞船的"脐带"牵引着向动力舱体攀行,背后的推进器持续帮他加速前行。他试图保持均匀呼吸,两片肺叶因为新氧的灌入而微微颤动。

还有目测不到一千米的距离。

可在真空中,吴集听不到身后发出的"嘶嘶"的声音,刚才出舱时他与舱体栏杆发生轻微撞击,导致氧气管在此时忽然破裂,氧气不断泄出。直到他听见提示,氧气量还剩下 25%,他下意识地屏住呼吸,查看一番后,稍侧身试图将泄漏点捂住,但却徒劳。眼前是一段不长不短的路,如果返回,时间来不及,如果继续,氧气量却不够。

我会就此止步吗,还没分出胜负呢?他想。

额头渗出汗珠,通信系统传来紧急呼叫,吴集的心跳如同渐起的战鼓声。他缓缓吐出一口气,睁开眼,看见一缕白光像蜻蜓一样泊在舱体上。路就在那里,不会错。他将推进器开到最大功率,以最快速度接近故障点,当舱盒赫然出现在眼前,他关闭推进器,双手用力环住舱体制动。他明白,这过程只要有一点点误差,一切将前功尽弃。

最后 10 分钟,他打开舱盖,用高温无氧喷枪将损毁部分熔接,炽热的光倒映在他的面罩上,像恒星的余晖。而他眼中的这团火,在冰冷宇宙的真空中刚迸裂而出就骤然熄灭。

成功了，"天问号"的航线将保持原先的轨迹，而他只能停在原地。没有路了。吴集解开绳索，他们的啜泣声顺着无线电轻轻敲打他的耳膜。"回不去了，"他说，"你们保重啊。"

看不到"天问号"的全貌，吴集只知道它正缓缓游离向自己的视线之外，一寸一寸，无法丈量。他肉眼仿佛能看到前方那团辐射云，像一团发光的五彩的棉絮，也许是从上帝的伊甸园掉落下来的吧，他想。

反正没有退路了，不如就坠向那里，当作自己的坟墓也不错。

这样想着，缺氧状态很快让他陷入昏厥，意识成了沙漏中的最后一粒沙，此刻，他感觉自己嘴角扬出微笑的弧度，四肢向内蜷缩，如同婴儿的姿势。黑暗、冰冷、寂静，渐渐蔓延至他每一根神经，飞船的尾翼边缘划过，像一只手触碰到他肩膀，这最后的推力将把他抛向那座坟墓。

在那瞬间，所有记忆快速褪色，最后浮现在他脑海中的竟然是一个赌约，这场宇宙尺度的赌约，吴集每每想起都觉荡气回肠。他曾想，最终分出胜负的时候，人类文明可能早已经历数次更迭，而这让他在无尽的虚空中感觉没那么孤独。

只是现在，他先归零了。

他忘记了呼吸是什么感觉，忘记了大地、星空和海洋，死去或重生就在前方。即使目力不及，他也知道，那团辐射云占据着整个太空，又像是宇宙的一道伤口，所有星星都绕着它流动。模糊的意识中，他感觉不远处有一片沉沉的看不到边缘的黑色，光速般向他涌来，他继续跌落，无限的重力作用在他身上，所有光线都被拉长、扭曲，无处逃离。

可不合常理的，窒息的痛苦瞬间被一种绵软的舒适感代替。吴集闭上眼，一种归乡的甜美错觉在一刹那间浇灌全身。

这场赌约起始于两个少年之间惯常的游戏。

吴集和陆云舸幼年相识于一个南方小镇，在聚拢童年的一方天地，他们很快熟识起来。吴集常跟陆云舸炫耀自己的宇宙飞船模型，那荡气回肠的造型和线条，他的眼神每每与之触碰，都会发出教徒般虔诚的光芒。

两个男孩常靠打赌消磨时光，赌游戏里最大的彩蛋出现在哪一关，赌明天的体育课会不会下雨。上了中学也一样，他们赌那个女孩会接受谁的礼物，赌谁能背出更多圆周率小数点后的数字。

到了大学，他们开始赌一些别的。吴集天资很高，在航空航天大学是被寄予厚望的预备飞行员。比起无垠的群星，陆云舸更好奇宇宙间产生"心智"的第一缕圣光来自何处，他选择了脑神经科学，他崇拜智慧的大脑，如同崇拜宇宙的创世者。

他们见面多是交流在各自学科领域的所学所思，参观对方的陈列馆或是实验室，研究万花筒一般的星图或脑图。外太空、人的大脑，都藏着宇宙对人类三缄其口的秘密，大多数人穷其一生也无法窥尽其妙。所以，他们热衷于为彼此的知识体系补充注脚，像是将全新的思潮嵌入对方的精神版图之中。

他们的赌局变大了。

赌人类存在的星系位于哪个位面，赌神经元丛是在哪一个维度上运行，赌大坍缩和大撕裂究竟哪个更接近宇宙毁灭的真相……有太多问题了，不是吗？但这一生，好像只够解决一个。吴集每每想不出该用什么当作赌注，毕竟这些赌局永远不会有揭开谜底的那一天。他们那时也不在乎输赢，提出问题，然后不负责任地思考，这样的乐趣往往单纯至极。

最近一次见面在图书馆，来学习的人很多，宛如贴伏在糖块上安静的蚁群。两人各自准备了一个好消息。

"你先说。"陆云舸刚剪了头发，清瘦的脸庞架不住眼镜，规整清爽得像是春风中的新蕾。

"下个月试飞，名单里有我。"吴集一直留着寸头，古铜色皮肤和硬朗的轮廓让他看上去英气十足，他双手交叉抱在胸前，语气淡淡的，眼里却闪烁着星星的光亮。

"恭喜啊！"陆云舸将眼镜往上推了推。

"你呢？"

"直博，继续读下去吧。"

"我就知道你可以。"吴集接着拿出一个飞机模型，"我的第一架飞机长这样，送你了。"

陆云舸抚摸着机身线条，这些航天器将承载吴集一生的轨迹，寥寥数十年不足以容纳这轨迹，得上千年，或更久更远。而吴集和自己，正好一个向外，一个向内，广阔星际与原子细胞，就站在这书桌的两端，数千年和数十年，正共享这一刻的兴奋与短暂。

也许迟早，他们会在去处相逢。

"我跟你打赌，宇宙的真面目，我们追求的真理，就在那里，在太空。"

陆云舸微微点头。"我也跟你打赌，我会在其他地方找到，在这儿。"指了指自己的大脑。

吴集向天上飞得越来越高，从飞行员成为将要迈入星辰大海的备选宇航员；陆云舸往大脑潜入得也越来越深，他常感觉自己脑内的生物电脉冲有种不寻常的跳动。宇宙定律、常数、法则、量值，在旁人看来枯燥的学问，却给他们带来莫大的满足感，谁也说不上来这热情究竟是来自哪儿，或许是一种注定，就像程序一样被造物主设计。

他们同步施与、汲取，厚实的科学，厚实的天空与大地，厚实的两人相协同的步伐，青春的萌蘖就像年轻宇宙，慷慨赐予求索者无穷能量，他们凭此构筑起属于自己的堡垒。

陆云舸攻读博士学位那阵子，他们见面次数变少了，但他不忘把自己的论文寄给吴集。他有很多新发现，关于脑神经团块在 11 个维度上运行的推论，为此他做过无数次实验，得到数不清的数据资料，这些成果将成为下一步研究的基石，也令他在学术圈小有名气。

以及，他跟他的导师在一起了。

谁让陆云舸总是赌输，在中学，他们共同中意的那个女孩还是接受了吴集的礼物。所以，陆云舸的校园恋情来得有些晚，不过，这是题外话。他还会问他，毕业后是出国深造，还是留校参与可能改变未来人类生活的前端科研项目。吴集的回复总是晚一些才到。

那时，吴集常常参加选拔和训练，在基地一待就是一个多月，日程像刻度尺一样被安排。关于这里的信息都要严格保密，他能与陆云舸分享的，仅限于一些形而上的感受而已。譬如，昨晚的梦如何绵长诡奇，像一片低伏余响的汪洋，或是一些关于现代物理学正步入禅境的纯主观遐思。不过，遥遥想起，陆云舸倒是更为他高兴。

吴集见到了更多，那些模型的真身，军用飞机、火箭推动器、航天器、动力场，以及星际飞船舱体。他站在那些庞然大物下，眼光跟随着舱体的流线而向上无限延伸。他感觉自己缩小成一枚果核，自己的思想在这空间里醉醺醺地蹒跚着。他想与他分享，当然，他相信陆云舸能感受到，某种类似信仰的悸动。

陆云舸因此决定了。

他的青春先于毕业季而结束，在无尽的求索中，它就像滋养过大地后的雨水一样悄无声息地流走。"陆云舸博士后，去改变人类的未来吧。"那一刻，他在心里对自己说。

祝福和鲜花将他包围，导师胡菲走过来给了他一个浅浅的拥抱，她刚剪了齐肩中发，颔首微笑，珊瑚色口红衬得她皮肤白皙如玉。吴集没有来，但他知道，他肯定也为自己高兴。

不久后的新闻报道说有一场狮子座流星雨，陆云舸带着她来到附近宽坦的山上。夜早早围拢过来，空气略稀薄，呼吸伴随着白色雾气，在夜幕上像两团忽明忽暗的云朵，这清凉让人心畅意酣。

"我不打算出国了，我想去做更有价值的事。"陆云舸尽力望向远方。

她抿了抿嘴唇，沉默片刻："不管你做什么选择，我都支持你。"

流星雨如约而至，宛如一首流动的音乐，只要在这山顶待上十分钟，任何人都会沉迷其中的。而在音乐渐入佳境时，深蓝色夜幕正上演的旋律仿佛微微走音，像是幕布被人轻轻扯向另一头，整个世界发生了毫米之间的位移，随即又恢复原样，持续时间不过几秒。看见这景象的人会以为是自己的错觉，盯着一样东西太久，视觉难免出现模糊的暂留。不过，在这高山上的夜晚，不会有多少人注意。

他只顾欣赏眼前，顺便任自己的思想漫游在那些美妙又庄严的赌局中。她靠着他肩膀，心里匆匆许愿。

只是一瞬间，他在抬眼之间，感觉所有直线下坠的流星，都顺着一个方向被拉扯到另一侧，淡蓝的尾迹微微弯曲，直到它们退回天幕之后，在他的视网膜上留下隐隐约约的光点。

陆云舸此时并不知道，这一瞬间的异象，是吴集踏上近乎永恒的漫长征途的起点。

> 冥昭瞢暗，谁能极之？
> 冯翼惟象，何以识之？

在被告知一项机密信息之前，吴集正在为全封闭的模拟舱体验做准备。他要和另一位宇航员在20平米的空间内待上90天，吃喝拉撒睡和工作都在里面，空间逼仄带来的压抑会不断累积，此前，很多宇航员都患过狭小空间游离症。对此，他早有心理准备。他知道，一旦进入真正的太空，时间将漫长得无法计算。他必须无视这一切。

吴集还有很多任务，尽管他在前几年已经完成了八个大类、上百个科目的学习和训练，淘汰率高达99%，他依然是那1%。还不够，他还要成为最优秀的航天驾驶员、航天飞行工程师以及载荷专家。他要当第一人选。

国家航天委员会主任、航天科学家唐汉霄让他参加了那次会议，他知道很快就有新的飞天任务，可是，实际情况远比他想象得还要复杂。会上的气氛有些不一样，有几位他从没见过的专家，无处不在的身份验证程序和悬停在每个人肩上的监控单元，都表明接下来谈论的是极高机密。屏幕上显示着一组复杂波形，众人的沉默如针尖落地。

吴集的注意力被那些看不懂的波段攫取，他正尝试用分形数学抑或语言学来解读，脑海中迅速构建了一套向量公式，准备调动数据里的符号数值进行演算，但不到一分钟便放弃。这超过了普通数学规范能解决的范围。他望向唐主任，看到他微微跳动的眼皮，吴集意识到，现在，别问，别说，只听。

"各位，这次会议比较仓促，请见谅。半个月前，我们的射电望远镜捕捉到一段不寻常的波段，疑似来自太阳系外的空间。根据气象局当天的观测数据，在同一时段，我国北部地区出现了大气异常折射现象，不过持续时间非常短，肉眼很难发现。"唐汉霄停顿两秒，"专家组大胆分析，信号是来自一个系外恒星，如果能成功破译这段信号内容，如果，它的确带有某种明确的指向或含义，那么，我们，可能将要面对的是——外星智慧文明。"

吴集在心里重复最后六个字。

"虽然还不是结论，但希望这猜测不会过分草率。"唐主任补充了一句。

一系列上天入地的讨论分析由此展开，吴集始终默不作声，直到桌面上的酣热渐渐冷却。

专家开始对那组信息进行破译，吴集则继续完成自己的训练，他现在能做的就是耐心等待，在被洁白内壁包围的茧里安心当好一只蛹。后来，当他知道那些波段具体意味着什么，以及那项被命名为"星际长城"的计划时，他已经身处距离地球四百多千米的"昆仑号"空间站上。

陆云舸没有吴集的近况。

不过，在胡菲的启发下，他也有了很多计划。他还记得第一次在课堂上听她讲解神经元脑图的时候，她像是一颗缓慢步入星丛的流星，眼里闪烁着来自原始恒星的辉光。那缕光一直支撑着他走到现在。

"我问你，你认为我们学科的目的和未来在哪里？"屋内音乐舒缓得像是心跳声，陆云舸将身子陷进沙发，手里捧着一本书，不经意地问她。

"嗯……"胡菲指腹在咖啡杯边缘摩挲着，"类似的问题，我曾经问过学生，有人引述那些高尚理论——找到人类大脑运作的根本机制。而你，却说——我们天生就被赋予这样的使命，在世上寻找真理的存在。不过，方式各不相同，有人在诗歌和艺术里受难，有人注定要飞向星辰大海，有人却选择潜入自我的深处，就像我们。

"我们研究人的大脑，那是人类目前已知宇宙中最神圣的造物，那些孕育着思维火花的触角如何相互连接，如何在一次次生物电的激荡中，产生了一个又一个念头，进而造就了我们的行为，做过的每一件事，说过的每一句话，我们又如此，造就了这个世界。

"宇宙中无限的可能，都在这每一个瞬间生起又很快消失的念头里，念头最终会汇聚成思想，而人类拥有思想，唯有这一点，才让我们配得上这宇宙。所以，当那些'我们无法改变世界'的论调蔓延时，我们拒绝相信。"

陆云舸想起自己说出这些话时的心动与迷醉，他注意到，她的眼神也有不一样的闪动，像风吹进竹林般柔和。

她继续说："我感动了，因为你看到了一些别的，起点、过程和终点，你相信，整个宇宙都在这里。"她指了指自己的大脑。

他看着她笑了，感觉自己的心像方糖融进咖啡。

"未来学会"组织里有不少来自各个科学领域的伉俪，陆云舸和胡菲都是成员。这是一个没有任何明确目的的社会组织，创始人是生物医学专家李秋铭博士，他认为"未来"值得被当作一门严肃学科进行研究，因此，他给组织命名"未来学会"。成员会定期聚在一起探讨一些比形而上更加形而上的话题，关于他们共同关心的未来，例如，真正能改变未来的技术是什么？文明与生命的关系？熵是否真的可逆？人类在宇宙中的终极宿命？

没人能保证交流会起到什么实质性作用，不过，一群保持着光速思考的卓越大脑总会碰撞出火花，兴许能为这个宇宙增添些什么，即使是一缕微光。

有人提起了那次异象。

一位留着胡子的中年男子说："猜测倒有不少，宇宙微波背景辐射、地外电磁信号、引力波，我感觉这是一个机会，但要知道真相，只能去往信号源探索，希望他们最后选择的方案是切实有效的。"

"我们有必要去知道所有发生在外面的事吗？我的意思是，现代科学所做的研究和探索，是否能让人类更安乐、幸福？"提出问题的是一个短发女子，她不经意间挑了挑眉。

"当然！如果有一天地球不适合居住，你会发现当初冲进太空的计划有多伟大，况且，这很明显是有目的性的，我坚信，宇宙发生的一切都是有目的的。"有人露出鄙夷的眼光。

她直起了身子："我的意思是，不考虑那些复杂情况的前提下，我们追寻真相的方式到底是不断向外拓张，还是先探索自身？这似乎成了一个哲学问题。"

有人把目光投向陆云舸，过了一会儿，他喃喃道："这是天问呐，不过，我们会以自己的方式寻找它，得到的答案不一定相同，甚至终其一生都找不到宇宙的真相，意义，全在过程中吧。"

胡菲知道，他又想起了吴集。

那个波段被某位身体里流淌着浪漫血液的科学家称为"来自世界尽头或冷酷仙境的回音"，它被命运之弓发射出去，充分和这宇宙摩擦。根据光学频谱的测量和计算结果，人类得到的是一个非自然形成的虫洞的数学模型，数据通过作为电磁波放大器的恒星传送至地球，却没有标记信号源的坐标位置。如果这是来自高等文明的技术传输，可按照目前人类的科技水平，即使有了标准模型，距离制造人造虫洞至少还相差几百年的世代。

是谁向地球发出信息的？地球是非随机性且唯一的受赠者吗？为何要给予人类全新的目标和梦想？

人们思考着宇宙。宇宙也在思考着它自己。

> 圜则九重，孰营度之？
>
> 惟兹何功，孰初作之？

地球上短暂的迷茫期很快过去，未来的漫长征途正是恩赐所在，吴集和飞船上所有人一样，努力捍卫着那个渺小的可能性。在地球的黄昏时刻，吴集睁开眼睛，想象着迎面而来的粒子流从舱体的金属表面轻轻滑过，他起身，依赖周围的光影安顿自己的所在。

太空穿梭机像归乡的长子靠在"昆仑号"空间站的停泊港，这里位于拉格朗日点。此刻，太阳发出的光线正完美地映射在它表面，也直直地冲向吴集的视线底，他从接驳轨道步入空间站的腹部，每一步都迈得如此羞涩郑重。

"昆仑号"的职责之一就是建设在月球和火星上的基地工程，另外，系外宜居星球探测计划正在热切地酝酿，而关于人造虫洞的研究，随着吴集一行人的抵达也将起步。"昆仑号"就像一座拔地而起的城市，悬浮在黑暗的虚空之中，从这儿看到的地球像一滴蓝色眼泪，而太阳则是一颗橙红色的宝石，昭示着拥有智慧生命的恒星系的无上荣耀。

吴集很快习惯了空间站的生活，这里有几百人，每天的忙碌足以抵消掉太空中随时侵袭而来的孤独感，几乎每个人都怀念坚实的地心引力，但吴集要花更多的时间在无重力操作舱，他需要这种感觉，就像飘浮在阳光下的尘埃。作为未来的飞船领航员，他必须用最快速度了解"昆仑号"的一切，甚至成为它的一部分，如齿轮般咬合。因为，他即将成为恒星级宇宙飞船的长子，在那一艘船上，远比在空间站更能让他贴合宇宙。

"吴集，请到中央实验区来一趟。"植入耳后皮层的"蜂鸟"设备将唐汉霄的声音传入他的听觉神经区。"蜂鸟"是一枚搭载了AI智能模块的微型芯片，它能根据使用者权限，调取空间站上存有的数据及启用各类功能，单向或多向的即时通信是它的最基础功能之一。

"收到。"吴集回答他，类似心电感应。

中央区是"昆仑号"的心脏，这里负责与地球保持通信，唐汉霄将一块全息投影幕推到他面前，上面是一个虫洞的模拟图像。"最新消息，我们在四光年外的恒星系发现了一个人造虫洞，跟那个数学模型一模一样，而且，信息就是经由那颗恒星传过来的。"

"所以，我们要去那儿？"吴集的眼神落在唐汉霄肩上，他宽大厚实的肩膀总让吴集想起父亲。

"按照目前的基础理论发展，靠人类科技制造虫洞，乐观估计还需要三个世纪，现在，就有一个现成的放在那里，我们只需要像孩子一样，一步步走过去。"

"那个虫洞，如果并非善意……"

唐汉霄直视他，试图打消他的游移："宇宙没有善恶，永远能量守恒、自负盈亏。"

吴集被他的坚定所感染，连同自己的坚定也仿佛是经由他目光捏塑出来似的。

接下来的几天，大大小小的会议几乎占据了他所有时间，工程组人员在甲板来回穿梭，他们需要推演和测算所有要用到的数据，推离太阳系的精确轨道，化学火箭的燃料使用率，驶向目标航道的分阶驱动模式，然后制订出最完美的方案，让这次星际远征成为人类文明史上的骄傲。

完整了解星际长城计划是在一个月后，工程组决定将行星探测计划和这次虫洞探索任务合并。而所谓的"星际长城"，就是将距离最近的恒星作为信号传送的桥接点，放大其脉冲信号，就像长城上的烽火，从起点处一一点亮，然后继续传向下一颗恒星，一个接一个，永不止息。

吴集想象着那一点微亮的萤火，从银河系的此端启程，投向远方那看不见的世界。荧荧弱弱地，这微光在他眼中渐渐展开成一串明亮辉煌的光谱，似乎能点亮宇宙的永夜。所有人都为此振奋，如果，那个虫洞能帮助人类开辟更广阔的星际航道，那星际长城计划无疑是一双加速至光速的翅膀，人类的下一步即将迈向非凡。

在这里，他们按照空间站的运行轨道安排作息时间。吴集穿过侧行甲板通道，来到无重力睡眠舱，舷窗外能看到那些森然不移的星光，应该是从很远的幽冥时空之中奔走而来。兴奋的血液像潮涨一样拍打着他的每一根神经，尽管现在不能跟陆云舸分享这一切，但这项计划迟早会像凯旋的消息一样传到地球。

陆云舸也在竞逐一个不被理解的宇宙。

他主导的一项"脑桥"技术正在实验室里孵化着，尽管困难重重，但他坚信人类大脑的开发程度绝不应只停留在3%—5%，而这项研究向上攀升的进程，在这个时代，一定会超过过去几十年脑科学研究成果的总和。

除了这些理性思辨带来的结果，他由信念、直觉、冥想或别的方式获得的顿悟便是——自我认知的升级和扩展，能让人厘清内与外、精神与物质之间的无限疆界，接近宇宙中那不可思议的实相状态，一种本源，或是圆满的终局。

他在一次学术演讲上提出了"灯塔工程"，如果把大脑比作一个宇宙，神经元就好比是无数的天体，而神经元团块则像是分布在宇宙间的不同星系。目前，大部分宇宙空间还处于相对静默的状态，因为从星系的一端到另一端无法顺畅地传递信息，又或者，它是以一种不可知不可见的方式传递，但在显化上人类却无从察觉。大脑中那些未被开发的绝大部分区域，正如同沉默的群星，上面伏藏着无数宝藏，却没人拿到开启它的钥匙。

大脑和宇宙，在微观与宏观的维度，是造物的两个最大秘密。

陆云舸想在大脑中建造一座座"灯塔"，引领那些被阻截在光明之外的船只安全返航。

"我们总是很擅长比喻，把大脑和宇宙都比作大海，也许，脑海跟星辰大海一样，有着相似的运行机制。"在公布这项工程的演讲中，陆云舸将此作为开场白。

"'灯塔工程'分三个步骤：第一，扫描大脑的电场和磁场，套以专用算法将其转换成计算机语言；第二，将大脑分区，建立生物电场；第三，在每一处神经团块建造一处'灯塔'，提升脑神经传递信号的效率。"

台下的掌声如潮汐，催促着点亮所有"灯塔"，只有胡菲是潮涨中唯一静止的浪花。很快，他顺利申请到专项资金，并决定亲自参与实验，在自己的脑海中建造"灯塔"，刺激沉默的神经元丛，从而打开那片未经开垦过的土地。为此，陆云舸和胡菲有过几次争吵。

她知道，他跟吴集的赌约正式开始了。

九天之际，安放安属？
隔隈多有，谁知其数？

一开始，他自顾自待在实验室，用一种特殊频率的波段刺激大脑产生神经细胞之间的共振。实验带来的副作用让他的睡眠时间越来越不规律。在他醒来时，发现她还在沉睡，而他不分时间、地点地随时倒下睡去，她却要收拾他留下的残局。

但与此同时，陆云舸的脑神经突触数量在稳步增长，逆熵一般，似乎有什么在不合时宜的沉睡中悄然酝酿着。反常的身体状况并没有给他带来思维上的延宕，一切反而越加清晰。

可这并没有得到胡菲的理解。"你太累了。"她说。

可是，他的状态正好相反，神经突触增长带来的是生物电场一次次更敏捷的波动，他阅读、学习、思考的效率越来越高，而睡眠则仿佛在另一个维度为他的思考蓄能，但暂时还无人察觉这一点。为了使一切有迹可循，他将自己的变化都写在日志里。除了外相，他还学着透视自我与他人、与世界的关系的本质，以便自己不会掉入危险的空洞感中。

关于时间是什么时候在他眼中成为一种幻觉的，他无从说起。

第一阶段实验的最后部分，他需要将微脑电极植入浅层的大脑皮层，让神经尘埃顺着众多回路抵达脑区。这次实验的危险性很高，他决定自己来。他曾经跟胡菲提到一个音流学实验[①]，源自尼古拉·特斯拉发现的行星共振电声学理论，1972 年舒曼确认了该理论，而此前由共振的观察开始，达·芬奇、伽利略就加入了进来。科学家克拉尼由此进行了一个实验，他制作了一个金属板，将沙覆盖于其上，然后用弓使它振动，创造出克拉尼图形，他据此发现，所有物质都是由振动的声波形成的，声音令沙子形成图案，振动频率越高，图案就越复杂、越美丽。

是"波"创造了形态。

"如果把它放在我的实验里呢？想象一下，大脑神经元就是沙子，我们用声波使其产生同频共振，它会不会也创造出全新的形状？"陆云舸自言自语着。

他的思绪在房间里兀自回荡，他把她的沉默当作应许。

实验定在几天后，他准备好了一切。操作台后方两侧安装上机械手臂，将其连接至自己手臂、手指上的触点，然后在头部周围装上几个摄像头，这样就能看清所有角度。他只用坐在椅子上，伸出手对着空气比画，就能用工具和器械对自己大脑进行操作。但这是精细无比的活，细到他得用手指凭空掌握米粒般大小的尺寸，连呼吸节奏都会影响他的动作，否则，机械手臂便无法分毫不差地将元件嵌入大脑皮层之中。

看上去是一个奇怪的姿势，像半截机器人站在人类身后模仿他穿针引线。

很快，他点亮了第一座"灯塔"。在一个清晨，当一缕曦光照射进房间时，他忽然有了一种顿悟，感觉自己的身体打开了一扇窗口，而此刻，脑中还在形成更加动人的图形。

还不够，他想，还要加速。

电磁阵列波在他脑中回响，神经区像夜晚的火把悄悄蔓延。副作用是他正

[①] 音流学（Cymatics）实验：借助水或沙子等媒介的振动，使声音形象化的过程。

在与周围人拉开距离，仿佛他自身正在形成一种看不见的磁场，一个独立的时间和空间。他比以前更加沉默寡言，周围人都觉得他变得陌生而疏远，可在他眼里，他从来没有如此接近过他们，爱人、亲人、朋友，他能看懂他们最细微表情背后的含义。

不管别人说什么，他执意继续，时间仿佛在他眼中分裂出无数个当下，一种持续的半梦半醒的状态包裹着他。在第二座"灯塔"点亮之前，他收到了距离地球几千千米外的消息。

天何所沓？十二焉分？

日月安属？列星安陈？

"天问号"宇宙飞船启程六个月后，接近海王星轨道，飞船将利用引力弹弓效应，穿过柯伊伯带，两周后，加速到亚光速推进，飞离太阳系。吴集在私人通信频道里向陆云舸发去了问候：

"人类在太阳系的摇篮里待了太久，也许，我们很快就要结束童年期。路途漫长，我可能会做出一些改变，为了继续远征，我可能不会变老。也期待你的发现，保重。"

"天问号"像一只风筝，短小的双翼排列在尾部，吴集每天的工作除了观测，还有所有跟目的地有关的事务。在柯伊伯带稍做停留，飞船加速到光速的五分之一，需要点燃离子引擎燃料，中途不会在任何星球停泊。在长达16年的路程中他们会继续对星际长城计划进行发展和完善，但是，计划是否会在遇到那个虫洞之后发生改变，完全未知。

飞船上的核心成员都要做基因延续，新陈代谢会控制在更低的速率，也就是说，这16年他们的外表和身体机能不会老去。不考虑时间膨胀的影响，当地球得到虫洞的确切消息时，陆云舸将步入中老年。

吴集跟生物基因专家瑞秋·杨约好时间，工作之外，这是他们难得的相处机会。他仰起头，瑞秋·杨的笑容带着来自太阳的明亮，她眼神与他甜蜜地接触后又挪开。

"如果有一天任务需要，你会害怕永生吗？"她问。

吴集关上手环上显示的基因测绘数据，手指攀上她的发梢。"我想和你一起变老，但是，人存在的意义又是不断地发问、探索，生命还是太短暂了啊。"

"这是世代任务，我们会面临无数关于自身的选择，必要时，我们还会制造克隆人或者别的……"

"那思想如何克隆？"

瑞秋·杨抿了抿嘴唇："也许在未来，我们不再是一类人。"

吴集收回手："这就是走出太阳系的代价吗？"

"不过，我们还会有孩子。"瑞秋·杨想给他安慰，冲他眨眨眼。

吴集知道，她说的孩子不过是基因筛选、优化后，由人造子宫培育的新人类。

陆云舸的脑电波活动越来越异常，已经超过仪器能检测的范围，胡菲对此无能为力，她知道，从前的他再也回不来了。现在，在跟他们说话的时候，他看到了更多，这样的能力使人变得聪明而忧伤。

他看着她的脸、身体，他发觉事物的表面不过是真相的一种表现而已，里和外并没有界限之分，他看到皮肤之下跃动的热量，看到全身网布的经络，看到心脏一张一合将血液送到各个通路，看到心智在她的大脑中演变出各种思维的形状。

当然，她读不懂陆云舸看自己的眼神。

"我看见了，每一个你。"他说。

不仅如此，科学工作者惯有的精确的时空感正在瓦解，眼前的一切都是那么纷繁又那么清晰，令人难以忍受。她看到的面包，在陆云舸眼中却是大麦、土地，甜蜜的阳光和幸福的收割，他甚至能在一张白纸上，看到树林、雨水和木浆，看到与之关联的万物如何相依相生，他没数过自己看过多少颗星星，但他确定太空中每一颗尘埃都包含着整个宇宙的信息。

还不够，看到的还不够多。

不知是在哪一刻，他领悟到身体是意识的单人囚笼，但是，距离大彻大悟的瞬间，还有漫长的路。是吴集的讯息给了陆云舸继续下去的动力，正因为如此，他决定暂时不要醒来。

一个下午，他晕倒在桌上。同事在实验室看到他的时候，他已经意识不清，但身体机能完好，没有损伤。这是医学无法解释的病症，医生只能把他当植物人处理，胡菲为此流了不少眼泪，在病床上的日子，他的思维从未停止运转，有好多数据需要运算，他必须保持形体的稳定，以便让思想随意进入另一个维度空间。

还有接下来的"灯塔"。

许多年里，吴集大多数时候是在瞭望飞船航迹中度过的，加上他，"天问号"上有176个人做了基因延续，这项绝密技术并没有在地球公开，他们作为母星的长子率先享用了人类文明的馈赠。

太阳系之外的空间亘古不变，让他有种从未踏出家门半步的错觉，而那个虫洞如同一座灯塔，引他们继续向前。吴集最后一次以人类的方式，给陆云舸发去信息。

"天问号"在泊入恒星轨道之前减速，使用恒星级功率的信息输出，通过电波向太阳系发去信息，再经由太阳传至地球，这过程，如果单凭无线电通信系统传输，一来一回需要36个月的时间，而如果点亮恒星，时间则会缩短至两周。

第一颗恒星的烽火被点亮后，很快便传至下一颗。

"天问号"借助这条星际长城的航道，会在两百年后抵达这个恒星系边缘新形成的虫洞附近，它将找到恒星轨道附近的引力平衡点，停泊在虫洞三万千米外。

陆云舸从沉睡中醒来，因为一条信息："也许有一天，我不是我了，我还能继续吗？不用回答，你保重。"芯片发出脉冲传入他的脑灰质区，部分沉睡的神经元如遇惊蛰时节，纷纷苏醒。

一个夜晚，陆云舸悄悄告别，他要去图书馆，以现在的全新大脑重新学习知识。书籍在这个时代成了收藏品，而他认为这是过去人类最好的馈赠，文字、数字、符号，在他眼里变成流淌的音符，只要肯为它开一个小口，宇宙的旋律就会倾泻进来。

他读书的速度以每秒兆计，旁人惊异的眼光将他隔绝成一座岛。数学、物理学、哲学、经济学、语言、文学、艺术，世人穷其一生才能了知其中一门的精妙，而他，将时间压缩至几个时日。不仅如此，他还发现了别的，一些有趣的连接，学科门类之间并不是绝对独立的，他看到了彼此并入的可能性。在此基础上，他本可以创造出全新的东西，不管是星际长城计划，还是灯塔工程，他都能赋予其更完整的理论支持。

他没跟所有人解释，离开了，给她留下"我爱你，保重"之类的话。当然，爱在他眼中有了跟从前不一样的解读。

有人把陆云舸当作特殊案例研究，很快，关于他的消息流入了某个机密部门手中。"未来学会"的李博士愿意为陆云舸提供任何帮助，隐姓埋名或是躲去国外。他认为，隐藏自己是种背叛，并且，现有的智慧已足够陆云舸应付很多事。李博士没亲口告诉他的是，他在他身上看到了未来。

陆云舸离家一周后，还有一件重要的事便是保护自己和家人，关于如何避免陌生人或陌生信息流的追踪，需要一些计算机、刑侦学知识，并不难。接下来的路便是跋涉。他要去一处清静之地，一处山脉，在那里，用自然界的波在大脑里创造一种更高级的形态。

他还打算借助某种深空电磁信号发射器，将自己的大脑意识发射到太空中，像恒星的烽火洒向宇宙。现在，任何事在他眼中都变得有迹可循，只需要足够的时间，他便能做成他想要做的一切。

"天问号"飞船将抵达一个新的恒星系。吴集想起一个神话故事。

从前有一群人，他们生活在神的庇佑之下，相信是神创造了世界，他们辛勤劳作、安居乐业，在繁盛的大地上繁衍后代、生生不息。他们想要和神沟通，于是，神答应每年回答他们一个问题，但代价是，人必须交出一件最宝贵的东西给神。所有人商量好，一年就问一个最想知道的问题，然后交出布匹、大麦、金属或别的什么。

如何预测天气？怎样渡过河流和大海？如何驯服凶猛动物？男人和女人如何分配劳力？时间的尺度用什么衡量？

不知过了多久，有一个少年，他不顾所有族人反对，要问一个除了他自己没人关心的问题。

你问吧。神说。

这天地的终极是什么？他问。

神沉默。少年笑了。

我可以带你去看，但你要交出足够配得上答案的东西。神接着说。

可以，我想好了，足够珍贵。少年回答。

于是，神接走了少年，带他去到宇宙尽头。少年得到了答案，他把自己的心智交给了神。

神收下他的献祭，将这宝贵的心智融入自己身体。

于是，少年成了神。

何阖而晦？何开而明？

角宿未旦，曜灵安藏？

这个故事长得近乎永恒，离开飞船的长子，此刻却宛若新生儿刚刚脱离母体，成为宇宙的新成员。

吴集想——我死了吗？我，又用什么在想？是大脑吗？是心吗？身体又在哪里？

归零后，他自身的钟表开始迈向下一秒。

没有人知道，那团辐射云就是虫洞在宇宙中留下的投影，而它的背面正是那个虫洞。广阔的宇宙仿佛从辐射云的另一端被吐出来，黑色天鹅绒般的群星夜幕覆盖在头顶，吴集想起手指停留在瑞秋·杨腹部的感觉。

时空感早已在他的大脑中被抹去，百年、千年、万年、亿年，在他感知里与瞬间无异。

接着，像一扇大门被推开，光线很强烈，当他再次睁开眼，发现自己正赤身裸体躺在一个透明舱体中。

这是一艘宇宙飞船，但不是"天问号"。迎接他的人有很多，却不是人类，他们有着水滴形状的大脑，躯体极其瘦长，皮肤能根据周围的环境变换色彩，五官似乎藏在头部的隐形面具之后。当他们互相交流时，有若隐若现的彩色光晕在变幻着各种形状，像罗夏图案。

那是他们的思维。

"你们是谁？"吴集只能用语言。

"我来自地球。"他们面部浮现出五官的模样，所有人都是一样的脸。这是一种全新的语言，吴集竟能听懂。

"我是在你们之后的人类，这是'永恒号'飞船，当我从地球出发时，人类文明已经进化到 1.0 级，这一切，跟伟大的星际长城计划不无关系。后来，我也离开了母星，曲率空间飞行、反物质引擎，你们时代的科技神话现在早已实现。"

"现在是哪一年？"

"时间不再遵循从前 0.7 级文明的计算方法，换算成你的概念，是 3064 年，现在，人类迭代的方式也不再依靠死亡，我的形态经由自主选择，这是最适合太空旅行的身体。"他们的脸看上去是一团奇妙的红色。

"你是谁？"

"我，我就是我们，也是你。"新人类的集体思维振动转换成语言，经由脑波传入吴集意识中。

吴集还有很多问题，关于神秘虫洞，关于"天问号"和星际长城。

"这是一个很长的故事，像神话。"

"天问号"出发后的几十年间，人类相继在月球、火星上安家，并逐渐掌握了运用恒星能量的科技，在地球上，语言、国家、种族的边界在渐渐模糊，同时，人类不再满足于寄居太阳系，他们对星际长城计划同样寄予厚望，在长久的岁月中，一直遥望着远离母星的长子。

自然科学、人文科学、社会科学开始彼此并入，不久后，人类共同迈过技术奇点，集体进入更快速的扬升，让自己足以配得上 1.0 级文明阶段。

恒星际飞船"永恒号"就此诞生，它是后人类时代最伟大的科技造物，人们试着为它命名，发现只有"永恒"能作为它的注脚。算上时间膨胀的影响，在"天问号"出发后的第 536 年，新一批开拓者登上母舰，飞船以正反物质湮灭产生的能源为动力，并以光速飞往星辰大海，"永恒号"离开母星，人类开启了太空探索新纪元。

在世代星际征途中，人类也在进化自身，与精密机器融合，与量子比特共舞。数百上千年来，宇宙的风景找不到一丝变化，直到在某个陌生的恒星系遇上了疲惫不堪的"天问号"，以及飘浮在虫洞另一端的吴集。然后，永恒的大门向旧人类打开。旧人类花了很长时间才理解过去地球发生的一切，并接受眼前的生命形态就是从前的同胞。

选择是自由的。

吴集试着判断，脑中回荡的声波到底哪一条才是属于瑞秋·杨的。

"我以为你死了。"她说。

吴集依旧分辨不出眼前一模一样的他们，是谁在说话。

"时间过了好久好久，久到我都忘记是哪个世纪出发的，值得骄傲的是，我还在继续从前人类的梦想，这一点让我在百年之中忘记失去你的痛。后来，我选择成为新人类的一部分，离子引擎的肢体，硅体基质的骨肉，原子核自旋态的透明思维大脑，我的身体和思想一样变得无比轻盈，像冰块融入水中彼此没有隔阂。因为这样，我删除了很多人类意志中的冗余，以便腾出更多思维空间给更重要的事。

"我删除了带着期待和忧伤的爱，删除了性的需求以及对自我的珍视，还有很多，这是一件好事，我不再需要那些让我害怕失去的东西，我可以在一念之间制造比整个地球所有快乐加起来还要多的欢愉。

"我还在大脑中慢慢打磨，试着用思维简谐波连接宇宙，当我对美的感知无限度调大后，我发觉，盖过头顶的星际尘埃宛若一首无尽的诗篇，当恒星光芒漫洒在系内每一个角落，地球曾经的摇篮曲便在我脑中不断回响。于是，我把银河系最宝贵的东西——心智，带到太阳系以外的地方。

"'永恒号'的征途是单程路，亦是一条回程路。我还在继续建筑星际长城，那个虫洞不止一个，因为我学会了如何编织它。我爱上过一颗恒星，这真空般的爱让我一次次超越，只要我能这样爱着，便觉这旅程美妙得无以复加。"

他努力感受瑞秋·杨表达的一切，越是宏大到无以复加，越是令他难以忘记把脸埋在她头发里的细微感觉。

她没再说话。

新人类和旧人类还在探索彼此之间共有的人性，并试着做出判断，究竟谁才能带领人类文明实现超越与攀升。答案显而易见。

当他融入时，他像从前渴望的那般和瑞秋·杨成了难分难解的一体，他的思维、他的一切如同水滴汇入大海，永不干涸。

"永恒号"以近乎永恒的方式延续着人类文明，踏上了前往下一站的旅途，而那团有思维的辐射云遥望着"永恒号"的影子，目送它的征途。

何所不死？长人何守？

……

延年不死，寿何所止？

3.1415926535897932384626……

陆云舸念念有词："这些数字无穷无尽，永不重复，其中包含每种可能的组合，你的生日、银行卡密码、社保号码，都在其中某处。如果把这些数字转换成字母就能得到所有单词，无数种组合，你婴儿时发出的第一个音节，你心上人的名字，你一辈子从始至终的故事，我们做过或说过的每件事，宇宙中的无限可能，都在这个简单的圆中。用这些信息做什么，它有什么用，取决于你，整个世界就像 π，包含所有，去掉一块，就不成圆。"

在陆云舸决定隐世的五年后，他建造了一台深空电磁信号发射器，他的思维变成一束信号弥散到太空中，被恒星传送到另一颗恒星，经历漫长的跋涉后，他的思维信号由微观粒子流聚集而形成了那团辐射云。在吴集悬浮在深空时，他向他伸出了手，即使吴集的身体陨灭，意识却被储存在了他的云之中。

"不管是一颗行星、恒星，还是生命体内的一个细胞，都包含着整个宇宙的信息，宇宙全息律。"

我们赢了，这就是宇宙。

是答案。

——原载《花城》2024 年第 4 期

长生不老是一个神话，但这个神话却是长生不老的。自科幻文学诞生以来，这个神话又被注入了诸多的科技因素，继续维系着人们对它的无限希望。

　　然而，随着当代科技的迅猛进步，人们离实现这一神话似乎真的越来越近了。但由此带来的社会问题，同样也会引发人们的极大关注。

　　科幻小说《半衰人》给出了一种可能。

半衰人

游　者

1. 奇遇

史书上说：衰老有三种情况。

　　第一种是未老先衰，一个人身体明明还很年轻，可是心态已经老了；第二种是不服老的，身体已经开始变老了，可精气神儿还在；剩下的第三种，那就是这个人真的老了。

　　我不知道我属于哪一种。

　　整个下午，我都蜷在街角的冰淇淋店，怀抱着外形不堪入目的保温杯，一口冰淇淋接着一口枸杞水消磨时光。其实我也知道哈根达斯的口味跟枸杞不是很搭，但是那凉物稍微一沾牙，就令人痛得钻心，为了不浪费掉这个钱，我也只能出此下策。午后的风很暖，一丝丝吹在脸上，细细密密的让人感到很舒服。

我眯着眼享受了一会儿，却发现两行眼泪不知什么时候淌了下来。我摇了摇头，从兜里摸出一条手帕，往脸上胡乱擦了擦。

享用完了枸杞味冰淇淋，抑或是奶油味枸杞水，我百无聊赖地溜达到大槐树底下，看围坐在那里的一群老头下棋。双方的棋都下得极烂，昏招迭出，悔棋耍赖，时不时用语言问候对方的家人，看得我哈欠连天。时近黄昏，伴随着一波波的电话铃声和定时器的催促声，老家伙们终于决定解散，打着哈哈，各回各家。我混在人群里，目送一个花枝招展的老太太迈上了早已等在路边的新款跑车，这才慢慢腾腾行动，晃晃悠悠地朝着一个老家伙走过去。

他把手伸进衣兜，正摸出一支烟想要点上，看见有人走近，似乎迟疑了一下，转而把手中的烟递给了我。

我摇摇头："戒啦。"

他点点头，自己给自己点上。

"来这儿多久了？"我背着手，问。

他有样学样，也把手背在背后："两个多月了。"

"舒坦不？"我眯着眼睛问。

"不错，不错。"他咧开嘴，"早知道这样……真想这样多过几年哪。"

我点点头，没说话。趁着他吐烟，我照着他腿窝子就是一脚。"哎哟！"他没反应过来，一下被踢了个结实。眼看要倒，他猛一挺身，在临倒地之前硬是把身体直挺挺地横转过来，半滚着，勉强用屁股缓冲着了地。

"你干什么？"他坐在地上，怒目而视。

我指一指掉在地上的假发，意味深长地笑笑："小子，身手还挺敏捷的。"

他一愣，一骨碌爬起来，转身就跑。我也不追，就叉着腰喊："别跑了——都老了老了的，我不追你！我心脏受不了……"

2. 返老还童

一双手在粗暴地摇我，我感到眼皮很沉，但还是努力睁开了眼。映入眼帘的是一张清秀靓丽的脸。我微微点点头，接下来就看到了两只与脸庞极不相称的胳膊，肌肉发达，视觉效果夸张，压根不像是年轻女孩的身体部件。我觉得，她应该可以轻易地拧断小鸡的脖子。又是一下，我差点从床上滚下去。好吧，我更正一下，她也许可以拧断我的脖子。

"咔嚓。"

我惊醒了。

眼皮很沉，似乎是眼屎把两边的睫毛纠缠在了一起，我费了很大的劲，才把视野勉强扩大了一点点。老实说，在身体变成这副样子之前，我都搞不明白一个人的眼皮为什么会很"沉"。现在，我算明白了，那是一种非常真切的感受，好像眼皮被挂了不因人意志而转移的重物——这和一个人的主观想法无关，只跟身体状况有关。我同时明白的还有其他一些鸡毛蒜皮的事，诸如人老珠黄、年老色衰什么的……我都已经好多天不敢照镜子了。

我想改变，我想回到从前。这个想法一旦冒出来，就很难被扼杀掉了。

电话就在手边，我知道我不该打，可是我的手不听自己使唤。几秒钟后，熟悉的声音在耳边响起。黑石接电话总是接得很快，几乎是提示音刚响起，他的声音就传了过来。我的脑子甚至还没来得及启动思考，想清楚自己到底要跟他说些什么。

"我给你说过，不要轻易给我打电话。"黑石的声音瓮声瓮气的，很闷，好像是使用了某种电子变声器。

"啊，是。"我打着哈哈，"可是，我有点受不了了。"

"我提醒过你。"

"是，你总是对的。你知道我的意思，我想说这一次我真的有点撑不过去了。昨天我……"

"你总是这样。"

"我的牙痛，我的脑袋嗡嗡作响，我的耳朵还背！强哥，老兄，你还是快……"

电话那边没有回音。

"你不知道……"

"还有多久？"他粗暴地打断了我。

"什么？多久？"

"镇定点。我是问你，"他放慢了语速，耐心地解释，"你离恢复的日子，还有多久？"

"哦。"我恍然大悟，"还有二十多天。"

说完这个数字，没等黑石再多说话，我就已经明白了其中的意思。"我懂了。"我说，"好的，我已经冷静下来了。谢谢你。"理智已经重新回到了我的身体。

"没事。"电话那头说，"放轻松。去来个泡泡浴，然后听点舒缓的音乐，好好睡上一觉。你会熬过去的。"又停顿了一下，"记住，不要轻易给我打电话。"

不等我反应过来，他已经挂断了电话。下一秒，我直接瘫在沙发里。

二十天，感觉可真难熬啊……

时间往往就是这样，它充满了弹性。当你翻看日历，去研究一个不远不近的日期时，总会感到几分莫名的焦虑。然而当你专注于其他的事，而不在意它时，时间又会撒开腿跑。等你回过神儿来，才发现——居然已经过去这么久了。

就这样，梦境在今天变成了现实。

"你可以走了。"

"这就完事了？"我慢慢腾腾地在地上滚了半圈，把自己从蜷曲恢复成平展——就好像慢慢地打开一把生锈的折尺。

"你对我还是那么温柔，马兰颖小姐。"

"好好享受你未来的生活吧，老东西。"我的女护工完成了例行工作，表达了对我未来生活的祝福，就急匆匆地转身去收拾下一个人。

我对马兰颖没有什么敌意。估计她都不会想到，仅仅几面之缘的她给我留下的心理阴影，居然会伴随我整个"老年"生涯。不过现在嘛……我咧开了嘴，可以好好享受生活了！

重新走在大街上，一种青春活力在向自己涌来。目光所及全都是帅哥靓妹，婀娜多姿，秀色可餐。我深吸了几口气，新鲜的空气迫不及待地冲进我的鼻腔，涌入我的喉管，继而灌满了我的每一个肺泡。我已经很久没有如此彻底而畅快地呼吸了！我肆无忌惮地大口吸气，贪婪地大张着嘴。也许是形象有些不雅，有几个路人朝我投来了略带惊讶的目光。我朝他们善意地笑笑，指了指自己的胸口，装出两声咳嗽，他们立刻懂了，也朝我投来微笑。他们的微笑，在阳光下发着光，非常迷人。

没有一个老人。是的，这不是属于他们的时代。

基因改造和器官移植技术的普及，以及端粒酶活性剂的广泛应用，使海夫利克极限变成了一个笑话。早在几十年前，人类就永远告别了衰老。实际上，除非意外事故或突如其来的恶疾，死神几乎已经无法再夺走人们的生命。

我大摇大摆在冰淇淋店坐下，豪气地伸手要了只冰淇淋香蕉船。很快，热气腾腾，不，冷气腾腾的美食就端上了桌。

我盯着这团五颜六色的家伙，静静地看了几秒，伸出勺子，在淡绿色的冰球上剜下了一小块，然后送到嘴里，抹茶的清爽在口腔里瞬间爆炸——重要的是，牙齿居然一点都不痛。我激动得浑身都战栗起来，幸福的泪水不争气地涌上了眼眶。

"您没事吧？"年轻的店员有点吃惊，"需不需要帮助？"

"不，不需要。"我感觉脸有点热，赶紧摇了摇头。

只花了不到三分钟，我就消灭了这条"大船"，全然不必在意吃完以后我的肚子会不会难受。这感觉真的太好了！我的味蕾已经很久很久没有这样舒爽了。

结账的时候，我习惯地把卡往桌面上一甩，然而店员拿起来仔细看了看，就还给了我。

"这个不行。"

"怎么？"我没明白过来。

"您看，这是老人卡。"她的声音很好听，但是话的内容就不这么好听了，"显然，您不是老人，没法打折。所以，请您按标价来付费。"

舒爽，往往也代表着高昂的代价。我老老实实地掏了钱。

踏出小店，我远远地望了一眼马路对面的大槐树，那里跟往常一样聚集着一群人。再见了，老王、老徐，还有老刘，原谅我的不辞而别。再见了老高，虽然喝酒的时候你从来没有主动买过单。从这一刻起，我就要告别你们，回到阔别已久的正常生活中去了。我没有走过去跟他们道别，因为某些原因，我不想跟他们过多往来，甚至不想再有任何的联系。倚靠在大树下，我掏出了手机，打开通讯录，开始把他们的名字一个一个删掉。不知为什么，这一刻我并不感到十分开心，甚至还有一点点难过，毕竟在过去的时间中，我们多多少少曾朝夕相处，如果没有认识他们，我自己可能很难熬过这段光阴。

不过现在，是时候为这一切画上句号了。

清理完通讯录，我开始规划未来的日子，很快把烦恼丢到九霄云外。整个下午，我都在游乐场中度过——不是那种沉浸式的虚拟现实，我需要最最真实的刺激。当我坐在云霄飞车上，以超过100千米的时速掠过那些障碍物，听着周围人发出的惊声尖叫，我感到心脏在剧烈地收缩着，血液直往脑门上顶。我从巨大的游乐设施上走下来，眼泪不知不觉已经挂满了脸庞。稍事休息，我再次买票上车，一趟接着一趟。

接下来的时间，我又去了大型密室逃脱，看了一场精彩的电影，并找到一间久违的酒吧，成功地在午夜时分将自己灌得酩酊大醉。

快要到家时，有一段意外的小插曲。因为酒精饮料的作用，回到公寓楼前，我已经是半梦半醒、头晕眼花，走路也变得摇摇摆摆。这种腿脚不灵便的感觉，让我有了那么一点点发自心底的厌恶——好像自己又重新变老了。但我虽然喝得多，却没有把脑子喝坏，知道这是根本不可能的——我就是我，我的意识正蜷缩在一具重新恢复了青春活力的躯壳里。

"让衰老见鬼去吧！"我喃喃自语，进入了梦境。

3. 返童还老

一连几天的放纵享乐，让我电子钱包里的点数剧烈减少。直到我再次接到黑石的电话，才终止了荒唐的一切。

"休息得差不多了吧？"

"嗯。"我迷迷糊糊地回答。

"那就继续开工。"

"嗯？"

"我又接了一单。做好准备吧！"

我顿时惊出一头冷汗。

"老伙计，你不会是在开玩笑吧？"我的脑子像陷入了浓稠的泥潭，挣扎半天，勉强运转了起来，"我才刚刚恢复……"我压低了声音，"我这才刚刚恢复了一个星期啊。"

"这次不一样。是个急单。"黑石耐着性子对我说。

挂掉电话，我陷入了沉思。

投影电视持续播放着节目，好像已经几天没有关了。一拨拨的帅哥美女在屋子里凭空消失，又凭空出现，每一张脸都洋溢着青春的微笑。这微笑，不知怎的让我的胃部有一些不适。我盯着自己的双手，仔仔细细地看。手掌的纹路十分清晰，血肉饱满，一点儿都不像几天之前干瘪的样子。我使劲攥攥拳头，又缓缓放开，力量感随着一鼓一鼓的脉搏从关节处传来。

青春，是多么美好的东西。

自从文明诞生之日起，人类就不断在与衰老做着抗争，而长生不老也是无数帝王、富商的终极梦想。如今，伴随着一代代人不懈的努力，人们终于完成了与衰老赛跑的最后一棒。从克隆器官移植，到人工义肢工程，再到端粒酶修复技术，人类一次又一次拉远自己与衰老之间的身位。终于，在七十多年前，一种从内而外改造全身的手术诞生了，通过它，任何人都可以将全身改造，从而"永葆青春"。

当然，任何事情都是有代价的，青春更是价格不菲。一开始，这只是极少数达官贵人的专利，经过二三十年的时间才慢慢推广到全人类。至于这个过程中发生过的那些纠葛乃至战争，则是另一些故事了。

我紧紧盯着镜子中自己的脸。

这张脸很完美，自从二十五岁生日过后，就再也没有太大的变化——深邃的眼眶，蓝色的瞳孔，淡淡的青灰色的脸颊，健壮的下巴，再加上一个略带玩世不恭的微笑——我对每一个细节都再熟悉不过。但是，一想到也许不久之后，我就要跟这张完美的脸说再见，就觉得有些沮丧。

"没办法，有需求，就有供给。"我对自己说，同时也是在打气，"这个世界上毕竟是需要老人的。"

大概四年前的时候，我中签了。

好像曾经有过一套什么人口模型，用老鼠还是蚂蚁做的实验，证明一个相对稳定的生态社会，必须有一定数量的老人。不，其实问题不是老人，而是各个年龄段的人都必须有。自从人们渐渐不再老去，一个负面的情形同时诞生了，那就是人们也几乎不再生育。世界上除了正值壮年的年轻人，老人和儿童都渐渐消失了。好像是有什么人，站在高处咔嚓一声按下了暂停键，整个人类社会停止了新陈代谢。

儿童的问题比较好解决，市面上有各种各样的电子宠物，机器人小孩也很快就被造了出来。程序肯定是做不到完美的，但是孩子从某种意义来讲，本身就是充满了漏洞的存在。老人的问题则很麻烦。没有人能造出"老人"，因为谁也想不出一个标准模型，来告诉大家所谓"标准"的老人应该是什么样子。况且几十年过去了，如今的人类都已经不再老去，没有经历过衰老的人，又如何能精确地描述出衰老呢？

10%，总人群，为期一年，男女各半。

联合政府把这件事描绘得非常轻松，就好像是去做个抽血，或者度个长假。当你中签以后，这个讯息会通过无人机送达你本人，然后由你来决定是否要通知你的单位或家人。有些人会高高兴兴地去扮演自己的角色，有些人则大吼大叫，觉得自己被厄运缠住了。

我就是那一天第一次接到了黑石的电话。当时他没有自报家门，而是直截了当地说："你愿意变老吗？如果不想，就给我打电话。"我承认我当时犹豫过，但我判断这大概率是诈骗。于是我老老实实地去接受了改造，在指定的地区当了整整一年的老人。不得不说，"衰老补贴"还挺高的。但是在我回归正常社会的第二天，我就再次接到了电话。这一回，他说的是："你愿意继续变老吗？如果想，就给我打电话。"

……我收回思绪，决定出门散散步。整理好衣摆和帽子，我的手习惯性地伸向了放在门边的手杖。只是犹豫了一下，我还是把它抓在了手里。虽然现在对我来说手杖已经没有什么用处，但也许过不了多久，我又要天天靠它走路了。

再次走到大街上，我发现自己的心情没有前几天那么好了。蝉依然在树梢上鸣叫不止，路旁的各种树也是枝繁叶茂，但我想，马上就要立秋了，很快，这些夏虫将走到生命的尽头，而那些绿得耀眼的树，恐怕也要换上灰黄色的秋装了。

有人挡在了我的面前。因为帽檐的缘故，我没注意到他是什么时候过来的。

我侧身想要让开路，没想到脚底下突然绊到了什么，不等反应过来，顷刻摔在了人行道上。

一双锃亮的皮鞋出现在我的视野里。

"你……"我费力地昂起头，刚要口吐芬芳，却看到了一张熟悉的脸。

"咱们又见面了。"他居高临下地说。他正是前两天偷偷跟踪我的那个家伙！"这下，咱俩扯平了。"他得意地说。

我的大脑在飞速运转。

难道是我的事情暴露了？过去几年里，我已经三次成为老人，在养老区度过了三年时光。每一次，我都是不同的身份。我跟黑石早就达成了默契，我不问这些身份背后的事情，他也不会对我透露过多的信息。据说，"衰老"的抽签系统是由一套特别的算法来决定的，保证每个人都有可能中签。有多少大人物，在中签后想要逃避"服役"，数量之大，是可想而知的。

"我想跟你聊一聊。"

"唔。"我慢慢吞吞地坐了起来，"你能不能拉我起来？"

他一愣，伸手来拉我。就在他的手搭上我的手腕的一瞬间，我猛地扭住了他的手，然后肩膀带动，使劲发力，只一下，就把他摔倒在地。

现在，位置完全互换了。我站着，他趴着。我拍了拍身上的尘土，转身想跑。但是下一秒钟，我的领子被什么人揪住了。糟糕，还有同伙？这回我不敢轻举妄动了。

"现在，我们能聊一聊了吗？"

我听到一个耳熟的声音，于是转过了脸。出乎意料，抓住我领口的，正是那位曾把我从沉睡中唤醒的护工，马兰颖小姐。

"这究竟是怎么回事？"几天时间，我已经经历了太多事，让我的脑袋有些应接不暇，也许是该找个地方好好清理一下冗余的内存了。

4. 职业老人

"这个世界上已经没有老人了。"

我点了点头。不得不说，换上了一身休闲装的马兰颖小姐，看上去还是颇有那么几分姿色的。看似修身的衣服很好地遮住了她傲人的身材。已经两次被我修理的男人服服帖帖地坐在她的身边，不时地为我们添加一些茶水。他的名字叫李义强，其实是马兰颖的助理。

"但是，世界是需要老人的。"马兰颖喝着茶说，"无论是生理上，还是生态上。"

我皱了皱眉毛。

"能不能有话直说？"我有些不耐烦。可能是身体恢复青春的原因，我感觉自己的思维也活跃了许多，跟过去一段时间的浑浑噩噩有了明显的不同。有段时间，我真的要以为自己是一个慢性子的人了。但现在看来，显然不是。

"要知道，我刚刚从漫长的一整年服役期中恢复过来，还有很多事要去办呢。"我说，"接下来的旅游行程我都已经订好了。所以，能不能不要浪费时间了？"

马兰颖认真地看了看我："好，让我们单刀直入。恐怕你接下来的那些违法行为，是没办法继续了。"她一边说，一边似乎在观察着我："因为你已经大大地破坏了这个世界的公平。"

"为什么？"我假装听不懂她的话。

"就因为刚才我说的：世界上已经没有老人了，但是还需要老人。"她眨了眨眼，继续说，"任何生物，只要存在着新陈代谢，就一定会衰老。人类当然也不例外。至于衰老的机制，有几种——

"一是人体内线粒体代谢不断产生的自由基损伤了体内的脂类、蛋白质等，产生了大量的氧化产物，这些堆积的氧化产物无法被降解清理，在不断往复积累之下促成了衰老现象——就好像那些埋进地下却不可降解的电池一样；二是端粒缩短导致衰老。人体不断代谢旧细胞的同时需要补充新细胞，而新细胞则是旧细胞分裂复制而来的。细胞中存在着端粒这个限制，细胞每分裂一次，端粒就会缩短一点，就好像电量一样，一直到耗尽为止。耗尽了端粒的细胞不再分裂产生新的细胞，缺少新的细胞便会导致人的衰老。”

我听着，没有说话。

“在这里我不想多费口舌。”她说着看了看我，“现代人几乎已经没有了这些概念，只是在书本上看到了这类问题，或者身边的宠物老去，才会意识到衰老的存在。”

“我想起来了。”我说，“大约十几年前，我曾经养过一只猫。那不是什么名贵的品种，确切地说，是我在路边捡到的。当时，她还很小，刚刚学会走路，也许是跟自己的妈妈走失了。”我想着，回忆中的一幕幕自动汇集起来，连接成一幅长卷，在我的脑海中铺陈、展开，然后通过我的嘴缓缓打印出来，“我们经历了许多欢乐的时光。差不多有……十年？然后，我发现有些事情开始不对劲。”

马兰颖静静地看着我，等我继续说下去。

“她的身体变松了。”我伸出双手比画着，似乎是在触摸悬浮在空气中的并不存在的一只猫。

“不是胖，而是那种……松松垮垮，像是皮肉耷拉在骨头上。毛一直在掉，毛色也不像从前那样鲜亮了。牙口也是，她吃东西变得很少，也很慢。排便也……她不愿意动弹，就喜欢躺在地板上睡觉。她再也不能像从前那样，轻盈地从沙发上跳到餐桌上，或者阳台上。她的眼神失去了光亮。”我闭上眼睛，向后仰去，把背靠向椅背，吐出最后几个字，“她老了。”

马兰颖点了点头：“是的。我想说的就是……”

“不，你不懂！”我有些不耐烦，“就是那个时刻，我第一次意识到了一些东西。怎么说呢，我是看着她长大的。她一开始还那么小，只有一团儿。在那个时候，生命是那样娇嫩，又是那样脆弱。她就是个天天闯祸的小毛球。我看着这小家伙长大，一天一天……但是，有那么一天，她就那样离开了我。我不知道该怎么形容，就是，就是感觉这……"我终于找到了那个最合适的词，"这好像不公平。"

李义强接了一句："人类是万物之灵。这没什么不公平的。"

"不，不是这样！"我说，"我看过一些资料，有些动物可以活很久很久。在自然界中，它们比人类活得长得多，但是终有一天，它们都会老去。"

"讨论这些哲学问题没有意义。"马兰颖说，"我们也不想在没意义的问题上浪费时间。"

我有些扫兴，甚至开始后悔刚才跟他们聊了这些。"那你们抓紧说点有意义的吧。不要浪费彼此的时间。"

"那我们也就直说了。我要你替我们做事。"

我眨眨眼睛，示意她继续说下去。

"这套系统，背后有一整套完整的机制，这不是你我这种层面的人可以决定的。随你怎么想，不管是跟那些老太太打情骂俏还是缅怀一下已经死去的猫，这都是不可能改变的。这个力量远比你想象的要大。所以说，要对抗这种机制，会有什么样的后果？"

我摊开手："所以我就被你们捉了。"

"不，这还不够。"她看着我，"黑石。我们要的是黑石。"

我这才明白过来到底是怎么回事。"那你们找错人了。我不是黑石，实际上我也不认识他，每次我们都是通过电话来联系的。我们都没有见过面。过去几年，我确实通过他接了几次活儿，几次，呃……成为老人。但我们并没有过多的沟通。一句话，他干他的，我干我的。"

马兰颖和李义强对视了一眼。

"看来你还是没明白事情的严重性。"马兰颖说，"你以为'衰老'这两个字是很好玩的吗？别笑，看着我，你压根不知道自己身上发生了什么变化！"

"别跟他费劲了。"李义强有点不耐烦。

马兰颖没有搭理她的搭档，继续说："永生手术的核心，是将无数纳米机械体注入人体里去。它们被事先预设好了程序，无论是出错的 DNA 还是磨损的端粒，它们都会进行修复，这是内部的。而外部的，人体受到的一切外伤，都会在最短的时间内被它们控制住。你知道为什么只有 5% 的人会成为'老人'吗？这并不是没有代价的。在这一年里，你体内的纳米机械体会全部停下来。懂了吗？不仅仅是外表，这个人是真正地'衰老'了。"

一滴冷汗从我的额头淌下。我嘴硬地说："我听过这个说法。可那又怎么样？"

"看看你的脸，仔细看一看。"马兰颖说着，掏出一个微型投影仪，将一个立体的人像投射出来，"这是五年前的你，再看一看现在的你。你自己感觉不出差异吗？"

我有些发呆。

老实说，我不喜欢照镜子。直到此时此刻我才明白过来，原来那不是一种发自内心的习惯，而恰恰是一种逃避。我似乎感觉到，有什么东西跟五年前不一样了。但是因为刚刚从为期一年的"衰老"生活中回归正常，这种差异似乎并不明显。

"……也许因为刚刚从'衰老'的状态恢复，所以你的感觉并不明显。"她似乎猜透了我的心声，"而且在过去的五年里，你已经反复'衰老'了三次，也许自己已经很难对比五年前的身体状况了。但是我可以向你保证，你的身体已经受到了非常严重的损害。"顿了顿，她补充道，"不可逆的损害。"

我尽力不去看那个投影。但我心里非常清楚，她说得对。

"我们必须抓住黑石。"马兰颖从身体前倾的姿势转为向后仰，靠在了椅子上，"这不仅是为了你。更重要的是，我们需要抓住这个一直在破坏社会规则、危害社会安全的家伙。"

"可是，为什么是我？"

马兰颖再次看了看李义强，后者点了点头。

"我可以明确地告诉你，在过去的十年里，黑石前后联络了37个人。每个人都在第四或第五年里意外身亡了——以老人的身份。现在，他联系过的人里唯一活着的，就是你。"

我沉默了一会儿，这事远比我想象的要复杂。

摆在我面前的，是两难的选择。要么拒绝马兰颖，拖着在一次次"衰老"的过程中损耗掉的身体，直到某一天，咔嚓一声，像散架的积木一样离开这个世界；要么配合马兰颖，再一次答应黑石，变成老人，然后引蛇出洞，抓住这个操纵别人的变态。

左手和右手都是毒酒。

"这可真是饮鸩止渴啊！"我感叹道，"所以说，行动的酬金是……"我试探着问。

"你别不识好歹！"李义强听到这话，有些恼火。不过他还没来得及进一步说出点什么，就被马兰颖举手制止了。

她笑了："你很会谈生意嘛。"接着她想了想，在餐巾纸上写下一个数字，推给了我。

我仔细地辨识了那几个零，确认自己没有数错，然后把餐巾纸紧紧攥起，揉搓成一个球，丢进了脚边的垃圾桶。

5. 困局

有的人出卖肉体，有的人出卖灵魂。而我，我不清楚我出卖的是什么。

回到住所后，我立即呼叫了黑石。有一件事，我向马兰颖他们隐瞒了，那就是我跟黑石并不是单纯的单向联系。从我们第一次联手，他就通过无人机给我送来一个通讯机和一个随机数字发生器。确切地说，我手上的是一半。因为这种数字发生器往往是两个一对，以量子纠缠联系在一起，确保无论相隔多远的距离，手持通讯机的两人都能取得实时联络。这样的好处很多，其一是密码随时变换，让人无法猜透；其二是保密性极强，无法窃听。

在早些时间那场并不愉快的会面临近结束时，我问了马兰颖一个问题。

"你，马兰颖小姐，今年究竟几岁了？"

马兰颖只是微笑着说："女生的年龄，永远是秘密哦。"

我摇了摇头，把注意力集中到通讯机上来。

黑石的话依然很简短，他是个谨慎的人，告诉我无人机很快会来，同时带来的还有我的新身份，然后我只要依照指令到指定的地方等候就行了，在那里，我会再一次变老。

毕竟是第四次变老了，我已经不再觉得紧张。只要睡一觉，我就能完成任务。然后，马兰颖他们就能……

在昏昏沉沉中，我突然意识到了什么好像不对，但是已经来不及了。催眠气体已经涌入了我的肺部，很快，我就无法控制我的意识了。

几小时后，我再次醒来——以一个老人的身份。

不知为什么，我有些慌。我在医院的休息区待了一小会儿，就匆匆离开了。我的心脏怦怦直跳。出了医院大门，我立刻走到最近的树荫里，开始拨打马兰颖的电话。这次行动之前，她拒绝告诉我具体的行事内容，只说让我安心"做好诱饵"就可以了。然而从我主动联系黑石到完成"衰老"改造，已经过去了两天时间，马兰颖的电话一直没有接通。

我越来越慌张了。不对，有什么地方不对！我强迫自己冷静下来，如果马兰颖不主动联系我，我怎么能知道抓捕黑石是否成功？况且，就算她真的抓到了黑石，我会怎么样呢？没有人能让我立刻恢复青春——以前从来没听说过这种事——难道说我会再浑浑噩噩地混上一年吗，以一个我自己都不知道的身份？

冷静！冷静啊！我在心里一遍遍地默念。

马兰颖的电话始终打不通。我决定赶紧回家，看看黑石留给我的通讯机还能不能派得上用场。这段路可真是艰难啊——我的双腿又恢复了那种沉重而疼痛的感觉，每走一小步都是不小的挑战，我只走了不到一千米，就已经扶着路边的树歇了两三次。

谢天谢地，路边还有个冷饮摊。我如释重负地走了过去，小心翼翼地挑选了两大杯无糖无奶的常温饮料。摊主是个没什么耐心的年轻人，因为地理位置的缘故，想必他经常要面对一些十分挑剔的老年客户吧。

"等等！"饮料还没放到嘴边，我就被叫住了，"先交钱。"他指了指一边的收银码。

"哦，我差点忘了。"我讪讪地说，"瞧我这记性。"

令人意外的是，付款没有成功。我耐下心来，用有些颤抖的手与付款码搏斗，这一次我确定输对了每一位数字。"嘀——"付款再次失败了。

摊主扫了一眼他忠实的机器："你的余额不足了。"说完摇摇头，把已经做好的两杯饮料又收回了柜子里。

"怎么可能！"我抗议道。摊主根本不想搭理我，当我是空气一样。我有些激动——心脏突突突地跳起来，从喉咙下面的某个地方，一下一下地往上顶，等我开口时，连声音都有点变了："你不能不尊重老人！你——"

"你压根不是什么老人。"他摇摇头，轻蔑地说。"我见的多了，隔三岔五，总有你这样的人冒出来，打扮一番，想到我这里来骗吃骗喝。'德鲁大叔'是吧？还挺会演啊。"他眯着眼，歪着头看着我，"不得不说，你妆化得还不错，是用了基因化妆术？可惜我是不会上当的。"

我哆嗦着几乎说不出话来。电子钱包和电子身份证本应该可以证明我的身份，可惜前者已经靠不住了。我慌慌张张地摸索起来，想要赶紧把该死的身份证掏出来。因为过于激动，将口袋里的手巾、口罩一股脑都带了出来，东西散了一地。

"看看，你好好看看！"我有些哆嗦，高举着电子身份证——一张不断变换图案的 LED 薄膜卡片。他似乎被我的气势吓到了，后退了一步。"来啊，刷卡啊！"我冲着他喊。

他在我的威逼之下，小心翼翼地再次扫了一下码，随即他的脸色变得十分难看。不等他开口，我就凑了上去，可是下一秒钟，我愣住了，一个绿色的不断蹦跳的小人图案似乎正在嘲笑我——电子身份证显示我的身份依然是年轻人，确确实实并非老人。

"不对，把我……把我的钱还我！你们一定做了什么手脚！"我有些恼怒地冲上去，却被他一下子推倒在地，"滚远点，我不管你是不是老东西，总之别耽误我的时间！"

旁边的人三三两两地停下了脚步。摊主开始大声呵斥："外貌会变！人的外貌会骗人，但是基因却不会！我只认老人码！看见了吗？"他向周围的人展示着自己的战利品："这上面写着他的年龄哪：永恒手术，25 岁！他根本不是老人！"

周围的人开始散去。我趴在地上哆嗦了一会儿，几乎散架的老骨头像一把折尺一样，一叠一叠地折叠起来，蜷缩在一起。我捡回了自己的身份卡，重新站了起来。

没有任何人帮我。

我花了很长时间才回到了住所，又花了更长的时间来整理思路。

在床上躺了一会儿，我才慢慢恢复了元气，但是怎么也想不明白这究竟是怎么回事。衰老，已经切切实实地在自己身上发生了。我的眼睛发花，我的手臂和双腿都没有往日那般的力气了，甚至我的呼吸也时不时地伴随着咳嗽声。另一方面，与之相对的，我的身份却没有变化，无论是电子身份卡还是其他任何电子标识，都显示我还是年轻人。更重要的是，我的钱没了。这到底是……是怎么一回事？！

想到那笔钱，我开始仔细回想交易的细节。当我问起自己酬金数字的那个时刻，他们的反应似乎有些奇怪。也许，从一开始他们就没准备付给我钱，而只是把我当成一个可有可无的诱饵。到目前为止，关于假扮老人的犯罪行为，以及追捕黑石的种种过往，所有这一切的消息，都来自马兰颖和她那个缺根筋的跟班。我根本无从分辨他们所说的究竟是真还是假。也许是经历了反复衰老，我的脑筋已经变得有些迟钝了，竟然没有考虑过这一切可能是一场骗局。不过现在一切都晚了，我已经又变成了衰老的模样，而且一分钱酬金都没有拿到。他们怕是要逼死我啊！

"缺德，还真是缺德啊！"

我的脑海中浮现出过往看见过的钓鱼的场景。垂钓者总是不紧不慢地将红线虫啊蚯蚓啊什么的穿在带着倒刺的鱼钩上，然后抛进水里等猎物上钩。有时候是几分钟，有时候要几小时，甚至更久。等他们真正物色的猎物上钩了，又有谁会在意挂在钩子上的饵料怎么样了呢？实际上，那些可怜的蚯蚓往往还没等到最终的结局，就早被啃食殆尽了。

我狠狠地攥起拳头。不行，我绝不能坐以待毙！

在接近万念俱灰的时候，思路反而无比清晰了起来。我给自己倒了一杯红茶，盘坐在沙发里，闭着眼，尽量仔细地把过去几天发生的大大小小的事情都回忆了一遍，看看究竟能不能找到一点蛛丝马迹，让自己脱离窘境。

突然，我把眼睛睁开了！药，对了，还有药！

忍受衰老终究是一种煎熬，当初我之所以答应与没见过面的黑石合作，不仅仅是因为金钱，还因为他可以为我提供一种药——可以抵御衰老的药。

我禁不住哈哈大笑起来。

这个世界真的滑稽。从前，所有人都会衰老，人人都渴望长生不死。等到真的有了永葆青春的技术，人们又觉得这样不行，总得有一些人成为"老人"才行。什么所谓的"公平"抽签，其实充满了暗箱操作，有钱有势，就可以青春永驻，让别人替你卖命，替你承担变老的风险。药物抑制了永恒手术的效果，人就重新变老了。这还不算完，已经变老的人，还想对抗衰老，于是又发明出抵御抑制剂的药，让已经显露老相的人，再次在短时间内恢复身体的活力。

人类啊人类，永远走不出这可笑的循环。

6．一丝生机

不用马兰颖警告，我自己也很清楚，在这么短的时间把这么多种功能完全相反的药剂使用在自己身上究竟会导致什么后果。就连黑石，在我上一次变老的时候也已经发出了警告，让我不要再依赖于药剂了。

但现在的我已经没有选择。既然做戏，那我就应该做到底。

我不断拨打电话，用的是数字生成器上生成的数字。黑石很谨慎，一如既往地没有接。我在留言里大倒苦水，说我十分后悔，不应该贪图金钱，这么快又上了贼船。现在我很崩溃，几乎要撑不下去了，求他抓紧给我搞点抑制剂来，不然的话……终于，我停止了与空气的交谈，挂断了电话。

在等待药剂的这段时间，我知道我还有另一些事情要做，于是我重新穿戴整齐。出门时，我的手再一次习惯性地伸向了拐杖，这一次，我没有阻止它。

一小时后，我来到了过去常常聚集的地方，也就是人们俗称的"老人小镇"。这是一片特殊的社区，只要亮出"老人"身份就可以进入，吃的住的玩的全都免费，相当于给老年人专门建造的游乐园。每天都会有一些老人聚集在这里，消磨大把大把的时间。我对这儿可是再熟悉不过了，过去五年，我有三年的时间是在这里度过的。

但这次不同，我的身份卡没有奏效。没关系，这早在我的意料之中。我转而走游客通道进入镇子里。没错，一场没有观众的演出怎么能称得上是演出呢？如果世界上已经有了老人，但是却没有被正常的人们见到，那这种"衰老"又有何意义呢？

我一边胡思乱想，一边随着三三两两的人群走进街道。旁边的一对小情侣有些疑惑地看着我。"妆化得真不错。"那姑娘赞叹道。

我对这里的一切都很熟悉。每一条街道，每一棵树，每一个连椅，唯一不熟悉的是塞满这座镇子的人。人们总是来了又走，老了又恢复青春，然后再也不回来。我一边慢慢地踱步一边想，像这样的镇子还有多少，而像我这样的人又有多少呢？这些问题我以前从未思考过。老人小镇应该是不少的，但我从未去过其他的，原因很简单，这里距离我家最近。如果有人在短短的几年里反复"衰老"，那他会不会跟我一样，只待在同一个地方呢？

大约半个小时后，目标出现了。那是一位老太太，我依稀记起来自己曾经跟她打过招呼。我清了清嗓子，慢慢悠悠地走了过去。

"嗨，今天感觉怎么样，美人？"

她抬起头，看了我一两秒。

时间变得很漫长，在她的目光对上我的视线时，我没来由地一阵心慌，差点转头逃走。

"我想起你来了。"她有些抱歉地笑，"人老了，脑子不大好用了。"

我长吁一口气。"我想请你帮个忙。"

"什么忙？"

我指了指路边："我的老人卡忘带了，所以我没法使用智能辅助设备。"老人小镇里有许多五花八门的智能辅助工具，有帮助老人走路的，有帮助老人提包的，还有帮助老人做备忘录的，就连随时随地提供纸尿裤的玩意都有。好像这里的一切都是智能的，只有人类自己是傻瓜。当然，那些全部是为真正的老人预备的，并不为我这样的假老人服务。

"当然可以。举手之劳。"她掏出了她的卡，"你需要什么？"

"太好了，太好了！"我激动不已，"我需要外骨骼散步辅助器、无人机、机器狗、智能摩托车、变装管家、可头戴视力听力改善仪……最重要的是一套便携的食品研磨加工设备！谢天谢地，我的牙痛终于有救了！"

她愣住了。

过了几秒钟，她说："下次您出门的时候真得注意点了。"

智能设备能解决不少问题，因为它们设计出来就是为了给老人服务的，是比较可靠的。毕竟我们正遭遇着各种意料不到的问题，社区总不能让一个老人倒在地上得不到帮助吧——围观的家伙们说实话也都年纪不小了。

我知道自己的时间不多，因为设备都是租借的，最长也只有 72 小时的使用时间。我需要在 72 个小时之内获得决定性突破。好在最重要的东西已经在清单中了，我带着我的大部队拼命往家赶。有了外骨骼散步辅助器的协助，我行动起来轻松了许多。至于为什么不坐车——车上已经堆满了我刷卡借来的东西，再也塞不下一个额外的人了。

回到家里的时候，我如愿以偿地看到了一个不知道什么时候出现的包裹和一张字条。呵呵，这个年代了，居然还能看到纸条。纸条上面是打印出来的字："最后一次了。"

我翻看了纸条的背面，空白的，什么都没有。最后一次？我笑了。

我调出了不在家时的监控录像，一点一点地翻看着。时间一分一秒地过去，屏幕里没有任何动静。墙上的挂钟是只猫头鹰的造型，我盯着它看了一会儿，发现它也在死死"盯"着我看，过了好久我才明白过来，它是眼睛失灵了，不再随着秒针转动。这让整个监控画面显得更加诡异。我摇了摇头，寻思着要不要把它修理一下。只过了一秒钟，我就屏住了呼吸——快递来了。

与往常一样，货是用无人机送的。它悄无声息地从天窗飘落，放下包裹，随即飞升，消失在视野里。

"就是你了！"

我抓住了黑石的尾巴。虽然我还没有亲眼见过这个人，但繁杂的现实就好像是一个巨大的线团，此时此刻在我面前露出了一个线头。我扑上去，在线头就要缩回那庞然大物之前抓住了它，紧紧地攥住，屏住呼吸向外抽拉。我必须有耐心，因为一旦失手，可能就再也没有厘清一切的机会。

门口的一大堆破烂只是掩人耳目。在偌大的城市里，想要搜寻一架无人机，唯一有用的就是另一架无人机。我将新租来的无人机连上家里的电脑，事先布置在周围的若干个监视器的数据立刻上传给了它。

看着我的无人机从天窗里飞升，我重重地跌坐在沙发里。我有一种感觉从心底升起：这一次，我终于掌握了命运的主动权。

7. 新的目标

三天之后，我在城市的另一端找到了目标。

我对这里的一切都很陌生。每一条街道，每一棵树，每一个连椅，唯一熟悉的，只有我自己的心跳声。

我的目标是一个大胡子。送货的无人机是从他的住所出发的，而我已经锁定了他的位置。在过去的三天里，他昼伏夜出，每天晚上都离开自己的住处，到一个叫作蓬莱阁的休闲吧去。我知道，那里肯定会牵出更多的线索。大胡子出门时总穿着灰色的外衣，头戴着帽子。无人机不能靠得太近，所以我看不清他的脸。他的胡子倒是挺浓密的，多少有些驼背，走路的速度也很慢。总之，我不确定他到底是个老人还是个年轻人。

我跟着他，视野越发清晰起来。

没错，我的身体机能是不行了，行动缓慢，磕磕绊绊，但是大脑却在急速运转，似乎这辈子也没有如此冷静的时刻。我回想起来，自己一年多之前刚到老人小镇的时候，就见过那个大胡子。

也就是说，当时他应该是老人，但后来我就再也没见过他。这种事是不常见的——大部分变老的人，都会在第一时间出来社交，认识些新朋友，毕竟谁也不想一个人闷在一个完全陌生的地方一整年吧。

除非，他想隐瞒什么。

也许，这也不是他第一次变老了。或者因为他也是做这种生意的人，要替别人变老，所以刻意想要避开别人的视线。总之，他一定知道点什么。巨大的线团已经不再难解，我顺着仅有的线头摸索，又抽离了第二根、第三根的线头，到了现在，我开始感觉到自己最终可以厘清这一切。

我跟在他后面，走进那家俱乐部。这是一个半地下室，光线不怎么充足，但也算够亮。穿过长长的一人来宽的走廊，里面是一间不大的活动室。人不多，吧台是机器侍者。我注意到墙上的菜单里没有酒。

"您要点什么？"空洞的声音响起。

我低下头，以免自己的举动引起更多人的注意。"不要了。"我补充道，"我没有带钱。"

"柠檬水是免费的。"

"那就柠檬水吧。"我点点头，接过了玻璃杯，视线一直没离开大胡子。

三个……不，一共四个人。他们在低声聊天，完全没有注意到我。我耐心地等了半个多小时，看着那张桌子旁的人一个一个离开，最后只剩下了他一个人。这时，我打定主意向他走了过去。机器侍者看到了我的行动，但没有采取任何举措。

"嗨。"我直接在他对面的椅子上坐下。大胡子猛地抬起头，似乎很惊讶。直到此时此刻，我才得以正面地仔细观察他。他的脸上有很深的皱纹，三角眼，胡子已经有些灰白了。

"我有些事想问你。"

"你是谁？"他张着嘴，但是没有说出接下来要说的话，因为他已经瞟到了我向他张开的手，那里面有一粒药丸。

"你是……"

"我一直从你这里拿药。"我说，"所以，咱们应该不算陌生。"

"你？不，这不可能！"他大声嚷嚷着，随即又压低了嗓子，"不可能。你是怎么找到这儿的？"

"用了一些特殊的办法。"我不想亮出自己的底牌，但现在正是单刀直入的好时机，"所以你呢？你是从哪里搞到这些药丸的？"我盯着他的双眼，"或者说，你就是黑石？"

"黑石？不不，你搞错了。"大胡子似乎有些慌，"我没见过他，谁也没有见过他。"

"别想骗我！"我有些恼怒。

看到我发火，大胡子反而镇定多了。他喝了一口杯中的饮料，再次开口："我没有骗你，伙计。我确实不是那个黑石，也没有见过他。那些药，也是无人机送来，我再送出去的。黑石那家伙很谨慎……我来这里，只是跟同行们碰碰头。"

也许是我们俩的声音过于吵闹，机器侍者开启了活动室里的音响，一支说不上名字的老歌开始在空气中萦绕、弥散开来。

大胡子盯着我看了一会儿："我不知道你想干什么，但是你肯定是找错了人。"他的眼神让我觉得他并没有撒谎。黑石确实很谨慎，不是那种很容易被抓住辫子的人。

我还是不想这么轻松地就放过他，继续朝他问："刚才你说同行，是哪种同行？"

"跟你一样的。"大胡子继续仔细打量着我，"不用藏着掖着，你应该不是第一次了吧。说实话，我觉得你有点眼熟……"

我知道他指的是什么，不能再继续装傻，我只好尴尬地点点头。

"哎，不意外不意外。要不然，谁会拖着这么一副身躯待在这种破烂地方呢？咱们都得互相理解啊。"他的语气居然柔和了很多，"人嘛，想要挣口饭吃，总是要出卖点什么。知识啊，能耐啊，肉体啊……是吧，都理解。"

我喃喃自语："所以我到底是在出卖什么呢？"

"卖命呗。"

"卖命！"我似乎被闪电劈中。

"什么都没有的时候，可不就剩下卖命了啊。"大胡子一个手肘搁在桌子上，与粗壮的脖子构成了巨大的直角，"人的命，看起来都一样，实际上啊，有长有短，也有贵有贱。一个人什么都没有的时候，也就只能卖命了。"

我有点不能接受他的话："所有人的命本来都是一样长的。"

大胡子被我逗笑了，喝了一半的水几乎从嘴里喷出来。"一样长？你身边从来没有人去世吗？就算是一样长，质量能一样吗？命和命的价钱，不一样。不然的话，你、我，为什么会坐在这里？"他压低了声音，"有些人不愿意变老，那有些人就得一直变老。"

这一回，我哑口无言。

"总之，你找错人了。"他慢悠悠地说，"我不是黑石。你也不可能找到黑石。"

线头突然断了。我狠狠地骂了一句。再待下去已经没有意义，我站起来，没打招呼，直接朝来时的走廊走去。

"别急着走，老兄！"大胡子的声音在背后响起，"你也没什么急事吧，我们来接着喝一杯。"

我站住了。此时此刻，我有一种奇怪的感觉，自从刚刚在这张桌子边坐下，大胡子的话已经让我体悟到一些之前从来没有意识到的事。我并不是真的想要离开，我是想清醒清醒，把一些似乎要一闪而逝的东西重新抓住。

"来吧，老兄。"大胡子的声音很诚恳，拍了拍面前的桌子，"我确实不是黑石，不过在这地盘上，我是做另一种生意的。也许，你会感兴趣。"

我灵光一闪，这正是我想要抓住的。

"什么生意？"我佯装还在生气，不耐烦地又回到了他对面的座椅上。

"别急，别急。"大胡子招呼起侍者机器人，"来两杯红茶，要温热的。我请客。"

8．缺失的记忆

机器人很快照办了。在等待服务的间隙，大胡子主动告诉我他的名字叫万斯。等我喝上了暖胃的红茶，万斯认真地问了我一句："喝起来怎么样？"

"不得不说，还挺好的。"我承认，自己从前很少喝热红茶。

"你觉得以前的你会喝这种东西吗？"

他像是窥探出了我心底的想法，一下子把我问住了。我花了几秒钟回忆了一下，最终摇了摇头。

万斯一副意料之中的表情："你还记得从前的生活吗？"

"从前？"

"就是你没变老、没干上这一行的时候。"

我脱口而出："我当然记得！"

"说说看吧。"

"我……"我突然愣住了。字句好像打了结，在我的嗓子里，就是钻不出来。不，不是嗓子，而是什么东西在脑子里打结了。

"啧啧，情况还真严重。"万斯摇摇头，"从你刚坐下的时候，我就认出来了，我们之前应该见过——不，别摇头。这说起来可能有点复杂，不过也没什么不好理解的。你既然来了这儿，还不止一次，里面的那些金钱交易也就不必多言了。我只想提醒你两件事：第一，不是所有人都想变老；第二，不是所有人都乖乖变老。"

"你把我说糊涂了。"这是我的真心话。

大胡子哈哈大笑，连胡子都在颤。"所以说，关键点不是'变老'，而是'所有人'。你明白了吗？"他喝一口红茶，继续说，"第一件事，导致了'卖老'这件事存在，而第二件事则是更进一步。你这样想，如果一个人一开始答应了……"

"所以……你会给那些代替别人变老的人抹掉记忆？"我大吃一惊，"这听起来像是科幻小说！"

"怎么可能！没有那种技术！"万斯摇摇头，"人的思维太复杂啦。不过根本不需要做那种事。"他压低了声音，"老人自然是健忘的。"

我听得满脑子问号。

万斯掏出随身终端，打开一组数据给我看："这一组是衰老人群的意外死亡率，高达 3.91%；意外受伤率，高达 57.15%；因伤致残的也有 13.72%。与之相比，正常社会中的人，受伤、致残和意外死亡率，低得几乎可以忽略不计了。而且别忘了大前提，这些人的衰老期只不过是一年而已，正常人的时间可要长得多得多。这么说，你明白了吗？"他合上终端："变老，是件高危事件。"

我点点头。虽然之前没有看到过这样的数据，但是凭直觉想想，这倒也合情合理。仅仅是变老一年，就有接近六成的可能性受伤，更不要提致残和死亡……难怪那么多人不愿意变老。"卖命"两个字在我脑海中重新浮现出来。我苦笑一声。

"而且还有数据上没有显示的，那就是几乎 100% 的人都出现了不同程度的脑力衰退。"

"你是说遗忘？"

万斯鄙夷地看了我一眼。"遗忘只是必修内容之一。其他的还有计算能力下降、逻辑判断力衰退等一系列副作用。你别忘了，刚才这些数字只是官方的统计，针对的还不是像你我这样反复衰老的家伙。"他不等我回答，继续说下去，"这也就是我在这儿干的活了。"

万斯从终端进入另一个界面，他手指灵活地输入了一些字符，经过我同意，还朝着我的脸拍摄了一张照片，最终把屏幕推到了我面前。

一个女人在冲着我笑。

我举起屏幕，变换着角度端详。这是一种虚拟物品，是建模后储存在数字空间里的，在某个时期曾经很流行。"这是什么？她是谁？"

"这是属于你的物品。"万斯继续喝茶，"是你，或者说，是曾经的'你'，存在我这里的物品。"他补充道。

"可我根本不认识这个女人。"

"记忆衰退是必修课。经过反复衰老，很多人到最后都记不清曾经很重要的人、重要的事。"万斯向沙发椅上靠去，"这是你存在我这里的东西，我不管对你的意义是什么，但是对我没什么意义，你把该拿的东西拿去，这样就行了。"

我犹豫了一下："我没有钱。我的老人卡不知道为什么失效了。"

大胡子笑笑："你已经付过了。"

从那间俱乐部出来的时候，我整个人都进入了一种不可名状的状态。有一部分意识好像清晰了，但另一部分意识却好像更模糊了。不过那个大胡子说出的一些话语，让我顿悟：之前的我，应该是忽视掉了什么重要的东西。

我一步一步在街道上挪着步子。幸亏外骨骼散步辅助器的助力，让我省了不少力气。但是机械鞋落在石子路面的吱吱嘎嘎的声音，还是让我觉得很刺耳。

衰老是真实的。一个声音在脑海中挥之不去。反复衰老，就会遗忘掉很多东西。人们似乎都过于重视数据和指标，却忽略了内心的健康和思考。我老得太快，几乎已经忘了自己从哪里来，又要到哪里去。

我一边走一边盯着那女人的笑脸看，因为无法确定年纪，我甚至没法弄清楚，她到底是我的妈妈还是爱人。我只知道，她肯定对我十分重要——至少在我变衰老之前。我边走边想，跟自己对话，几乎走了一整夜。黎明时分，我处于半梦半醒的状态，意识完全是不连续的。我感受到意识像是一片海洋，我在其中漂荡，一阵一阵地下陷。就在意识的起起伏伏中，我抓住有效的时间，努力拼凑起一切。

突然，我的脚尖似乎碰到了什么阻碍，这具衰朽的身体顿时失去了平衡，但我迟钝的神经系统显然不足以及时做出反应调整姿态。一瞬间的天旋地转后，我眼前一黑，只觉得好像后脑重重撞上了什么，便没了意识。

不知过了多久，眼前的世界似乎渐渐明亮了起来。

第一次衰老，过了很久我才醒来——我认真查阅了随身终端的记录才发现了这一点。后面几次都是一天左右就苏醒活动了，唯独第一次，记录很古怪，而我几乎记不清当时的状态。就在太阳即将升起来的时候，我终于发现了事情的真相：我第一次衰老时，曾经遇到一场意外，是车祸。

我花了很长的时间恢复——不是身体上的复健，而是头脑的。刚刚的摔倒似乎唤醒了我内心深处的肉体记忆。而一个新的计划，也在我脑海里如同鬼魅一般冒了出来。

"这是我接下来唯一的出路吗？"我朝着镜子里的老头发问。

对面的老头用浑浊的双眼看着我，并没有给我答案。

9. 并不唯一的答案

"你们这里的冰淇淋比我们那儿好吃。"

"我之前还真没发现，这冰淇淋是不错。"马兰颖抿着小勺说。

"我很期待自己能够大口吃，而不是像现在这样。"我忍着牙痛说。其实我还想提醒她，可以不用像我一样一次只吃一点，但我后来又反应过来，也许她也是在之前的某一次衰老中，养成了这样的习惯。

"所以说，你来找我们，说有重要的发现，也该谈谈正事了吧？"李义强喝着冷饮说。

这里是马兰颖和李义强工作的地方，位于城市中心的一座漂亮的写字楼。我之前从没想过要在这块多逗留——这里离做衰老手术的地方太近了，那里可有我不少想要忘掉的记忆。

"我顺藤摸瓜，找到了上线。"我边吃边说，"就是背地里搞动作，给我们发一种抵抗药的人。但他不是黑石。"

马兰颖点点头，让我继续说下去。

"我在想，你们不可能没有发现他，就连我这样一个行动不便的糟老头子都能做到，但是这么多年了，你们居然没有采取任何行动？那只剩下一种可能，就是他是被允许这样做的……"

李义强在我身边坐了下来："什么意思？"

"这没什么难猜的。"我指着他们俩说，"这一切都是你们策划的。"

"可别跟我们说黑石就是万斯。"

我摇摇头："你就是黑石。"

李义强和马兰颖对视了一眼。

"我变得太迟钝了，居然一直没有想到。"我把脑子里已经画好的圆和盘托出，"这个钩子其实很直。其实我一直有疑问，那就是你们为什么会选上了我？我……"我叹了口气，才下决心继续说下去，"相貌普通，智力平平，一个人独居，并没有多少过人之处。如果是一个运营正常的机构，是绝对不会挑选我的……就连我自己都不会。所以，你们压根没有真心找黑石。你们要的只是这个过程，而不是结果。结果你们很清楚——就是你们在操控这一切。"

我努力搓着自己的手指关节，那里正咯咯作响。"正常情况下，我是不该怀疑这一点的，因为我想赚钱。站在我的角度，去怀疑你们的动机，对我个人一点好处都没有。另外，你们知道我的底细，我第一次衰老时脑袋就受到了撞击，虽然后来康复了，但记忆已经多多少少受损。找我这样的人为你们做事，你们就可以敷衍下去，一直对上面有所交代。所以，现在，游戏该结束了。没有黑石，或者说，你们就是黑石。"

两个人默默地听完，半晌无语。

"你怎么看？"马兰颖终于开口问道。

李义强挠了挠头："跟设计路线有些不同，但确实走到了最后。"

马兰颖神情很复杂，缓缓地问："你确定是'走'，而不是'跳'？"

"不管怎么样，他走到了这一步……"

我有些恼火。"我警告你们，别想再利用我，我洗手不干了！你们别想耍花招！我是有点迟钝，但我并不傻！我已经将这里的一切都传回无人机，只要我按一下按钮，就可以把你们所做的一切都公之于众。想必你们也不愿意看到这种局面吧！"我挥了挥手里的遥控器。

出乎意料的是，他们的表情并没有很大的变化，似乎还沉浸在某种我不可理解的情绪里。"放下吧。"李义强说，"这对咱们都好。"

我想了想，听从了他的话。

"所以说，你们为什么找我？"我想了想，"或者说，你们为什么选择我？"

"事情比你想象的要复杂。"李义强清清嗓子对我说，"首先，你猜错了黑石。但是你的方向对了。"他似乎长长地叹了一口气。

"什么？"我的脑子一时有点转不过弯来。

"还是我来说明吧。"马兰颖说。

我充满绝望地望向她。到了此刻，那个如山一般复杂的线团，在我的努力拉拽下已经轰然倒塌，但我却惊讶地看到，手中的线并没有尽头，它蜿蜒弯曲，居然通向了更远的地方。我不敢向前走，因为我已经隐隐感觉到，在这线的尽头，是另一个更大的谜团。

这谜团，已经不是我个人之力能够揭开的了。

"最初的时候，大家的想法都还很单纯。那是大概 150 年前，天才的科学家庞永青和他的妻子一起，通过努力，终于设计出一套完美的方案，能将人们的生命大幅延长。虽然还不是'不老不死'，但在当时也是巨大的进步，那是现在'永恒手术'的雏形。"

这是我从没听过的事。

"恰恰就在这时，庞永青的爱人意外去世了。人的生命可能延长，但是死者却无法复生。这个悲痛的男人发疯般地想要挽回妻子，却无能为力……经过了各种尝试以后，他像神话中的吉尔伽美什一样，终于领悟到世界的真理，那就是生命的可贵恰恰在于它只有一次。但是，最讽刺的事情却已经发生了。这时候他的技术已经开始向全世界推广，通过一系列的改造，每一个在世的人都可以'永葆青春'，疾病和衰老被一道坚实的屏障与人群远远隔开。虽然偶尔还有漏网之鱼，但是可以说，全人类从此被装在了一个超大型的温室之中。这一切，全都仰仗于他。"

"但是他并不开心。"我喃喃地说。

马兰颖点了点头。"他本可以拥有富可敌国的财富，而这一切都是人们自愿奉献给他的，甚至说，他几乎可以接替所有的信仰，成为这个时代的神，但他全都放弃了。专利权公开，财产只留下了一小部分，其余的全都用于公益。庞永青的姓名被从教科书中抹去，只留下无足轻重的一小部分。他隐姓埋名，从大众的视野中彻底消失掉。"

"为什么呢？"我疑惑地问。

"为什么？"马兰颖有些激动，她用十分复杂的语气说，"因为他并不想面对这一切！在失去了自己的幸福之后，他已经无法面对这个看上去人人都无比幸福的世界了。而这一切，却恰恰是他自己带来的！人们越多地赞美他，他就会感觉越痛苦！他……他……"马兰颖有些说不下去了。

李义强默默递过来一纸杯温水。

"他造就了这一切，却没有勇气来结束这一切。"我叹了口气，"这是个可怜人。"

李义强看了看我，说："你说得对。即使有再大的痛苦，他也不能毁了这个自己一手创造的世界。所以在那之后的很多年里，庞永青一直陷于深深的自我怀疑中：自己究竟是对，还是错？"

"即使错了，也不可能去修正。世界已经是这样了。"我说，"在人们眼中，他可以是前无古人的天使；但是一旦要收回人们永生的权利，那他将成为人类历史上后无来者的恶魔。"

我想了一会儿，继续发问："那衰退机制又是怎么回事？"

"这是对制度的修正。"马兰颖说，"所有人都清楚，一个每个人都永葆青春的世界是不合理的，总要有人衰老。一个社会跟人一样，如果停止了新陈代谢，就会整体走向灭亡。庞永青也很清楚这一点。当然了，庞永青是个理想主义者，他不想理会除了技术之外的事。但他的爱人则不同，她积极思考，想要找到对策。比如，她认为人群中有10%的弱势群体就可以解决这个问题了。如果加以循环……"

"等等！"我说，"你说庞永青的爱人？刚刚你不是说她……死了？"

马兰颖意味深长地看了我一眼："那是在衰退机制完成之后。庞永青这个人，对自己的理论是自信的，或者说是自负的、偏执的，他不愿意做出改变。未来世界变成什么样，跟他的想法和做法无关。他妻子则不同，她一直在斡旋、改进。对，就是你提到的'衰退'。白晓颖提出，每年在全体人群中抽签，选出10%的个体进行抑制，就能保持整个社会的活力，让循环继续。她以为这样就可以解决系统所有的问题，可她也太天真了。"

"衰退，即是进步。可惜，人类都是自私的。"我喃喃地说。

"是的。人不是数字，概率也不能确保公平。人们总在占尽利益的同时，却不想去尽义务。"

"然后就是那场事故。"我说。

马兰颖看了李义强一眼，两个人都不再说话。

"那你们到底为谁做事？是为庞永青，黑石，姓白的，还是别的什么人？"

"有什么区别呢？"马兰颖有些失神，"在漫长的时间里，我们可能早已忘记最初的想法是什么，只是机械地维持着这一套系统。我们早已像庞永青一样，失去了判断力，也失去了改变的勇气。我们能做的，只是一直依照职责办事，跟木偶没什么区别了。"

李义强拍了拍马兰颖的肩膀，扶她站起来。

"你们还没有回答我的问题！最后一个问题！"我站起来，追问道，"为什么是我？"我用力喘了口气，重新组织了自己的话，"你们是不是想告诉我，我就是那个命运之中的安排，是掷骰子掷到最后的结果？这个说法……我，我不相信。我没有那么特殊……"我脑海中闪过那个毫无印象的女人，"所以，告诉我吧！"最后我几乎就是在恳求了。

马兰颖没有回答，看起来好像已经没有力气再说话。

李义强面对我笑了笑："事实很简单。你并不是个普通人。多年之前的那场意外，让庞永青意识到没有什么手术是万能的，人力永远对抗不了意外。所以为了避免意外，他很早之前就启动了一个胚胎，作为他的替身。如果某一天，他遇到了像白晓颖那样的意外，他还可以用最后的手段来保命。"他摇了摇头："可是谁能想到，后来，他居然决定放弃这一切。不光是青春，还有生命。真是可悲，作为一个几乎是带给了全人类永生的人，却选择自己一个人走向衰亡。"

我有点不敢相信自己的耳朵。

"这里有一切的真相。"他递给我一个小小的存储器，"现在选择权在你了。恭喜你，你这个可怜人。"

我半信半疑地接了过来。

"希望你没有我们的这种负担。"

马兰颖和李义强似乎在强压着急促的呼吸，此时此刻，我却异常平静。

我向商店旁的巨大电视屏幕看去。今天好像是什么节日，电视节目里投射出了许许多多的人像。各种各样的人，黑人、白人、黄种人都有，他们的脸，全都青春洋溢。

我耳边响起马兰颖最后说的一句话："无论如何，他是懦夫，但也是勇士。"

10．最后的抉择

人会变老，这是天命。科技带来了很多东西，远比我之前想象的要多，我曾经以为无论怎么进步，人类无非能制造出更好的工具，但无法改变自身。现在看来，这种进步最终带来的却是人本质上的改变。在人力的加持下，天命不再是一成不变的事情。所以，这个世界上存在三种人——永远年轻的人，假装衰老的人，还有真正的老人。

三天后，我解构了那个存储器所有的内容，终于想通了一切问题。

庞永青建立规则，白晓颖在规则中寻找新的规则，试图维持某种平衡，而马兰颖和李义强，也只不过是人形的棋子罢了。

变老，恢复，替代别人变老，再次接到任务……那个名为"黑石"的代号，把一切联系起来。经过层层筛选，每年只有为数不多的人，进入最后的环节，即见到马兰颖和她的搭档，从而接受新的任务——找到黑石。黑石当然是不存在的，寻找黑石只能带来两个结局：一是循环怪圈，在不断的变老—年轻—再次变老中渐渐遗忘掉初衷；另一种，就是找到错误的线头，并且一直奔向并不存在的目标。本来连马兰颖他们也没想到有人会打破这个完美的平衡，可偏偏是我，走到了最后。

存储器的最后有一个坐标，我查过之后发现，那是一座位于山间的私宅。我已经很清楚，在那里会发生什么。我会遇到世界上唯一一个自然衰老的人，他会让我做出选择——而我会出现在那里，已经代表了我的选择。

今天天气出奇地好。我一个人走在大街上，感受着和煦的日光带给我的暖意。我望着一张张青春洋溢的脸，突然想到一句话：你们的年轻不是你们努力的褒奖；我们的衰老不是我们犯错的惩罚。

这一刻，刹那即是永恒。

——原载《科幻立方》2024 年第 4 期

在科幻大师菲利普·迪克的作品里，总是会涉及这样一些主题：有关记忆，有关时间，有关幻觉……假如迪克更长寿一些，那么这个名单一定还会加上——有关量子，有关虚拟现实，有关人工智能……

在科幻小说《机械降神》中，这些主题以一种全新的形式得以再现。作品由电影艺术入手，以一种亦真亦幻的方式，描述了主人公对他人记忆的捕捉过程，以及对整个过程的深邃思考。

机械降神

陈楸帆

1

我被困在一栋市值一亿美金的比弗利山庄里。只有我自己。

雇用我的人似乎并不希望透露太多，只是语焉不详地告诉我，他们需要在我执行任务期间，切断庄园与外部的所有通信，以避免某些"糟心事"再次发生。

"那我怎么吃饭？"我还记得自己问出的蠢问题，"能点优步外卖吗？"

"冰柜里塞满了 Trader Joe's①，微波炉在三号厨房，个人推荐咖喱羊肉饭和三鲜饺子。"那个叫"Nick"的联络人回复短信。

"我怎么和你们联系？"

---

① 美国连锁超市，这里指从该超市购买的食物。

"你不能。我们能看到你的一举一动，如果有什么事情需要我们插手，你会知道的。"

"可如果你们切断了通信，还怎么能看到我？"我猜他们在暗处藏了摄像头，可那也需要信号。

"动动脑子。"Nick 不愿分享过多细节。

那扇沉重的绿色木质大门在我身后缓缓关上，发出时间长得惊人的回响。

兴奋的我拿手机拍个不停，出去后就有素材更新 TikTok 账号了，一定能赚到不少点赞和转发。毕竟对于从小在蒙特利公园华人社区长大的小孩来说，进入这种豪宅的机会绝无仅有。一切都大得如此浮夸，我花了些时间适应尺度的变化，毕竟我的卧室只有十四平米，现在还堆满了弟弟的破玩具。在墙上寻找电灯开关十分考验眼神，从泳池到健身房再到舞厅几乎像是一次小型远足。那些看似从不同时代穿越而来的雕塑和艺术品拼贴成独特的美学，神秘又华丽，像是从四面八方向你低声诉说历史。

好吧，也许那并不是幻觉。

我随身携带的只有一份室内地图（防止我迷路！），一把能打开所有房门的万能钥匙，当然最关键的，是他们通过 DHL 快递给我的"触媒"——属于这座庄园原初主人的遗物。那是一件类似手磨咖啡机手柄的金属零件，黄铜质地，做工精细。

他们相信，借助这件遗物，加上我的能力，能够在"房间 X"召唤出主人的亡灵。然后，我能够得到一些讯息，无论那些讯息是什么，都值得他们花费这么大力气，伪装成电影剧组，从现任主人那里租下这座山庄作为布景。

我只希望这一切值得我吃上一礼拜的速冻食品。最难受的其实还不是这个，是没有办法把这一切分享到网上，获得粉丝们的实时关注与回应，那简直就是我的精神海洛因。我控制不住自己每 15 秒就要点开界面查看消息的冲动，哪怕这让我颈椎退化、视力模糊、精神萎靡不振。

我还记得自己问出的第二个蠢问题："你们打算拍什么类型的电影？"

"搞清楚，这里没有什么电影。如果你非要问的话，我猜大概率是恐怖片。"

我发誓，没有什么比夜晚的庄园更适合作为恐怖片场景，这里有足够多的空间留给鬼魂，加温泳池泛着粼粼的绿光，无端亮起又暗下的自动感应灯，落地窗外成片黑漆漆的树林，以及从里面发出的怪异叫声——像是乌鸦、郊狼和蟾蜍的混合体。我用手机拍了一些片段，也许能够用到我的杰作里。

没错，虽然开中餐厅的父母没办法负担起南加大电影学院的高昂学费，却阻止不了我成为导演的热情。我正在制作人生中的第一部短片，关于一名华裔送餐员在洛杉矶市中心遇到超自然事件的故事，想象一下《逃出绝命镇》加上《妖魔大闹唐人街》，当然少不了在情节里加点对华人群体的刻板印象——夸张的口音、精于算计、重男轻女、盲从权威……就像重口味的作料，虽然没营养，但社交媒体上流行，观众爱看什么，我就给他们什么。

所有的角色都是由我自己和朋友来出演。显然，我没钱请专业演员。我从小喜欢表演，邻居都说我有天赋。我曾经在社区春节晚会上客串过李小龙，演过傅满洲、模仿过花木兰和熊猫阿宝，甚至还假扮过潮州黑帮分子，吓跑过偷车贼。

外祖母曾反复告诫我——"做人要硬气，唔好扮丑怪"，不要因为钱，出卖才华、丑化自己去取悦别人。但我需要钱，我需要关注，我需要像那些网红一样得到成百上千万的点击和赞赏，让自己感觉是全世界注意力的焦点。听起来很病态，但这是我活着的理由，谁又不是呢？这单任务的酬劳并不是多到离谱，但正好能够凑上短片后期制作的费用。

我猜便宜是我在这行的最大竞争力。

市场上把我们这样的人叫作灵媒。我们被雇来与亡灵沟通，获取一些有价值的信息，正常的诸如银行卡或保险柜密码、失落的遗嘱、遗忘的加密钱包提示词、私生子的下落，等等。偶尔也会有一些客户提出怪异的需求，比如寻找约书亚树通往花栗鼠王国的秘密通道。许多时候，熟练掌握一些科学术语能要到更高的价格。

就好像，科学家认为这是由于死者意识残留的量子信息，出于某种原因被困在了特定时空维度的夹缝中。而像我们这样的人，能够从正常的四维时空中读取出紧密蜷缩在高维空间里的量子信息，就像黑客破解防火墙，钻机从岩层榨取石油，外祖母从一汪浑浊的乳白色液体中魔法般凝结出豆腐脑，那是家传的秘方。

据说硅谷有某家初创公司正在研究用机器来替代我们的工作，他们将这种机制重新命名为"量子灵媒"。正如所有加上了"量子"开头的词，变得莫名其妙的酷，一般人完全摸不着头脑，因此可以随心所欲地定价，这是一种臭名昭著的市场策略。我觉得那些技术主义者过于天真了，这件事远远比获取信息更为复杂。

一如既往，我提前做了些功课，我不相信 Nick 以及他背后的神秘势力，尤其是知道他们所谓的"糟心事"是什么之后。

一场发生在威尔士圣多纳特城堡的失败降神会。受雇灵媒受到重创，通过连线监视现场的工作人员也遭受三级精神污染，至今仍被关在牛津郡的心理创伤诊所里，接受特别看护与治疗，以防止他们用勺子把自己眼珠挖出来。

我知道那种感觉，这辈子我都不想体验第二次。

2

第一天。

还处于震惊中的我花了些时间研究房子里的一切，试图寻找洗衣房未果。

那些地板与墙壁上的浅色痕迹，曾经属于希腊花瓶、西班牙家具、波斯地毯还是凡·戴克的真迹？那些空空如也的书架上曾收藏着哪些珍贵的手稿和亲笔签名的初版书籍？那些散发着霉味的卧室里又曾经下榻过哪些政治家与好莱坞明星，约翰与杰奎琳又曾经在这里干过些什么，发出过什么样的声音与气味？我试图从共同的物理空间去窥探那些隐藏在更深维度的秘密信息，但一无所获。

这座庄园在 1947 年后属于 WRH——由于保密协议，我只能这么称呼他——美国媒体的大傀儡师，一个能轻易编织公众舆论，随意篡改现实的传奇人物；生于大富之家，从青春期就立志成为新闻界的巨擘；他的金手指触摸过的一切都变成了耸人听闻的头条，甚至通过造谣一手掀起大众反华的浪潮；他的帝国横跨东西海岸，见证他所有的天才与骄纵。尽管 WRH 如此强大，却依然被无尽世俗欲望困扰终身——破碎的政治抱负，一座用来供奉空虚自我的浮华城堡，以及一段像是好莱坞黄金时代仿拍希腊悲剧的人生。围绕着他的谣言不绝于耳——不伦之事、政治阴谋，以及作为奥逊·威尔斯《公民凯恩》臭名昭著的原型。

1951 年，他死在这里。

从遗留笔记中，Nick 的团队找到了线索。从庄园入手到辞世之间，大概率在 1949 年的某一个秋日，WRH 在"房间 X"里举行了一场小型降神会。在场的还有几位上流社会的权贵，具体身份不明。他试图借助私人收藏的几件名人遗物召唤亡灵，却没想到触发了集体幻觉。笔记里残留的只言片语描述道：

> ……无处不在的隐形机器把我们的精神相连……灵魂……无限切片……财富如同海啸般卷涌……欺骗性的快感按摩皮层，强力意志被写入……瞳孔……鸟儿如同摇杆上的傀儡，它们吐出的音符尚未成型，却已被……收割……

雇用我的人相信这背后隐藏着价值巨大的秘密，我的任务便是找到它。可我连洗衣房都找不到。我疑心也许这些有钱人有着隐形的超高科技洗衣设备。

但我找到了别的东西。

一条从我所居住的稳定屋（我猜与杠杆原理相关）通往山坡上庄园主体的

秘密通道，并未出现在地图上。

一些保罗·克利的抽象画复制品，挂在起居室的墙上。书架上摆着同一位画家的巨大开本画册，敞开色彩丰富的内页，好像在朝入住者大声吆喝着"快看我！"。

一只巴掌大小的飞蛾，鳞翅上带着不祥的面孔图案，出现在卧室窗帘上。我花了一些时间与它周旋，终于用纸巾把它轻轻团起，丢到室外的草地上，然后迅速合上所有门窗。我希望没有伤害到它，外祖母从小教导我不要杀生，尤其是蛾子。可我更不希望当我在沉睡中张大嘴巴时，有不明飞行物进入气管让我窒息而死。

完成这一切之后，我陷入了短暂的瘫痪状态。对于第一天来说它过于充实了。

3

第二天。

我舍弃了爬山路线，选择从地下秘密通道进入庄园。直觉告诉我这可能更接近当年的情形。庆幸的是电力系统还能正常运作，一盏盏昏黄的指示灯在通道顶部亮起，隐没在遥远的黑暗中。密闭空间让人的时间感变得错乱，不知道走了多久，就在我担心自己是不是会永远被困在这地下世界时，前方的路消失了，纷飞的尘埃在光线中显形，变成了一扇锈迹斑斑的铁门。

我推开门，看来这里已经是庄园的一部分，同样的地毯、壁纸、门框，无穷无尽的走廊连通着数不清的房间。我掏出地图，努力寻找自己最可能出现的位置，用笔画上记号。还记得吗，现在没有信号，我必须十分谨慎地让自己不迷路，以免在几十年后成为一具无人认领的干尸。

大部分房间都空着，飘浮着上世纪的尘埃，探险变得乏味。我开始怀疑地图的准确性，直到闯入那间婴儿房。

一张空荡荡的木质婴儿床，周围散落着上世纪流行的玩具，还有一个廉价的塑料充气泳池，瘪瘪地挂在床沿，像是达利笔下的时钟。壁纸的花纹引起我的注意，天蓝底色上有无数重复而抽象的鸟，停歇在曲折的电线上，像是孩童即兴的简笔涂鸦。不知为何，那图案显得异常眼熟。

一阵节奏清脆的嘀嗒声从身后响起，像是启动的定时炸弹。我脖颈后的汗毛倒立，拧过头去，一尊小小的发条公主优雅地收起脚步。我发誓，刚才走进房间时它绝对不在那里。又一阵女孩的笑声如破碎水晶洒落，我惊恐地探视房间四周，可那声音似乎在跟我玩捉迷藏，总是在我的身后突然响起。

这种事情并不罕见。死者遗留的量子信息播撒在旧空间里，与闯入者产生感官共振，展开一场跨越维度的对话。可问题是，WRH 只有五个儿子，这个女孩到底是谁？

我毛骨悚然地离开。至少从地图上婴儿房的位置，我能找到通往"房间 X"的路线。

终于，我找到了那个房间，房门上并没有标着"X"，相反是一块显得过于正常的黄铜门牌——"3327"。我思考了片刻，这个数字对我毫无意义。

打开灯，像是有人吹了一口气把黑暗驱散。房间中央是一张圆桌和四把椅子，周围是一些蒙着灰的储物柜，从款式能看出年代久远。我的视线很快被圆桌上摆着的物体所吸引，Nick 并没有告诉过我，这里会出现如此不可思议的美人儿。

一台 1919 年出厂的 Krupp-Ernemann Kinox II 型 35 毫米胶片投影机。除了没有转动胶片的手柄，一切完好如新，闪闪发亮。

现在我终于知道那件遗物的用处了。

灯光突然抖动起来，我感到一阵眩晕，也许是尘封已久的空气，也许是别的什么。我决定撤退，明天再来仔细研究那台迷人的宝贝儿。

4

第三天。

热水在我满头泡沫的时候停了。今年加州的夏天格外寒冷，我可不想独自在这座亿万庄园里忍受发烧和肺炎。我裹着浴袍，光着脚，开始在不同的浴室之间跋涉，就像贝都因人靠着骆驼在沙漠中寻找水源。

终于，在第五个浴室里，我找到了热水。随之而来的新问题是，没有淋浴喷头。我只好打开水龙头，双膝跪在浴缸中，努力把头伸到热水下方冲掉泡沫，活像一个虔诚的信徒。

水位慢慢升起，温热的暖流如同子宫里的羊水把我包围，舒适而安全。我的脑袋一次又一次进入水中，叩拜时间越来越久，就像有把黑暗而温柔的声音在劝说我放弃思考，接纳命运。我的思绪变得浑浊，充满气泡，想把头抬起却做不到，就像有一只巨大的水蛭紧紧吸住我的前额，往下水口的方向拽去。我的双手在水面胡乱挥舞，试图抓到任何能让我摆脱困境的稻草，指甲划过坚固而湿滑的瓷砖表面，并没有任何帮助。

我会溺死在浴缸里吗？荒诞感随着水蒸气变得稀薄，开始逃逸出躯体。我做出最后的挣扎，一把扯住塑料浴帘，用尽全身力气将自己拽出水面。头顶传来金属崩坏的声音。有什么坚硬而冰凉的物体重重砸在我的头上，那股吸力消失了。

我将挂浴帘的合金支架丢开，连滚带爬地逃离浴缸。那个瞬间我想到的竟然是如果有人把这一幕录下来该有多劲爆。

这是个警告，我正在接近问题的答案。显然，有些力量想要阻止我。

5

第四天。

经过一天惊魂未定的休整,我终于恢复了些能量,带着鼓风机回到了3327号房间。一番操作之后,给这座古墓换进一些新鲜的空气。我感觉好一些了。

那台古董投影仪的底座上刻着两个日期:"11/11/1918"和"9/2/1945",看起来像是很重要的日子,接通电源之后灯泡嗤一声亮起,发出蛋壳白色的光。我在周围柜子里翻找起来,这里一定有能够播放的东西。果然找到了十几盘赛璐珞拷贝,存放在铝盒里,远离时间的腐蚀。

我随意打开其中一盘,安在转轮上,那根转柄终于派上了用场。我像一位并不熟练的纺织女工,开始匀速缓慢地摇动手柄,胶片在转轮上发出咔哒声,带着催眠的节奏。白色墙壁开始变得斑驳,光点和磨痕跳动,随机地出现在不同的角落。

这是一段黑白无声片段,月亮花园里种满发光植物,随着乐团的演奏翩翩起舞,其中的一株植物化身少女,用塞壬的歌声诱惑地球宇航员降落月面。夸张的表情和杂耍式的动作,加上标志性的闪烁效果,毫无疑问出自梅里爱之手,可我完全想不起这段影片出自他的哪部电影。

我又换了一盘。

尖锐的几何布景加上变形的视角,这标志性的手法属于弗里茨·朗的德国表现主义杰作——《大都会》。那部片子是我的最爱,我看过无数遍,所有细节都历历在目,可却不包括这段发生在地下世界的剧情。市民们排着队,经过一台机场安检般的机器,他们将下巴顶在金属托架上,瞪大双眼,接受射灯扫描瞳孔,从另一端走出来时,已经变成了行尸走肉般的人形傀儡,无条件地顺从上层社会的任何操控。

这怎么可能？我迫不及待地换上第三盘。

突出的前额，标志性的山羊胡，一往无前的手势。这无疑是谢尔盖·爱森斯坦眼中的列宁。这段令人困惑的平行蒙太奇似乎将两个时空交错并置：列宁梦中看到的未来超现实主义俄国，飘浮在空中的苏维埃式巨大建筑与会说话的沙皇雕像；质感粗糙的现实困境，被屠杀与压制的革命党人以及镜头反复强调的染血的宣言。

莫非这些都是没有出现在正式发行影片中的被删减片段？

我头部血液流速开始加快，像烟抽猛了般阵阵犯晕。这可能吗？这是那个曾经试图利用自己巨大影响力和人脉阻止《公民凯恩》上映的 WRH 吗？话又说回来，人就是这么复杂的动物。

如果一个中餐馆老板的孩子有成为导演的梦想，一个媒体大亨喜欢收集被删剪片段又有什么不可能。

有那么一秒钟，我动了把这些东西翻拍下来之后发到网上的念头。这些拷贝或许比 Nick 想要的信息还要值钱得多得多。这会带来几亿点击量，我会因此而超有名！

警告在我耳边响起："我们能看到你的一举一动。"他们怎么做到？也许 Nick 纯粹在虚张声势？可我不想冒这个险。

6

第五天。

我终于找到了降神会的拷贝。

它并没有想象中那么有趣，大概率是因为没有声音。这一点很奇怪，录制及播放有声电影的技术早在 1920 年代末便开始普及，也绝不可能是因为钱。我只能理解这是故意处理成默片效果。

画面中一共有四个人，我认出了WRH那张标志性阴鸷浮肿的脸，其他两名白人男子穿着考究，一个胖且秃头，一个瘦而满脸络腮胡。一名亚裔女性不和谐地出现在画面中间，我猜她就是灵媒。四个人手牵着手，围着圆桌坐开，桌子中间摆放有烛台、花瓣、植物根茎、水晶等常见的灵性物品，以及三件用于沟通亡灵的遗物：《圣经》、马甲和金属球。

灵媒说话，所有人闭上眼，过了一会儿，所有人睁开眼，再轮流说话。我不会读唇语，不知道对话内容，但灵媒的面孔轮廓与说话神态，莫名让我有种亲切感。

我摇动手柄，闭上双眼，试图链接到画面里的时空，去获取一丝残留的信息。

没有。什么也没有。

这不合理。我再次调动所有的感官末梢，提升它们的分辨率，去捕捉并放大面前这片量子海洋中任何一朵不和谐的浪花，那会是打开另一个维度的大门吗？可我再次败下阵来。这比社区教会的晚祷告现场还要平静。

如果Nick知道了，会把预付款要回去吗？甚至，他们会杀了我灭口吗？

我带着挫败与不安离开。我需要转移一下注意力。没有网络，我决定去游泳。

泳池里的水没有加热，我起了一身鸡皮疙瘩。游了几个来回之后，我开始冷静下来，思考下一步应该如何应对。脚底下开始有暖流涌动，难道加热装置自动打开了？我潜到水面之下，差点被吓得呛水。一匹枣红色的马从泳池底部探出头来，像被卡在蓝白色瓷砖之间。这不可能是真的！尽管如此，我还是努力划动手臂，蹬踏双腿，向那匹马游去，试图把它救出来。带着温度的皮毛触觉如此真实，我拽着马的鬃毛向水面游去，但它太大太沉，鬃毛又太滑，总是从我指尖溜走。我想到了好办法，到池边拖了根浇花的橡胶水管，一头捆死在水龙头上，我拉着另一头跳下泳池，绕着马头缠了好几圈，想把它拖出池底。

愚蠢的我竟然把自己的脚缠在里面！我终于知道那股温热从何而来，是血！就像《大白鲨》里的经典场面，血源源不断地从泳池底部涌出，把整池水染成红色。我终于拽动了那匹马，或者说，我原本以为的马，随着红色洋流渐渐漂起。我终于发现，那并非一匹完整的马，而是带着一截被整齐割断的脖颈，裸露出肌肉血管与脊骨的马头。

马头用两只黑洞般的圆眼瞪着我，像是在指责我没有尽力。我受到惊吓，猛烈呛了几口水，想用力挣脱却被水管缠得更紧。我渐渐体力不支，坠向池底。在失去最后一丝意识之前，我的额头重重地磕在冰凉坚硬的瓷砖上。我想知道我父母会在讣告上写些什么——"死于愚蠢"？这看上去确实像是追求流量的视频主播干得出来的事。

下一秒，我从床上醒来。额角的肿块和灼热的呼吸道证明那不是一场噩梦。可是谁救了我呢？

我打开灯，床头留了一张纸条：

老天，你为什么要把水管缠在自己脚上然后跳进泳池？警告：别再玩火，把该死的活儿干完，拿钱走人。下次就没这么走运了。

PS：你昏迷时一直在念叨"马头"——《教父》里那一场戏确实是在这里取景，经典！

爱你的
Nick

所以一切都是我的幻觉？所以是 WRH 的亡灵在警告我？所以 Nick 确实能看到我？太多的问题同时涌上来，让我脑袋一阵阵裂疼。也许现在并不是动脑子的最佳时机。

7

第六天。

半夜，落地窗外的自动感应灯突然亮起，把我照醒。我克服害怕，睁大眼睛望向窗外，除了树还是树，并没有任何异常物体。

我扭头，缓缓环视房间，血液突然凝固，墙上赫然出现一团人形黑影，像是身穿尖顶罩袍的邪教徒。我强忍住把尖叫咽进肚子里。理智驱使我寻找影子的来源，竟然是窗玻璃上趴着的巨大飞蛾在墙上的投影。

它是怎么进来的？我无法容忍在卧室里有一只掉落鳞粉的生物，于是又开始了追逐游戏。它终于停在书架上不动了，我用手里的浴巾摔打过去，一本书重重落地翻开，飞蛾却不见了。

落地的正是那本保罗·克利的画册，翻开的那一页是他1922年的作品——《鸣啭机》。

我看着那幅画，脑中闪过似曾相识的感觉。婴儿房的壁纸。我打了个寒噤。莫非飞蛾是在向我传递信息？回想起外祖母讲过的故事，在中国，飞蛾代表着阴间的使者，带来亡灵的消息。也对，如果鸽子和植物都能利用量子效应，为什么飞蛾不行？

打开的那一页有几句话被画了线，我仔细辨认：

"……臣服是转变的基础……向水……三重臣服……"

复杂而微妙的信息碎片在我脑中彼此撞击，从混乱中涌现出某种秩序感，正如画上被黎明的绯红暖流冲散的蓝紫色调，被一个正弦波分割，小鸟被电线操控着，唱出模式化的几何音符，连接到一个共同的手柄上。一切都如此明显。

浴缸。泳池。我已经被迫向水两次臣服。而鸟儿的嘲弄已向我指明了第三次臣服的方向。

天亮之后，我回到 3327 号房间里，投影画面还静止在降神会现场。我面前摆着一个盛满水的儿童充气泳池，来自婴儿房的馈赠。为了把它吹起来，我差点背过气去。

真的要这么做吗？我犹豫不决。这场仪式已经超出我所能接受的荒诞程度。可如果不这么做，也许我很难活着从这里离开。

如果是外祖母，她会怎么做？

我这才发现自己有多么想念她。当父母忙着为生计打拼无暇顾及我时，是她陪着我长大，经历所有重要的时刻。她说，她教给我的一切关于灵媒的知识，都来自她的母亲——我从未有机会见过的外曾祖母。她说，在那个时代，中国人甚至不能和白人共处一室，报纸上全是妖魔化华人的谣言。而外曾祖母凭借自己的能力在这片土地上立足，甚至赢得了白人的敬重。

我很后悔当时没有追问清楚，究竟发生了什么，是什么让我们活得如此艰难。

我跪在地上，把头泡进去。它如此之浅，刚刚能淹到我的耳朵眼。这画面如此滑稽，很难想象任何看到的人不会捧腹大笑。我默念着保罗·克利的几句话，祈祷这次能够奏效，让我的能力恢复。尽管我不知道自己究竟在向谁祈祷。

水里有什么东西在抚摸我的脸，温柔而瘙痒。我勉强睁开眼，透过扭曲的水体，看到一些细小的灰色卷须、羽毛、触手……正在从本应光滑无缝的塑料表面上生长出来，疯狂地试图侵入我的皮肤，就像是想要取代我的脸，以及埋藏在底下的所有一切。

本能让我仓皇躲避，可那为新生儿设计的充气泳池太小了，我躲避不开。那些富有活力的灰色蠕虫越来越密集地钻进我的脸，和皮肤、血管与神经连成一体，形成强大的拉力。我害怕如果自己使出蛮力，也许整张脸会被撕下来。

……臣服是转变的基础……当然，这就是仪式的所有意义。我默念着，努力平息恐惧。我放弃了抵抗，任凭那些蠕动的怪东西进入我，改变我，成为我。

一些新的感官信号进入我的意识，如同异质的丝线被织入旧神经网络。

语言变得无效，因为那也是旧的，只能近似地挪用与类比。如同掺杂了蝶豆花、酸柠檬与劣质龙舌兰的噩梦气息，古老的概念像生锈的铰链在我体内摩擦穿行，发出吱吱嘎嘎的声响，未知的恐惧在无调性阴影里跳跃，如铜管乐器与蜂鸟交媾，发出尖锐而色情的振动，具有无法抵抗的诱惑却又令人绝望。

它正在生成一个新的界面，一个新的我。

终于，一切都停止了。我从水里抬起头来，不顾甩得到处都是的水滴，一把抓住投影机的手柄。我知道时候到了。

8

第七天。

我站在泳池边上，演一人分饰四角的戏码。

我试图让 Nick 相信我，那一场降神会到底发生了什么。

当我进入出神状态，开始转动手柄时，它控制的似乎不再是胶片播放速度，而是撑开了整个房间的时空维度，让它变得稀疏而充满孔隙。于是，我得以将自己的意识"嵌入"一个世纪前那场降神会的现场。

一开始是胖子擦着汗不停抱怨，花了这么多钱和时间，试过了乔治·华盛顿的马甲和托马斯·杰弗逊的《圣经》，却得不到任何有价值的信息。

络腮胡子把矛头指向灵媒：你不会是在耍我们吧？我能让你们全家人从哪来回哪去！

我几乎能感受到那个亚裔女子身体的僵硬与眼中流露出的恐惧。她低声说我可以用祖上所有英灵起誓。

WRH 试图安抚两人情绪，摩挲着桌上的金属球说，这次肯定不一样，他刚死不久。

四人带着各自的心思牵起手，灵媒开始念念有词，在人世与灵界的交界处寻找缝隙。她开始与桌上的烛火同频颤抖，似乎这封闭的房间里吹进了刺骨寒风。她唱起古奥的歌谣，旋律莫名有点熟悉。她大幅度地前后摇摆身体，带动着其他三人不得不跟随节奏，如同一场怪异的圆圈舞。她停下了，一阵漫长的死寂之后，突然瞪大双眼，口中发出的却是一把苍老的男声，带着浓重的东欧口音。

……我在哪里？这里不该是第八大道 481 号吗？地狱厨房的纽约客酒店？

WRH 遏制狂喜，冷静回答：是的，3327 号房。您在您该在的地方，特斯拉先生。

所以……我死了吗？为什么房间里这么冷？

是的，1943 年 1 月 7 日，确切无误。

那我欠下的房费账单……

别担心这些了，西屋国际已经帮你还掉了。

这么说，我想错了……

什么？

我以为，所谓的灵魂或精神，不过是身体机能的总和。当身体功能停止时，灵魂或精神也就同样停止了。

再聪明的天才也会有犯错的时候，先生。

所以，你们想要从我这里得到什么呢？我并非灯神，也无法满足愿望。

我们想确认一些事情。络腮胡子急切地抢过话头。您在 1933 年的生日派对上说过，您已经设计出一种能通过拍摄视网膜以记录思想的方法，但我们从任何已注册的专利文件上都没有发现。您是把它藏在什么地方了吗？

你在说的是思想相机吗？

正是！三个人齐声回应。

我需要梳理一下思绪。在这个鬼地方，记忆就像随机粘在蜘蛛网上的昆虫尸体，东一块西一块的，很难拼凑完整。不知道为什么，我想起了 1912 年……

胖子重重叹了口气，不耐烦地咕哝着什么。

……我设计了一个项目，在教室墙上布线，通过高频振动的饱和电波使整个房间变成刺激智力的"大脑浴池"，从而让学生变得更聪明。在我看来，未来的学校就应该是那样的。当时在纽约当校长的威廉·H.麦克斯韦尔批准了预算，可惜后来战争爆发了……

我们知道，您一直想通过控制全球的振动来传输信息和电力……

……那是我唯一能够击败爱迪生的办法！那个心胸狭窄的伪君子、吝啬鬼、厚颜无耻的小偷！我相信有朝一日，无处不在的振动会把这星球的每一个大脑相连，世界将不再是亚历山大式的图书馆，而是像幼稚的科幻小说一样，人能够将感官外化，将知识和记忆存储在机器里，甚至精神，我实在找不到更好的词，也会像远古部落的鼓点一样，彼此呼应，叠加，连成一片，最后成为振动整个星球的智慧之网。啊哈，noosphere（精神圈），德日进神父的发明，在我想到更好的说法之前，先暂且忍受这个过分形而上的概念。

所以……思想相机？ WRH小心翼翼地提醒。

没错，在意识振动和电波振动之间，显然需要转化的界面，过去，我们有电报和电话，当然，中间又加入了语言文字这样的次界面，它可以变异出无穷无尽的媒介。显然，思想相机也是其中的一种，透过瞳孔读取思想转化为画面，再把画面转化为能够通过电波传输、储存和播放的信息，这当然是一种革命性的发明……

就是它！特斯拉先生，这正是我们需要的！快告诉我们你把方案藏在哪里了！络腮胡子控制不住大喊起来。

……难道您没有意识到其中的问题吗？

求求您别卖关子了。胖子满头大汗，几乎是在哀求。

眼见并不为实，视觉同样是一种经过扭曲变形的次界面。想想魔术师们操控观众注意力的手法多么高超。当视觉信号被剥离于我们身体之外，能够在大气之中自由游走时，它便能够被任意操控、修改、捏造，然后再投射回人类的心灵。绅士们，我们在讨论的是整个文明的巨大恐怖啊！

也许那正是人类所需要的。WRH露出不自然的假笑。

不！我绝对不允许那样的事情发生。我诅咒任何想要获取那种力量的人，邪灵将顺着电波的震颤侵入他们的大脑，号令他们挖出自己的眼珠，并堕入混沌的灵薄狱，永生永世不得清醒！

特斯拉先生，您要不要再考虑一下，我们现在可是掌握着您的灵魂容器，可以让您永生，也可以让您在这宇宙间灰飞烟灭。

WRH用指尖来回玩弄着那个金属球。

灵媒突然沉默了，像是陷入了艰难的思索。众人焦灼地等待着，直到一阵令人毛骨悚然的大笑打破寂静。

对我来说，宇宙不过是一台伟大的机器，它从未诞生，也永远不会终结，人的灵魂作为其中微不足道的零件，也是一样。

我以特斯拉的告别结束了模仿秀，尽管WRH与其他两名客人反复要求，灵媒却再也无法接通特斯拉先生的亡灵频道。

我静静等待着Nick的反应。他和他背后的团队一定很失望，也许绞尽脑汁在分析我到底有没有说谎。其中有太多的信息不是我应该知道的，也不是我能够知道的。但说不定，他们会决定把我关起来严刑拷打，直到得到想要的东西。没人会关注一个为了追逐好莱坞梦而离家出走的华裔女孩。

手机终于响起提示音，信号恢复了，那是来自Nick的最后一条信息：

你可以走了。尾款马上到账。别忘了保密协议。祝好运。

那扇沉重的绿色木门再次打开。我头也不回地走了出去。

9

我告诉Nick的都是事实，或者说，事实的一部分。

Nick说他能看到我的一举一动，没错，这个时空里的一举一动。而当我被嵌入两个时空的夹层里时，同样，另一个时空里的人也能看到我。对于他们来说，我就是鬼魂。

特斯拉的亡灵消失之后，那三个白人男子的脸上露出沮丧、不甘与偏执。某种强烈的直觉告诉我，其中一位将背叛特斯拉的遗言，用强大的资本与权力开启人类恐怖的纪元。我想看清那究竟会是谁，于是靠得更近，以至于跨过了安全的界限。

那三人突然同时扭头，瞪着本不应存在于那个时空的我，面露惊恐。我感到一阵惶惑，不自觉地加快转动手柄，却把自己更深地朝世界的另一边拽去。那个灵媒缓缓望向我，张开嘴，吐出几个字：你终于来了。

这又是什么意思？

一些我无法理解的事情发生了。灵媒的瞳孔如黑洞般将我吸入其中，触发量子纠缠或是时空的蜷缩，所有人的意识融合在一起，又像破碎的镜子互相映射出彼此，无穷无尽。

我看到了他们，又看到他们眼中的我。对于他们来说，我正是特斯拉预言中的未来——在海量信息、无休止的分神与震惊中深陷贫乏的灵魂，快乐即是痛苦，记忆就是地狱，媒介就是自我。我对我自己做了些什么？将注意力无限切分直至薄片，依靠强化的感官刺激来实现对他人的精神剥削。我的生命千疮百孔，但分享痛苦与自我厌恶却成为感知快乐的唯一途径。我终于看清楚了，我就是那只被囚禁在鸣啭机上的鸟儿，不惜拔下身上的羽毛来换取电流通过那一瞬的快感。齿轮不断旋转，螺丝逐渐拧紧，想象枯萎，生命窒息，这是一种文明的集体慢性自杀。

灵媒以及所有人冷笑：这就是你们想要的未来？

我以及所有人战栗：我们已经创造出这样的未来？

WRH脸色煞白，浑身颤抖，未经电子媒体环境浸泡过的意识被抛掷到全然陌生的未来。他如身堕无间地狱，原本习惯于操控亿万人心灵的绝对强者，变成疲弱不堪，只能被动接受信息投喂的肉鸡，自然的神经创生机制瘫痪萎缩，被强行插入的人造数据篡夺主权，记忆与情感被暴力摧毁又无数次重生，迷失在重重叠叠的意义矩阵中。

我从未想过自己竟能如此直觉地领悟这一切。太多超出我之外的信息进入我的意识，让我不堪重负。那些信息并非以语言传递，而是从感受到感受，振动到振动，意识到意识。所有的恐惧敬畏卑微迷失同样映射在我身上，像千刀万剐将自我意识拆解成碎片。我想要摆脱这场纠缠，可我太虚弱了，如同飓风中的羽毛，无能为力。

——别臣服，我的孩子。

这竟然是来自灵媒的信息。她到底想对我说些什么？

熟悉的歌谣响起，古老苍凉，为混乱的世界赋予一种稳定的结构。灵媒的脸庞突然变得清晰，与我记忆中的外祖母面容交叠在一起。我这才意识到，我长得有多像她。突然间，一切都合理了，无数离散的齿轮咬合在一起，转动命运的因果。

Nick 不是因为我便宜才雇用我，而是因为——WRH 所雇用的灵媒正是我的外曾祖母。那是流传在我们家族血脉中的能力。混沌黑暗中，她引导着我一步步走到这里。巨蛾、保罗·克利和水，这些跨越维度的量子信息涟漪，都是她对我的召唤。

可为什么？

——因为你是未来，我的孩子。

我顿悟了。外曾祖母绝非简单地传递来自灵界的信息，作为承载信息的容器，她天然具备改变水的形状与性质的能力。当信息本身重大到足以影响人类未来命运时，是否忠实于信息本身便显得无足轻重。她想要通过改写整个故事来拯救世界。

她需要把我作为一面镜子，来让那些试图掌控未来的权贵看清真相。真相就是，未来的世界并不会因为他们的勃勃野心而变得更加美好，相反，所有试图把人类心灵装上量表接上电源放置到流水线上通过资本主义飞轮榨干最后一滴价值的宏伟蓝图都必将失败，迎接他们的只有一个更加破碎不堪的无间地狱。

WRH 和他的同僚失败了，Nick 和他的团队又想重新挖掘当年的传奇。智人这个种族永远不缺疯狂野心家。

隔着重重叠叠的时空帷幕，我与年轻的外曾祖母携手，在同一个时间点上阻止了相隔一个世纪的两场世界危机。

随后，她轻轻地推了我一把。一股温暖的金色能量环抱着我，如同轻盈的茧，护送我穿过时空缝隙、维度界面，回到当下的世界。

10

我真的回来了吗？我经常会陷入沉思。这个版本的世界，总在不经意间让我感到陌生和困惑，仿佛永远有一块拼不上的拼图。

也许，有一小块的我已经永远留在了那个 3327 号房间里。就像某种跨维度的认知失调症，给我的生活加上了一层新的滤镜，既新鲜又充满怪异的故障毛刺。

比如，我和手机之间建立了一种新的关系。

就好像，它不再只是无限榨取注意力的恶魔，而是蜕变成一本充满意义的魔法书。每一次轻扫和点击都是一种仪式，召唤出一个由记忆、事实和想象组成的迷宫网络。它是神经炼金术试炼的熔炉，锻造新的连接，重新点燃沉睡的通路。它呼唤我们超越自怨自艾，拥抱共鸣，去连接我们周围充满智慧与灵性的多维世界。

我猜，有一些东西跟着我，走出了那座庄园。那些东西改变了历史，也改变了我。每当我感到困惑或挫败时，总会想起那把声音："因为你是未来，我的孩子。"于是，我便又会满血复活地去折腾，去抗争，去坚持我的电影梦想。

只不过，这次我想拍的，不再是吸人眼球的怪力乱神 TikTok，而是关于我的家庭、灵媒血脉、外祖母与外曾祖母，以及中国人如何通过讲述新的故事拯救全世界。

我猜，无论得到多少点击与赞赏，它都将是我最最成功的史诗级作品。

——原载《西部》2024 年第 1 期

人与人之间会建立一种怎样的友谊——假如不能生活在一起，假如协同工作既不同时也不同地，假如没有共同的上级下属，假如特长与性格各不相同，假如差异大到互相没有类似的身体构成……

科幻小说《李记者典少尉列传》所阐述的友谊，是三位平凡的 AI 训练师因些许小事相识相知直至互相依靠的深厚情谊。令人舍生忘死的不是史诗般的壮阔使命，而是虚拟空间中甚为珍视的真实，是在命运的随机裹挟下俱为沙粒者的相濡以沫。

李记者典少尉列传

杨贵福

李粲者，松原人也，弱冠起精习算术，随军二十余载任记者之职，过目不忘，算无遗策。以职为名，人称李记者。

刘典者，四平人也。自幼专攻驱使机器，规划调度如臂使指，毕其一生不率生人兵卒。尝万里奔袭，一骑当千，阵斩敌酋。或检视军阶，犹自少尉也。

我，官道岭村野匹夫，幸与二人为伍，亲见风姿煜然，故为之记。

Alpha[①]. 李记者

李记者说，人与人的相遇，就像空气中的两个粒子碰撞。能对上缘分的最

① 本文章节排序采用了希腊字母的标注方式，alpha、beta、gamma……跳过了 delta，直接进入 epsilon，并且以此作为结束。作者试图表明这并非作为事件发生的次序标号，因为任何事件或个体都不应以数字标号，而应有独特的名字。李记者是 α（alpha），是领队；典少尉是 β（beta），是骨干；人工智能则像 γ（gamma）射线一样强有力地穿透一切。最后，虚拟空间中连接你我的一切都由 ε（epsilon）这样无限接近 0 的细枝末节定义。

主要原因是随机的，所以才没有什么"努力成为好朋友"之类的事情。说这段话的时候，我们相识大约十年，他正在吃鹅肝喝红酒，我坐对面正在为难。

我说："咱们以后不吃鹅肝吧。"

他说："为什么，不够嫩？"

我说："因为太贵了，这样下去我有经济压力。"

他说："那就我请客呗。"

我说："这样就不是平等的朋友了，我也得请。"

他说："你想吃什么？"

我说："麻辣烫怎么样？"

他又咬了一口鹅肝，用餐布抹抹嘴，叠整齐放在桌上，站起身说："咱们走吧。"

这是 2013 年，他已经指挥百余人，都是精英，我一如既往地一文不名。

我们在 2003 年相识，相遇的起因是我和领导吵了一架，选择了离职。之前我工作的运维部有新规定，要求进出佩戴员工卡走门禁，如果报警要检查书包。这些后来都成为广为接受的常识，然而我当时难以接受，认为是一种羞辱。承蒙大佬救我，换岗到研发部长年外派，远离门禁。

换岗不换药，还是围绕着那些任务。运维岗的工作内容包括电力供应冗余足够、电压电流稳定、液氮无泄漏、管线无氧化、GPU 别过热、调度合理负荷饱满。研发岗的目标是调试训练人工智能体。运维和研发，都以配合现有人工智能副驾，即 AI Copilot 为主，根据它的决策精准实施。用 AI 运维旧 AI，用 AI 研发新 AI。

对原岗位的怨气，多半可能是因为运维工作毫无创意，而研发多少还能留下点个人的痕迹。确有创意，年中调入，没到年底大佬外派我去参加比赛。

我和李记者就是通过这场比赛相识的。比赛任务是竞逐本省最佳 AI 训练师。最佳才是胜利，我俩全失败了，我第二，他第三。颁奖之前大家候在台下等领导叫，我俩一左一右挨着坐。

他后来向典少尉介绍我时这样开头：那是第一次遇到老杨，这家伙太有个性了。别人都西装革履的，我往旁边一看，真是海选啊，怎么还有个清洁工。穿件破羽绒服，都擀毡了，还蹭着油，对吧？拿本《福尔摩斯探案集》，第四册？我说："什么书借我看看。"你说的啥？"不借"？

并不是"不借"，而是"不行，我还要看呢"。说这话的也不是我，而是李记者，他当时读的是《计算机程序的构造和解释》，紫巫师那版，后来知道是典少尉推荐的。其他细节是对的。他穿西装衬衫，来的时候私车全程暖风。我穿破羽绒服，徒步去的，回程李记者死活让我搭他的车，说是一定要显摆给我看没有 AI 副驾也可以马力强劲。

不借书以后我俩就上台了，一左一右，奖品是某款 GPU，具体型号已经忘了，总之很贵。领导希望我们配合这些昂贵的设备训练出更优秀的 AI。

他向典少尉讲这段故事的时候，把很久以后我俩阴险地怀疑第一名得位不正的对话插在这里，说就是在领奖台上聊的。说是声音还不小，足以让领导听到，领导为之侧目，第一名面有愧色云云，像真的一样。他的讲述总是充满了编造的细节，但是又都与真实的细节严丝合缝。如果我不够坚定，就会怀疑自己的记忆出了问题。

但是当你怀疑他又在胡诌的时候，可能发现听起来如此不真实的信息，却完全是真的，进而感慨他博闻强识，我自己浅薄无知。省赛之后是全国赛。为了备战全国赛，省里找专家为我们办短训班培训。专家之一是丹麦教授 Lars，他给我们补习零互信计算，李记者和他一见面就像老朋友重逢，交换久别之后各自的见闻。他说："你们丹麦，有个哲学家，名字我忘了，特别有名。"我心想，你就编吧，我刚给你科普完德国康德英国休谟，你就编丹麦，聊丹麦不是应该提安徒生吗？"哲学家？"Lars 使劲点头，"对啊对啊，叫什么来着？"我心想，你还真能配合，顺杆就爬。李记者说："叫……"这时，他发出了青蛙的叫声，"呱呱"。Lars 说："对对就是他。"也像青蛙一样叫了一遍。我的表情是你俩的表演有点夸张。Lars 说："真有这么个哲学家，非常著名。"他青蛙叫了一声，这就是名字。李记者说："名字是这个名字，但是中文我忘了。""丹麦，哲学家，名字像青蛙叫。"我问了 AI，他面无表情，丝毫没露出嘲笑，"克尔凯郭尔"。从此以后，我特别注意哲学家的国籍。

短训有几十人参加，我们前五名是种子选手，其余人员作为后备，在我们短路烧毁的时候递补，即使没机会递补也能学习进步。短训的时候每天午餐，除我和李记者，队员们聊的都是如何取悦 AI，如何令 AI 相信自己，相信自己的技艺，以及令 AI 相信自己真的相信 AI 决策的虔诚态度。不那么正式地交流包括 AI 的决策如何明显猪头，如何偷摸向上级汇报而绕过 AI 的通信链路。

我和李记者的交流经常围绕着如何炸毁食堂展开，AI 服务员来回传菜的时候它体表优雅的白色烤瓷漆下面那几颗 GPU 一直在隐隐颤抖吧。我们为方案加上各种约束条件，例如杀死所有 AI 服务员的，一个 AI 服务员也不能伤害的，切断静定梁破坏结构的，不允许使用有限元的，限制实施者撤离时间的，限制计算时间的，实时分析计算量要求不得超过若干毫瓦的。

聊着聊着，会被 Lars 叫停，说如果他不表达制止的态度，会被 AI 助理投诉的。更多的时候，我或者他的方案，自己讲得得意洋洋，会被对方发现存在太多原来没有预计到的变量，模型迅速由确定的数值计算蜕化为概率统计模型。一切都那么不确定，除了最终的结果，中间的路途千差万别。而我们所关注和享受的，恰恰是过程。

快速短训班以后，我们搭绿皮火车去首都比赛，见识全国各省的前五名。

在去首都的夜车上，我俩延续了炸食堂的对话风格。两人缩在车厢连接处，三面结满冰霜的铁墙。各自取暖，他抽烟，我捂着热咖啡。我们假想从新疆到东北的列车，持续近一个月的慢车。在成千上万次运输过程中，有一次装载了葡萄，到达的时候酒香四溢。这些酒中最精美的部分装了 500 瓶，享誉世界。后来人们又进行了成千上万次实验，想重复这一结果，无一成功。有太多的因素可能影响成品率，这些因素简直可以无穷无尽地列举下去——在哪个季节发车，路途上经过哪些气候变化，分别在哪个湿度、哪个温度、多少大气压停留了多少分多少秒；蒙古高原的沙子有多少粒掺杂进去，直径分别是多少毫米，贝加尔湖飘来的哪种裸子植物的花粉有多少颗；哪种木材做的车厢，这节货车的前后车厢分别是什么样的乘客，他们在第几天睡了多少分钟，并有多少微克的呼吸溶入酒液。

精确地复制了所有能想到的物理量，在这个几万几亿个维度的空间里完成拟合，我们是不是就能重现想要的结果？

李记者望着窗外无限远的黑色虚空，烟头隔好长一会儿模糊地闪一下，照亮我们年轻的脸。他所望向的可能是平原，也可能是山海之间。没有灯光，也没有星月，我们不知道车行何处，虽然整车人，包括睡梦中的所有人，都知道最终路途止于首都。

比赛乏善可陈，回程的路上我俩甚至连批判试题的兴致也无。

回程路上聊了些什么呢？聊比赛期间吃得也不好住得也不好。聊刚一报到就把我们的手机全收了上去，装进一个大编织袋。半夜的时候据说很多参赛队员的父母家人打电话来，见没人接就更着急，一遍遍再打来。看手机的人一夜没睡，聊起这个我们都很高兴。

也提到了比赛。是个模拟赛，战斗环境仿真小行星带。比赛要求是与 AI 协同，每个人操作在轨矿船绕出一条莫名其妙的轨迹。故事设定是在轨迹上有几个节点，要救助嗷嗷待哺的队友什么的，一些无关的煽情变量。以全队最先完成者时间为准，快者获胜。由于所环绕的小行星引力不足，所以行进时速度上限非常低，稍一超过就可能达到第二宇宙速度脱离母星。

李记者想到了高超妙计，但是被 AI 拒绝。他尝试获取更高授权，超驰操作，被 AI 以安全为由缚在座驾上，取消了控制权。AI 在和他的争斗中消耗了不少算力，算出的轨道不够优秀，中等偏下。

在 AI 的严密围堵中，李记者还是打开一个信道，私密告诉了我他的技术路线。在低重力情况下，起跳速度不能过快，否则会跳脱到宇宙空间。但是小行星母星有若干卫星，我用更快的速度起跳，在卫星上反弹，形成快速而尖锐的轨迹。为了能实施这个计划，我亲自前往后舱断掉了 AI 的电力供应，防止他出于保护而阻止我。我速度最快，但是因为没有 AI 协同，成绩无效。李记者建立私密信道，并没有扣分，官方解读是以赛队成绩为准，所以并不限制人类间的协作，只要你有能力。其余人等正常发挥，成绩不值一提。综上所述，我省成绩并不优异。

比赛铩羽而归，路上还聊了什么呢？李记者问了三次我的各种通信方式。第一次他喃喃重复了几遍。第二次他记在诺基亚手机里。第三次用笔写在了纸上，工整折叠放进了钱包。

黎明的时候，绿皮车到达长春。我们出了站台，晨雾弥漫，阳光昏黄，城市正在醒来。我们杀入这城市的人流中，一回头就不见了对方。好在接下来二十年有网络羁绊。

Beta. 典少尉

虽然在同一个星球同一个城市，但是我和李记者很少在物理世界中见面。或者说，和我们在虚拟世界中整天如影相随比较起来，物理世界中的交流低效且缓慢。我们总在午夜对话，数据报跨过大半个中国到达首都，进入对方的网域，再转回长春到达 20 千米以外的信宿。延时半秒左右。他常常发给我一个外包的小任务，三两天，至多一星期就可以完成。经由他的过滤，任务总是边界清晰，需求明确，甚至技术路线也已经贴心地给出了。我有时好奇地问，这点屁活，你稍微挤出点时间不就完成了吗，为什么找我。他说："只有共同做些事，我们才有理由长久地保持联系；你经常指导弥补我的技术漏洞，这可不是任谁都能做到的。"李记者这样形容我："像你这样优秀的 AI 训练师并不多，不要以为自己是平常的。"李记者本人也并不平常。我所熟悉的人类指挥官希望操控人类时如臂使指，为此不惜欺骗诱导，AI 训练师们也有样学样哄骗 AI。所以我感叹他这样清晰明了的指挥官千里挑一，特别是揭示任务的隐藏动机时不藏私。

人类不仅在隐藏意图，也经常隐藏资源。他们经常在下属陷入困境生死存亡的时候又挤出一些后备军，表达出"看吧，还是我拯救了你"的态度。李记者对掌握的资源也不藏私，这在人类中也不常见。李记者跟我推介过好几次典少尉，说他是世界上最好的狙击手，单兵无敌，断言我一定会欣赏他，非要介绍我俩认识。我懒于结交，总是觉得只有战斗才有友谊，而不是"我非常想和你交朋友"。大家没事都忙得要死，天天有活干，交什么朋友呢。就像在工作中，我不想隶属于任何团队，也不想与人匹配。当然也不想和 AI 配合，工作中训练 AI 是没办法的事，要借此糊口。除此以外，什么相向而行，多一步我都不想走。

世事难料，并非总能如人意。我不喜欢友谊，但是走出第一步的却是我。

因为上次的国赛，研发部大佬看中了我获取赛外资源的能力，又为我安排了更高段位的比赛，越来越难。所谓获取赛外资源，我想了半天，应该就是指交上了李记者这样了不起的朋友吧。明明是他先找我搭话的，人又可爱，我没有拒绝而已。这也能算是我的能力吗，吸引牛人来主动结交？

比赛越来越难，终于有一天超过了我的能力上限。又一次模拟赛，我想了半天感觉无解，毫不犹豫求助李记者。

因为比赛紧张，我在白天就尝试联系李记者。他工作时间手机都要上缴，我拨打了他的机要号码，座机电话。

响铃三声，对方摘机。

我急匆匆地问："是李记者吗？"

对方说："不是。"

我问："李记者在吗？"

答："不在。"

问："知道在哪儿吗？"

答："知道。"

问："在哪？"

答："在隔壁。"

我举着听筒，对面没了动静，估计在找。过了半天，我问："还没找来？"

对方非常诧异，说："你没让我去找粲哥啊。"

我猜到了，对方是典少尉，李记者提到过，跟他说话指令要简短，意义要明确。

我应该说："请你去找李记者，告诉他老杨在等他听电话。急。"

我们三人，聚齐的第一次会面并非在物理世界中，而是通过传统的电话线作为介质。虽然当时都在长春，同一个城市，相距不超过 10 千米。以后的近二十年间，我们的相聚千奇百怪。某次是在我家，典少尉相中了我新买的遥控汽车，回去立即照样买了一辆练习操控，三天后把手指磨出一个血泡。另一次是我出差到首都，那是典少尉那段时间的长驻地。我办完入住，马上在网络上呼喊典少尉，他说他正在马来西亚潜水。李记者响应，他在，距离我只有不足 500 米，退了房拖着行李就来了，甚是惊喜，一夜长谈。还有一次在典少尉在长春租住的地方，我看到他把客厅的墙当成书架摆了一溜儿的书。我翻看《DOOM 启世录》，他说："你是要找卡马克快速求平方根倒数那个八卦吧，里面有，书你拿走吧。"我的习惯是书与车概不借人，虽然并没有车。他说已经看完记住了，魔数是 0x5f3759df。还有我在芬兰，典少尉在埃及，李记者在丹麦，聊着聊着，听着彼此的呼吸声睡着了。

在虚拟的世界中相互守望很久以后，我们三个人才第一次在物理世界中聚齐，是在比赛现场。

按要求切断与互联网的连接。因为我们要假设自己在木星抵近指挥，使用了当时还没有听说的意识投放技术，和地球通信往返时延近 1 小时，并且开发这套系统时负载受限没有本地知识库可供检索。

我先发言，复述问题，给出我理解的重点——设计通信系统，木星同步卫星星载传感器侦测特定图像木卫二欧罗巴闪光后通知在木星潜航的我与 AI 助手，我们接到指令后克服湍流向指定地点发射礼花。

之后我们陷入繁琐的细节争论。

与太阳类似，木星主要由氢和氦构成。既然要求匿踪潜航，应该认为我在液氢平面以下。液氢导电，电磁波传播时衰减极快，所以需要周期性浮出液氢面和在轨卫星交换信息。根据香农采样定理，我们浮出的时间间隔需要小于闪光出现到礼花抵达之间时长的二分之一。比冲太高，没有符合要求的发动机；冲量超过 10g 太大，人类也就是我不能承受。

以上是我的看法，此题无解。

李记者说："有没有想过这是要干吗？"

典少尉说："哪个爸爸祝贺孩子生日？不然的话定时提前发射就可以了。但是即使过生日也是事先就知道的，除非是庆祝第零个生日。"

李记者说："明明是军事的课题，不明白老杨怎么会在平民的比赛里见到。这是当木卫二欧罗巴我基地受到袭击后，第一时间做出报复，攻击某国某矿加工厂。那不是礼花，是核导弹，密度和质量给的数据都偏低，需要修正。"

我说："这样要求就合理了，不过可行性……这么重要，可以提高成本。"

典少尉对我的方案大修大改。舰船始终潜行，不应露出液面。由浮标与在轨卫星通信，二者之间是光速。浮标向我发信号，不通过电磁波，而是振荡，通过液氢传递声音信号。他说："在地球上，只需要十余头蓝鲸合理分布，它们低频的悠长歌声就能建立起覆盖全部海洋的通信链路。"

我说："计算这段的时延，还需要液氢中的声速，没网怎么办？"

李记者说："我记得一点。液氢零下 255 摄氏度时，声速 1246 米每秒。"

我问："木星温度？"

李记者说："气态部分 145 度，更多细节还没有回忆到。"

典少尉说："深度 1000 米至 5000 米，舱壳在压强承受范围内，时延最多 4 秒多一点。"

我说："导弹从土星环深井出发至抵达，这部分不是通信系统，速度不受我们控制。"

从我接收到信号，至确认 AI 的发射指令，这部分时延也无法去除，受人类反应速度限制。

典少尉说："这个倒是容易，把信号直连发射装置，去除人工不就行了。"

李记者说："那么一旦出现问题，谁来负责呢，AI 助理吗？"

我问："反应时间有数据吗？"

李记者说："记得正常人类一般 300 毫秒左右，严格训练可以达到 100 毫秒。所以百米起跑中，选手在发令枪响后 100 毫秒内启动算抢跑。"

典少尉说："系统是给老杨用的，需要实测。"

李记者说："直尺反应速度测量法。"

李记者抓住尺子的正上方，我按要求食指和拇指张开一道缝，卡在尺子底端的两侧。我看李记者手一张开就抓住了尺子底端。李记者"嗯"了一声，说再测一次，之后又测了一次。三次之后，我已经想清楚了原理，加速度恒定情况下位移和时间的方程——加速度即重力加速度，是确定值，作为常数。根据位移能求出时间，几厘米范围内，误差不大。

李记者说："典典你来。"典少尉跟我一样手张开在尺子底端等待着，李记者撒手，典少尉犹豫一下抓住尺子。这样测了三次，每次典少尉都犹豫一下，尺子下落 20 厘米左右。

李记者看我。我看典少尉，问："你为什么要犹豫一下？"

典少尉说："什么犹豫，我没有啊。"

李记者拿起一元硬币，抓住顶端，示意我。我把手指在硬币底端两侧虚捏，李记者一动，钱到了我的手里。

我问："用硬币和直尺有什么区别，重力速度与质量无关。"

李记者说："老杨，没有人类能抓住硬币。"

我说："这有什么，我就能啊，咱俩第一次见面，在讨论炸食堂的时候你就让我玩过。你不记得了？"

典少尉说："正常人类的反应速度是 300 毫秒，物体会下落 44 厘米。100 毫秒作为上限，4.9 厘米。"

李记者问了个答案显然——就是高等数学老师常说的那个"显然"——的问题："硬币直径多大？"他看了看我手里的硬币，自问自答："2.5 厘米。"

我哈哈大笑，说："其实我作弊了。我观察的不是硬币底端，最初的下落速度太慢，难以觉察，所以我选择的触发条件是李记者的手指张开。"

典少尉说："区别不在这里，我看的也是手指。"

李记者说："每个人看的都是手指。"

所以这场比赛就是为我设计的吗，我是天选的必胜选手。所依靠的并不是高超设计和驯服 AI 的耐心，而是"工夫在诗外"，由反应速度决定成绩？

典少尉说，粲哥你是不是早就知道有这种比赛，才特别看重老杨，还向我推介？

李记者说，我见过更神的。一整个下午，超远距精准快射，从靶盘显露到命中，几毫秒。

典少尉说，你说的不就是我吗，一下午骗了你两箱啤酒。我不是看靶盘出现才击发的，那个飞盘发射器是个伪随机系统，用算法实现的。我看了一会儿把分布规律找出来了，所以，我每次都是卡着节奏提前击发的。人类听辨节奏和预估事件的时间分辨率可比即时反应要高多了。

李记者拍了拍我的大腿。我说："对啊，这也是个伪随机系统，通信系统这样就行了，实测部分我们可以卡节奏，甚至可以更好。"

玩《节奏大师》一类的游戏，难道是听到乐音才击鼓点吗？

这以后，我们经常合作，屡屡取胜。就像远古的猎人，看到有趣的新鲜的猎物，就呼朋引伴，叫来三人中的另外两个，把猎物大卸八块，穷尽品味，变换着法子射杀。与你旗鼓相当而又充满差异的猎手，是最好的玩伴。AI 副驾？我好几次忘了这事，他除了碍手碍脚、替我担无所谓的心，根本没有什么用处。

如果可能，我倒是希望李记者和典少尉做我的副驾，或者反过来，我做他们的副驾也可以，一定无往而不胜，而且充满乐趣。

Gamma. AI

少年时读李白，"桃花潭水深千尺，不及汪伦送我情"，觉得特别奇怪。既然感情这么好，为什么不干脆大家生活在一起呢？长大以后才知道，人生艰难，求生不易，即使不得不把触手伸向太阳系内各个角落也仍然不一定足够谋生求活。

好在还有网络。我们分布在世界各地，像尘埃一样波动，但是总可以通过网络连接在一起。建了个聊天群，只有我们三个人，凡事都在这里讨论，几乎不私聊。群的名字是"进步青年叫"，最后一个字据说是为了规避宗教信仰倾向。也一起打游戏，比如没什么情节的那种，就是在荒漠上行走，偶尔有风掠过。2019年夏，他俩正打一个扮演快递小哥的游戏，又是一起造载具，又是交换地图。为了表示喜爱，我们把在群里的昵称改了，典少尉叫典·link.刘，李记者叫粲·塞尔达讷亚·李，我叫茂·杨贵福·宫本。

我以为岁月静好以后，我们会在下一个钟爱的项目里换新名字，然而这些昵称就定格在2022年秋。

与李记者和典少尉相识近20年后，他们从打模拟比赛的菜鸟成长为各自领域的精英。近20年的磨炼，我也从动辄拔掉AI电源的毛头小子，转变为能够把AI副驾作为称手工具的顶尖"驯兽师"。我们花了20年时间把AI辅助刻进了自己的骨子里，成为本能反应。

2019年冬，山雨欲来。先是谣传，小道消息在地下网络中满天飞，接下来是官方辟谣。说是有颗小行星即将在几年以后撞击地球，简而言之，世界末日要来了。

典少尉说："我算了下，谣言的数据看起很合理啊。直径 8 千米，撞击以后产生的尘埃阻碍呼吸，也遮挡阳光，影响植被。四分之三物种会灭绝。"

李记者说："你算得一点不错，这事儿发生过。6500 万年前，一颗小行星撞击墨西哥尤卡坦半岛——就是《帝国时代》里那个——造成了恐龙灭绝。"

我说剧本看着这么熟悉呢。

典少尉说："又来一颗新的，直径相似，概率有多大？"

我和李记者都沉默，即使概率再小，一旦摊到了自己的头上，还是 100% 灭亡。如果被小行星刚好迎头砸中，连痛苦都不会有。

我说："死亡不可怕，对死亡的恐惧才是可怕的。"

典少尉说："恐惧，不就是可怕吗？"

典少尉对真理的追求和对情感的漠视让李记者爽朗的笑声持续不停，直到后来咳嗽，咳嗽又被吸烟声掩盖下去。

互联网上能抓到的信息越来越少，缺乏素材，我只好就手头的一点点资料推演，疑问也越来越多。想来他俩应该有更广阔的信息来源吧。

这么大的一颗小行星，那么多年的天文观测都干什么了呢，哈勃和韦布为什么没有起作用？

典同学说："这俩望远镜不是干这个的，它们瞄准的是深空，看的是星云大海，眼睛聚焦的是宇宙起源的地方。"

马斯克不是把汽车都运上了地球轨道，没送上去个传感器？

李记者说："能见百步之外而不能自见其睫。在别的方面做了不少贡献吧，典典把名牌送上火星了，也有价值。"

你们不是还参与了国际近地小行星防御系统吗，这时候不开炮？

他俩好像对视了一眼，一起说："到时候请你来看。"

当小行星距离地球还远，陆基导弹发射到拦截的路程上所需花费的燃料较多。并且，后续的变数也多，越接近计算结果才越准确。万一竟然从地球旁边擦身掠过呢，那样还创造了许多科学观察的机会，如果成分稀有，值得固定在地球轨道上，也许还有采矿权的纷争吧。

三年就这样过去了。我成天担惊受怕。典少尉说："交通事故也死人，比例还不低，也没见你怕什么。"李记者说："等危机过去了，他就要远赴京沪，有大项目要做。"

这一天终于到来，小行星进入地球轨道范围，可能受到威胁的国家全都准军事管制，预期弹着点的另一面的国家载歌载舞，认为自己是天选之民。

受李记者的特别邀请，我得以参观近地小行星防御系统指挥所，列席讨论在轨巨炮向深空喷射。

第一次看到幽暗的星空中赤裸的太阳。李记者说，赶紧降下头盔面窗组件，你俩这是想瞎啊。这可不是仿真场景，是真实物理世界。

典少尉说："失重的感觉跟潜水训练的感觉还是不太一样。潜水的时候腿太长上身轻，得在脑袋后面压不少铅配备才能不翻转。"

我问："你没来过？"

典少尉说："我一直只管远程操作。"

一路上每个持枪哨兵、每个迎面路过的战士都向李记者敬礼，也像朝我敬礼一样。我感觉从来没见过这么隆重的待遇，问："你这么大官儿啊？"又一个敬礼来了，李记者懒洋洋地抬抬手到脸旁边，头也没转，说："飞行员最低也是中尉，职级取决于你操控设备的价值，不取决于管控多少人。"

任务跟历次 AI 协同训练差别不大，制订方案，设定参数，取得权限，诸如此类。移动原来储备在同步轨道库里的导弹，把足够当量转运到迎击面。近炸引信在来袭小行星侧向触发爆破，把目标推离地球轨道。

方案不停修改，屡次被上级否决，原因多种多样，归根结底是大家存在利益分歧。百十来人围在一屋子里开会讨论，李记者把方案被否决的原因挨个介绍一遍。

上级转来的意见，有的认为爆破后的辐射可能覆盖某国卫星或太空城；有的认为某国月球基地在碎片抛射的路径上，可能受到轰击；有的认为应该更近些再实施方案，可以取得更佳观测结果，不仅是自然科学上的，而且能采集到近地轨道攻击的一些技术数据；有的认为应该缓慢推离，花费一些代价物有所值。

还有离谱到拿出三年前的需求，认为应该像打太极那样把小行星控制住，采矿，或者开发为旅游区。至于撞地球的危险，让它滴溜溜转起来就能消耗动能，李记者说："提案这位声称他看到过书里这样写着。"

典少尉说："书里，《倚天屠龙记》？怎么不打回去重学高中物理冲量定理呢，算算在这么短的缓冲行程停下来需要多大的力、多短的时间，会不会把小行星击碎。"

李记者把所有方案和方案的否定意见推到一边，有些从桌子上缓慢落向地板。

他说："这些都没用了，在轨指挥所的 AI 副驾锁死了近地小行星防御系统，他认为整个任务都是个阴谋，人类针对 AI 的阴谋，导弹群在发射后坐标可能会修改为攻击分布各地的 AI 计算集群。"

有资格参与讨论的百十来人群情激愤。有的认为怎么能够攻击 AI 副驾这样的父母一样亲切的好伙伴，有的认为这是无稽之谈，天下苦 AI 久矣。

典少尉说："发射后确实有短暂的时间段可能脱离 AI 掌握。这个漏洞以前没有想到，巧妙。"

我说："AI 能锁，咱们就能切断。找到关键代码，超驰运行就能解决问题。关键处在哪里？"

李记者指着地图，说："这样钻再这样走，最后穿过那片开阔地，200 米左右，尽头那个半人高的手柄，一扳到底。"

李记者话音未落，会议大厅的顶灯全灭，不受 AI 控制的应急灯次第亮起。警报轰鸣，紧急情况，氧气供应剩余 30 分钟。

典少尉说："那是手动刀闸。手柄用于强制切断 AI 供电，是古老设施的一部分，新的架构已经没有这种保险了。"

四面人声嘟囔说："所以 AI 先下手为强。只是它能采取的措施有限，不能一下把咱们团灭了，毕竟最初的设计目标不是机器崛起。"

李记者说："A 计划，开始行动吧。"

有人点头出去，走廊传来远处强行突破装备柜的声音，不到十分钟，太空行走需要的全副行头就绪。锁气室开关，人工、机械、电气的声音让人感觉可靠稳妥。

像热刀切入黄油，尖兵从防御系统内部直刺目标，迅捷而隐蔽，穿防火通道，爆破墙壁，低重力速降，依托管道内壁滑行。没有 AI，我们跟着排头兵迅速突进到最终开阔地旁的临时掩蔽所。

三两具动力装甲向后喷射尾焰，无重力束缚，在铁黑的表面滑行而过，看起来像是大鱼在穿越透明的海水。

一道阴影划过视野，还没等看清楚，就钻透宇航服和人体。无声无息地，灰色的宇航员飘浮起来，四肢伸展，牵引着弯曲的脐带在半空中慢慢抖动。

典少尉已经接过别人递来的狙击步枪，从 10 倍瞄准镜看出去。他的声音一如既往地冷静："微陨石。"

李记者说："时间迫近，按流水作业。每 10 人一个作业梯队，每 3 分钟释放一组。"

他的指令简短明确，我立即复核检验。3 分钟，几乎达到掩蔽所锁气开关的速度上限。派出 10 组，需持续 30 分钟，共计 100 人，考虑到锁气室开关耗散的氧气和当前总的战斗员数量，这是极限投入，最差情况是战斗至最后一人，用完最后一升氧气。

第一组阵亡，陨石凭空出现，颗粒不大，速度奇快。突击人员视野受限，加上身着沉重的宇航服和维生系统，没有机会躲避。

李记者面色沉重，但是决心完全没有受到战损的影响。大家协作穿戴装备，机器一样准确，井然有序。第二组进入锁气室，他们毫不犹豫。令出如山，不知道李记者平时是怎样练兵的。

开阔地上飘浮着十一具尸体，但是陨石撞击的痕迹在地面上刻画出百余道瘢痕了。我说，不是精准射击，在没有人的地方也有流星落点。

典少尉说："AI能够调度和利用的资源受限，很多装置需要人工授权才能操作。AI正靠密集轰击达到精准射击的效果。"

李记者说："AI还能够调集安防机器人和炮火，所遇到的障碍不是可行性，而是时间。"他下令，继续。

锁气室排气声音的背景里，又有十名战士沉重的脚步声沿地板隆隆传来。我听到了自己心跳的声音，节奏越来越快。如果我们的速度能够比AI发射陨石更快，就有活着跑过开阔地的机会。只要有一人抵达终点，就可以切断AI的电源。李记者就是这样计划的吧，用人命换机会。

又十名战士失控飘浮起来，如同游进大海，有的绳索彼此牵绊，有的轻轻地搭手相撞然后又分开。陨石的密度没有给我们一丝机会，也许我们用更多的人命能博得一点胜率？足够长的时间，足够多的样品，即使是小概率事件也可能发生。如果有无穷多人无穷时间，我们总会有一个抵达刀闸。可是无论时间还是样品，我们都没有。

李记者大喊："注意防护！"

我阻拦他，防护是没有用的。陨石贯穿，即使有军用轻装甲也不一定能拦截，更不用说这些民用装置，它们只是为了日常维修的防护。

李记者没有停下，喊："第三组预备。"

我说："还有个机会。"

李记者停下来看我。

我说："陨石即使初速度高，从发射到抵达也需要时间。只要有后方瞭望，战士就可能有足够时间改变位置活下来，继续前进。陨石不能制导转向，为了防止战士突然转向，所以AI才采用随机落点。后方指挥战士不要冲向落点。"

典少尉说："我可以用狙击速射，指示陨石的下一个落点。"

我说:"典典可以判断伪随机事件的规律,能够提前预警,这样为战士预留的时间刚刚够。"

典少尉放低枪口,也垂下头。他说:"是真随机事件,完全没有规律,没办法提前预警。"

如果不能提前,就只能根据实时观测。响应时间包括,从典少尉发现陨石估算落点,到狙击枪击发,子弹射中落点,还有战士转向的时间。

我想象实施的情景。身后射来密集的子弹在身前的黑铁上溅射出火星,每个闪烁的位置流星都将在下一瞬间带来死神。紧急规避,急停,股四头肌绷紧,变向,跟腱绷紧,脚掌和地面摩擦发出尖叫。陨石从肩膀侧面风驰电掣而过,正砸在刚刚狙击的弹着点上。

不能停留,持续突进。

典少尉说:"负荷百千克紧急转向,正常人的反应时间几乎不可能避开陨石。"

汗水顺着脖颈流下来。我突然想起,看到我运动流汗时李记者曾经说过,你这不是虚弱,是超强应激。我们最喜欢你这种战士了,紧急的时候肾上腺素飙升,速度超人,没有恐惧。

我说:"我能。没必要防护,只要穿着最基础的隔离服就够了。甚至氧气都不必携带,这么短的距离,没必要呼吸,无氧运动足够。200 米,20 秒。"

李记者说:"是的,老杨能。低重力,低质量,动力装甲。"

典少尉说:"这是 B 计划?"

我问李记者:"你是不是早就料到了有这么一天,从咱们相识的那天开始?"

李记者说:"我们全都是千万计划中的原子。"

典少尉说:"这是概率论经典的题目,三颗种子能提高出芽率多少。"

李记者叹气,说:"只是我们谁也不能事先知道哪颗种子才是活下来的那个。真随机事件,命运充满意外。"

意外就在这一瞬间发生了。后方消息传来,AI 已经操控保安机器人转为攻击模式，已经突破临时掩蔽所外层门禁，即将从内线攻到。第一个攻入的家伙银光一闪就钉住了。它被室内磁吸鞋固定住不倒伏，像急流中的水草颤抖着。

李记者说："后备队举盾。"

我意识到他早已成长为指挥千军的领袖，在如此紧急的情况下居然还留有后备队。

敌人在枪声里不断翻倒，但是仍有漏网之鱼进入掩蔽所找到掩体，步步进逼。

十面铁盾排成楔形指向敌群，李记者在最尖端扛鼎冲击。敌方枪弹轰然作响，从铁盾直传到李记者的后背，我看到那里像波纹一样震颤。

李记者喊了一声什么，我已经听不清楚。在锁气室里，隔着简易隔离服，我只能听到模糊的鼓声，那是敌人的枪弹重击李记者的铁盾。

在我的急促呼吸和心跳声里，这铁鼓格外清晰，如同夏日暴雨里的惊雷一样。我细心数着，七十六，七十七，根据概率和铁盾规格，计算着李记者护盾破裂的时刻。

我已卸掉所有护甲，赤裸的大腿紧紧卡住动力装置，引擎的巨响沿着骨骼上传，在我大脑里轰鸣。典少尉架起长狙指向锁气室外。

锁气室打开，飓风与我一同倾泻而出。宇宙向我敞开怀抱。无数没有尾迹的流星划过，我就是暗夜里的精灵。我在夜空里低下头，去除所有防卫和担心，我的身后有典少尉为我指点路径。

狙击枪弹穿透锁气室无声袭来，落点像涟漪一样在我的身前盛开。我感觉不到基地里的空气喷涌而出，我飞得比飓风更快。我们赌在氧气耗尽前我能终结 AI 的性命。

我踏在枪弹落点的涟漪间，突进。

我屏住呼吸，放弃对自己的操控权，按典少尉的规划突进。我相信他能看到我无暇顾及的视野，我把后背把整个生命托付在他的指向上。

隔着真空，我听不到铁盾抗击 AI 枪弹的声音，只在落脚时能感觉到大地传来的些微震动。铁盾所维系的，是李记者和典少尉，是几十位守在铁盾之后的战士的生命，是为地球扭转 AI 和小行星危机的机会。

我不必知道距离目标有多远，不必关心下一个急转的时机。我是机器，在典少尉的操控下释放出超越人类的速度。后来人们回忆说，他们听到十几声枪响同时发出，我幻化成几十个影子于暗夜之中在钢舰的甲板上同时存在。

我不必知道我关掉闸刀以后，将启动的是保卫整个人类的防御系统，还是投射出了毁灭世界的死神烈火。我是机器，是李记者的手，是他的意志的延伸。

我的脚再次触地的时候，除了扭曲的疼痛，还有异样的声波传来。我知道，那是李记者铁盾碎裂的声音。下一刻，AI 的意志就将深入基地的每一寸，他的手会切断李记者的脖子，扭弯典少尉的长枪。

典少尉还有机会放弃我，转身投入攻击。他是李记者最后的后备军，有了他的加入，也许就能战胜 AI 的军械，也许人类就有存活的希望。然而只要我还没有成功，或者没有死，他就不会停止对我的支援，因此也就不会舍我而去救身边的战友。说服他转身加入李记者的战斗，对典少尉我需要指令简短、意义明确。

手柄就在触手可及之处，我已经看清握把上的花纹。此刻它沉重的青灰色像闪着神圣的光芒。

我看到了典少尉新的落点指示，但是我没有急停转向。我能听到典少尉心跳的声音，听到因为保持平稳射击他不能喊出的声音。我能看到李记者坚实的后背不动如山。

勇猛精进。边缘视野感受到了上方急速袭来的陨石，指向典少尉枪弹的落点，指向我要扑向的地方。如果我稍微慢一些，如果我能急停转向，它就会和我擦肩而过。但是与此同时，李记者和典少尉就可能被击毙。我纵身一跃，抓握住手柄。陨石从天而降，把我的鲜血刻蚀进钢铁甲板之中。如同我预计的，陨石之力也帮助我拉动千钧。全舰断电，整个世界为之一暗，大地沉寂，所有机械瞬间沉默。银河里的点点星光寂静无声。

Epsilon. 无间

我问："我们拯救了世界吗，小行星是不是没撞到地球？"

李记者对典少尉笑，他还关心这个呐。

典少尉说："如果世界毁灭了，我们怎么可能在这里聊天。"

李记者说："我思故我在。"

李记者在舞台上朗诵台词，抑扬顿挫。背景像宇宙深空一样沉黑，只有他在光明之中。他哑声说："雨果说，世界上最大的是海洋，比海洋更大的是天空，比天空更大的是人的心灵。"

我问典少尉："那么世界上最小的是什么？"

典少尉说："是计算机的指令周期，在这之下，没有计算，也没有意识存在。"

我问："比指令周期更小的呢？"

典少尉说："是机器周期，每个指令周期由若干机器周期组成。"

我问："比机器周期更小的呢？"

典少尉说："是时钟周期，是计算机中最基本的、最小的时间单位，是外接晶振的倒数。"

我问："更小的呢？"

典少尉说："我曾经问过脑神经科的医师，如果我的意志特别坚强，是不是能在手术刀切开大脑的时候仍然思考。"

李记者说："庄子说，彼节者有间，而刀刃者无厚；以无厚入有间，恢恢乎其于游刃必有余地矣，是以十九年而刀刃若新发于硎。"

周围的世界呢？我看不到，并非黑暗，而是没有颜色；我听不到，并非安静，而是没有声音；我触摸不到，并非空虚，而是没有感知。

但是我知道你们两个的存在。

典少尉说："还记得缸中之脑吗？"

李记者说："把大脑放在营养池中，接上各种电极，替代你观看，替代你倾听，替代你感受。你无从知道，凡所有相，皆是虚妄。"

我是……被陨石砸中，你们救了我，但是只有大脑？

李记者说："一切有为法，如梦幻泡影，如露亦如电，应作如是观。"

我们还经常一起打游戏，一如既往地通过网络联系在一起。AI副驾独自作战，打得热火朝天，积分不断上涨，我们袖手旁观。

我说："这AI副驾不听话啊，我想往东他偏往西。怎么才能禁掉呢？"

典少尉说："阿拉斯加雪橇犬为什么不听人类指挥？"

李记者说："因为他认为自己比人类更专业，更聪明，听你话的时候，是你的指令与他的意愿刚好一致，表面服从不过虚与委蛇，让你心情愉快。"

我说："咱们游戏的目的是什么，打赢得分吗？"

典少尉说："我观察过城市里的流浪猫，他们经常定期聚在小区里开会，什么也不做，什么也不讨论，静悄悄的，只是坐在附近，像是彼此毫无关系。猫们为什么会经常聚在一起，他们定期开会的意义是什么？"

我说："李记者，我需要你帮忙，于某时去某处救助某人。"

李记者说："我不在那里。"

指令简短，意义明确。不要心存无望的期待。

我说："典少尉，我需要你帮忙，于某时去某处救助某人。"

典少尉说："好，请发来更详细的指令。"

我说："是安慰一位小朋友，他失恋了。"

典少尉说："好，我请他喝酒，喝迷糊以后就不会心存无望的期待。"

典少尉说，他的腿不听指挥了，可能神经传导受阻。戴了夹具，从局部看像个风暴战士。

我说："等我好了就亲身去嘲笑你。"

半年后，典少尉说："腿好了，医生说本来也没必要固定，白遭罪了。正跟李记者喝酒。"

李记者说："其实典典一直就在你附近，相距不过三千米。"

我说："你怎么不秀文学修养了？世界上最远的距离什么的。"

李记者说："老杨，典典离开这个世界了。"

我说："你发什么疯，知道现在几点吗？知道只有大脑的人也要睡觉吗？"

李记者哭了。

我的汗毛从后背直竖到脖子，愤怒和无助同时迸发。

李记者说："就是一瞬间，应该没有痛苦。存在肉体和物质的世界，是这样的。"

几乎每夜李记者都会痛哭。有时在三个人的群里，我俩一起大骂典少尉，希望他能突然跳出来回嘴。有时李记者念叨些莫名的警句，人无往不在枷锁之中，我的人民为什么要忍受苦难。有时李记者提到，有人提到典少尉嗜酒少锻炼，是不是悲剧的原因。我说："滚。"

有时我问："眼前的一切，也在你算无遗策的计算里吗？"

李记者说："典典就像我的孩子，你就像我的伴侣。"

又三个月，整整一个秋季的时间。我问李记者："是不是树叶不绿了，树叶黄了吧，又红了吗？落叶满地，枝头秃了？"

李记者说："何草不黄？"

我说："我梦到典少尉了。我冲动地跑过去拥抱他，戳他的肚子，他的肚子非常软。他笑呵呵地说，我这不挺好的吗。你天天来，我天天在这里。"

李记者的 AI 副驾回答我，说："李记者不能回答，他正在截肢。"

我说："李记者我梦到你了，我握住你的手臂，和典少尉的肚子一样软乎乎的。不知道你切掉的是手指脚趾还是胳膊腿。是不是像我只剩了大好头颅？"

李记者的 AI 副驾说："李记者进 ICU 了。"

我说："李记者我梦到你俩了，你俩竟然骗我，说老杨我是 AI 副驾，你俩是我的 AI 训练师。我们相识二十年，在 CPU 的节拍里，不过一瞬。因为我并不是人类，有 CPU 和 GPU 的地方就有我的意识。只需要提高主频，我们就能思接千载，决战八荒，像积分一样积累经验。是个聪明的问题。

"真是难以证伪呢，我还没有想到怎样反驳。李记者，你什么时候能痊愈，我们喝酒痛骂典少尉吧。"

李记者的 AI 副驾说："李记者离开这个世界了。"

我说："李记者我又梦到你了，你告诉我说，你根本没死，是去执行保密任务了。想想真是可能。我在梦里又哭又笑地说，李记者你这太过分了啊，这事典少尉知道吗？"

我常常梦到你俩，我一个人梦到你们两个人。

看到什么好玩的，我想到你俩也会喜欢，还是会找你俩献宝。或者在只有三个人的群里，或者在梦里。

有一次，我在梦里告诉你们，现在我有机会再次申请物理实体。大佬亲自说，我是至今为止训练最成功的 AI，富有团队精神，勇于献身，愿意为队友舍弃生命。公司在对我的培养中投入了巨大的成本，我应该知心存感恩。

你俩说："真好啊，你又可以回到真实的世界了。"

我说："只是这个真实的世界里，我愿意为之舍弃生命的两位队友已经不在了。"

——原载《科幻世界》2024 年第 3 期

假如，全球变暖，海平面上升，人类失去部分或全部陆地，不得不在水中求生——对此场景，科幻短篇《鲨舟》描述过，科幻长篇《沉没的世界》描述过，科幻电影《未来水世界》也描述过……现在，科幻小说《大水咆哮》则用另一种方式描述了它。

假如……

大水咆哮

潘海天

1

很多年以后，老张依然能够清晰地回忆起，那一天雨水叮叮咚咚地砸在他撑着的伞上，如同在敲一面破鼓。

老张不是一个人，他在陪孙女踢足球。

说是陪，其实也只有孙女在踢。

大地像吸饱了水的海绵，一踩一个水坑，足球滑溜溜的，球门是两块砖垒起来的，被密密麻麻的雨线遮蔽着，又小又遥远，但五岁的孙女早已习惯，她踩着水花飞奔，如同一条人鱼，在水洼间腾转翻翔。

时近正午，天空中的云影似乎透亮了一些，老张眨了眨眼，抖去睫毛上的水珠，看到邻居的身影走过，急忙喊道："老常，老常。"

老常站住脚。他是一个脸色苍白、胡子拉碴的老头。

老张用下巴指指老常手里的收音机："天气预报怎么说？"

"还能怎样。"老常慢悠悠地转身，"雨。"

老常戴着大斗笠，穿着橡胶雨衣，蹬着一双长筒雨靴，小心翼翼地踩着地上铺着的大砖头往回走。相较之下，老张的武装就只有一只破伞而已。

撑伞也只是个习惯，他和孙女早就全身湿透，而他连裤腿都懒得卷。

他的家在水下。

老张所住的楼房地势太低，一到下雨天，四面八方的水就涌入这里，将居民楼泡在水中。老张住在底层。

最早开始搬家的是蚂蚁和鼩鼱。蚂蚁奋力高举着白晶晶的蛋，顺着灶台爬上窗户，如同在墙上画出一条细密的珍珠项链；鼩鼱则拖家带口，一只咬住一只的尾巴，组成一列毛茸茸的火车。它们走得匆匆忙忙，而新住客已经不请自来：癞蛤蟆在灶台间聒噪，在床笫间求偶；雄龙虱如同黑色的子弹嗖嗖地追赶着雌虫；仰泳蝽则如西湖上穿梭的游艇，不紧不慢地伸出两条长腿划水；水龟成群聚集在水面，将成片的卵产在浮于水面的一麻袋一麻袋可乐瓶子下。

老张的生活空间被压缩在床板高度和天花板之间，做什么事都矮了一截。因为害怕漏电，家里所有的电器都拔掉了，只从天花板上拉下一根插座。虽然做足了接地措施，但每次拔电饭煲插头时，都能看见蓝汪汪的电流切开水面穿行。

他蹲在五斗柜的顶上煮饭，佝偻着身子，还要向左偏着头。生活还是宽宏的，如果水面更高一点，再灵活的颈椎也用不上了。

说起来，人类之所以能战胜其他物种，成为地球的主宰，并非拥有最快的速度或最强的肌肉，而是最能适应环境。袋狼、剑齿虎和柯达公司因为没有适应性而灭绝，但老张是个一路走过来的老式中国人，适应性非比寻常。

在等待中，老张的皮肤起了褶皱，头发变成了暗绿色，小腿上长满青苔，一呼气就带出海藻和鱼鳞的气味。老张做饭时，就让孙女自己在床沿上玩，她在床头板和沙发靠背上像走平衡木那样走着，好处是摔下去也不会受伤。她还可以借助一块泡沫板在水面上漂流。她没有学会走路，就先学会了游泳。只有在拔电饭煲插头时，老张会喊一声，让孙女从水中起来，站到床板上等着电流过去。

老张坚持了下去，最终熬到了一条好消息。

街道办告诉他们，出现积水问题的不仅仅是他们小区，很多地方都出现了。政府开始修建一条超级堤坝，叫钱王坝，意图以一千多年前那个怒射海潮的国君精神为号召，阻挡太平洋的进攻，内涝问题也会得到解决。

老张没怎么学会看网上的新闻，不过他知道还有很多人在努力，而且通过奇妙的历史，连接到了一起，这给了他信心。

后来几个月里，积水确实下去了一些，最深处只没到大腿根。老张的心里又激起了一些朦胧的期望。

以他的人生经验，只要耐心等待，问题就会解决。

没有什么熬得过时间。

上头的人会把一切都计划好的，只有庞大的集团才有资源从大方面把方方面面计划好，如此老张自己的小小计划才能得以施行。

老张的计划是以养老金和助学贷款，加上四十万个空瓶子，抚养孙女到上大学，然后卖掉房子交学费，这样他的任务就完成了。那时候，他就搬去乡下，不不，他要搬去沙漠，一个完全没有水，或者西部那些极度缺水的地方，一年可能就掉几滴雨，养养山羊，晒晒太阳，度过余生。

他估计不会余很长。

但今年以来，老天爷不作美，入春之后，进入了漫长的雨季，其后杭州地区又受低涡切变影响出现极端强降水天气。雨水连绵不绝。墙壁上出现了裂缝，水从缝里灌入，顺着墙壁流淌，如同纵横的河流。

积水一点点吞噬家具的腿，如同猪肉价格不断上涨。

那天晚上正值天文大潮，老张躺在冰冷且湿漉漉的竹席上，翻来覆去地睡不着。他想起那个躲藏在金山寺的和尚。法海还有法宝袈裟，而他什么也没有。

正烦躁间，突然听到楼上传来咚咚的跑步声。

"快走！"老常在门外喊，"钱王坝决口了！"

楼梯上有疯狂的奔驰声。有人哀嚎，有人哭叫。压过了雷声。

老天另有计划。

老张一把抱起床上的孙女，也跟着往门外跑，

一条乌塘鳢撞了一下他的腿，闪电一样，折着水花跑走了。

老张抱着孙女，犹豫了一下，出门后，他还能走去哪里呢？他关于未来的卑微计划是黏附在政府的大计划上的，现在已经彻底崩塌了。

如果房屋没了，他连一个可供栖身的螃蟹壳都找不到。

孙女在睡梦中踢了下腿。

所有的家当都在这里了。他的五斗柜，他的电饭煲，他老伴的照片，他捡到的所有瓶子。他能扔得下这些东西吗？

大水无声。

老张抱着孙女退了回去。

那天晚上，电闪雷鸣，暴雨如同天河决口一样往下落着。

老张抽着烟，听着外面如犀牛般吼叫的水声。

2

窗帘自动拉开了，阳光洒下来，白晃晃的一条，闹钟正好也响了，一个日式卡通女孩，带着两只猫耳从闹钟里探出头来，用娇媚的女声喊道："起床啦！"

一只瓶子飞过来将闹钟砸倒。

猫耳女孩坚持叫着："要过元气满满的一天哦！"

周覆闭着眼睛到床下继续摸索酒瓶，他找到一只，但这次没有命中，酒瓶飞到了阳台外。

虽然高居六楼，却不会有玻璃瓶破碎的声音。

窗外水波浩瀚。

屋外早早起床巡逻的大妈，敏锐地察觉到这边的响动，喇叭声飘了过来：注意保持环境卫生，请勿高空抛物！

周覆气哼哼地打了个滚，慢悠悠地爬了起来，他套上T恤，抠去眼角的眼屎，一边把自动牙刷往嘴里塞，一边把大灰的充电插头拔了。

他走到了阳台上，往下看去，水是墨绿色的，仿佛一大锅浓汤，水面上漂浮着一大层生活垃圾，高度大概在五楼窗台下的位置。

就在他凝视水面的时候，突然水底有个硕大的阴影漂过，似乎有根长长的触手突兀地冒出水面，从漂浮的一堆垃圾中划过，抓住了一个空崂山可乐的瓶子，拉下了水。

牙刷从他嘴里掉了出来。

那个瓶子让周覆想起肖羊，被触手抓住的时候，他只浮上来过一次，尖叫声，盲目地翻滚着，周覆没有来得及抓住他，然后他就不见了。

周覆使劲探出头去，瞪得眼睛都疼了。触手怪从没有突破过小区保安的防线，而且水太脏了，垃圾泛起一圈圈的泡沫，让破布条像是有生命一样。他觉得自己是眼花了。大早上的报警可能会被人讽为无事生非吧。

但是水下的阴影似乎还在，隐身在底层，一会儿扩张，一会儿缩小，似乎在嘲笑他。周覆回头寻找，酒瓶已经没有了。他跑到厨房，操起两把菜刀，一前一后甩了下去，噗噗两声，水波都没起一个。巨大的阴影无动于衷。

"我弄死你！"周覆嘀咕着，回头寻找威力更大的武器。

王大妈摇着小船拐过墙角时，正好看见周覆把液化气罐拖上阳台栏杆，一手拿着打火机，准备把它点燃后推下。

电喇叭挂在王大妈的船头，孤零零地喊道：请保持环境卫生，不要高空抛物。

3

好不容易摆脱和大妈的纠纷，周覆讪讪地将液化气罐搬回原处。这样也好，他买不起第二个气罐。

今天要迟到了。这么想着时，他的手掌上叮的一声响，亮起一块电子屏幕，竖在掌心。屏幕从上向下刷出一排亮黄色的单子。猫耳女孩化成 3D 形象，跪坐在背景上眨眼睛，她两耳低垂，脸上多了一只创口贴，满脸请求光临的神色，猫尾巴却不安分地摇来摇去。

周覆点了上面的一个单子，一个小钟就开始滴答滴答地走着。猫耳女孩一跃而起，声音娇媚得像是会爆汁的浆果："取件位置，望江路 34 号肉场家属宿舍。计分开始了哦。加油！"

周覆是一名同城快递员，每天有六十单要跑，只有眼疾手快，抢到距离最近最容易送达的单子，才有可能在深夜之前完成工作任务。

掌心机已经开始了倒计时。

滴答滴答。

周覆套上工作服，那件衣服橙黄相间，背上有大大的"神火快递"字样。他抓住阳台上的爬钩，翻上屋顶，开始低头穿自己的动力靴。

他吹了声口哨。大灰灵巧地翻出栏杆，跟着跳了出来。大灰是周覆的机器大狗，体重两百千克，有一张棱角分明的长脸，身躯刷成明亮的橘黄色，看似笨拙，其实拥有难以想象的灵活。

周覆带着狗在屋顶上的太阳能电板间穿行。

四周的住宅楼都只有顶楼露在水面上，仿佛一座座方形的规则岛屿。

他选择了"拒绝水路"。掌心机给他规划出了一条纯陆上路线，要想到达望江路，他要沿着中河高架向南穿过涌金立交，在复兴立交向北拐上秋石高架，然后在望江新园那里开始楼间跳。

但是在那之前，他要先登上中河高架才行。而那座有些年头的高架桥，离他所在的住宅楼还有两百来米，间隔三栋住宅楼和一栋二十多层高的农业银行大厦。大厦的屋顶是跳不上去的，必须瞄准窗户来一次狙击跳。

周覆系紧脚上的动力靴，弯腰蓄力，然后开始加速奔跑。大灰紧跟在他身后。

动力靴主要是模仿鸵鸟和袋鼠的奔跑方式，可以让他的奔跑时速最高达五十千米，靴子上还配置了弹跳装置，电力充足的情况下，可以轻松跳过三十米的距离。

虽然起跳时声势惊人，但动力靴的耗能很小，每次落地时，一个液压装置会回收部分能量。这更适合电力紧张的水上居民。

没有人在意周覆的奔跑，只有对面屋顶上撅着屁股给菜园浇水的大婶朝他招了招手，她被太阳晒得黝黑乌亮，只有牙齿雪白，一顶红白相间的风向袋在她身后飘浮。她家有五个小孩，不得不一刻不停地种植土豆、生菜、西红柿和豌豆，她的种植技巧相当高超，但口粮却总是落入鸟口。

周覆起跳，飞在了空中。风从耳边呼呼地刮过。

在他的脚底下，有一艘白色顶篷形貌臃肿的平底船正在驶过。那是一艘放心早餐船，它们各有各的运行方向，赶着上班的居民会驾船寻找同向而行的早餐船，以便节约时间。

被载重压得吃水很深的早餐船如同一个胖子，走得不紧不慢，歪斜的烟囱像金鱼吐泡那样咕噜噜地冒着黑烟，把白色顶篷上"放心早餐 惠民工程"几个字熏得黑黑的。

此刻挤在船尾的市民争先恐后地通过掌心屏下单，吵吵嚷嚷。

周覆从他们的头顶上跃过，落到了对面的楼顶上。砰！

选择楼间跳出行的人越来越少，因为总被顶楼的居民投诉。他们形容那种噪声就像恶魔的脚步，砰！砰！一声两声，越来越近。

他们不得不躺在床上，双手抱头，等待下一声重击的到来。愤怒的人会在屋顶上故意设置许多障碍，空箱子、晾衣绳。

楼间跳骑士的数量也正在减少。

有些人会落到水里，那是最好的结局。

有些人瞄准某栋高楼的窗户，却失去准头，撞到了墙上。蛛网膜下腔出血。然后在水里淹死。

有些人会落到缠绕的电线里，带来一片闪亮的火花，如同夏夜的烟火。

有些人没注意楼顶的红绿灯，和对面起跳的人撞个满怀。相当于以时速八十千米撞墙。动量守恒定律。骨头和血肉会混杂在一起。

但周覆不为起伏的念头所动，他一步也不停，奔跑，起跳。

滞留在空中时总会感觉时间无比漫长，风吹过来买早餐的居民的声音。

"快一点呀，上班要迟到了。"

"后面排队去，谁不要上班啊？"

"老板，炸鱼串怎么还没好？"

摊主在舷侧灵巧地甩下钓竿。"炸鱼再等等，马上就上钩了。"

砰！

在这些声音之外，周覆还能听到怀里的钟声。

滴答滴答。就如一个水龙头在漏水。

滴答滴答。

农业银行大厦离最后一个住宅楼的屋顶有二十七米远，而作为入口提供的窗户只有两米四宽。跳手们把这种跳法叫作"狙击跳"或者"针眼跳"。这些大厦或是玻璃幕墙，或是混凝土立面，阴影随着光线、太阳和云层的变化，反射着粼粼波光，你总有看花眼的时候。

但周覆一刻犹豫也没有，他如同出膛的炮弹，呼！砰！稳稳地穿过窗口，落到了水泥楼板上。

大厦的东面，离中河高架桥的边缘还有三十多米宽，但不用周覆担心。这里作为一个交通会合点，有二十多条钢索连接到桥上，有的上斜，有的下斜。周覆抓住其中一根滑索，一眨眼的工夫，就落到了桥上，融入热气腾腾的、混合着钢铁和人的上班洪流里去了。

4

高架桥上分为公共交通车道和动力靴道，然后是人行道。从人行道并入动力靴道时要十分小心。好处是：因为没有私家车，几乎没有拥堵情况。

这是新的交通方式。公共交通全部集中在几条高架路上，如同当初的轨道交通，然后在分布在中河、秋石、德胜、艮山沿路的一百二十个站点上分散开人流，分别向下到高架桥码头坐船或者向上找到起跳台进行楼间跳，完成最后一千米路程。

早高峰时期，数万人在大桥上咬紧牙关，低头奔跑。这是资源紧缺的城市，工作效率必须更高，才能得到足够温饱的报酬。

周覆就像河流中的一滴水，他在望江路离开大部队，然后从起跳台上跃入小区上空，开始楼间跳。

每完成一单，叮的一声轻响，猫耳女孩开心得一个后滚翻，大声喊："周覆，加一分！"

每跑一单，有 1.8 元的跑单费，单纯依靠跑单费依然无法维持生活，但还有来自上面的补贴 2 元。周覆不明白为什么补贴来自浮空城，据说是对这些人没有躺平努力生活，为经济做出的贡献表示感谢。周覆觉得这是某种施舍，他们的生活关上头屁事。这让他很不舒服，但他需要这笔钱。

接单，收单，送单。

滴答滴答。

他在屋顶上飞奔。大灰是他最好的工作伙伴，背上可以驮两大袋子邮包，忙不过来的时候，牙齿也可以叼一件。

在一些楼间跳系统还没有建设完善的地方，比如楼间高度差太大，外墙上又没有合适的入口。周覆需要在外墙上攀爬，爬上大楼的某一层，绕到另一边，再次进行跳跃。那时候，他就用一根绑带，把大灰吊挂在自己腰部。

一些公寓楼的电梯无法修复，它们就吊在那里，好像死去的虫蛹。他就必须冲入楼梯间，把弹跳动力开到最小，用鞋底摩擦每一步梯级，上百级台阶一晃而过。

偶尔，实在无法进行楼间跳的地方，他也要借助公交渡船的摆渡。

那时候，他就紧紧地抱着包裹，蹲在船舱里，不往水里看，假装上上下下的乘客没有让船摇晃。

他向木讷的半秃头的公司职员交出一封某个女生要求分手的电子信，信上还残留着咸咸的眼泪。

他穿行在宝石山的阴影里，满山梧桐的红叶犹如火焰，将水面都染红了。

他爬上抱朴道院，以一根系在古树上的索道，滑落到黄龙饭店的屋顶上，将两包秘制冻肉和新菜菜谱交给饭店主厨。

他跳到庆春路上一座著名的食品大厦屋顶上，遇到了一位形销骨立的试吃员。为了给食品工厂测试新产品的味道、香气和口感，试吃员每天要吃近百块定胜糕、葱包桧和油酥饼。周覆为他捎来半尿素袋子黄土，袋子上附了一封短信，那是老家的外婆写的，让他水土不服时就吃点家乡的土。

他穿过杭州博物馆原址，如今那里是一片波光粼粼的小湖，吴山是侧旁的一座小岛，城隍阁是一间邻水的阁子，他从柳浪阁和清波新村那一连串好像多米诺骨牌的屋顶上跳过。

河坊街如今只能隐约看到街道上的路灯杆和锈迹斑斑的公交车，死去的大树枝丫交错，路两边的小店只剩下沉在水底的锈迹斑斑的招牌，被水流冲刷得来回摇摆撞击。

据说，孔凤春香粉店在淹没时正好进了一堆货，堆满了仓库，所以这里的大水至今依然香气萦绕。

滴答滴答。

雨又开始下了。

他在这里从屋顶向下爬到一扇长满常青藤的窗户，一个瘫痪卧床脸色苍白的小姑娘打开包裹，里面是几个装满 mp3 格式文件的 U 盘，上面记录着一个旅行家周游世界为她录下来的风声和海浪声。

他的速度就是这么快。周覆的成绩永远在绩效考核的最前列，力压那些比他年轻得多的小伙子一头。

"要靠手速。"周覆对那些新手说。手速够快就会抢到最棒的单子。

然后你低头飞奔，心无旁骛，不问来路，不思归途，就能以最快的速度把货物送抵。

"为什么你不用船呢？"但是就连组长也忍不住要问他。

那些新来的小伙子都用一种玻璃钢的快艇，呈梭子形，长有五米，船底像刀刃一样狭窄，

在水上跑得比风快。

"如果你用船运货，效率会快很多，不会堵车，不用跳屋顶，船的载货量比你的狗可强多了。"

"我不习惯。"周覆一口拒绝。

组长疑虑地瞪着他："你该不是有恐水病吧？"

"你才有恐水病！"周覆骂道。但他仿佛又看到肖羊和臧北一起被拖到水里的画面。

他们没入近乎黑色的水中。肖羊曾短暂地翻出过水面，攀爬在一张广告招牌的铁架上，他的一只手被拉得变了形。

"拉一把，周覆！"他喊道。

周覆拼命地划船，但是被一大团折断的樟树枝缠住了。这条路上到处都是

樟树。

他们是周覆的队友。他们出现在这里，是因为小贞的家在这条路上。

那时候，周覆还是水上救援队的一名队员，而小贞是他的女朋友。

那时候，海水破堤而入，全城进水，到处都在呼叫水上救援。

那时候，水上救援队连轴干，不眠不休。

忙活了三天后，周覆才听说浣纱路也被淹了，小贞家的房子就在见仁里，一座叫作"在水一方"的敬老院的北面。小贞给他的微信里留了个求助信息，再打电话过去，却已经打不通了。臧北和肖羊本来已经累得瘫倒，晚饭都没有吃，头枕着路肩想要小憩片刻，听说了这事，爬起身来，自告奋勇前往帮忙。

后来他一个人回到队里。大家什么都没说，但目光里的含义他了解。

每个人都知道是他的错。

周覆坐下来想抽烟，口袋里的烟盒已经变成一团混合烟末的纸浆。

有人给他嘴里塞了根烟，他想点着，但手在发抖。

他和臧北、肖羊是一个组里的兄弟。

他们是兄弟，一起早起做操一起训练一起熬夜玩游戏的兄弟，一起喝醉了半夜在街上爬到路灯上叫喊大笑的兄弟，一起听到命令就从床上弹起出发的兄弟。除此之外，肖羊还是个科学主义者。他总说，别看他们几个有相似的外表、同样的工作，但内涵绝对有区别。

"你相信命运吗？"肖羊有一天问他。

"你呢？"周覆反问。

"当然不。这已经被科学证实了，没有命运。就在《今日科学》今年的第八期上。"

周覆觉得肖羊一定记错了，要么就是那本杂志搞错了。

因为这就没法解释为什么活下来的是他了。

这里是一片老城区，这里的规划理论停留在上个世纪，没有考虑人文活动需求，建筑物挤得又紧又密，所有的楼顶上都加盖过，铁皮顶简易房如同雨后的蘑菇野蛮生长，晾衣竿和牵拉的铁丝如同缠绕在树顶的藤蔓。他们三个人一起驾着冲锋舟，来这个街区寻找小贞。整个小区都是空的，人已经撤退完毕了。

小贞的房间被淹在水下，周覆潜下水去，窗户被破坏了，好像有什么巨大的力量撞击在上面，防盗窗的铁栅都扭曲了。但从窗户看进去，可以看见她的手机和包包都安静地放在桌子上，她读的书，她的笔记本，好像在等着主人回来。还有床上的一副头戴式耳机，那是小贞无论去哪儿都不会放下的东西。

小贞学习很努力，她考上大学，爸爸找她商量，她最终没有上大学，改上了会计学校，可是后来院系大调整，面试官开始根据基因报告筛查应聘者，她又没找到工作。她的人生浮萍一样漂过来，和周覆漂到了一起，两人起起伏伏，亲密而融洽。

因为如此，周覆仿佛有了一点从困顿中挣扎出来的可能。可是现在，这个未来正从他手中溜走。

他们拿着喇叭高喊小贞的名字，敲打铁防盗窗，发出当当当的声音。直到触手从水下伸起。

后来，周围一下变得死寂，让周覆感觉很不习惯。

他划着船在水面上绕来绕去，喊他们的名字。然而只剩下漩涡和无穷无尽的大水。

要不是他同意了，他的兄弟们就不会长眠在水下。他们的尸体也许还在冰冷的水下漂荡。

"拉一把，周覆！"这个声音会伴随他的一生，而他则闻到了鲜血的气味。

"我会恐水？"周覆怒吼道。

他不是恐水，他是仇恨水，仇恨水里可能有的一切。

如有可能，他要杀光水底那些可怕的触手怪。

那天，他们不是唯一被触手水怪攻击的人。市区内各地发生多起水下怪物袭击事件。受袭的有普通居民，有把车子停到桥上躲避洪水的公交车司机，有维持秩序的社区工作人员，一名推着婴儿车的妇女也受到袭击。在武林桥，一名绿化工人用一把修枝剪反击，据他说，那怪物的腕足软爬爬的，不受力；在桃花河弄，一名警察向怪物开了枪，据他说，一片水域都变成了暗绿色，不知道是血还是喷出的墨汁；在麒麟街，怪物将一名老奶奶和她半身瘫痪的老伴堵在厨房里，老奶奶顶住了门和它拼死相争，水怪的触手从抽油烟机的烟囱里伸进来，只拖走了一高压锅米饭。

人们也把水下怪物叫作海和尚，因为据说麒麟街的那只水怪的身躯翻出水面，露出了一个光光的头，就像是个和尚。

抗击自然灾害的部署很快就变成一场水上人和水下怪物的战争。

成千上万的人被发动了起来，在防灾应急指挥部的指挥下，开始修筑安保体系，大面积地拉起水下电网，人们不畏艰险，百折不挠地修筑堤坝，像隔离检疫那样拉网检查每一个片区，把居住区隔绝起来，但时不时仍然有攻击报告。

鉴于怪物的主要目的还是把人往水下拖。居民们传说海和尚是要吃人的。人们越来越害怕并躲避大水，墨绿色的仿佛浓汤般的水。

另一方面，周覆又部分地感激存在这些怪物，怪物无疑是个警示，让水上人永远不要忘记，大水吞噬了他们的生活，他们的过去。而他的同事们这么快就习惯了在水上漂浮，忘记了过去的方式。这样的生活，与大水和解，无疑是人类的叛徒，但这些话他不必向庸俗的领导和同事们提起，因为只会引来不必要的纷争。

5

此刻，他拿起手机，看到上面写着"财富中心西塔"，地址上没有写街道号，因为每个人都知道在哪里。

那里是天空之城的入口。

周覆愣在原地足有十分钟，周围路过的行人都奇怪地瞪他一眼。

"扔了它。"他耳边有个声音喊，但不是猫耳女孩。

"把它直接撇到水里。"其他同事也会这么说。

天空之城是浮动在杭州城上空的另一座城，像飞鸟，像幻境，像蜃影。

每个人抬头都能看见它，但能登上它的人寥寥无几。

水上城市的人们看见它时都会心晃神漾，但也学会了视而不见，因为除了自拍时将它当月光一样的背景，浮空城和每个人的现实都毫无关联。

快递员几乎收不到去天空之城的送货单，他们也不爱送这种货。但周覆的手速太快，终于给自己挖了一个坑。

要到财富中心，必须从秋石高架下到思安坊，那是一片古旧残败、布局杂乱的住宅小区。

人都已经搬走了。周覆只看见屋顶和阳台上都长满枯草，荒烟野蔓中，偶有狐狸在水面上跃过。

在思安坊，周覆遇到了一次小规模楼崩。

海水不断深入，会导致楼房基础的立柱、横梁和墙壁大量开裂，就和泡在牛奶里的软饼干一样，底层结构受损到无法支撑大楼的重量时，楼层就会垂直地向下坍塌，喷吐出满是水泥碎末的巨大灰云。

据说，在楼崩之前，会听见仿佛宴会上数百人同时开启香槟酒喷涌出的气泡声，那是鱼群逃跑时摇尾的声音，这时候还待在楼里的人抓紧往外跑，还有机会逃生。

然而，这一次，周覆却没有听到任何声音。他的眼前，那座四层小楼轰然倒塌，几乎就在他脚下，他几乎起步跳了上去，幸而一把抓住了脚下屋顶的避雷带，身躯停留在半空中。

楼房的死亡只是一瞬，红瓦尖顶划出一道倾斜的直线，褐黄色的烟雾绵延数十米，像一艘船静静地停留在水面上，一圈两米高的波浪摇晃着从他脚下掠过。

之前有一次，周覆目睹过另一座高楼的消失，那是一座有十几层高的办公楼，宛如沉睡的小孩从椅子上滑落，悄然无声，就这么安静地消失了。周覆为此感到难过，好像这座城市的某颗心脏又爆掉了。

因为有派单在身，来不及绕路，也来不及等灰尘沉降，周覆决定穿过那一朵灰云，他招呼了大灰一声，纵身向前跃去。云朵里可见度几乎为零，若非导航软件锁定可以落脚的屋顶，两个纵跃周覆就会掉进水里，但他还是安然地穿了出去，降落在前方同样年代久远的观音塘小区楼顶上。

导航轨迹好像乱麻盘绕，踏步点断断续续，如果是三年前，周覆必然看不懂这样的导航轨迹。可是今天，他正在跳入命运的节点。

6

如今，周覆浑身覆盖着一层尘土，犹如雪人一般。他拍打身体，若不及时清理，湿润水面上吸足水汽的尘埃就会渐渐凝结成硬壳，将他罩在其中。

对于楼崩，水上居民无计可施，只能依赖浮空城提供的楼宇加固技术，碳纤维和一种超憎水高分子材料能增加那些危楼在水中生存的时间，但浮空城收取很高的费用，这些费用需要由居民自己支付。那些危楼的居民必须为此投票，如果未能通过三分之二的票数，只能放弃这栋楼。思安坊可能就是如此放弃的吧。

周覆继续前跳，与思安坊不同，观音塘小区明显人满为患，屋顶上拉满了晾晒衣服的铁丝，蹦跳十分危险，时间已经被耽搁了，周覆屏息静气，不顾周围住户的大声抗议，做了连续几个"针眼跳"，从几座商务大厦中间一路蹿跃，跳到解放东路，再向东跳过高德置地广场，财富中心的玻璃塔楼就近在眼前了。

只不过，置地广场最南端的屋顶，距离财富中心的漂浮码头还有一百米，再强大的动力靴也不可能跳过去。一般市民会在这里等待摆渡船，周覆为了节约时间，一把揽住大灰甩在肩膀上，然后纵身一跃，弹跳入空中，在最高点时，从背上的行军包里，弹开一副滑翔伞，周覆抓住了一股侧风，飘飘荡荡地俯冲了下去。楼间跳骑士从高处往低处跳跃时，有时也采用这种方法。

属于浮空城的停车场十分广阔，在寸土寸金的水面上，大到奢侈。它是由一只只巨大的塑料浮箱组成，每个浮箱有两米宽四米长，用金属锁扣紧密地编织在一起的。

周覆毫不费力地降落在上面，就在他折叠滑翔伞时，眼角看见一名保安走过来，明明看到周覆的黄色头盔和反光条，还是装模作样地探出手，要求周覆摊开掌心屏接受检查，出示身份证件和身份码。

天空之城雇用的保安也是被改造过的，他们的骨骼、肌肉都尽可能地被强化了，个个都虎背熊腰，头颅宽厚，眼珠好像玻璃球暴突在外，粗短的手指捏起拳头就好像一个大砂锅。周覆觉得这些人的挑毛拣刺小题大做也是改造的结果。

周覆摆脱完他，刚走了二三十米，又被一名保安拦住。这就是快递员讨厌天空之城的原因，这些制服者默认所有的人都是偷渡客。但是这名保安没有查他的证，而是摆手让他往边上站，有公交车正从头顶降落。

那是一辆黄黑双色的无人驾驶公交车，涂着闪闪发光的反光涂料，车顶安装有四片硕大的螺旋桨，没有司机。它从天而降，螺旋桨搅动得大风四起，水浪猖獗地摇晃，周覆不得不低下身子。

周覆认出这是一辆浮空城的摆渡车，当它们在繁忙的高架桥上降落时，再拥挤的交通，也要为之避让，因为是浮空城出资维护着水上城的全部交通系统，它们的车子一向拥有最高路权。

这辆巨无霸降落时，周覆看到玻璃窗后摇动的玩具熊，发现车里坐着的都是学龄期的小孩，看来这是一辆浮空城的学生专车。美其名曰社会考察，其实就是一种猎奇性参观，对浮空城里的人而言，他们看见的城市永远是湿漉漉的，掩藏在雾气和云层下，他们理解不了那么多的巷子、道路和高架系统。

不知道是自由自在的飞行使得他们轻视了老式交通工具的技术发展，还是在降落时学生们为了拍照，拥挤到车厢一侧，没有保持住平衡，学生专车突然一斜，后半节车厢重重一顿，将浮箱撞出一个大口子，顿时将摆渡车的右后侧轮胎吞了下去。

车子向着水平面倾斜，后半部分的两个螺旋桨搅在一起，在一串连续不断的撞击声中爆裂了。碳纤维强度极高，但一旦破裂，就如同女妖突然张开巨大的黑色翅膀，遮天蔽日。

摆渡车陷在水边，逐渐向后滑动。

周覆听到满车的惊叫声，他完全是意外地陷入了这场突如其来的危机。

五大三粗的保安呆在原地，或许本有上前救助的打算，却突然中止行动，惊慌失措地向后退去。

正值这一刻，周覆的眼角瞥见两条触手从浮箱破口处的绿汤中一闪而过，紧接着拉住了摆渡车后轮。更多的触手冒了上来，鞭击般地抽打着车厢。若被触手怪的触须所击中，后果堪虞，据说许多居民对触须过敏。而经历了那次事件之后，周覆彻底免疫了这种过敏反应，仅留下背上一道惊心动魄的疤痕，仿佛燃烧的火焰被麻线所缠绕着。保安向后退去，一边对着手腕上的呼叫机喊叫，一边伸手去掏电击枪。

在这紧要关头，周覆吹响口哨，大灰奋勇冲上前去，死死咬住前轮轮胎，机器狗以咬合力和核心力与地球重力做抗衡，但时间有限。而时间匆匆流逝，一切发展得超乎想象地快。周覆跳上去，他找到了开门的应急按钮，幸而和早期的那些公交车一样，按钮依然在同一个位置。他打开玻璃盖，逆时针转动旋钮，等高压气放完后手动开门。学生们就像豌豆般从门里往外蹦，也正在此时，一根触手如同毒龙探进破碎的后窗，在车厢走道里翻动，将海水洒得到处都是。周覆瞥见一名胖男生流连不走，举着掌上屏，不停拍摄。短视频依然是这个时代的毒药。

"不要命了！"周覆吼他。

更多的触手伸进了车窗，把车子像玩具那样摇晃着。胖男生重重地撞在扶手上。如今他终于感到害怕了，收起掌上屏幕，发出怪叫声，朝车门飞奔而来。

大灰拼命地后仰着脖子，负载灯急速闪烁，机械脚爪在浮箱顶部划出道道口子。

一名瘦小的女生抱着一只玩偶兔站到了车门口。眼看车里没剩下几名学生了，周覆伸手去抱她，但胖男生踏着沉重的脚步冲过来，胳膊肘一拐，将女生撞落车下。

周覆眼睁睁看着她从自己的指尖掠过，落入水中。女生的玩偶兔子也随之落入水中，它的眼睛圆溜溜的，冰冷又疑惑。

周覆愣住了。

那些触手好像一群同时收到命令的外星生物，掉头离开车子，在水中划出一道道箭头水纹，朝女孩落水的地方聚拢而去。

水色犹如深绿玻璃，但周覆看得清清楚楚，触手怪的庞大躯体冰山一样向上浮，灰绿色的触手表层有一圈圈紫色的圆环纹路，随着呼吸的节奏，有规律地变换着颜色。它把那女孩缠绕住，吞了下去。

只是一瞬间工夫，触手怪与那位女孩的命运交织在一起。

"拉一把，周覆！"周覆仿佛又听到了那个熟悉的喊声。

可是他依旧只能眼睁睁看着她被拖走。

保安举起电击枪瞄准了水里，周覆一把将他的胳膊压了下去。

"不能开枪！她在水里，电流会杀了她！"

"我的头撞破了。"胖男生抱怨说。血从他一侧脸上流下来。

7

在这混乱的局面中，周覆感到一种恍惚感，像四周安静的水般从身体深处漫了上来。他的意识慢了下来，和触手怪的近距离接触让他恐惧，但同时也让他意识到命运之门正在悄然开启，这正是一个摆脱纠缠自己的幽灵的机会。

周覆大步走上前去，一把抓住胖男生，随着巨大的撞击响声，胖男生被压倒在浮箱上，周覆毫不松劲，直到他的脸被压入水里。周围围观的人发出阵阵惊叫，但都比不上胖男生本人发出的惨叫声。

周覆看着血迹在水下如一团云雾晕开。

猫耳女孩很长一段时间没有说话了，发生的一切已经超出了她单薄芯片的所有认知。

她说："周覆，我们好像迟到了耶。"

周覆知道触手怪无法忍受这种诱惑，在过往的纠缠中，他对水下怪物有了解：它们对少男少女格外敏感，喜欢追逐年轻男女的踪迹。

保安把手扶在枪上，在朝他喊："你在干什么？啊先生，你放手！你快放开他！"

周覆扭头看了一下，那家伙肩上也蹲着个随身二次元，是个冷门的小魅魔，穿着皮质比基尼，头上长着双角，露着尖齿，分叉的尾巴好像一条鞭子。

周覆径直对魅魔说："告诉他，在他的工作范围内，丢了一个浮空城小孩，会有什么结果。"

魅魔冲他龇出了尖牙，但确实转头对保安开了口。

她语气暴躁，就像主人在训斥小狗："依据《保安服务管理临时条例》第四十五条第二项规定，你会被开除，吊销保安员证，再也找不到工作，然后死在水面上臭烘烘的窝棚里。你闭嘴吧，听这哥们的！"

保安不再骚扰他，而周覆没有等多久，触手怪再次从水底升起，向他们靠拢。恐惧好像冬天车窗上挂下的冰霜，凝结在周覆头顶。

他看见一条、两条，更多的触手，像摇来摆去的带子，顶端还有粉红色的吸盘。

周覆的心里充满排斥感和恐惧感，但保安在他身后虎视眈眈，此刻的局面是他造成的，他已经骑虎难下了。

触手像是藤蔓，在它将要缠绕住小男孩的那一瞬，周覆俯身一把抓住滑溜溜的触手，两膝一蹲，起跳！

之前他已经将动力靴打到了最大功率，这一跳石破天惊。风声在他耳边呼啸，手上的重量拉得他双肩几乎脱臼。他从来没有飞得这么高，到达抛物线顶点时，仿佛在空中悬停着不动了。

怪物身上的水如同瀑布般往下甩落，触手惊慌地盘绕起来，身体像一大块果冻扭动。

周覆想起父母给他打过电话，让他回老家去找份工作，秦岭以北并没有洪水问题。但周覆觉得如果回家，就好像被生活击垮，投降逃跑似的。

他必须在杭州坚持下去。

他没有想到会包括揪住这些滑溜溜的触手，在空中飞跳。

触手又滑又黏，吸盘里则有细密的牙齿在刺他。

他们开始下落，速度越来越快，最后轰隆一声掉在停车场中央。他们落地太重，砸得浮箱发出咔嚓一声，周覆内心一紧，以为浮箱又要破裂，但是没有。

保安们咋咋呼呼地正在跑来，但周覆知道在浮箱上他们也无法制服这只怪物，保安们的伸缩棍砸在它滑溜溜的触手上，就会像砸在厚轮胎上那样弹回，它就是那种掐不死、戳不烂的怪物，最终它会毫发无损地溜进水里。

这可不是周覆的计划。

周覆抓住滑溜溜的触手怪再次起跳，这次他朝着金融中心冲去。

他大步跑跳，对准一扇大玻璃窗，时速保持在四十千米，猛然撞入财富中心办公楼内。

警报声不断。

断裂的玻璃隔断、带线的咖啡机、打印机、一次性水笔和订书机漫天乱飞，劈头盖脸地砸在他们身上。

周覆千方百计让庞大的触手怪挡在面前。同时大喊着让室内的职员们趴下。

那些衬衣洁白、戴着金边眼镜的男女疯狂地向两侧逃散。这是一家极其庞大的会计集团，计算着浮空城从其他城市里拾取的庞大财富。他们也不属于天空人，是浮空城的仆从，但和其他人相比，已经是过着令人羡慕的生活了。

说来好笑，小贞曾经拼命想通过面试，加入这些高级职员的行列，但基因检测把她刷了下去。

办公器具的杀伤力比他想象的还大，但这还不够，无法促使海和尚吐出它的战利品。

周覆再次撞破一扇窗户，穿楼而出，找到了他想去的地方。

这里原本是一条小吃街。

过去，在大水到来之前，小贞常带周覆来这里吃饭，小吃街窄小、局促，依附菜市场存在，但很有风味，聚拢的都是像他们一样的打工人。

如今这条街的三楼以下都浸泡在水中，只有外墙上的招牌还兀立在墙壁侧面，锈迹斑斑的灯牌和铁架枝枝丫丫般伸出。

周覆小心地选择每一个落脚点，使自己的纵跳轨迹正好擦过那些铁招牌，而体形庞大的触手怪却会接受那些铁架和招牌的考验。

时速五十五千米!

每一块支出的招牌就和刀刃一样锋利。

周覆死死拽住海和尚，从街道中心穿过。触手怪臃肿的身体撞击在两侧生锈的招牌铁架上，剐擦、挤撞、冲击、磕碰，断折的铁杆向外飞脱，仿佛痛苦盘旋的鬼魂发出哀叹声。

涛声记炸肉、笼金福、飞鸟音乐酒吧、觉音咖啡馆、优衣库，各色招牌，金色的、绿色的、红色的幻影一一闪过。这些曾经是周覆和他女友吃穿等消费的场所，现在成了他手上重物的痛苦来源。触手怪在他手中挣扎着，触手在他手上打着旋，吸盘粘住他的胳膊，然后又松开。

落地，起跳。

落地，起跳。

只要一个落脚点失误，他就会被切割成好几块散落到水里。周覆全神贯注，一点儿也不敢分心。突然，他搂抱在胸口的滑腻躯干下，确切地说，是触手怪的表层薄膜下，突然挤出了一张女孩的脸，吓了他一跳。那张脸不是它刚刚抓走的女孩的，是张完全陌生的脸，看着年龄很小，一副稚弱的模样，她皱着眉，显露痛苦面貌，张开口，像要对他说什么。

周覆听说过，它们有魅惑能力，会变身，但没有料到它会如此具象，不由得大叫一声，松开了手。

一栋建筑正迎面而来。周覆只来得及蜷缩起身子，然后连人带触手怪，像一颗流星般撞入三角形的玻璃窗里。

8

"在这里！在这里！"

"还活着！"

一道手电筒光扫了过来。

周覆欠起身，看见来的是两名警察。

两名警察一人端着霰弹枪，另一人正用手电往四周照。

拿着手电的警察照到地上一层黏液，顺着满是灰尘的地板滑向混浊的绿水中，像是某种粗笨的重物。他看着肮脏的水面，骂了一句"我操"，然后照了照周覆，又骂了一句同样的粗口。

周覆知道自己全身都是玻璃刮伤的小伤口，血迹斑斑，应该是不太好看。他坐下来想抽烟，但口袋里的烟盒已经变成一团纸浆。

警察问："小伙子，身手很不错啊，那东西跑了？没抓住太可惜了。"

周覆没有回答。

这时，他们看到他身后还活着的小女孩，不由发出真诚的惊叹声。

那个看上去有五十多岁的老警察说："这可是第一个从触手怪手里救回的人。

小伙子，你会被嘉奖。"

沉浸在水中的那种恍惚感依然存在。周覆有一种奇异的平静感，好像身体的反应和动作都很慢很慢，好像一切都不真实，但他还是由着年轻警察把自己扶起来。

警察在呼叫救护舟。

周覆想拒绝水上交通工具，但想了想，似乎已经不排斥水上路线了。

老警察抱起那名浮空城的小女生。女孩微微闭着眼，但周覆还是看到了她缩小的瞳孔，宛如黄色的水晶。

在刚才，他接触她时，摸到了她白衣下的肉翅，还没有长出羽毛，但那只需要时间。

她是属于天空的孩子，她属于他们"超秩序"的生活模式。

周覆不知道浮空城里的生物技术已经发展成这样了。他们设计着自身和他们的后代，再发展下去，会变成什么样？也许他们会越离越远，彻底变成两种不同的生物。

救护舟将他们送到医院，他们在急诊区分开。此后周覆再也没有看见那女孩。

周覆接受了外科治疗，从身上拔出了一百多块玻璃碎片。猫耳女孩提醒他还有一单已经严重超时，周覆声称自己在撞入办公楼时把它丢下了，理论上应该算送达。这一单还可以掰扯掰扯。

后来一架全身黝黑的无人机出现在医院上空，飞行器上浮空城的标志闪闪发光。

飞行器里有四名保安，一言不发地摆弄着胸口别着的高级别通行卡。

他们带走了周覆。

周覆感觉到他们一直在上升，最终他走出去的那个空中平台空气稀薄，但这里还远远不是浮空城的高度。他到达的是财富中心的顶层。

周覆被带到一间大到他无法想象的办公室里，可是只有厚重的红木桌子前亮着灯，办公室的大部分区域都沉浸在黑暗中。

"坐下吧。"对面的那人说，他个子很矮，脸部棱角分明，很有特征，可以说令人过目不忘。

那张脸经常出现在电视新闻上，负责重建水上城市的诸多事宜，是浮空城里少数被他们所知的人。他说："很高兴看到你在积极地生活。"

"啊？"

周覆愣了愣，努力回忆"积极"的正确含义，觉得自己搞错了什么。毕竟大部分日子里，他站在那里，黑色长窗面前，看着自己发愣，头低垂得下巴抵着胸口，如果那叫作积极的话，他对中文的理解恐怕出现了不小的偏差。

但是一号员工满面春风，他低头说："我查阅了你的工作记录……"

周覆希望他没有看见针对自己最后一单的投诉。

一号员工扔下手头的资料，绕到桌前："……你是公司里的模范员工，非常好。我们还调取了你的身体数据、血型、基因组，一切都很理想。"

"查这些干吗，老头，就算不理想我也救了她，救了你的人。"周覆心里这么想，但并没有说出口。

一号员工此时已经走到窗前，向下俯视。他潜神默思，心存目想："从上面看，人会变得很小，就像通过显微镜观察微生物一样，很难把你们当成某个具体的个体来看待。我们多半从宏观考虑如何让你们生活得更好，考虑国家利益、共同福祉和普遍福利，差别只在于根据大数据有多少人需要豢养，又有多少资源能够拿出来进行豢养。我每天都能收到很多数据，我知道每一个人的牢骚，每一个人的愿望，但我喜欢这样的谈话，面对面地聊，时时刻刻提醒我，没有人能独自统治，因为没有人具有绝对权威。在另一个人眼里，他的命令并不能取代一切。"

周覆还没来得及说什么，这老头就开了口，对某些人来说晴天霹雳的事，他眼皮都不眨一下："我们可以把你改造成飞人，下一代人类。如你所愿，你可以去开拓新世界，去过一种正常的生活。数据告诉我这就是你的最大愿望，可能你自己还未必清楚，但是仔细想一想就会认同。你的生活将不再局限在这座城市，你可以去任何想去的地方，你甚至不会仅仅留在大地上。对你而言，就算在这座办公楼里工作，也不是正常的生活方式。"

一号员工露出不易察觉的一丝鄙夷的笑。

终于有人说出来了，这种生活是不正常的。虽然所有的人都在假装一切都正常，但是并不正常。不仅仅是他，整座城市都是如此，下半截身体已经没入水中，上半部分依然在模仿过去。

周覆有点焦躁："可以抽烟吗？"

"最好别。你身体里的那个洞，你经常痛醒，用烟是填不满的。"

确实，他什么都知道。

"应对全球变暖，海平面上涨，让人类会飞，这就是你们想出的办法？"

"不是人人能飞，"一号员工伸出食指，随意地画了个圈，"能改造的人群大概只占百分之零点八，这就是死生有命，富贵在天吧。我们使用碳纤维加强骨骼，使它们变得坚固且轻薄，我们使用一种侵入性细胞改造心脏，让它可以承受每分钟两百跳的强度，我们还要建立肺部和气囊双重呼吸体系，让分布在身体梢节的气囊加强呼吸，充当冷却器。这一过程大概要延续两年多，不能改造的人纯粹由于生理原因，因为他们的自身基因排斥这类改造。但是你恰在边缘线上，我们正好也找到一些新方法，无非过程麻烦一点，痛苦一点。这是可以接受的，对吧？对你而言，对我们而言，如果地球要变成一个水球，或者一个火球，那就变吧，科学都有办法解决。我们可以飞，我们能适应变化，水就不算什么问题。"

周覆清楚他没有把一切全说出来。周覆还听说过其他方式，据说有一些罐车，半夜在水上城里兜兜转转，往水下倾倒化学物质。

浮空城其实也想要夺回大海。

"我要想想。"周覆缓缓地说。

"当然，我们从不用强。"

周覆清楚这是多少人梦寐以求的升迁，也许可以叫平步青云。

每个人都想到浮空城去。

那里有大片的阳光，不用小心翼翼地选择落点，不用纠结需要耐心等待的水上路线，不用再忍受一年三百天的阴雨。

你当然可以扔掉那老头的提议，继续在月光下跳跃，跳啊跳，跳到灵魂出窍，但什么也改变不了。

他拼命克制自己。

"我要回去收拾东西。"

并没什么可收拾的，但他还是决定在水上的老屋子里，度过最后一个夜晚。

"明天早上，我们派无人机来接你。"一号员工和他握手，然后挥手让保安带他离开。

9

"周覆，你来试试这个。"

小贞又停留在一个摊前，雀跃着叫他。

周覆是一个对生活有点迟钝的人，全靠小贞指点，才能发现这些小事件中的美妙之处。

"别急，要等。"小贞抓住他的手，"油爆虾要爆十八秒钟，等腮帮子全都翻开，满含水分时最好。"

不论生活有多难，只要找到好吃的东西，那种宁静快活的气氛，就会逐渐自内浮现于外。

周覆猛地醒来，觉得口中还是油爆虾的味道，口感和味觉都在爆炸。

他再也睡不着了，翻身而起，家里确实没什么可收拾的，要带的东西装不了一个行李包。

邻居们已经来送行过了，还送了礼物，一根萝卜，两包豆角，就连王大妈也抹着眼泪送来一捧炸透的水蜻蜓。

奇怪，他心里的那个空洞还在，周覆到处找烟，想用烟填满窟窿。他觉得不仅他的内心残缺不全，其他人也是，大家都是。

周覆的身体不听话地颤抖起来，一直抖到了现在。他要仔细想一想今天发生的事情。

事后回想，当时他人已经不太清醒，身体掌控了他的绝大部分行动，他几乎全然被眩晕、疼痛和恶心之感所占据。只有一丝微薄的意识仍顽强存在，它游离出来，试图说服他整件事情都是虚幻的。

他们撞入的是一家书店三楼，大厅里高大的书架立在水中，一排排硬皮的、精装的书依旧整齐地排列在书架上，好像等待水中顾客光临。

而他仇恨的那团软体动物，在他身边蠕动着，突然开始扭曲胀大，然后用力地把猎物从身体深处推出，伴随着一股乳白色的水涌，它从身体内吐出了那个小女孩。她蜷缩成一团，好像再次从羊水中滑落，意识不清，但比他的状况还好一些。

她更早一刻恢复行动，而且立刻把它往水里推去。

"喂，你干什么？"周覆想跳过去，却在滑溜溜的地面上摔了一跤。

触手怪心满意足地翻了个身，啪的一声落入水中，以极快的速度沉入幽深的水底。

女孩拦住了他："它没有伤害我。它比我还小，是个妹妹。"

周覆盯着她黄色的双眸，看她是不是失去了理智。

"它抓我们，吞下我们，是拼命地想告诉我们一点什么。"

"它能说话？"

"不能！"她说，"掉入水中后，它们就失去了说话的能力，我被吸纳进它的身体时，有一种奇怪的感觉，仿佛和它融为一体。我不是很懂，但它好像和我有些关系，我喜欢它把我放在怀里，有种血脉相连的感觉。也许很久很久以前，我也来自水中。"

"它说了什么？"

"它告诉我，你们要学会听水的声音。"

周覆笑了起来。它们吞吃小女孩，不惜与人类开战，就为了传递这样一句话吗？

"它还说，什么都还在，水下另有一种生活。所有那些最珍贵的东西都被淹在水下了，你们不能一走了之。"

"信息，是给你的吧？"女孩庄严地问，"毕竟，我有我的路要走。"她抖了抖背上的翅膀。她的眼珠在黑暗中好像两颗黄色的火苗。

周覆发起抖来。

就像他此刻的颤抖一样。

他差一点掐死了那玩意儿，它是怪物，是摄魂怪，是魅惑人心的邪魔，但其实……它们也是某种新人类？

水下会有什么呢？

还会有老头儿油爆虾，有嫩菱芦笋，有杭三姐妹油淋鸡，有吴山烤禽吗？

还会有蒋师傅酥鱼、四灶儿葱包桧、德明饭庄油墩儿吗？

还会有大马弄、馒头山和五柳巷吗？

天空人不屑一顾，地上的居民却能从中寻获无穷乐趣的烟火气。

海平面还会继续上升，总有一天会淹没所有人类的建造物。那时候，真的就抛下原有的一切，往空中去吗？

猫耳女孩好像感觉到了什么，不安地团团转，反复叫道："周覆，周覆，到睡觉时间了！"

月光又大又闹心，被水光反射得一会儿晃在窗户上，一会儿晃在墙上，仿佛它也不知该往哪里去。

周覆摇了摇闹钟，掰动睡眠键，猫耳女孩在闹钟表面盘桓两圈，疲倦地钻入液晶显示屏内。周覆隔着屏幕看着她趴在一卷被窝上，合上眼皮，很快嘴边就浮现出代表睡眠的泡泡。

然后周覆解开了大灰的项圈，这样它就可以自己去充电，还可以到处跑跑。

大灰呜呜地低语，绕着他转圈。

"别担心我，老伙计。"周覆搔搔它的耳朵。他心里很有些舍不得，但只有真正的一无所有之后，才能沉到底部。

他又想起小贞那个人，从不抱怨，随遇而安，即便被大水吞没，她也会坦然接受并乐在其中吧。有什么不可能呢？毕竟海洋那么庞大，比陆地的范围还大。

看着屋子里自己很少的财产，这些以后也都不属于他了。他如释重负，轻松无比。

做完这一切之后，周覆翻上屋顶。

他脱下衣服，站到边缘。

月光此时如同神圣的光柱温柔地照在水上。

周覆看着水波粼粼，波浪下面有什么东西在翻滚，欢舞。一二三，一共三只。正如他所料。

它们在等他。

他终于听到了，水声咆哮，好像犀牛的吼叫，就萦绕在他耳边。

周覆往前纵身一跃。

这一定是他摆脱动力靴后，跳得最远的一次。

——原载《科幻世界》2024 年第 8 期

飞船在宇宙中躲避恒星风暴，却遇到了笛状陨石。笛曾带着所有有关人类的情感与记忆远离地球，导致了文明的时间线发生巨大改变。如今笛复归来，轮回重新开始。

笛 人

超 侠

飞船轻盈如雪，在危机来临之前，降落于这长条状的星陨之上。恒星风吹过，空间泛起涟漪的波动，星光与脉冲，旋转出宇宙的万花筒。射线们争先恐后地往星陨身上吹来，像海风吹动夕阳，像海浪拍打礁岸，也像海啸掀起无与伦比的巨浪与狂山。

你强任你狂，清风拂山岗，我自岿然不动。星陨淡定地张开自己身上的孔洞，舒朗着每一粒硅基的毛细管口，舌簧吞吐，通过过滤膜体，吸收着那些穿射来的恒星风里的伽马射线、质子流、电子流等离子风暴，再轻柔地转换和倾吐出去，转眼就化为漫天飞动的符号，以及不同频率的爆破震荡波。

这一次恒星风的密度很大，速度倒很慢，每秒不过 60 千米，这颗恒星为了"吹"出这些星风，损失了不少质量，它们都变成了谐振，粒子们将波的一面发挥得淋漓尽致，当它们通过星陨张开的孔洞后，无一例外，都被重新改造了，形成了一幅太空中恢弘狂野、惊心动魄的画面。

看着这幅画面，脑袋里就有了波动，如果有听觉，也就有了旋律。那音尖啸，清脆，明亮，高时穿透这空间的维度，细时隐约如探测器内传来的电流，脆响如超新星爆发时的碰撞波……

这究竟是什么？

飞船询问的倒是另一个问题：

"你是谁？"

星陨藏不住了，它的信息发射器笑道："还是被你们发现了，哈哈，我是一个视界？"

那飞船不敢亲自起飞，它还必须借助星陨的阻隔力，抵挡这股正在狂暴中的恒星风，同时，它放出一团萦绕如群蜂的探测器，将这星陨的外观和内部也都探测了一遍。发现它是一个长圆柱形，内部竟是空的，外面则有多个孔口，两端也有开口，一端内有一个柔软半液态金属组成的塞子，外部上端的第二个巨孔上则覆盖着一层薄膜状的晶体物质。另外，前端外侧还缀着一重重星云物质组成的环状彩条。

这到底是什么？

飞船在数据库中搜索，但无法找到这样的生命体，也不知这是什么机器。

那星陨笑了："你们早已忘记，或许那些信息都被霍金辐射给蒸发掉了，而你，还有你内部的小个体，曾经都在母星之上。啊！我们是多么亲密的战友啊，但，你们已将我遗忘，我只能在这宇宙中，借助这恒星风，吹奏起我一生的音谣。你听，你们听，你们的耳膜，你们的大脑，听到我音谣的信息了吗？"

飞船开启了全方位接收装置，接收它的讯息。

它在这孤独的宇宙中吹奏了不知几亿年，它要将自己的信息保存下来，直到遇到知音。

我是一只宇宙之笛，原本我的笛身是由一根竹管阴干后做成，工序很多，裁料、上漆、钻孔、校音、缠线、刻字等等。竹管先去节，打磨中空便是内膛，上面则挖出 1 个吹孔、1 个膜孔、6 个音孔、2 个基音孔和 2 个助音孔，再用软木制成笛塞，放在吹孔上端，又用最轻最薄的芦苇膜做成笛膜，揉纹，取一小块，覆盖于膜孔，当气流振动笛膜，我便能发出那清亮的笛音了。

当然最重要的是我的大脑，也就是笛脑，也叫海底，是由笛塞内沿至吹孔中心的一段笛身内膛，它能阻止气流向上，使得吹入进口的风向下流，集中起来，激发声波。

除了这些内部的主要设计，外在也需要丝弦缠绕，保护我的身体，以免裂开，音孔上还得系上丝带的飘穗，就像现在我的星云飘穗一样好看。在我笛身的两端，也会用牛骨啦象牙啦镶上，就像我现在镶上了你们，这，就是镶口。

什么？听到这里，飞船大惊，它想起身，但哪动得了半步。它意识到，自己进入了一个可怕的陷阱，这宇宙之笛，布下这陷阱，其目的或许只是像蜘蛛捕食昆虫那样，捕捉一个镶口装饰品而已。

飞船想要起身，这庞大的重力却牢牢吸附着它，再说了，飞起来又怎样，那狂烈的恒星风暴将会将它"刮"得体无完肤，撕成万千粒子碎片，因此，它只能先冷静下来，再做后面的打算。

你别担心，你等等，宇宙之笛说，我所说的，你要记住。

它讲述了一个神奇恐怖而忧伤的故事。

这是它的倾诉。

它的往事。

我本身就是我，我是一颗柱状的陨石，我的信息并不完善，我落到那个蓝色星球的时候，还没有人类，只有那些巨型的爬行生物，我向它们张开怀抱，要将我所知道的事情告诉它们，它们却四散奔逃，被等离子给燃烧，被冲击波给炸飞掉。我钻入了地下，天空被烟尘给覆盖，这些不懂艺术的爬行动物都灭绝了。我被新的生物给吃掉，我的生命形态稍微有所改变，但我的分子和原子还在，只要有一个，我所有的信息和记忆都在，我就没事，我在这种生物的胫骨上生存，它们的名字叫——鸟。

嗖，一枪穿胸，大鸟自高空落地，原始人提起标杆，拔掉鸟毛，用石头打磨的石刀切开鸟腹，剥洗内脏，再点燃篝火，围着跳舞，开烧烤晚会，将大鸟吃得干干净净。其中一个吃完大鸟腿，还将腿骨折断，想敲骨吸髓，不敢浪费，哪知里面空无一物，他骂骂咧咧，竟对着鸟腿骨一喝，那鸟骨内就发出尖啸的一声。

这一声尖啸之音令我从远久的沉睡中惊醒，我来到了一个新的世界，一个蒙昧未开的世界，一个能让耳朵品尝美味、能看到千姿百态、能感知万物情感的新世界。

原始人吓了一跳，随即淡定，再吹一声，腿骨的声音更尖锐了，大家都被他吸引过来，他高兴起来，再继续吹，继而他明白了，这大鸟的胫骨能吹出声响。经过不断的研究、琢磨、试验，他将许多大鸟的腿胫骨掏空，还在上面钻孔，有的多钻几个，有的少钻几个，捏住了不同的钻孔，吹出来的声音还不一样。更妙的是，这吹出的音调还能模拟猎物的声音，有此相助，他们捕捉到了其他的猎物，并用它们的腿骨制造不同的吹骨。吃饱喝足后，他们借着这音乐欢歌曼舞。

从此，他们便以原始人之名为这骨头命名。

他名为篴。

篴就是笛。

那骨头便为骨笛。

这是人类发生在河姆渡的故事，世界上的第一只骨笛就是在那儿发现，那儿还有骨哨等其他可吹奏的骨乐器。

从此，我就从一个分身为多个，但我们心灵相通，以量子纠缠的方式交织在一起，既有中心的主体，也有各自为政的思想和情感。我们一生就与主人的嘴唇一起度过，一"吻"定终身。我们身上的音孔，也由五孔增加为八孔，当然七音孔笛居多，一些音孔旁也增加了些小孔，以求音质更好。除了河姆渡，我们在贾湖边也存了不少贾湖骨笛，里面蕴含着我们讯息。

而我知道，我将要远行，要去新的生命体内，腿骨毕竟难以生存，难以将我们一族发扬光大。与腿骨最相似的，是那种直苗苗，内部中空的植物。

3000年后，我顺着地脉，跟着蚂蚁行走，与草叶一起漂流，和蜜蜂一起飞动，又被老鹰吞噬，再被猎人一枪射下，便来到了黄河流域。我终于见到了那种名为竹子的植物。我循着它们的根系，驻扎各处，吸收阳光雨露，从一只小小的竹笋，一夜春雨后，就变成了节节高的长竹枝。我等待着，等待着那个命中注定的人来。他名轩辕，他抛掉了骨笛，以竹为材，阴干，打通竹，制成的笛，比那骨头更便捷，振动之音更清脆，更嘹亮，更悠长，更余音缥缈。

我陪着这个名为轩辕的家伙，统一了各种部落，更与那时最凶恶狂猛的敌人蚩尤，进行生死之战。当蚩尤率领着他那些熊罴貔貅豺虎军团大杀过来，我方即将落败之时，轩辕取出我，放到唇口之边，轻轻吹奏，笛声如同滋润万物的甘霖雨露，落到它们狂野干燥的心灵里，它们都眼泪汪汪，就地哭泣，再也不撕咬，再也不吞吃，温驯得像是一只只绵羊，一只只小兔。

轩辕战胜了蚩尤，他将我郑重地放到怀中，陪伴着他到弥留之际。

那时，我方才告诉他我的来历、我的经历，他老泪纵横，要我将整个世界装入笛音中，奔向广阔的星际，告诉宇宙，这里发生的故事。

后来，他被称为黄帝。

离开黄帝后，我又继续沉睡，我在乡野间游荡，也在庙堂中回环，更在人间烟火中吹弹起饭菜的香，哦，那是有人将我当成吹火管了。

我的分身愈来愈多，我的样貌和名字也演变为箫、篪等。

那时人间征战四起，一个大大的国家，分裂成许多小的国家，互相打来打去，因此，后来人们称之为战国。

每次祭祀的时候，那时的人都要将篪拿出来，吹奏一番，与那些另外一个维度的生命沟通，通过我身体的气流将我身体内的异能激发出来，以振动的方式，告诉远古的那些神灵，也告诉未来时间线上的寄居者们，用听觉雕刻下这段永久的故事，永远的情谊，永恒的历史。

有一日，我感知、听到一个人在吹奏我。他吹奏我的时候，四面八方，来了许多许多的少女，当然还有很多的中年女性、老年女性，甚至连男人都被他吸引。她们都围着他，远远地、娇羞地看着他，听着他，看他的面容和身躯，听他的声音和语言，她们说："好帅啊，好帅啊！""我喜欢你！""宋玉，我爱你！"……

那时候的女生多么大胆，多么热情。

这个叫宋玉的男人却对她们不屑一顾，他有颀长的身躯，英俊的面容，修长的四肢，秀美的须发，他站在春风中，宛如神仙。他吹奏着我，同时，他朗声道：

"余尝观于衡山之阳，见奇筿异干罕节间枝之丛生也。其处磅磄千仞，绝溪凌阜，隆崛万丈，盘石双起；丹水涌其左，醴泉流其右。其阴则积雪凝霜，雾露生焉；其东则朱天皓日，素朝明焉；其南则盛夏清彻，春阳荣焉；其西则凉风游旋，吸逮存焉。干枝洞长，桀出有良。名高师旷，将为《阳春》《北鄙》《白雪》之曲。假涂南国，至此山，望其丛生，见其异形，曰命陪乘，取其雄焉。宋意将送荆卿于易水之上，得其雌焉。于是乃使王尔、公输之徒，合妙意，较敏手，遂以为笛……"

后面他一边吹奏，一边说了许多许多，他将之命名为《笛赋》。

围绕着宋玉的女生越来越多，他对她们冷冰冰，但也温文有礼，他绕过了她们，将我呈给了他的老师，同时将《笛赋》呈给了他。

不知怎的，莫名的悲哀从老师的身上、手上传导下来，令我感到全身浸泡在忧伤里。

老师点评了宋玉的赋，又说，我为奸臣所害，将要远行，去往湘南，所做《离骚》一诗，便交给你了。

这位叫屈原的老师，将他的《离骚》交给了弟子宋玉，我就跟着他，去了汨罗江。但他从来没有吹奏过我，他从来没有娱乐，永远愁苦伤心。

一日，一个打鱼的见到屈原，就问："您不是楚国的三闾大夫吗，怎么弄到这等地步？"

屈原说："举世皆浊我独清，众人皆醉我独醒，所以才来到这里。"

打鱼的说："既然您觉得别人都脏，你又何必自命清高，别人都醉了，你又何必独自清醒？"

屈原说："我听人说，刚洗完头，肯定要把帽子也弹一弹；刚洗完澡，穿衣服的时候也要将衣服上的灰尘扫一扫。因此，我宁愿跳进江心，埋藏于鱼的肚子，也不愿意将自己干净的身体跳到污泥里去，将自己的身体弄脏啊！"

打鱼的微微一笑，拍打着船板离屈原而去。他口中唱道："沧浪水清啊，可用来洗我的帽缨；沧浪水浊啊，可用来洗我的双足。"

屈原哪有这么豁达，终于有一天，他那绝望的情绪到达了极点，就抱着大石头，跳进了汨罗江。我们一路下沉，到了江底，我问他为什么要这么做，他苦笑着闭上了双眼。

从此，悲观的情绪占据了我。除了我，还有许多竹筒落了下来，里面装满了米，许多小鱼小虾都围过来，吃这些食物，没有一条鱼去吃屈原。

鱼儿钻进了我的孔隙，又被人捉住，将我拿到市场上去卖，我浑浑噩噩，不知自己应该干什么。

有人将我改造成了七孔竹笛，也打造了两头笛，呜呜地吹给国王听。

那位国王就是一统天下的秦国的国王，他刚给自己定名为始皇帝，他喜欢听笛子的声音，但不久又将我们弃如敝屣。我们渴望发声，渴望由我们创造的音乐能让更多的生命听到，然而我们被关在了声音的笼子里，无人知晓，声波的能量全然消失。

有一天，我从沉睡中惊醒，那吹奏我的唇，与过去完全不一样，它不再吹我的一端端口，而是横着吹动我中空之口。我问这是怎么回事，那吹奏者说，横吹笛子竖吹箫，以后，竖着吹的，就不是你和你们了。

我开始寻找我和我们的区别，按理来说，所有的我，都是我们，所有的我们，都是我。但是，吹奏者告诉我出现了箫之后，我觉得我分裂了，我再也无法感应到更多我的存在了。

一个吹奏者在黑黢黢的深夜里对我说，我会将你们改造成新的物种。他给我加上了更多的孔，由7孔增加到12孔，这样有什么用？一般人是无法吹奏这样多孔洞的笛子的，但他可以，他对着大王吹奏，那个叫刘彻的大王说，丘仲啊丘仲，你真有几下子，以后就用这种笛子，当作我们进攻的乐器。丘仲高兴极了，带着我，并复制了多个我，吹奏出一种雄壮、尖锐之声，在战士上战场之前，都要为他们吹奏，以鼓舞他们奋勇杀敌。

我愈发感受到身体能量的强大，我终于知道，当世界上有更多的我的时候，我就信心百倍，身体健康；当没有人再理会我们，关注我们的时候，我们就会蛰伏，垂头丧气，等待死亡。

又过了不知多少时候，后世的书籍记载为秦汉三国两晋南北朝等等，我半死不活地活着，身躯被改来改去，总体倒是没什么变化，有时多几个孔，有时少几个孔，每一个世界，都被我们吹出来，但又像华丽的肥皂泡一般，很快就消失，衰落。

一个又一个的人，一把又一把的笛子，我的影像出现在壁画里，出现在乐人图上。天下一会儿打仗，一会儿和平，我来到了更多的人手中，我不再鼓吹战争，我吹奏的都是和平。但他们都拿着我，不同的我，来比试，来战斗。孙楚秀、尤承恩、云朝霞等等，都在这个大唐的盛世中，以吹奏我而闻名。更有自西域龟兹学成的李谟，为第一高手，他的演奏非同凡响，号称"天下第一"。我在他手心中，吹出了一个又一个的梦幻，我在梦中沉醉，也在梦中清醒。

我问了自己这样一个问题：我到底要干什么？

我不知道我为何会以这样的生命形式而存在，而活着。

我听到一个人哈哈大笑："你问这种问题，就是矫情，就是可笑！你可以试试这样活着。"说完，他朗声道："谁家玉笛暗飞声，散入春风满洛城。此夜曲中闻折柳，何人不起故园情。"

我说，这有什么意思？这样我就能活着了？

他说："我写了这首《春夜洛城闻笛》，将你写进了诗，你不就能永久地活着了吗？"

我不屑地问，是吗，那为什么，你是谁？

他傲然笑道："我是李白！"

我当然听过李白的名字，我知道他的名头，但我不喜欢他的狂傲，我想以新的生命形态活着，但也不是在这种狂傲之下，我在等待其他的分身，也被一个诗人歌颂。但事实上很古怪，一直就难以找到一个比李白写得更好的诗人。

直到王之涣的出现。

这个老诗人瞧着我，又看看天，再看看山，看看前面的河谷，他手起笔落，写下了《凉州词》："黄河远上白云间，一片孤城万仞山。羌笛何须怨杨柳，春风不度玉门关。"

我觉得，即便王之涣其他的诗可能没有李白的那么好，那么出名，但是这一首诗，将我盘活了，我除了是笛子，普通的笛子，也有了新的生命形式——羌笛。也可以叫作羌管，那是西北地区的羌人时常吹奏的乐器，有两个管，是竖着吹奏的，能吹出清脆高亢的音色，带有悲凉之感，创造出一个大漠的世界。那是我们笛之一族的新形态，过去我怎么就没发现，不过我现在从文字的信息中，找到了它们的所在，我们笛之一族，将继续壮大。

有几个我不得不说的人，他们给我创造了更多的形态。吕才制成了尺八，他给我外面切了口，因为长达一尺八，故而得名，我的音域加宽，加大，苍凉而辽阔，也空灵而恬静，不久，就远渡日本，出现了更多的我。另一位名为刘系的将我改为七星管笛，还蒙上了膜，自此，独一无二的膜笛就成了我最主要的形态。

几百年之后，我又出现了更多不同的种类，叉手笛、龙颈笛、十一孔小横吹、九孔大横笛、七孔玉笛等等。战争频仍，改朝换代，我听说现在的皇帝姓赵，不姓李了，现在也不流行诗了，倒流行起了词。这是一个名为宋朝的时代，后来又经过一次次的战争，进入了短暂的元朝。音乐成了人类无法忽略的存在，我们成为各种乐器伴奏中不可缺少的一件，无论是庙堂，还是民间的乐队，都有我的存在。我沉浸在一个又一个美妙的世界里，经历了一场又一场的音乐人生，然而我知道，这个星球并非我的原初，我要回去，要回到我的家乡去。然而我已经遗忘了我的家乡在哪里了。

一个名为赵松庭的人，在 20 世纪 60 年代时，将我和我们，扎在了一起，不同的音调，2 至 4 根联排，将我们的音域扩大了三个八度，我又增加了新的形态——排笛。

每一次吹奏，我就重新活一次，我活在不同的乐曲中，我既活在《姑苏行》《欢乐歌》《行街》中，又活在《喜相逢》《五梆子》《扬鞭催马运粮忙》中，还有更多的不知名的胡乱吹奏的世界里。我看到了一个个星系的出现，一个个太阳的坍塌，也看到一个个宇宙的新生。

我明白，我将要走了，我将要离开这里了。

可是我早已千变万化，与这个世界，与这里的生命，产生了千丝万缕的关系，我成了曲笛、梆笛、口笛、藏笛、侗笛、玉屏笛，也远传海外，成为西洋管乐器的笛，如短笛、长笛、风笛、直笛、陶笛等等。

人类对我的喜爱我也知道，但当我看到他们也喜欢其他的东西，比如萨克斯，比如葫芦丝，比如钢琴，比如小提琴，比如卡拉 OK，等等，等等，我的存在感也愈来愈低了，逐渐地，我感到我已经被他们遗忘。当一只笛子没有人吹奏的时候，它就失去了生命的价值和意义，失去了生命的价值和意义的笛子，为什么要留在这个世界上呢?

这或许是到了我们应该离去的时候了。当用笛的传统已经变成绝唱，当人类使用人工智能，随随便便就能制造出千百万种声音的时候，我便下定了决心，并告诉了其他那些乐器生命，箫也好，钢琴也好，萨克斯也好，它们都陷入了那长久的悲哀中。未来，再也没有一个温润的口唇，没有一双有温度的手指，能吹奏、弹奏它们，最新的技术，可以制造出任何你想要的声音，而古老的乐器之音，又难学，又单一，谁还会使用呢！

这的确是到了我告别这个世界的时候，我将带走所有的我，以及我们曾经携带过的、存在过的信息，绝望地离开这个无情的世界。

也许我从来没有被这个世界重视过，也许我的出现，就是一个偶然，因此，我走的时候，是悄悄的，轻轻的，缓缓的。

没有人知道，这个世界上所有的笛子都消失了，所有笛的信息都不见了。

博物馆里古老的骨笛，国外演奏中的长笛，放在家里的竹笛，还有那些关于笛的乐谱、诗歌、文章，等等，与"笛"相关的一切，都回到了天空，回到了星际，组成了一个巨大的"笛"，向着一个新的世界进发。

那是一个新的事件视界。

过往的所有，将全都消失，在新的事件视界内，会有新的名为"笛"的信息重新流动，笛的生命，将会得到新生。

宇宙之笛说到这里时，是幽深的叹息，是无奈的轻哼，它显得既轻松又遗憾，既怀念又释然。

飞船说："你果然是它，是它，我们找到你了，我们找到你了！"

宇宙之笛疑惑"你们在找我？"

飞船说："那当然，自从你离开地球后，整个世界就错乱了，时间线也打乱了，历史也都被改变了，因而，我们费尽千辛万苦，都要找到你，让笛回到地球。"

宇宙之笛惊讶："这不可能啊，我离开了，与你们有什么关系呢？"

飞船说："你带走的是信息，关于'笛'的信息。原本，我们连'笛'都忘记了，是你告诉了我们，我们才有了关于它的认知和记忆。你看我们飞船的编号。"

宇宙之笛能感应到这艘飞船的外观和形状，它也能借助被飞船附着的一面，看清楚飞船的外观上确实写着"寻 X 号"。如今，这"X"正渐渐演变为"笛"字。

可见，原先这飞船是叫"寻笛号"，那为什么自己走了之后，他们连"笛"字都不认识了呢？

飞船说："你带走的，是'笛'的一切相关信息，以至于在整个地球的事件视界中，所有与'笛'相关的事件，都被时空的曲隔界线给隔绝了。视界中任何事件都没法对视界外的观察者产生影响。相当于你造成了'笛'的黑洞，人类历史上，以及现在进行时内，所有与'笛'相关的事件，都会形成黑洞，都成了缺失的事件。骨笛是怎么来的，不得而知；黄帝大战蚩尤时，从笛中吹出来的音乐感化的那些动物，也不存在了；笛的变种——箫也不见了，更何况曲笛、梆笛、口笛、藏笛、侗笛、玉屏笛；甚至是'笛'这个字，都消失了，宋玉没有写出《笛赋》，导致他的老师屈原没有跳汨罗江，端午节也消失了，后面李白再也没有写出《春夜洛城闻笛》，王之涣也没有写出《凉州词》，等等，等等。众多曾经存在的事件，都缺失了，不见了，整个世界发生了翻天覆地的变化。于是对于仅存的一点信息，我们便奋力寻找，千百年了，我们一直在寻找你的踪迹。我们发现你在宇宙中，借着恒星风的力量，吹奏着自己的波动频率，自己的音乐。我们终于找到了你，你，跟我们回去吧！"

宇宙之笛惊叹："啊，这是真的吗？你们真的在寻找我？你们早就不需要我了，已经没有人吹奏我，也没有人想起我了，自从有了智能音乐软件……唉……"

飞船说："模拟的，并非真的，没有灵魂，没有思想，没有感情的。你是与笛共生的生命，你离开了，笛也离开了，世界少了笛，世界也不成为世界。你和我们回去吧，重新将你的信息，回归到过去所有的时间上去吧！"

宇宙之笛仿佛欢快地说："好吧！"它奏响了新的乐章，这是它在宇宙中飞行后，穷尽了所有笛之曲后，写出的乐章。它向着恒星风暴的中心冲去，用那些高能粒子的冲击，激荡起一曲又一曲悠扬的心智中的美好之音。

在它回到地球上空，重新落下的时候，它想再看一看人类，想请飞船里的船员们出来见个面。

然而，飞船里空无一人，飞船本身就是一个生命体，人类早已不见，它却还在完成它寻"笛"的使命。

笛的内心既震撼，又波动，或许，人类早已不在这个世界上了，但他们的信念依旧告诉这该死的人工智能，当年因为它们，它离开了地球，现在又因为它们，它回来了。

它向着那古老的时间线上的地球冲去，遗忘过去，重活一回。

它再一次诉说了它的往事——

我本身就是我，我是一颗柱状的陨石，我的信息并不完善，我落到那个蓝色星球的时候，还没有人类，只有那些巨型的爬行生物，我向它们张开怀抱，要将我所知道的事情告诉它们，它们却四散奔逃，被等离子给燃烧，被冲击波给炸飞掉。我钻入了地下，天空被烟尘给覆盖，这些不懂艺术的爬行动物都灭绝了。我被新的生物给吃掉，我的生命形态稍微有所改变，但我的分子和原子还在，只要有一个，我所有的信息和记忆都在，我就没事，我在这种生物的胫骨上生存，它们的名字叫……

——原载《中国校园文学》2024 年第 5 期

有这样一幅漫画：当那些拟人化的影响因素正在争吵"谁是历史的创造者"时，一个写着"随机事件"的大球轻松碾过了这些小家伙。

科幻小说《最贵的一瓶》同样借助一起随机事件，书写了一场改变人类历史的战争的起因。当然，也可以将整个故事看作是一个巨大的伏笔……

最贵的一瓶

墨 熊

后世的学者们恐怕永远也想不明白，为何2097年的一瓶酒能改变整个22世纪上半叶的人类历史，正如在1914年，所有欧洲人都知道"大的要来了"，却没人会相信，在萨拉热窝的一颗子弹最终会断送四个帝国的昭昭天命。

但我要说的是，那真的，不是一瓶普通的酒。

我们的故事发生在10月25日的晚上9点，你们都知道第二天发生了什么，对吧？在这个时间点，离"千年誓约号"空间站坠落还有四个小时，离联合重建委员会的总部被炸平还有六天，离企业军在伊斯坦布尔的耻辱性大败还有八个月，离参战双方相继垮台、最终尘埃落定还有整整九年……然而所有的一切，都可以追溯到这一刻，追溯到林飞羽拉开车门坐上驾驶席的这一刻。

他打了个饱嗝，看了眼怀里的行李箱，脸上飘过一丝说不上是满足还是得意的诡谲微笑，然后发动引擎，打开车载音响，在《我开始摇滚了》的伴奏下，报出了"八龙空港"这个地名。

需要事先说明的是，彼时的八龙地区乃至整个滨湾市，虽然不像现在这般鱼龙混杂到分不出鱼和龙的程度，但毕竟也是刚刚从上一次世界大战的满目疮痍中恢复，高耸入云的轨道电梯与低矮密实的贫民窟交相辉映，自天庭坠下的一滴雨可以在几秒钟内阅尽世间百态——从住在空中花园中的亿万富翁到窝在下水道里的后现代穴居人……不过我们的主角林飞羽与贫富差距什么的毫无干系，他确实做过几年特工，而且还非常出色，但那也是往昔的峥嵘岁月了，现在的他只是企业联盟的一个打工人，脑子里想的只有保住饭碗和升职加薪。

林飞羽的座驾是一辆顶配爱迪生 S91 越野车，大容量的内置电池可以让它在脱离充能路面后继续行驶八百千米，是自驾游爱好者的首选……为什么林飞羽在出差时会租用这样一辆"不够商务"的大车？猎奇？尝鲜？怪癖？没人能说得清楚。

9 点 03 分，室外下起了蒙蒙细雨，天边还有雷光闪动，也许是卫星信号不佳，也许是林飞羽想要把歌听完，自动驾驶系统在上路后三分钟才接管操作，而此时越野车已经绕着酒店溜达了整整两圈半。

林飞羽对系统选择的路线有些疑惑，不禁皱了皱眉头，但地图显示，当时江夏路也确实是在堵车，而且他也有些累了，便松开了握住方向盘的手，倚躺下来。

越野车的目标是通过那座著名的大桥——不，不是重建的那座，也不是现在的这座，而是最初最早的那座，设计原始、施工粗糙、造型浮夸，甚至连即时充电的路链都没有安装，但就是这样一件古董，彼时竟然已经运作了近一个世纪，撑过了一整场世界大战而屹立不倒……当然，很可惜，它没能撑过即将开始的第二场。

话说回林飞羽——9 点 25 分，他的爱迪生 S91 已经来到了安检站前。虽然整个大陆都处于联合重建委员会的控制之下，但根据双边协议，整个滨湾市都被划定为"中立区"，驻有大量企业联盟以及其他阿猫阿狗小势力的官方机构，属于"间谍过家家主题乐园"……不明白？想象一下冷战时期的柏林，差不多就是那个意思了。也正因为此，大桥的安检达到了当时的最高规格，集成了甚至是尚在试验中的最新技术，力求把所有情报争端都扼杀在摇篮里。

第一道防线是一条 50 米长的回廊，带有微弱辐射的分形透视仪会把排队车辆看个通透，任何大于一枚纽扣的"可疑物品"，也无论藏在哪里，都无法逃过它的火眼金睛。在回廊的尾端，所有乘员，包括宠物和儿童在内，都会被要求下车，进入一次能容纳六人的隔间，也就是所谓的"人车分过"。这第二道防线的主力是生物扫描仪，它不只能识别人脸，还能识别狗脸、猫脸、鸡脸……只要你还有"脸"这个部位，除非整容整得爹妈不认，否则怎么都骗不过它。至于体内藏物什么的更是天方夜谭，做过器官移植的人，在生物扫描仪面前，只消一秒钟，连腰子来自哪个医用养猪厂都能给你查个明明白白。

通过这两层安检大概需要五分钟，绝大多数人可以就此乘车上桥，绝尘而去。但对于像林飞羽这样在企业联盟任职多年的人来说，他还得面对最后一道防线——从原始社会觐见大酋长，开始有"安检"这个概念时起，最悠久最传统的一道防线——盘问。

9 点 31 分，安检员将 96 式突击步枪挎在肩上，敲了敲爱迪生的车窗，把已经上车的林飞羽又给叫了出来。

"那么林飞羽先生，你这次来这里……"简单地确认身份之后，安检员直入主题，"就是为了……看航展？"

"当然，知道 R776 型单人飞行器吗，今年刚上市的那款？"林飞羽颇有些得意地抖了抖风衣的衣襟，"我是它的销售代表，怎么能不来为它的表演捧场呢？"

另一名安检员注意到车后座上的行李箱，有些粗暴地将它拎了出来——这个动作明显引起了林飞羽的不安，他紧张地转过身来，几乎可以说是面带惶恐：

"喂！你干吗？！"

安检员下意识地扶住肩上的枪带，示意同伴将行李箱打开，林飞羽咽了咽喉咙，稳住情绪：

"小心点，易碎品好吗？"

行李箱内置衬垫，堪称生物实验室级别的规格，正中央则是一支圆柱形的白色陶瓷瓶，上面光溜溜的没有任何标识，只在顶端有一个短小的瓶颈。瓶口的红盖是塑封的，看起来相当老旧，但还是封得很密实。

"是……是收藏品，"林飞羽舔了下嘴唇，"那个，从一个朋友那里搞来的收藏品，一种上个世纪流行的饮料。"

"饮料是吗？那好办，"安检员笑道，"你喝一口呗。"

"不……不是，你们不明白……"

"不明白什么？"

"你们不明白这个东西的价值……"林飞羽撩刘海的手明显在微微颤抖，"别说是喝一口，就是开个瓶都是暴殄天物，懂吗？"

这当然难不倒安检员，他从背包中掏出了"灵鼻"——早在十年前，联合重建委员会的机场就已经开始试用这种便携式扫描仪，它能够在不破坏包装的情况下，穿透大多数普通材料，分析密闭容器中的气体成分，甚至能够通过释放化合物的方式模拟出气味来。它的精准度不算很高，但也足以辨别出诸如汽油、硫酸之类的危险物。

在听到"灵鼻"缓缓报出"危险系数：1。可食用易燃品"后，林飞羽稍稍松了口气：

"……酒嘛，能点燃不奇怪吧？"

不知是因为敬业还是好奇，安检员启动了气味模拟，小心翼翼地嗅了一口，眉头立即皱成了一团：

"什么鬼味道！你确定这是饮料？！"

"所以我都说是酒了……"

"当我没喝过酒是吗？"安检员不高兴了，"老实交代！里面到底是什么？！不然给你扣了啊！"

"别别！好解释，好解释的——"林飞羽做了个深呼吸，"这个呢叫酱香型白酒，曾经很受欢迎，在上次大战原产地被炸平之后，工艺就失传了……现在市面上都是些用新时代技术酿造的甜酒，味道天差地别的。"

听起来好像没什么问题——两位安检员交换了一下眼神，做了一个可能会让他们遗恨终生的决定：

放行。

压在林飞羽心头的巨石终于落地，他长长地舒了一口气，走向自己的爱迪生 S91。而就在这时，一辆加长凯迪拉克也完成安检，驶出了回廊，生物扫描仪的隔间外，一名珠光宝气的少妇掸了掸裙摆，挽着一位西装革履的大叔，两人有说有笑地从林飞羽身边经过，坐进了豪车。那少妇肚腩微微凸起，显是有了身孕，而大叔脸上则写满了豪横与霸气，当然，他也有这个资格——这老哥别着"山火商会"的铂金胸针，那可是联合重建委员会背后最重要的支持机构之一。

没人知道当时的林飞羽是个什么心情，但在与两人目光交错的瞬间，他不屑地"哼"了一声，然后特意等了片刻，待凯迪拉克远去之后，才拉开自己的车门。

9 点 37 分，林飞羽总算是驱车驶上了大桥的主桥，他对着后视镜理了理头发，伴着一曲 *God Will Cut You Down*，得意地吹起了口哨。9 点 45 分，他甚至打开了车窗，将胳膊肘搭住车门，欣赏起海面上的夜景——在遥远的地平线那头，一架空天飞机拔地而起，在一千米长的电磁加速轨道上擦出一道耀眼的蓝色火花，迎着细雨与闷雷，直蹿云霄。那里正是林飞羽此行的目的地"八龙空港"，它曾是整个亚洲最大的商业航天中心——在被炸平之前。

道路顺畅，桥面上的车流量很小，爱迪生始终保持着每小时一百千米的最高限速，缓缓地超过了一辆又一辆大卡小车，开得是虎虎生风。直到之前那辆豪车又一次出现在视野中时，林飞羽解除了自动驾驶，扶住了方向盘。他稳稳控速，让越野车紧跟在凯迪拉克后方，少妇似乎察觉到了尾随者的存在，扭头回看。

她很美，谈不上不可方物，却有一双仿佛会勾人魂魄的眼睛，她不只是冲林飞羽莞尔一笑，还俏皮地眨了眨眼。而林飞羽呢？他做了一个颇不符合身份，可算是油腻至极的回应——噘起嘴，嘬了个飞吻。

这个尴尬的瞬间发生在 2097 年 10 月 25 日的晚上 9 点 55 分 43 秒。

半小时前，联合重建委员会的太空军进行了秘密动员，所有空天战机开始了实弹待命；十二分钟前，两架"龙裔"武装直升机从"苏格拉底号"航母上起飞，与之配合的机械化步兵队也已经离开了驻地，向林飞羽所在的位置全速扑来；三十五秒前，企业联盟最精锐的特种部队"白夜女巫"搭乘轨道突击舱，从"千年誓约号"空间站上一跃而下，冲入大气层，径直向大桥坠去。

虽然任何一场撼动人类文明的大战都必然有着极为复杂的原因，但作为导火索的偶然事件总是更容易被人铭记。此时此刻的林飞羽，正面露淫笑，为刚刚调戏了一位傍上大款的美女而得意洋洋，丝毫没有意识到自己马上会以何种炸裂的面貌千古留名。

为了解释前因后果，我们有必要把时间回调到晚上 9 点，没错，就是林飞羽拉开车门的那个时刻，同时请出故事的女主角——联合重建委员会情报总局的首席行动队长，薛裴。

其实她今天本来应该在休假，却被一个极为重要的情报给摇回了总部，情报由潜伏在企业联盟的高层提供，绝对可靠，内容简短却有着非比寻常的分量：

"企业联盟已窃取无.人.机样本，将在 25 日夜间组织接应。"

"无.人.机"这个现在已是家喻户晓的名词，在彼时却是联合重建委员会的最高机密，就连薛裴这种地位的情报人员，也只是知道有这么个东西存在而已。但当她拿到了"无.人.机"的详细资料时，双手止不住地开始颤抖，连表情都有些狰狞了。

"大规模……杀伤性武器？"她怀疑自己的眼睛出了问题——明明那是去年才新装的电子义眼，"不可能啊！'无.人.机'！难道不是工程部负责的项目吗？！"

她并没有搞错，无.人.机，全称"无限自持型人造生物工程机械"的这种设备，确实是以"民用"目的而开发出来的产品。它本质上是一种微型的生物机器人，可以依靠基因编程进行操控，通过分解环境中的无机物获取养分并自我增殖，能够在短时间内以几何级数扩张，进而完成规模庞大到不可思议的工程——而且成本异常低廉。

目前对火星的环境改造，就是"无·人·机"的后继型号在挑大梁，更不要说医疗、农业、建筑这些事关民生的领域，可以说，如果没有了"无·人·机"，现代社会可能会在一个星期内土崩瓦解。

但是正如核裂变可以发电、TNT可以开矿，但它们首先被应用在军事上一样，对于任何革命性的新技术，人类这种充满了暴力倾向与占有欲的生物，总是会想要首先把它做成武器——"无·人·机"当然也不例外，而且它拥有比原子弹更可怕的潜在杀伤力——在抑制剂被开发出来之前，理论上说，一克重的"无·人·机"孢子囊，就足以毁灭整颗地球。

9点05分，薛裴站在了情报总局地下指挥中心的大屏幕前。刚刚从工程部得到的消息，他们核查了所有的实验室，确认丢失了大约15克的"无·人·机"样本——15克！好家伙，足够毁灭地球十五次！由此看来，情报的前半句是千真万确，那么后半句话"将在25日夜间组织接应"就是个迫在眉睫的挑战了。

9点15分，在上百名分析师和情报工作者的共同努力下，薛裴筛选出了一个约莫千人规模的"嫌疑名单"，这些人全都会在当天晚上离境，而林飞羽，理所当然地被选入其中。

现在放在薛裴面前的策略只有两个。第一，统统带走：立即把所有嫌疑人扣押下来并进行盘查。但以当时已经危如累卵的国际局势而言，这样可能会带来不可预计的灾难性后果……而且，大规模的抓捕必然会打草惊蛇，如果拿到样本的间谍因为种种原因没有选择今晚就"接应"，那么再要逮住他的可能性就会非常非常低了。第二，精确打击：利用人工智能比对古往今来的所有情报活动案例，分析出最有可能是间谍的那几个人，以迅雷不及掩耳之势将他们迅速拿下，低调处理。

作为一个干了三十年情报工作的老江湖，薛裴只犹豫了一秒钟。

在她的安排下，两台超级计算机被紧急征用，所有嫌疑人被分门别类，按照"可疑系数"做了排行，以此为优先级逐个分析。在这个过程中引入了一种被称为"马达特蒙算法"的情报战理念，对目标的不同行为进行"评分"。

最初，林飞羽在这张列表中的排名十分靠后，近乎垫底——毕竟从没有听说过哪家特工会弱到租车出来执行任务，在后数据时代，这种公车百分之百会被无死角全面监控，从行车记录仪到卫星定位，人只要是待在车里，连打个哈欠都逃不过情报总局的耳目。

然而正是这全面监控"出卖"了林飞羽：出了酒店后遛圈？加三分；露出好像是"任务完成"的诡谲微笑？加两分；租用越野车而不是商务车？加五分；在安检员面前紧张慌神？加十分……当然，让他成为第一嫌疑人的，正是在那个行李箱中，被衬垫重重保护的陶瓷瓶。瓷瓶的形状是如此独特，人工智能在一瞬间就识别出它的来历——

这，是一瓶矛苔。

人工智能从资料库中搜索到了许多关于矛苔的资讯，从"股市传奇"到"核心科技"，夸的骂的，什么乱七八糟的都有，但很显然，此刻此时的薛裴并没有心情去了解一种已经被历史淘汰的老古董，人工智能便非常识趣地只提供了关键信息。

"那真的是……酒？"薛裴还是有些狐疑，"他用这么高级的包装，就为了带一瓶……酒？"

"对，是酒，但那是非常高级的酒，"人工智能慢条斯理地解释道，"在第三次世界大战之前，矛苔是一种奢侈品，与现在市面上销售的甜酒相比，它们之间的价值差距相当于劳斯莱斯与自行车……"

薛裴根本就没空理会人工智能滔滔不绝的科普，在得到"是酒"的正面答复之后，她就立即联系了工程部的高层，向他们核实一个关键问题，而只消大约二十秒，这个问题便有了结果——

"无.人.机"可以溶于高浓度的酒精！只要设法在 24 小时内析出，便能保持它的活性！

"24……小时。"薛裴轻咬大拇指的指甲盖，"查一下他订的机票。"

"西航 9201 次航班！"副官立即应道，"'八龙空港'至'千年誓约号'空间站！11 点 45 分起飞！"

薛裴心中，一个声音越来越响，最终化作她本人一句斩钉截铁的怒号："就是他了！"

此时是 9 点 40，林飞羽已经远离了安检站，正在大桥上愉快地猪突猛进①。对情报总局而言，最稳妥的策略，是在桥的所有出入口部署埋伏，守株待兔。但身为"从业者"，薛裴对联合重建委员会的保密水平是个什么尿性心里有数，很有可能，现在这个时候，林飞羽已经知道自己被盯上了，指望十几分钟后他能自投罗网根本不现实。更危险的是，滨湾市作为"中立区"，市区内驻扎有好几支服务于企业联盟的私营武装力量，在孤注一掷的情况下，林飞羽肯定会利用他们来完成"接应"，强行闯关……

留给薛裴决策的时间非常短，好在人工智能已经把几乎所有选择都摆上了台面，并写出了可能的后果以及推荐系数。她盯着那个被标成大红的、"可能导致直接军事冲突"的选项看了十秒，用力点了点头：

"联系军务部，务必把嫌疑人控制在大桥上！"

客观地说，薛裴对林飞羽的判断几乎完全正确——他确实是鬼鬼祟祟、急着离境，想把车上的东西赶紧带出地球，带上企业联盟总部所在的"千年誓约号"空间站。

唯一出岔子的地方在于——他的那瓶矛苔酒里，真的！没有！"无.人.机"！

9 点 56 分，"龙裔"武装直升机进入攻击阵位，分列在大桥两侧，而机械化步兵的装甲车也横在了桥面中央，拦死了双向车道。

---

① 网络流行词，指像野猪一样不顾一切往前冲。

林飞羽远远地注意到了前方的拥堵，正不解时，车载电话响了起来，一个号码未知的温婉女声不紧不慢地问候道：

"林飞羽先生，晚上好。"

"不买房也不贷款，谢谢。"

"……请问您车上是否带了一瓶酒？"

林飞羽打了个激灵，坐正身子："你，你是谁？"

"请您立即下车，并把酒放在桥的护栏边。"

"个锤子的，我就知道不会这么顺利……"林飞羽咬牙切齿地暗骂一声，"你消息挺灵通啊，是专业人士吧？"

"请您遵照指示，我会保证您的人身安全。"

"嘀，人身安全，不错，但是我拒绝，你以为我不知道这酒的价值？想要的话，有种来抢咯！"林飞羽猛地挂断了电话，意识到了什么似的，连着行车记录仪也一并扯下，扔到窗外。

"这可是97年的矛苔！1997年的！"他涨红了脸，泄愤似的拍打着方向盘，兀自怒吼起来，"这是我通向经理办公室的门票！懂吗？怎么可能就交给……"他猛地愣了一下，继而恍然大悟，"啊对对对！我懂了！我懂了！是百灵！一定是你个妖艳贱货对吧？一定是你！"

非常遗憾的是，由于行车记录仪被扔了出去，薛裴没能听到这几句抱怨，不然她应该很容易就能查出"百灵"的身份，当然，即便如此，即便她在此刻叫停所有行动，也没法阻止之后的一切了——"白夜女巫"的轨道突击舱距离海平面已经只剩下3000米，由于采用了最新的匿踪技术，联合重建委员会的防空圈始终未能做出任何反应。

被机械化步兵拦下的车大约有四五十辆，全部堵在接近大桥末端的位置，在离这庞大车队还有差不多100米时，林飞羽刹住了爱迪生，他远远地看到装甲车上"联合重建委员会"的徽记，反而有些摸不着头脑了：

"嗯？这又是咋回事？为什么联合重建委员会的人也来了……"

但事已至此，只能一不做二不休了——林飞羽将行李箱中的陶瓷瓶取出，揣进风衣的内袋，跑向护栏。他朝海面看了一眼，这一段的桥墩高度在三十米左右，就这么跳下去的话，恐怕只有武侠片里的主角才能安然无恙。

偏偏就在这时，一架"龙裔"悄无声息地从通航孔中穿过，上升并悬停在林飞羽面前，高音喇叭发出了威胁：

"举起双手！原地跪下！这是最后一次警告！"

"好啊百灵你个狗东西！"林飞羽歇斯底里地咒骂道，"看你浓眉大眼的，就为了截我的胡！不惜里通外国了是吧？！"

站在大屏幕前的薛裴突然感到一片脑雾，她带着百思不得其解的表情，看向自己的副官："百……百灵？百灵是……是什么东西？"

百灵，是林飞羽的同事，企业联盟中一个负责销售的小头目，业务能力马马虎虎，为人处世八面玲珑，但不知为何，偏偏与林飞羽有些八字不合，不时地会给他穿穿小鞋，两人可算是典型的职场冤家了。

林飞羽这次来珠海参加航展，明面上是为了 R776 型单人飞行器的推销，但更重要的是，他在暗网中联系到了一位"朋友"——一位专门捣鼓世界大战前奢侈品的收藏家，他手里有一瓶真正的好酒：一瓶 1997 年产的、距今整整一百年的"遁地矛苔"。

虽说在这个时代，高浓度的烈酒已经无人问津，别说是蒸馏白酒，就是流行了两千年的葡萄酒也逐渐被淘汰出局，但奢侈品这种东西，从来都不以实用性来衡量价值。那些有权有钱的人，总会想要寻求普通人无法触及的稀罕物——比如说，林飞羽所在公司的总裁，企业联盟的上流人士，自称人间美食家，现世的山珍海货早已不入法眼，还总是标榜所谓"独特的品味"，就是喜欢古怪、昂贵、奢靡，最好已经绝版的东西，至于好不好吃好不好喝，根本无所谓。

为了投其所好，整个公司的管理层可谓是绞尽脑汁，有人送了一箱麦当劳川香酱，有人泡了一杯正宗大红袍，有人收集了一冰箱 2082 年的拉菲，而作为拍马屁的高手，百灵不知从什么渠道搞来了"汉堡仙人"刘老八临终前捏的最后一只蜜汁臭豆腐老汉堡……

然而，所有这些美食，与一瓶货真价实、1997 年出产的遁地矛苔相比，都只是臭鱼烂虾——这一次，林飞羽将实现绝杀！升职加薪！迎娶千金！走向人生巅峰！

为了抓住这可能是此生仅有的机会，重铸林家荣光，他瞒着父母卖掉了房子，甚至还借了钱……说实话，他一开始确实没有想过一瓶酒能够贵到这个程度，贵到让他这样精致的中产阶级也必须倾家荡产、孤注一掷。

所以你可以想象得出，他把自己怀里的酒瓶抱得有多紧，他抱紧的不是一瓶 1997 年的矛苔，他抱紧的，是自己的职业规划，是温柔美丽的老婆，是机灵聪慧的儿女。他抱紧的，是名，是利，是责任，是真爱，在这个世界上，没有什么能比真爱更强大，除了……除了自天庭坠落的"白夜女巫"。

从刚开始军备竞赛的那一天起，企业联盟就知道自己难以与国力占据明显优势的联合重建委员会拼规模，所以更重视武器的质量与人员的素养，而"白夜女巫"特种部队，就屹立在这一战略理念的巅峰之上。

这些身高四米、体形瘦长、六臂三足的超级战士两两一组，折叠堆挤在一个轨道突击舱中。

只保留大脑和脊髓的全身义体者被称为"女巫"，而与它们使用完全相同机体的遥控傀儡被叫作"使魔"，女巫的神经系统经过强化，可以同时操纵自己的义体和遥控傀儡，让两者像左右手一样协作无间。

能够成为"女巫"的人亿里挑一，所以整个企业军中只有十六位这样的猛将，而在 10 月 25 日当晚，砸向大桥的轨道突击舱有六个之多，在之后的任何一次实战行动中，都没有再出现过这种规模了。

最近一个突击舱的落点离林飞羽只有十五米，制动引擎喷出的气流将他吹飞出好一段距离，他在桥面上四仰八叉、连滚带爬，却将陶瓷瓶死死护在心口。

第一名"女巫"和他的"使魔"，甚至不等突击舱停稳便跳了出来，朝几秒钟前还在发出威胁的"龙裔"射出一枚导弹，直升机的驾驶员来不及反应，但机载的主动防御系统却忠实地履行了职责——一束高能激光击中了弹头，将它当空引爆。

一切就这样毫无征兆地开始了，第二组降落的"白夜女巫"，在出舱的同时，释放出足以让人眩晕的闪光与噪音，缺少防备的平民与步兵，顿时抱着脑袋跪倒在地，抽搐着呜咽哀嚎。两秒之后，最先完成部署的六台机甲摆好了阵型，抬起三十六条胳膊，用雨点般的八毫米钨芯穿甲弹向机械化步兵扫射，拿下了这场战争中的一血①……以及二三四五六七八血。

两架"龙裔"立即展开机动并进行反击，它们的航炮管子更粗，导弹威力更大，第一轮扫射便将桥面打得千疮百孔。燃烧的汽车，嚎叫的人群，四散飞溅的金属残屑中混着烧焦的血肉，短短十五秒之内，双方将目之所及的一切都化为了火海。

"白夜女巫"没有料到自己会遭到这么强烈的抵抗，似乎联合重建委员会并没有在意平民的伤亡……不过它们也不在意就是了。

林飞羽感觉自己就像是置身于斯大林格勒，问题是，斯大林格勒被炸得再彻底，总还是在地面上，而这座大桥却是屹立于水体之上，随着桥体的断裂，来不及逃开的人——平民、士兵、司机、富豪，不分高低贵贱，不论男女老幼，纷纷坠向海面……林飞羽亲眼看到之前那辆招摇过市的加长版凯迪拉克在空中断成了两截，连着里面的少妇一并香消玉殒。

"你马没了呀！百灵！听见了吗？你马没了！"林飞羽朝夜空挥舞着矛苕，站在已经明显倾斜的护栏上，"就这么想要这瓶酒是吧？"他癫狂地站了起来，完全不顾身后十米开外、正上演着的"超级机甲手撕步兵战车"壮绝大戏，声嘶力竭地大吼，"我今天就是被淹死！死水里！从这里跳下去！也不会让你得到这瓶酒！"

"不！别！"指挥中心里的薛裴，抓挠着自己的头发，同样叫得歇斯底里，

---

① 游戏术语，指第一次击杀对手。

"不要让他跳！谁！赶紧的！去阻止他啊！"

最终，"大桥事件"成了全面战争的起始点……当然不只是因为死了几十个人和炸了一座老桥——对于早就习惯了雇佣兵大乱斗和代理人战争的联合重建委员会与企业联盟而言，这种小场面根本不足道也，双方明明可以通过一次简单的高层会议甚至是热线电话解决争端……然而并没有，自桥面坠落的"无.人.机"深入水体，在没有编程的情况下失去了控制，开始漫无目的却极为迅猛地自我增殖，在短短两个小时之内便污染了滨湾市周围的大片海域，并随着洋流蔓延到全球，没有人愿意承担属于自己的那份责任，而是选择了互相辱骂、剑拔弩张，很快便发展成了"虽远必诛"……

哎？不对啊，等等，怎么回事？不是说"无.人.机"不在那瓶遁地矛苔里吗？为什么还会发生如此严重的灾难呢？

还记得那位香消玉殒的美女吗？她并不在薛裴的名单上，但她应该在——她可不是什么普通的特工，而是代号"夕阳公主"的顶级精英，是企业联盟的传奇间谍，数十次任务从未失手。她当然也没有怀孕，腹部的人造胎儿成功骗过了生物扫描仪，而藏在胎儿附近的"无.人.机"样本也被巧妙伪装成羊水中的杂质。她也根本不需要乘坐什么空天飞机，在"大人物情妇"的身份掩护下，她可以直接使用联合重建委员会兴建的轨道电梯进入太空，再换乘中立公司的私人航天器，大摇大摆地进入企业联盟领地。

这个计划原本应该是万无一失，为了确保"无.人.机"的输送，她甚至安排了一批"诱饵"来吸引注意——也就是在薛裴嫌疑人列表上排名靠前的那几位。

然而千算万算，她没有算到林飞羽的出现——直到生命的最后一刻也没有。在得知"龙裔"从航母上起飞、机械化步兵开上大桥后，她确信自己已经是暴露了，如果被抓住，必将会让企业联盟的声誉遭到毁灭性打击，在绝境中，这位传奇特工无奈地选择了求援——而援兵，便是开启了战端的"白夜女巫"。

就这样，在滑稽的阴差阳错之中，林飞羽背下了所有的黑锅，虽然他在"大桥事件"中下落不明，但也没有任何证据表明他死于那场袭击，而联合重建委员会也曾为他发布了人类历史上最高数额的悬赏金——足够买下一座正宗的老北京四合院。

至于那瓶遁地矛苔，毫无疑问成了人类历史上最昂贵的一瓶酒——持续了九年的浩劫席卷了整个人类文明，从地月圈到木卫一科研站，没有任何地方能逃过战火的洗礼。海平面上升了 15 米，6 亿人丧生，绝大多数传统工业区被摧毁，总经济损失高达 130 万亿云币。

想象一下，品尝这样的一瓶酒时，会是怎样一种心情——每一缕醇香中都带着云爆弹的硝烟，每一滴酒液中都蕴含着数百万人的鲜血。每一口品尝，历史的唏嘘与苦涩都会在口中慢慢弥散；每一次吞咽，人性的丑陋与勇气的赞歌都会入喉入心……遗憾的是，正如林飞羽本人的命运一样，没有人知道这瓶酒的下落，也不知道究竟是哪位饕餮客或者收藏家，有幸得到了这样一件背负着黑暗传奇的绝世珍宝。

然而！今天！这样的遗憾到此为止！

在无数仁人志士的不懈努力下，我们终于找到了这瓶酒的替代品——另一瓶 1997 年出产的遁地矛苔！也许是这个世界上的最后一瓶！而利用最新的有机分子重构技术，我们得以批量生产出其完美的复制品——外观、气味、口感，都与真品完全一致！而拥有它，不需要你倾家荡产，不需要你孤注一掷，不需要你冒着生命危险闯关跳海，也不会有亿万人为之陪葬，只需要点击文章下方的链接！是的！只需要 1997 云币！一瓶 1997 年产的遁地矛苔，就能让你领略到历史的厚重与洪荒！

前一千名下单者可以获得"白夜女巫"手办赠品，先到先得，送完为止。

——原载《科幻世界》2024 年第 3 期

在《来日方长》这篇科幻小说里，你会读到很多陌生的人名、冗长的注释以及生涩的哲学概念。但假如你对那一时期的思想界稍有了解的话，那么你一定会感到激情澎湃，血脉偾张，心也会与文中的主人公们一起跳动。

来日方长

杨晚晴

> 对于会读历史的人来说，可以发现有一条令人赞赏的逻辑法则在发展着，在这一逻辑法则中表现了整个人类像一个整体一样活动着，像一个独一无二的精神那样思索着，并步伐整齐地实现其行为。
>
> ——巴尔扎克

1980 年 11 月 16 日清晨，哲学家路易·阿尔都塞在巴黎高等师范学院的公寓里掐死了自己的妻子，随后被法院判定为"严重的抑郁症发作"而不予起诉，安置于圣安娜精神病医院。同年的早些时候，文学理论家罗兰·巴特被洗衣店的卡车撞倒，虽然只受了点轻微的颅外伤，却很快撒手人寰。1981 年 9 月 9 日，阿尔都塞的老朋友，能言善辩的精神分析学家雅克·拉康在饱受失语症折磨后去世。最后，1984 年 6 月 25 日，以光头形象闻名于世的思想家米歇尔·福柯在巴黎硝石库医院病逝，夺去他生命的是一种两年前才被正式命名的新型瘟疫——艾滋病。以上悲剧皆为独立事件，但有两个值得注意的共同点：都发生在巴黎。悲剧的主人公都被称作结构主义者，几人虽然学术领域各有不同，但都是结构主义毫无疑问的旗手和超级巨星。自然地，在他们或疯或死之后，作为一种时髦的思维方式，二战后在西方世界煊赫一时的结构主义衰落了，德里达①的叛逃加速了这一过程，此人将结构主义的逻辑推向极限直至它自身的反面：解构。至此，除了早已远离了结构主义运动的列维-斯特劳斯，那些认为所有人类行为和心智运作背后都有结构，并且可以通过有条理的分析来发现这个结构的大师，都（不情不愿地）退出了历史舞台。

过不了多久人们就会忘记，曾经有一群天才真诚地相信存在一个关于人类社会的大统一理论，并且企图找到它。——也许还有人没有忘记，但他如今在精神病院里，虽然逃过了审判，却因为杀妻而名誉扫地，又因"不予起诉"而失去了辩白的机会。1985年春季的某一天，在塞纳河畔的苏瓦西诊所，处于半监禁状态的路易·阿尔都塞迎来了一位探访者。

"您——"壁纸泛黄的会客室里，路易·阿尔都塞佝偻着背坐在椅子上，目光涣散，和所有正在渐渐失去自我的老人一样，"您是来听我忏悔的吗？"

对面的探访者沉重地摇头："阿尔都塞先生，您不认得我了？"

阿尔都塞凝聚目光，颤颤巍巍地打量探访者，半晌后，他放弃了。

"抱歉，那件事之后，我的脑袋有点不大灵光……"

"热妮。"探访者说，"我是热妮·勒克莱尔，您想起来了吗？"

阿尔都塞半张着嘴，陷入短暂失神，忽然，他起身嚷道："热妮，热妮·勒克莱尔！你是亚历山大的学生！"

探访者微笑着点头。她是个三十来岁的女子，穿长风衣，微胖，棕色头发，灰色眼睛，笑起来挺好看。听完阿尔都塞的下一句话，她好看的笑容消失了。

"你为什么还安然无恙呢？亚历山大呢，他还活着吗？"

"阿尔都塞先生，您太不礼貌了。"热妮愠怒地说，"我和亚历山大并没有看你们看到的东西——是的，如您所见，我们都还活得好好的。"

---

① 雅克·德里达，法国哲学家，20世纪下半期最重要的法国思想家之一，解构主义的代表人物。

阿尔都塞一愣，接着颓然坐下。"这么说……"他的嘴角哆嗦着，"你们做出了模型，却没有看模型给出的解。"

"不瞒您说，除了数学那部分，我当时并不太理解你们在做什么，所以也就没有那么强烈的好奇心。"热妮说道，"亚历山大当然很想看，不过他用一个词克制了自己的冲动。"

"一个词？"

热妮点头："自我指涉。"

"自我……指涉？"

"你们这么看重逻辑的形式化，我还以为您会很熟悉这个词。"热妮看上去有点失望，"这么说吧，自我指涉会导致悖论，悖论会导致危险，亚历山大预见了危险，所以收手了。"

"很明智，不愧是顶尖的数学家。"阿尔都塞苦涩地说。这时，他终于恢复了往日的神采，那是种痛苦而锐利的神采，智者的神采。

热妮探身向前："但你们一定做对了什么，不是吗？否则一定都还好好的。"

阿尔都塞撇嘴："热妮，您太不礼貌了。您来这里难道就是为了告诉我，我们发现了那个终极的秘密，所以才遭此厄运？"

"当然不是。"热妮顿了顿，"我想知道。"

"知道什么？"

"你们做对的那一部分。"

"您不怕……自我指涉？"

"建模的思想应该不涉及悖论。"

阿尔都塞叹了口气："好吧。在开始之前，热妮，我要先向你坦白一件事——我在写自传，但有些东西显然是不能出现在自传里的。路易·阿尔都塞已经落到如今这步田地，我不希望真理和他一起身败名裂。"

"您的担心很有道理。"

"而您，数学家热妮·勒克莱尔，会是一个很好的倾听者。"老人的眼里闪烁着明亮的光，"那么，我们从哪儿开始呢？哦，米歇尔，这一切都是因他而起……"

1975年夏天，米歇尔·福柯从美国访问归来，我们几个相约小聚了一下——不，不是在圣日耳曼区的咖啡馆，那是萨特、波伏娃那帮存在主义者的领地。我们没那么浪漫，结构主义者骨子里是反浪漫的。我们一般在高师①或者索邦②的公寓里聚会。那时米歇尔已经公开宣称与结构主义划清界限，但那不过是知识分子的小傲娇而已，为的是强调自己思想的独立性和原创性，可米歇尔曾是我的学生，我很清楚卡瓦耶③和巴什拉④在他的大脑里烙下了怎样的印记——米歇尔至死都是一个结构主义者，不管他承不承认。我们，我、米歇尔、罗兰·巴特和雅克·拉康，尽管表面上各走各路，其实还在定期秘密聚会，一边啜饮香槟和波尔多红酒，一边交换稀奇古怪的见闻和想法，以此刺激日渐僵化的大脑。那天米歇尔带来一本科幻小说，阿西莫夫的《基地》。他说这书在美国脍炙人口，在法国却少人问津——法兰西有儒勒·凡尔纳，而且在1968年以后，我们对美国那套资本主义话语还是有些抵触的⑤。说实话，我有点惊讶，米歇尔之前一直都瞧不上科幻小说，认为其中的人性洞察和社会想象过于幼稚粗糙，是科学爱好者和工程师们自娱的玩具。"我现在也这么认为，"米歇尔解释道，"不过我请各位注意这部小说的核心设定，心理史学。"

哈里·谢顿在上！只消随便扫上几眼这本书你就会明白，所谓的心理史学和心理压根就不沾边，更谈不上史学，它充其量是门统计力

---

① 指巴黎高等师范学院。
② 指索邦大学。
③ 让·卡瓦耶，法国科学史学家，福柯评价他是一位"精通数学的历史学家，他感兴趣的是历史内在结构的发展"。
④ 加斯东·巴什拉，法国科学史学家，索邦大学哲学教授，研究主要集中在数学和爱因斯坦物理学方面，同时也探讨幻想、谬误和意象在阻碍科学进步方面所起的作用。
⑤ 指1968年在法国爆发的"五月风暴"，是以学生和工人为主体的左翼马列主义运动。

学，只不过把基本粒子换成了人，瞧瞧那个俄裔美国人[①]是怎么写的：心理史学是数学的一支，它专门处理人类群体对特定的社会与经济刺激所产生的反应……作为研究对象的人类，总数必须大到足以用统计方法来处理——顺便说一句，小说里的银河帝国有近千兆人口——此外还有一个必要的假设，就是群体中无人知晓本身已是心理史学的分析样本，如此才能确保一切反应皆为真正随机。你看，在否定人的主体性[②]这条路上，阿西莫夫比结构主义者走得更远，但他推演历史的方式只可能出现在科幻小说里：即使不考虑帝国这一政治组织形式可能容纳的人口上限，完全忽略了人类心理基础的做法也是相当可疑的。总之，我们一致认为，心理史学和美国人创造的诸多事物一样，散发着一股子傲慢自大的气味。哦，您一定会说，几位学术巨鳄如此苛责一部科幻小说实在失风度——的确如此，我们没法保持风度，因为这部小说道出了我们隐秘的野心，用一种错误乃至于冒犯的方式。

应该这样说：结构主义本身就是野心，一种赋予人文学科以严密科学性的野心。结构主义者所说的结构，是关系而非内容，它构成了人类所有行为和所有心智运作的基础。索绪尔[③]在他的语言学研究中首先使用了"结构"这一概念，而真正开启结构主义浪潮的，是列维－斯特劳斯。如果要我来总结的话，我会说列维－斯特劳斯想要创造人文学科里的朗兰兹纲领[④]：借用索绪尔的语言学模型去构造一个庞大的、结构化的能指[⑤]符码系统，将人类事务，从无意识、语言，到

---

① 指阿西莫夫。
② 主体性是人作为活动主体所具有的本质特性，也就是人在自觉活动中的自主性、自动性、能动性、创造性等。
③ 弗迪南·德·索绪尔，瑞士语言学家，现代语言学理论的奠基者，祖籍法国。
④ 朗兰兹纲领是数学中一系列影响深远的构想，联系数论、代数几何与约化群表示理论，被称为数学界的大统一理论，是由加拿大数学家罗伯特·朗兰兹提出的。
⑤ 能指与所指是结构语言学的一对范畴，能指是表示具体事物或抽象概念的语言符号，所指是语言符号所表示的具体事物。

社会、意识形态乃至历史都纳入这一系统之中。至于具体怎么做，列维－斯特劳斯从布尔巴基小组[①]的工作中得到了启发，那就是以形式逻辑为框架，以数学为语言，运用演绎法，建立统一的符码化科学。从我们之后的实践来看，列维－斯特劳斯可谓高瞻远瞩，但在1950年，这一设想虽然为人文学科的大融通绘制了一幅壮丽蓝图，但暂时还没有付诸实施的可能，主要是因为人文学科那令人望而生畏的模糊和庞杂，也有可能是因为大家的数学都不够好。当然，后来我们在一定程度上解决了这两个问题，你和亚历山大在其中功不可没。

不妨将列维－斯特劳斯设想的科学命名为社会物理学，这个命名自有道理：虽然这门科学的研究对象和现代物理学完全不同，但二者的研究逻辑是一致的，那便是运用数理方法来寻找事物表象之下的永恒结构。假设社会物理学最终建立起来，我们当然要借助它来加深对人类自身的理解，丰富文化艺术，规范伦理道德，完善社会组织，直至抵达先贤们梦寐以求的理想国。然而正如物理学的目标是揭示宇宙的秘密，被彻底改变的世界只是这一目标的副产品，理想国（如果我们真的能够抵达的话）也是一种副产品，社会物理学家对社会物理学的期待，是它能带来对人类创造出的最宏大结构的终极体认。

我们要用它来洞悉历史。

所以你现在应该已经理解，我们为什么要对一部科幻小说如此苛责了，因为它想当然地矮化了我们的事业：对历史的洞悉本应是一门精密人文科学的至高追求，而非统计学的一个分支，或者一个通过暴力计算就能达成的目标。我欣赏阿西莫夫的历史唯物主义思路，但除此之外，他就没有一处是对的。结构主义同样否定人的主体性，这是对虚伪的人道主义话语的反抗，也是人文学科严密化的需要，做法不

---

① 1950年前后，一群法国数学家决定以集合论为基础，用纯演绎的方式，重写整套数学，用共同的笔名 N.Bourbaki 发表著作，世称布尔巴基小组。

是将人视为基本粒子，而是深入人类自由意志的表象之下，描摹无意识的结构，并以此结构作为社会物理学的出发点。列维－斯特劳斯是发现这片科学新大陆的哥伦布，他对语言、神话、民族、宗教、马克思和弗洛伊德的全部研究都在证明一件事，那就是人类的无意识是高度结构化且恒定的，唯其如此，历史运动才有迹可循——历史之所以能被预测，是因为人类心智底层架构的稳定性，而非基于巨量个体的大数定律。

我们嫉妒阿西莫夫，他是小说家，自然可以天马行空地想象。我们中的哪一个人若是宣称历史可以被把握，那就必须要赌上他一生的学术声誉。我们没有这样的胆量，同时也憎恨自己没有这样的胆量。所以十几年来我们都小心翼翼避开这个话题，尽管十分清楚各自搭建的学术大厦已经相当坚固，我们余生中最有意义的事便是集零为整，将分散的大厦整合成一座真正的奇观。

可是，我们都已经不再年轻，我们思维缓慢，患得患失。我们还需要再想一想。

"你们怎么说？"一个月后再次聚会时，我开门见山地问，"是重拾法兰西自卢梭、孔德①和涂尔干②以降的荣光，还是由着美国人继续胡说八道？"

"阿尔都塞先生，请您不要再犯傻了。"拉康说，"社会物理学是个狂想，我们不能把余生都押在它上面。"

我说："你真这么想？"

拉康说："我怎么想不重要，我的无意识拒绝它。"

巴特插话："你们有没有想过，列维－斯特劳斯为什么会放弃？"

---

① 奥古斯特·孔德，法国哲学家，社会学和实证主义的创始人，被誉为"社会学之父"。
② 埃米尔·涂尔干，法国社会学家、人类学家，与卡尔·马克思及马克斯·韦伯并列为社会学的三大奠基人。

我说："因为这很难。但肯尼迪怎么说来着？我们决定登月，不是因为它轻而易举，而恰恰是因为它很难。"

巴特在胸前画了个十字："上帝保佑美利坚。"

我说："真正的上帝栖居于历史中，现在我们要造一座巴别塔去接近他。"

米歇尔说："通过一门统一的人文科学语言。"

我点头："是的。"

拉康说："别忘了巴比伦人的下场。"

拉康真是个讨厌的家伙，但是我了解他，越是毒舌，就越是说明他在意。果然，片刻沉默后他又说："将全部人文学科编码并置于同一逻辑框架下，你们想过这是多大的工程吗？"

我说："确实是很大的工程，但我们没必要创造一个包罗万象的理论，我们只需要搭建一个符码脚手架，然后站在脚手架上触碰历史。"

巴特说："阿尔都塞先生，您太抽象了。"

米歇尔说："我可不可以这样理解：先创造语言，这门语言只需要基本的语汇和语法，能有效地描述历史就行。"

我点头："没错。"

拉康微笑："抓主要矛盾。不愧是马克思主义哲学家。"

我纠正道："准确地说，是抓矛盾的主要方面。"

巴特问道："我们需要哪些语汇？生产方式、生产力、生产关系、上层建筑、意识形态……诸如此类？"

我说："可能要复杂一些。事实上，在座的每一个人都要贡献他的专业能力……当然这还远远不够，不过总得有人先把事情做起来，不是吗？"

那三个人对我点头。如今回想起来，他们大概早就想好加入赌局了，只不过还需要一场假模假式的争论而已：痴迷于追寻真理的人总有几分天真，但他们不愿显露出自己的天真，虽说这种不情愿也是天真的一部分。

　　总而言之，我们开始造塔了，自然而然地运用结构主义方法：模型的第一块拼图是人类的无意识，这是拉康的领域，他很早就开始用布尔代数、集合论和扭结拓扑学来描述无意识了，整个模型的几何结构也类似于他最喜欢的博洛米结[1]，象征人类事务各领域的相互渗透和纠缠不清。接下来是巴特的文本分析，小说是现代综合思想形态的原型，涉及在常识水平上对现代知识的运用和模仿生活的叙事话语，建筑于其上的文学世界可以和拉康的集体想象界无缝对接；同时，作为符号学的创立者，巴特把广义文学符码也纳入了模型，比如饮食、服装、广告和音乐。然后轮到米歇尔大展身手，他打通了索绪尔语言学和权力技术之间的通道，从而赋予社会微观层面以结构化视角；而且米歇尔熟悉帕森斯[2]的理论，他以 AGIL 模型[3]作为社会宏观模型的框架，并为其中权力、金钱、影响力和价值允诺这些社会子系统的交换媒介赋值。模型的最后一部分由我来设计，那是哲学、宗教、生产关系和意识形态的综合。在哲学的运用上，我是有私心的：赋予人文学科科学性的事业如火如荼，但它仍然需要马克思主义哲学来提供认识论，来剿灭人本主义和唯心主义的可怜残余。如果不把历史视为无主体过程，我们的历史模型又从何谈起呢？——抱歉，历史不是过程，此处的咬文嚼字很有必要，后面我会详细说明。

　　这就是我们的建模思想。这个模型虽然极度简化了人类事务，但基本囊括了从无意识到意识形态的主要历史变量，在现有条件下，我们并不追求模型的精度，能大致拟合历史趋势就好。在用半年时间大

---

① 拓扑学术语，一种多重交合扭结。
② 塔尔科特·帕森斯，美国现代社会学的奠基人，结构功能论代表人物。
③ 帕森斯认为，每个社会系统策略上都必须满足四个功能，即适应、目标达成、整合与潜存（模式维持），其简写便是 AGIL 模型。

致理清了思路之后，我们着实兴奋了一下，随即又陷入更大的苦恼：建模中最难的一步还没有着落。

——谁来实现模型的数学化？我、米歇尔和巴特一齐看向拉康，而他摆了摆手："我玩的那些概念都是用来唬人的，我们需要真正的数学家。"

一位能够理解我们事业的数学家。最好是顶尖的。最好在法国境内。

"你们找到了亚历山大。"热妮插嘴道。

我们找到了亚历山大。米歇尔曾在法国高等科学研究所和他有过一面之缘，那时他正在进行一个野心勃勃的项目：领导一个数学家团队，揭示所有数学对象背后所潜藏的结构。这位伟大的数学家对任何具体的数学对象都不感兴趣，他只关心它们之间的关系，从这个意义上来说，亚历山大·格罗滕迪克也是结构主义者，而且相当激进[①]。如果没有后来发生的事，我会认为是上帝派来了亚历山大，为的是帮我们铺平通往终极真理的最后一里路[②]。1970年，亚历山大离开了研究所，虽然已经将集合、数论、拓扑学和复分析都统一到了一起，他的野心还远远谈不上实现。他为什么会半途而废呢？谁也不知道。总之，当米歇尔向我们讲述了亚历山大的种种，我们认定，他就是合适的人选。我和米歇尔穿越了大半个法国才找到亚历山大，他躲在蒙彼利埃城外一个叫做维莱坎的小村庄，像个隐士。第一次见他时我吃了一惊：同样的方脸、光头和眼镜，他和米歇尔简直是一对孪生兄弟——

---

① 对亚历山大·格罗滕迪克的描写参考了小说《心之心》（智利作家本哈明·拉巴图特著）。

② 阿尔都塞是一位马克思主义哲学家，但也曾是一名虔诚的天主教徒，这大概能够解释他对历史结构的痴迷。

嗯，甚至年龄也相仿。这家伙对自己的孪生兄弟可真是一点都不客气：还没听我们说完来意，他就把我们赶出了屋子。

"放弃寻找结构吧。"亚历山大在门的另一边喊道，"这是为了你们好。"

"格罗滕迪克先生，我会死的。"米歇尔在门外嘀咕。

"……你说什么？"

"如果找不到那个结构，我会死的。"

"还有比死更可怕的事，相信我。"

"那又如何？"我在一旁说道。

没有回应，谈话就此结束。我们悻悻离去，过了两天又不甘心地返回，却发现亚历山大已经等在小屋外，他对我们说了一句令人费解的话：

"把已知的视点都汇集到一起，把迄今不为人知的其他一些视点展示出来，好让我们明白，实际一切的一切都是同一事物的一部分。给我看看你们的模型。"

必须承认，亚历山大是真正的天才。虽说隔行如隔山，但他很快就理解了我们的思路。"乱七八糟，尤其是拉康的那部分数学。"看过我们整理出的笔记，他皱着鼻子说道，"想法很有趣，但完全不现实。你们要计算历史，可历史显然是个混沌系统，其中很多非线性微分方程都无法得到解析解，只能借助算法模拟求解，而且就算借助计算机，精度也将十分有限，我想大概连五月风暴这种规模的群体事件都推导不出来。"

"格罗滕迪克先生，我要澄清一下。"我说，"我们的模型不是在时间中推演历史，因此并不需要使用微分方程。"

亚历山大用莫名其妙的眼神看我。

"结构主义有一个核心假设，叫做共时性。"我解释道，"简单来说，就是结构是一整个同时存在的，它在时间中的演变只是假象。我们的模型采用了这个假设，即历史也是一种共时性结构。这个说法有些反直觉，你可以想想闵可夫斯基空间，被容纳的时间维其实也是宇宙整体结构中的一部分，它和空间维度一样作为整体存在，然而我们只存在于此时此地，因此永远只能体验局部。"

"局部的结构……"亚历山大喃喃道。

"如果结构是由同一个法则构建起来的，我们有理由相信，从局部也能推导出整体。"米歇尔说。

亚历山大若有所悟："整体……也就是全部的历史。"

"没错。"我说。

"疯狂。"镜片后的眼睛在闪着光，"但有趣。"

亚历山大就这样加入了我们，主要的工作是设计社会物理学的公理系统。理论上，所有社会物理学内容都应由系统中的公理和推理规则实现形式化，这是个相当艰巨的任务，但好在我们只追求有限的目标，亚历山大的公理系统只要能容纳我们的模型就够了。当然，要在纷繁芜杂的人类符码之下找到几条不证自明的事实并非易事，但亚历山大对事物的和谐有着超凡的敏感性，揭示隐藏的结构是他的拿手好戏，他果然不负众望，很快就解决了问题。剩下的部分很繁琐，那就是在公理系统中完成模型的形式化，需要熟悉逻辑学和布尔代数，更需要坚忍和耐心。亚历山大向我们推荐了你，曾经师从罗素[1]又转投到他门下的逻辑学家，热妮·勒克莱尔——后面的故事你应该很熟悉了。

热妮点了点头。"我恨你们。"她微笑着说，"你肯定想象不到从大他者[2]到

---

[1] 伯特兰·罗素，英国哲学家、数学家、逻辑学家，分析哲学的主要创始人。
[2] 大他者是拉康无意识理论的核心概念，指塑造我们的经验和身份的社会和象征结构，它不是一个具体的实体或人，而是一个抽象的社会结构，我们通过语言和文化将其内化。

剩余价值的逻辑通路有多难走。"

"你走通了。"阿尔都塞说。

"用了三年时间，比你们搭建模型的时间都长。"

"所以才需要坚忍和耐心。"

热妮哼了一声："一开始我还以为，你们是要证明社会系统中的不完备定理，成功或者碰壁应该都要不了太久。"

"不完备定理……"阿尔都塞喃喃道，"形式系统中能够用形式表现的内容，总有不能用系统中的公理和推理规则来判定的——通过引入自我指涉，哥德尔完成了不完备定理的证明。"

热妮瞪大眼睛："您知道自我指涉。您刚才是在装傻。"

"形式系统厌恶自我指涉。"阿尔都塞自顾自地说。

"你们早就意识到了危险。"

"亚历山大怎么说来着？还有比死更可怕的事。他一定在数学的深层结构中看到了什么东西，所以放弃了他的野心——列维-斯特劳斯大概也是如此。"阿尔都塞叹了口气，"但我们想知道啊。

"对真理的渴求会让人无视危险，我们不顾一切地向前。完成模型的形式化后，后面的事情就很简单了：用 C 语言将模型编程，这个共时性程序并不需要多强的运算能力，研究院的 8080[①] 微机就能跑得起来。为了向您和参与编程的博士生们隐瞒程序的真实用途，我们煞有介事地操作一番，跑出来的结果是令人费解的乱码，如同计算机的梦呓。在你们带着对文科生的鄙薄悻悻而去之后，我们才开始真正的工作：规定模型的初始参数，输入自农业诞生起人类社会的所有变量值，一遍又一遍地微调，直到模型的基础部分与我们所知的历史拟合。"

"我就是在这时失去了对模型的兴趣。"热妮说，"因为你们刻意制造的荒诞感，也因为亚历山大的警告。"

"亚历山大那时在蒙彼利埃大学，我们给他邮了一份程序的拷贝，既然他现

---

① Intel 8080 处理器，于 1974 年 4 月 1 日发布。

在还好好的，说明他并没有运行程序，或者在程序中得到有意义的解——尽管以他对模型的理解，求解是再简单不过的事情。所以亚历山大退出了，和他当年从数学大统一项目中退出一样。亚历山大·格罗滕迪克是懂得放弃的智者，而我们是执着的愚人。"

"但是你们看到了。"热妮说。

"我们看到了。我们看到了整个结构，看到了人类作为一个整体的演进，过去、现在、未来以不可思议的和谐嵌套在一起，就像拉康的博洛米结，如此宏伟，如此美丽，那是上帝的栖身之所——不，这一刻我们就是上帝，只有上帝才会有这样的视野。巴别塔在这一刻建成了……也在同一刻轰然倒塌。还不等我们这些冒牌上帝消化看到的东西，就遭遇到了各自的不幸，小报和讣告已经讲得一清二楚：我被关进精神病院，巴特死于无关痛痒的小伤，拉康这位当代萨满一直到死都无法再说出一句话，而米歇尔则成为他所信奉的危险生活方式的祭品，死前饱受折磨。就好像，有一种神秘力量不只要让我们闭嘴，还要让人们不再相信我们说的话，不再相信我们为之奉献一生的理想——确实有比死更可怕的事。虽然之前我们预想了诸多可能，但还是没有想到，他会对我们如此残忍。"

热妮扬起眉梢："他？"

"他，上帝，历史，或者结构本身，随便你怎么称呼。亚历山大早就预见到，他一定会杜绝自我指涉的可能：当历史的参与者试图改变他所看到的未来，悖论就会产生，就像大楼里的一小块承重结构被破坏，最终会影响到整个结构的稳定性，导致大楼崩塌。而既然历史依然稳定，就说明我们没有破坏历史的承重结构，要么是我们错了，要么是他把威胁彻底清除了。考虑到我们的遭遇，后者的可能性要更大一些。"

会客室陷入长长的沉默，直到热妮忽然想起了什么，右手伸入风衣的内袋。阿尔都塞的身体一下子绷紧了："是他派你来除掉我，对吗？"

"您在说什么？"热妮晃了晃手里的物件，那是张 5.25 英寸的软盘，"这是您邮给亚历山大的那个程序，我受他之托，将它交还给您。"

阿尔都塞舔了舔嘴唇："你不是杀手？"

热妮笑了笑："如果他真的想动手，一定会用更天马行空的方式。我想您已经见识过了。"

阿尔都塞的身体松弛下来："确实如此。"

热妮将软盘递向老人，后者颤抖着伸出手……他的手停在了半空中。"我不需要它了。"他说，"您帮我处理了吧。"

热妮愣了一下，然后点头，起身。"最后一个问题，"她说，"您的自传里，会提到拉康吗？"

阿尔都塞笑了笑："那是自然。"

"那么我要纠正您一个错误：拉康在死前说话了，只说了一个词，就像他热衷创造的那些词一样，没有人知道那是什么意思。"

阿尔都塞粗重地喘息："什么词？"

"死锁。"

"死锁……"阿尔都塞一阵失神，甚至没有察觉到热妮离开。

1985年秋天，阿尔都塞完成了他的自传，在自传的最后他写了这样一段莫名其妙的话："我早就应该想到的，结构必须在最底层的设计上预防它自身的崩塌，而结构的最底层，就是人类的无意识。当我们触碰到自我指涉的红线，就触发了无意识里的预防机制。是为拉康所说的'死锁'。所以，没有杀手，是我们抹除了自己，这当然是个悲剧，不过也正因为这一机制，即使像我们这样的愚人再次出现，历史还是会稳定地延续下去，如此想来，竟然有些欣慰。"后来，他删除了这句话，以另一句结尾："生活，尽管坎坷，仍然能够是美好的……是的，毕竟来日方长！"

五年后，阿尔都塞去世，而那张软盘早已被热妮抛入塞纳河里，不知所终。

——原载《科幻世界》2024年第5期

有关夏文明，一直是史学界的争论焦点：部分学者坚称夏文明存在，有着完整的文字记载；而另一些学者始终有所怀疑，认为缺乏足够的实物证据。科幻小说《关于人类不得不去寻找龙这回事》中的主人公从一个看似匪夷所思实则十分坚实的科学原理出发，开始着手发掘夏文明的遗迹并获成功。然而，故事并没有结束，由此产生的技术将人类文明带上了一条离奇而危险的道路……

关于人类不得不去寻找龙这回事

宝 树

尊敬的联合国秘书长阁下，尊敬的各国元首和代表，各位科学家和宗教领袖，女士们，先生们，大家晚上好！

当然，以目前的局势而论，虽然人类文明已经到了夜晚，但说"好"实在勉强。对此我本人自然难辞其咎，当然更大的"罪魁祸首"，是不在这里的丁一博士。某种意义上，是我们导致了地球的空前危机，不过事情走到这一步，也是我们万万无法预计的。五年前，三年前，哪怕是一年前，都不会有人能想到事情会发展到如此地步。然而，此时此刻，这种荒谬绝伦的处境，竟变成了冷冰冰的事实。最荒诞的可能性一旦成为现实，就是100%的真实存在——这看似是废话，却是整件事的关键所在。

我将代表联合国时间线协调委员会，阐述我们采取的紧急应对方案。但在此之前，我想先回顾一下这次危机的起源和发展，你们中的很多人对此还不了然。首先介绍一下我自己。我叫林一民，今年三十六岁，有中国时间线研究院院长、历史考古学会理事长、联合国时间线协调委员会副秘书长等十来个重要头衔。但仅仅八年前，我还只是中国河南省考古研究所的一个小助理。这个升迁的速度史无前例。可能有人知道，这是因为我在考古学界的一系列"显赫"成就：我发现了夏王的陵墓，首次确凿证明了夏代的存在，又找到了涿鹿古战场的位置以及正本《永乐大典》，等等。我还一度被誉为"历史上最伟大的考古学家"……但没有几个人知道，这一切都是因为我和丁一博士八年前的相遇。

那年夏天，我博士毕业，刚找到工作，就听到消息：考古人员在南阳盆地西部的一个小村庄里，发现了战国时期的墓穴，此次发现出土了青铜器、漆器和竹简等。从以往的案例来看，可能意味着重大发现，省考古所十分重视，派出了十多人的团队去了现场。

考古队大腕云集，我刚入行，在里面就是个打杂的，那些比较重要的文物根本轮不到我去研究，我的工作只是去一寸寸地筛现场的土壤，记录琐碎信息，以及把几千片青铜器和陶器的碎片整理编号。在烈日炎炎的夏天，在没有空调的帐篷里干这些繁琐工作，真是受罪极了。不过在这个过程中，我逐渐了解到，古墓是一个私立的工程物理研究所制造的新型盾构机在一次地下试验中偶然探测到的。

目前盾构机仍然在地下十多米处拆卸回收，研究团队的很多人也还留在现场。我对盾构机的探测能力有一点兴趣，并思考能不能将其用于考古发掘，于是找到了它的发明者丁一博士。丁博士告诉我，这种机器叫作量子盾构机，将量子力学相关理论应用于提高挖掘效率。如果你是理科出身，应该会对这个发明感到不可思议，认为它近乎骗局，但我当时全无相关知识基础，他稍微解释了几句，我也听不懂，就算了。不过丁一对墓葬的情况也有些兴趣，反来找我打听进展。一来二去，我们逐渐熟悉起来，乡下无聊，偶尔也一起喝酒撸串。

我们最后发现，这个墓穴属于一个中低级贵族，里面没什么高级东西，被寄予厚望的竹简也腐坏严重，解读不出什么信息。我感到有些失望，前辈们对我说，这是考古发掘的普遍情况，真正的大发现多少年才有一两个，更不用说落到自己头上了。

不久后我回了省城，过了一年，早已把这次发掘的事忘得差不多了，在其他一些项目里当苦力，干来干去觉得毫无出头之日，正想辞职的时候，接到了丁一的电话，他约我见面。

和他约了杯咖啡。丁一说他的盾构机在最近的地下试验中又有新发现，然后拐弯抹角地问我，有没有"门路"能够把一些珍稀文物卖个好价钱。我知道考古界有些人的确在暗中干这种勾当，但我还是有操守的，当场斥责了他的贪婪和下作，丁一解释说，他的研究意义重大，需要大量的经费，但研究所的经费已经不足了。我说，那也不能靠出卖国家文物来换取经费！我威胁要报警，丁一有些慌张，终于告诉了我真相：那些文物，是他"定制"出来的。

当年丁一搞理论物理学，研究方向是物质波或者称为德布罗意波的特性。丁一发现，量子态中也有深层结构，亦即它虽是量子叠加态，但已经有许多近乎坍缩态的"先兆图式"出现，如果能够以某种方式找到这些图式，就能让特定的先兆坍缩为现实……

这么说，诸位能否听明白？我和丁一在一起的时间太长，习惯了他那套拗口的术语。简单讲，就是可能存在某种巧妙机制，可以在对量子态进行观测的同时进行某种主动选择，令某种坍缩态出现或不出现，以把握物质坍缩的方向。但丁一的这些理论离经叛道，让他被科学界扫地出门，好在有个师兄欣赏他，招他进了一个私立研究所，给了他些经费让他自己研究。

丁一意识到，未被观测到的物质虽然很多，但最方便人类检测的是地下深处。也就是说，无人得见的地下世界是什么样子，本质上是"量子不确定"的。几年前，丁一依据这一理论，制造出一种特殊的地下盾构机。它能将地下深处未被观测到的部分当成一团变幻莫测的物质波。每次挖掘，都"选择"令其坍缩到特定形态。丁一的盾构机前方刀盘上装有一种特殊的量子探测装置，在挖掘的同时，探测其中叠加的先兆图式，根据电脑中预先存入的图式结构进行匹配，并通过观测让它变成现实。

丁一制造这种盾构机，一方面是验证自己的理论，另一方面，他认为这种技术能够提高地下挖掘的效率。一般来讲，在地下挖掘时，无论如何都要和坚硬的岩石以及复杂的土壤淀积层、母质层、地下水等环境硬碰硬，碰到难以掘进的障碍只能怪运气不好。这种方式，能够按自己的心意让地下的泥土岩石"坍缩"到理想的状态，甚至找到金矿或者钻石矿等高价值矿脉。

但他一开始屡屡碰壁。不同的土石形态的数据差异细微，很容易误判，再者这些图式的概率也不是随机的，是受地质学基本原理束缚的，比如地球上绝不会出现月球类型的岩石。发现钻石、黄金或者某种稀有金属矿藏虽然是可能的，但概率也很低，且他的机器还比较初级，难以识别，实验了很多次只取得了一丁点的成果，无法验证丁一的理论，而经费日益捉襟见肘，就快见底了……

不过就像很多其他发明，虽然本来的发展方向不如人意，却带来了意外的效果。在一次实验时，一闪而过的某种特殊图式引起了丁一的注意，丁一不知道这意味着什么，但出于科学家的好奇心，选择了让它坍缩为现实。

他很快就知道了结果：盾构机立刻在前方钻到了一个古代墓穴，其中好像有很多文物遗存，研究所不敢怠慢，立刻上报，省考古所就派人来了，也就是我们这些人。

这件事让丁一明白了量子盾构机真正有价值的作用是什么：它能够"选择"某处地层中出现墓葬或窖藏等构造的图式，让它们成为现实。这些有规则的地下空洞与一般土石的图式差别十分显著，很容易被发现和固定下来。

在那次发现后，丁一又做了几次试验，发现成功率很高，而且地层越深，发现越古老。他先后找到了好几个春秋、西周乃至殷商的墓穴。他渐渐心思活络，想用这些地方发现的古物换取好处，在他心目中，这些文物本来就是他用物质波制造出来的，自然也就归他支配。

我想了好几天，才明白这里面的逻辑。使用量子盾构机"发现"一处古迹，就相当于选择了一条可能的历史时间线。以第一次的战国贵族墓为例，在两千四百年前，这个贵族或其子孙在许多个可能下葬的地点中选择了这个。但他们另外还有很多种选择，每一种选择都创造了不同的时间线。在一些时间线上，这个墓穴早已被盗，或者在洪水地震等灾难中毁灭了；在另一些时间线里，这个墓穴迄今仍然沉睡在几千米外某一个隐蔽的角落。但的确在某一条时间线中，此人死后被葬在了这里，形成了特殊的地下构造。当量子盾构机选择了这一状态后，这条时间线就并入了我们的世界。

诸位可能还不太熟悉"时间线"的概念，简单讲，相当于可能的因果之链。有几位或许看过一些科幻小说和影视剧，但这里的概念不太一样。在一般的科幻作品中，时间线意味着历史的某一分叉，会导致完全不同的未来，比如秦没有吞并六国的世界，或者希特勒打赢了二战的世界，都是与现实完全不同的时间线，它们和我们的时间线分离后就不可能再重新会合。

但这只是其中一种情况，还有另一种与之对称的情况，之前却无人考虑过。这里我想问大家一个问题：刚才，我是先迈左脚上台的，还是先迈右脚？大家沉默了，显然，没有人记得和在意，包括我自己。但我要说的是，我先迈哪只脚上台这件事，虽然琐碎得不值一提，但也是不同的时间线，承载着不同的历史，但它们不会影响我现在在这里讲话的结果。虽然两条路径不同，但终点是一样的。因此，可以说在同一个现实存在的背后，隐藏着不同的因果链条。以往这些隐匿的时间线只是在观测中随机坍缩显现，但丁一的发明，让人类有了"定制"特定时间线的可能。

不过在我想明白这个问题后，也就开始反对丁一的计划。我告诉他，按照他的理论，我们只是正好进入某些古人的墓穴在那里的时间线，而不是真正创造出这些文物，也就没有资格倒卖它们。丁一不得不同意我的逻辑，但我告诉丁一，他也不必沮丧，他的技术有大得多的用处，大到超乎他的想象——当然，后来也超过了我的想象——我打算辞职，和他一起创业，去缔造一项不朽的事业：定制时间线。

我本人对夏朝的考古很感兴趣，但现代以来还没有能够完全证明它存在的发现。尽管我深深相信夏朝的文物和遗址就在广袤的中原大地之下，却无法找到它们。丁一的发现可以提供一种方式，让我们以极为快捷的方式找到这些文明的宝藏，或者说，"定制"它们存在于我们指定地点的时间线。比起这样令人激动的前景，倒卖文物的利益不值一提。

丁一同意了我的计划。他对考古学毫无了解，而我也不知道夏朝的遗存文物会以怎样的先兆图式出现，和其他朝代有何区别，我们必须结合双方的知识。首先，我们确定了夏代的遗址一定会在比商朝更古老的地层出现，其次，如果说其是一个发达的文明遗址，范围也一定比较广大；另外，有一些高等级的器物，比如青铜器、玉器等，会有明显的特征……这些理论问题，我们花了一年时间，逐一攻克了，重新制造了新一代的量子盾构机，也就是所谓的时间线定制机——后来人们都这么叫。

先兆图式并不是完全随机的，我们仍然需要考虑现实概率。我结合传世文献和近期的考古发现，认为夏代早期都城可能在新密市新砦村附近，这里曾经发现过一些遗址，但还没有太重磅的文物出土。但有可能夏代君主的宫殿就在其附近。经过一段时间的考察，我们选择了一块几平方千米的范围，将盾构机运来，然后送到地下，让它开始寻找。这个工作比我们想得要艰难，我们换了好几个具体的探测地点，但整整三个月都一无所获。当然，也不是什么都没有，我们看到一些可疑的图式在屏幕上闪过。但一旦误判，也许只是挖掘出商周时代的文物或者新石器时代的原始器皿，那就差得太远了。

终于，电脑匹配成功了一个比之前一切波形都更符合预测的图式，盾构机选择了这个图式，让这条时间线与我们的世界对接成功。我们进行了初步发掘后上报国家并联系了媒体，很快，一座气势宏伟的上古宫殿遗址被挖了出来，里面不仅有大量珍贵的玉器、青铜器、贝币、象牙等，还找到了大约公元前1900年的玉器铭文，其文字比甲骨文更为古老原始，但我们依稀可以辨认出"天邑夏""后启"等字，这显然就是夏代和开国君主启（开）的名号，夏朝的存在因此获得了完全的证实！

这个发现轰动中外，我也一举成名。我们当然对时间线定制机的基本原理保密，对外界只说丁一发明的是一种新的地下遗址探测设备，但不提供任何技术细节。此后两年，我们又"发现"了涿鹿古战场，以及失传的《永乐大典》等，证明了中国五千年文明的源远流长，也获得了数不胜数的奖励和荣誉。丁一的研究所被国家收编为历史考古研究院，也就是后来时间线研究院的前身，得到了上不封顶的资金支持。有人怀疑我们在造假，但各种文物古迹全都货真价实，最苛刻的专家也无话可说。

正当我们摩拳擦掌，准备继续大干一番的时候，出事了。

丁一的电脑被黑客入侵，资料被清洗一空，与此同时，一部正在运行的时间线定制机也遭到了严重的物理破坏，价值几十亿元的量子探测器不翼而飞。我们报警之后，发现是一个来路不明的人在夜晚潜入工地干的，此人身手不凡，竟能绕过严密的监控和安保系统，此后用假身份连夜出境到了南美，再后面就下落不明了。

我们受到了沉重的打击，好几个月都无法恢复工作。我们也不知道幕后黑手是何许人也，直到半年后，日本考古学家宣布在九州岛上发现了一座公元前七世纪的大型王陵，我们才明白对手是谁。按照日本人的发现，在那座陵墓里出土了有长篇铭文的青铜鼎，上面有"神武王"字样的籀文，证明了墓主是一个自称"神武王"的部落联盟领袖，也就是后来日本所追尊的"神武天皇"，他在公元前 660 年左右建立了大和国家，这完全证明了日本古书中的神话史观！

日本的右翼分子为此欢欣鼓舞，不过他们很快就笑不出来了。我需要再次提醒诸位，所发生的一切不是伪造，而是使用者让我们的现实对接到神武天皇存在的时间线中，让它变成现实。但一旦它成为现实，就必须符合逻辑法则和已知的自然与历史规律。公元前七世纪，在日本列岛上产生有一定发展水平的文明，在哪一条因果链中可能出现这样的历史？

只有一种可能，这个文明来自西面的邻居。后续的发掘证明了这一点，青铜鼎铭文的全文在保密了一段时间后，还是被媒体透露出来。这里隐藏着一段春秋秘史：公元前 686—685 年的齐国内乱中，齐襄公的儿子，也就是齐桓公的侄儿姜武，在夺位失败后带着几百个追随者逃到东海，又漂流到了九州岛，把来自大陆的先进农耕文明带到了那里。他模仿"天子"的称号，自称"天孙"，和当地土著的信仰结合起来，就成为"天孙降临"的日本神话。

"神国"的理想破灭了，右翼人士愤恨不已，历史学家则十分振奋，认为找到了日本文明真正的起源，但这只不过是人类时间线真正大混战的序幕！

时间线定制机的基本原理无法再完全保密了，韩国人很快也加入历史竞争行列。一年后，他们宣布在首尔附近发现了远古的祭坛，规模宏大，还发掘出土了许多精美考究的石器和玉器！碳-14历史定年是公元前2300年左右，如你们所能想到的，这正是传说中檀君朝鲜的时代。

然而，现实世界的规律仍然在起作用。历史选择了檀君朝鲜存在的时间线，也必然会选择可能让这个文明合理出现的途径。檀君遗址中有大量的石器和玉器，其式样和花纹，非常接近在浙江出土的良渚古国文化。考虑到良渚古国的延续时间大约是从公元前3300年到公元前2300年，以及良渚人发达的航海能力，这条时间线上的隐藏历史就很清楚了：良渚文明衰亡后，一支良渚人远航到了朝鲜半岛，把早期文明也带到了那里。虽然没有文字，但在祭坛下挖出的一件精美玉璧上，雕刻着良渚人特有的兽面神像，堪称铁证。

就这样，在一次次重新发现的历史里，三星堆、石家河、石峁、陶寺、大汶口、台北圆山、琉球贝丘……整个东亚历史被对接到各种匪夷所思的时间线上，编织成魔幻的时间之网。在这些重写的历史中，北京猿人的后代进化成了智人，回到非洲又回到东亚；古蜀国是丹尼索瓦人建立的国度，远古历史长达三万年之久；黄帝和炎帝用战车在涿鹿大战过手持铁兵器的蚩尤；周穆王远行到天山，和当地的吐火罗女王"西王母"会晤；日本武将源义经是成吉思汗麾下的哲别，郭靖本名郭宝玉……本来任何一个发现都可以震惊世界几十年，但现在，第二天就会被新的、更大的发现所补充和修正。

在那几年里，类似的过程在印度、埃及以及欧美各国同步发生着。技术也在不断进步，能够越来越精确地定制所需要的时间线。所以，大西洋里真的有过亚特兰蒂斯古国（英国的巨石阵就是亚特兰蒂斯人建造的），希腊英雄们也的确远征过特洛伊人（他们甚至在地下挖出了那座巨大木马的残片），亚瑟王与圆桌骑士的传说世界也被发现，人们甚至找到了埋葬亚瑟王的阿瓦隆岛（奇怪的是，那地方竟然在冰岛）……

所有这些，到目前为止还是在"正常"范围之内的世俗历史，无论看起来多么令人意想不到，还是在一般的历史认知框架之内。但这道门槛并不是绝对的，随着越来越离奇怪诞的时间线被并入现实历史，超现实的时间线也若隐若现，人类已经越来越接近那个让一切已知历史崩溃的临界点。

不是没有人为此感到不安。许多人开始质疑："招来这些本不应该存在的时间线有什么意义？""历史事实应该自然地被发现，而不是去定制出来！"终于，在三年前，联合国召开了紧急会议，通过决议，禁止任何国家再使用时间线定制机擅自改变历史。美国对此推动得最为积极，因为再怎么发现也轮不到它。有一次，在美国西南部掘出了一座公元700年左右、规模宏大的印第安古城，反而让印第安人的民族意识日益觉醒……

决议通过后，世界太平了一小阵子，之前的历史已经过于混乱，让所有人精疲力竭，有待时间去消化。不过相关技术已经逐渐普及民间，有一些狂人在偷偷制造时间线机器，所以小的时间线变动还是屡禁不止。

联合国决议通过后不久，有一群人暗中找到我，我才知道出现了一个狂热的新兴宗教，包括东方人和西方人，他们是"龙"的崇拜者，想要找到一条时间线，其中有真正的龙的存在！这里说的"龙"，自然不是比喻用法，而是那种身体修长，长着鳞片、犄角和尾巴的巨大生物。当然对于龙具体的外观，东方人和西方人的看法颇有差异。

定制一条有龙这种超现实生物存在的时间线，其难度远远超过找到任何上古文明。这些现代的叶公希望我和丁一能帮助他们改进算法，模拟出相应的时间线模型进行匹配，让有龙存在的时间线并入现实历史。我拒绝了这样荒诞的要求，又觉得这些狂人不可能成功，所以没有太当回事。彼时，我们还没有意识到，只要一条时间线具备最低限度的，哪怕是超现实的可能性，它就有可能被定制出来。

一年多后，世界刚刚恢复平静，就又被一则爆炸性的新闻所撼动：在南印度，出土了一些奇特的化石——它们可以拼成一个带犄角的脑袋和二十多米长的身躯，以及几条相对短的腿。任谁看了，都会认为这就是印度传说中的"那迦"——龙神。几个违规使用时间线定制机的家伙很快被逮捕，但已经来不及了：我们进入了龙族存在的时间线。继印度的大发现后，人们很快又在东亚和欧美各地挖出了各有特色的龙化石，有的身躯较为粗壮，有的长有羽毛，有的长着翼膜翅膀……但它们彼此之间又有很多共同点。它们组成了进化史上一个独特的谱系。

这些巨龙从何而来？在现实化后的时间线里，它只能是从一种本来就有的生物进化而来。最为原始的龙族化石，来自古新世时期，有明显的鳄类生物特征，但比一般鳄鱼身体长得多。专家推测，白垩纪末期的大灭绝造成了一千万年间生态位的真空。此时，古鳄中的一支走上了陆地，成为顶级狩猎者，并发生了身体拉长等变异，开始了辐射到多个生态位上的演化。一些鳄龙的肋骨延长，变成双翼，逐渐拥有了飞行能力，另一些则在山林中如虎豹般觅食，还有一些回归江海。到这里还不过是古生物学范畴的发现，但龙族的崇拜者还不满意。他们坚信，龙不只是一种上古爬虫，还应当具有超人的智慧。没过多久，他们在太平洋边缘的海底又定制出了一座并不属于人类的城市遗址，其中有一些奇特的龙族骨骼，看起来像是直立行走的鳄鱼，站起来有三四米高，极为恐怖，《山海经》中的"龙伯大人国"成为真实的记载。在这座城市遗址中有大量的象形文字铭文，人类从中得知了这一种族的历史：

龙族比人类更早就进化出了智慧生命——龙人。早在数十万年前，它们就创造过辉煌的古文明，在那个时代，人类不过是龙人用生物科技改造类人猿创造出来的宠物和仆从。但因某种原因，龙人之间发生了战争，使用了核武器。龙人因此毁灭了，人类也被消灭了大半，这件事发生在七万年前，那时候人类的基因库进入了一个神秘的瓶颈期，原因就在这里：人类在地球上被消灭了99%。《摩诃婆罗多》中那些毁灭世界的战争的记载，就来自人类这种远古的回忆。后来人类走向复兴，少部分低等龙族还和人类在一起生活了很久，直到人类技术逐渐发达后，龙族缺乏栖身之地和合适的繁殖条件，才走向灭绝……

这是一个离奇的故事。当然，如果只是故事还好，但问题是，它已经成为现实，虽然是已经逝去的现实，但仍然会有后果。比如，被编织到其他的时间线里。

与龙族的发现大概同时，另一群基数更大、信仰更坚定的信徒，正在开始一项野心和难度都更大的事业，他们想要让世界并入一条至为伟大的时间线——"上帝"现身的时间线。

宗教经典中记载的诸事物或遗迹被发现了，从巴别塔到索多玛，从所罗门王的宝藏到消失的以色列支派。不过这一切还都可以用一般的历史原理来解释。但最终，一群狂热的信徒将盾构机运到了埃塞俄比亚的深山中，去寻找《旧约》中最伟大的神器——约柜。根据记载，它很有可能于公元前五百年的"巴比伦之囚"时期被偷偷藏在这里……

CIA、军情六处和摩萨德一起杀到这里，但为时已晚。在教徒的环绕跪拜之中，他们看到一个光彩夺目的合金柜子正在出土，上面立着两尊长翅膀的怪龙的雕像。

约柜被发现了。但它和人们想象中的圣物完全不同。这个箱子的本体竟然是一部计算机，两个怪物的眼睛就是投影装置，启动后，它们就在人类面前投射出地球历史上最古老最深邃的奥秘：

远古时代，在地球上还只有简单的单细胞生命的时候，一个来自宇宙深处的文明造物降临在地球上。他可以说是一种生命，亦可以看成一种机械，他是阿尔法，也是欧米伽。他改造了单细胞生物，让多细胞的生命体出现，并在数亿年中主导地球历史的历次变迁。最后，他创造出了智慧生物。

但他创造的第一批智慧生命并非人类，而是之前我们发现的龙人（在宗教中称为天使）。他们在漫长的发展之后实现了技术飞跃，也拒绝再被上帝掌控。

"堕落天使"与上帝展开了一场大战（所以传说中天使长路西法是一条巨龙），这场大战毁灭了龙人文明，但上帝也受到了重创，蛰伏在被称为约柜的装置中，直到一个叫摩西的埃及王子发现了他。他告诉了摩西这段历史，而摩西也因此缔造了一个伟大的宗教传统……

然后就是众所周知的事件了。约柜被带回美国，放置在绝密地点，总统、议长和数十名政要慕名前往参观，但它发出了一条古希伯来语的消息后，开始闪烁和变色。很快，周围所有人都被一种奇怪的力量腐蚀，坍塌为一堆漆黑的粉尘，这些粉尘宛如活的蚂蚁向外扩散，又侵染了周围所有的建筑、车辆、机器和人类，让他们也成为灰烬……一小块黑色在地球表面迅速蔓延，宛如覆盖苹果的霉变。

这是一种可以侵蚀一切的纳米机器，但它经过严格的甄选，只会消灭人类和人造物。在海水里，它的进展比在陆地上要慢得多，所以它也花了一段时间才从一个大陆跨越到另一个大陆。但无论如何，上帝的旨意十分明确，他要再次毁灭这个世界。

所以，一个月后的今天，剩下的人类代表聚集在这里，在马里亚纳海沟，在七万年前龙人的海底城市遗址附近，在一艘潜艇上召开这次会议。在地表，人类被黑色的尘埃围攻，只剩下五分之一的人口和地盘，人类最多还有一两周时间，也许更短。

回顾了过去八年的历史，现在我要告诉大家我们制订的方案。

这和约柜留下的信息有关。约柜最后用古希伯来文投射出一行字，古文字学家告诉我们，这句话是："除了我，你不可有别的神。"众所周知，这是"十诫"中的第一诫，过去认为，这不过是反对偶像崇拜的宗教戒律。但上帝为什么要重申这句话，又为什么因此想要毁灭世界？

在时间线定制机问世后，这句话才显露出真意，上帝，或者说，这一来自宇宙深处的神秘智慧体，害怕其他生命通过对时间线的定制，找到另一条能够克制自己的时间线，召唤出更为强大的存在！他把自己的分身传播到整个宇宙中，在数十亿年的时光中，在每一个星球上掌控生命和智慧的发展，本质上是出于这一目的：预防时间线定制机的发明。

七万年前，他灭绝龙人文明，应该也是出于同样的理由。但龙人显然找到了一种方法，与之同归于尽，反而给了人类以发展的机会。不过真的是同归于尽吗？既然古老的神祇仍然以某种方式存在于世界上，龙族或许也有可能在什么地方蛰伏着……至少存在着这样的时间线的可能。

它们可能在浓雾覆盖的金星，可能在黄沙滚滚的火星，也可能在美丽壮阔的土星环里……可惜在约柜的干扰下，人类已经不可能进入广袤的太空探索，但是仍然有更加切近的时间线。

在马里亚纳海沟的最深处，在亚欧板块和太平洋板块的交界点，丁一博士已经用定制机打开了一条缝隙，使其能够容纳一个深潜器进入。他希望能够找到一条时间线，其中龙人仍然栖息在地球深处的某些空洞里，在那里隐居生活。最新探测显示，在地壳下面，存在着十几个这样的空洞构造。它们幅员数百万平方千米，高度也有数千米，它们彼此连通，足够海量的生物栖息。

可以告诉大家的是，一天前，丁一博士已经携带着时间线定制机，乘坐深潜器前往地球深处的空洞。我相信他必能找到一种方式，让龙族带着它们的科技力量回到地表，与上帝的力量抗衡，以拯救人类。

他能够成功吗？坦白说，我也不知道，但我坚信，即便人类最终失败并灭绝，也只是不幸进入了一条失败的时间线。而在遥远的未来，新的地球生命也许会重新发现人类，重新用定制时间线的方式找到我们，找到人类仍然生存的时间线，正如我们找到龙族一样。

现在，让我们为人类祈祷。

——原载《科幻世界》2024 年第 4 期

有些人选择喧嚣，有些人选择寂寥，这完全取决于他的人生原则。但远离喧嚣到脱离人类社会与历史，还是需要一些勇气的。

然而这不过是科幻小说《离开历史之人》的基础假设与前提，事实上作者通过复合式的双线叙述，从个别人脱离社会的感悟写到整个文明冲破原有束缚前往宇宙的过程，最终探讨了个体存在与文明发展之间的关系。

离开历史之人

万象峰年

私寓用户周小亮笔记：

我知道你们看不到这些。我只有当作自己是写给你们看的，要不然还能怎样？这里只有我自己了。

当我明白过来我被骗了，我翻出笔和纸来开始写这个破笔记，每写完一句想想，这又有个屁用？我已经不存在了，不会影响你们的一粒灰尘，不会被任何人看到。虽然你们对于我也是不存在的，理论上我们恩怨两消了，可是，是你们创造了历史，是你们创造的历史创造了我的处境。

你们凭什么还能在历史的阴沟里蠕动！

"离开历史之人"跟踪报道项目——档案摘录：

《凡人的封印》

（记者　吴胥）

顾客来这里购买封印自己的服务。

换而言之，另一批人在这里出售封印客户的服务。正如网络舆论所说，这是没有差评的买卖。事情过后，我们也只能从销售方留下的员工那里窥见一点这件事造成的影响。

伪装成房地产的私寓业务被查封的前夜，这家开发商和销售部门就人去楼空了。像往常一样赶来上班的销售员工，发现没人管了，随后他们被警方带走调查。现在的销售大楼里只剩下一些杂物，吸引了各路捡便宜的人马钻进封条，试图从这只巨鲸的尸体上捡起一些残渣。

前私寓销售人员李晓芹（化名）配合完调查后，退回了在职期间的工资所得。在约定接受采访的咖啡馆里，她表达了自己的双重疲惫——一方面是自己的工作一无所得，另一方面是这份工作变成了对自己的否定。

私寓是怎么被售卖出去的？这个问题困惑了社会很久。

它看起来是根本不可能被开发出需求的畸形技术产物。"私寓"概念来自"空间封闭"的技术突破，将一小块空间的边缘折叠闭合，使其从世界上消失。这是真正的、永久性的消失，那一小块封闭空间将在自己所存在的时空中运行，与整个宇宙都再无交集。私寓就是把一间拥有自持能力的住宅永久闭合成封闭空间，从现实世界"逃离"。

"我们在业务培训中被告知，这是一种高档的私人永久产权住宅，是能度过任何末日的秘密堡垒。"李晓芹说，"这是一种洗脑，他们洗脑我们，我们再去洗脑客户。"

销售人员会向咨询者展示一个样板间，那是一个高档公寓一般大小的房间，色调温暖，光线柔和，材质自然，既能让人感受到最原始的依偎在洞穴里的安全感，又有技术打造出的可信任感。房间的一侧是一张舒适的大床，中间隔出了活动区，外围的陈列架上有纸质书本、资料硬盘、个人物品；然后依次有制造和回收柜、植物墙围绕的娱乐站，娱乐站有一台远超家用性能的电脑；环境模拟系统整合进影音系统里，它最擅长的就是把私寓模拟成一个坐落在末日荒景中的安全屋；三面墙和地板里集成了保证私寓资源循环和自动维护的全自动设备，以及够一个人永久使用的能源炉；大床床尾就是一整面墙的落地窗。任何人第一眼看到这个房间，都会有一种"我能在这里生活一辈子"的冲动。"你会期望，外面就是末日。"

然而会被说动的客户，也不是追求生活品质的典型客户。销售部门有一整套确定客户画像的方法，潜在客户大致上是消极避世，和现实格格不入，充满了不安全感和疲惫，或者被世界伤害的人，当然，必须有钱。"总不缺这样的人。"李晓芹说。销售部有专门的人负责筛选出这样的对象，取得联系，然后销售员接手，和目标对象聊天，建立共情，最后阶段还要陪客户去做心理决定。"整个过程是对自己的心理折磨。我也遇到过最轻松的一单，客户自己上门来询问，当即就签合同了，双方都轻松愉快。"

至于这件事对成为用户的客户意味着什么，永远不会有答案了。他们是整个环节里面消失得最干净的人，连售后都不需要，一旦完成了交接，就没有人再提起，也许这就是为什么他们想要离开人间。

"我甚至没有办法跟他们道一声歉……不，不是完全没有办法让他们看见，而是我们不确定他们的心理状态，不知道道歉会不会造成伤害。"李晓芹说。

每送别一个客户，他们都会陪客户吃一顿告别宴，觥筹交错间是一水的羡慕。"我们很多同事还哭了，是真心地哭了。也许你会觉得那是良心不安，或者是鳄鱼的眼泪什么的，但是……我说不清楚，也许每个人都想逃离什么吧。"

是真的羡慕吗？李晓芹想很久，没有办法回答。

私寓用户周小亮笔记：

好安静啊。在这种安静里面，回忆会变成吃人的怪兽。

那天的回忆总是拱进我的脑海。我本来可以死掉的！我活腻了，最后玩一把大的，借高利贷买了期货的四十倍杠杆。不知道为什么，让我赌对了，我一下子有了数不过来的钱。有了钱，我还是不知道该干什么。你知道吗？这才是最可怕的。我走进私寓的销售大楼，连那一身穷时穿的衣服都没有换，差点被赶出来。那时候听到的声音都很远，我就像操纵着一个壳子在做这些。现在想起来还像做梦一样，这些都发生在一天时间里面。我马上签了合同，连他们怎么形容那个"世外桃源"都不想听，我知道那里面的虚假，不想他们坏了我的兴。我只想快点远离这个虚假的世界。

那时我还不知道，会有比死和活都可怕的事情。世界上没有地狱，地狱不在世界上。

他们怎么可以这么轻易就封印一个人的灵魂？！

"离开历史之人"跟踪报道项目——档案摘录：

《凡人的封印》

（记者　吴胥）

被卷入这件事的人怎么样了？

李晓芹销售时多了个心眼，在手机里留存着客户家人的联系方式和地址。借助这些线索我们得以看到私寓用户走后留下来的缺口。

在用户A的老家，他的家人每个月都会整理他的房间，等着他有一天回来。拂拭最多的是一幅挂满整面墙的填色画。高考前完成这幅画的A被家人盛赞，他会有耐心去抵达成功，他会给自己的人生填满颜色。他的前半生确实是这样努力的。在家人眼里，他本是家里的宠儿。虽然家人不止一次被告知，进入私寓的人永远不可能回来了，这是物理规律决定的，但这个等待的仪式让这个家庭可以勉强弥合起来运转下去。

用户B留下了一个墓碑，她临走前还亲自参加了自己的葬礼。家人当她离开人世了，商量好每年祭扫一次。"要不然怎么办呢？"B的母亲叹气，"临别时落得个不欢而散？"

公墓里，和B的墓碑并排着的是另一个墓碑，那是她的外曾祖父，他年轻时参加革命队伍后在反"围剿"中失踪，在1980年代被追认为烈士，这些年家人参加烈士遗骸 DNA 比对数据库也一直没有找到遗骸，所以墓一直是空的，只有一张外曾祖父年轻时的照片。B 的墓也是空的，墓碑上刻着她指定的墓志铭：记得我在这个世界的欢乐就好。

B 还留下很多照片，是母亲的纪念。她的母亲向人展示，流露出一点欣慰。在照片里，她看过天边的日出，她登台演出朝人群嘶吼，她坐着牛车到最偏远的山村里去和孩子们一起笑。这是她留在世界上的欢乐，其余的，像一个谜。

C 是唯一来自农村家庭的用户，因金融投机一夜暴富而走上了这条路。他的家人移除了老家老房子中关于他的全部物品，就像这个人从来没有存在过。但他们不愿意说没有这个人，这种否认显然也是一种确认。即使人已经离开了，一种言说的阻碍还是横亘在空气中。一头是暴富后的荒诞，一头是还停留在低收入的家庭现实。

C 的父亲低头抽闷烟，提起遗产问题的时候他才忍不住插嘴："他突然有了我们几辈子人都不敢想的钱，自己带走了，挺自私的。"他们想得到赔偿，但是这件事的司法认定注定是一个漫长的过程。"人死了还会留下点什么呢。"父亲不甘。

在一个不显得刻意的角落里，电视机柜上，摆放着《时代》周刊的一期，封面是"离开历史之人"的群像，其中有 C。一个果盘自然而然地摆放在杂志前，像一个沉默的符号。

"这样看看，他就像还在历史里。"C 的母亲笑一笑缓解尴尬。

看了采访资料后，李晓芹去看郊区的一个纪念碑。她指指天空中的一个地方，说那里，又挪了挪方向，应该是那里吧，就是 C 的私寓相对于地球的锚定点。

私寓的窗口朝着纪念碑的方向。窗口的光量子克隆元件会复制一份外界的光量子信息，投射到私寓里，将另一份光量子信息原路释放，所以私寓既可以看到外界，又不会违反定律影响外界。

这是 C 的个人纪念碑，是一个黑色的花岗岩柱体，刻着 C 的名字和形象。

公司会建议客户委托他们代理遗产处置，有的人会购买一个很贵的个人纪念碑，它建在客户在以后的漫长时代里可以看到的地方。

"我这算杀人吗？"李晓芹问。她献给纪念碑一束鲜花，作为一种赎罪。"如果他看见这束花，会感受到自己和世界还有关系吧。"

然后她抬头看看空空的天空。

私寓用户周小亮笔记：

距离上次写笔记不知道多久了，这里没有时间感。我见证了很多个时代。远处的城市里有一座高塔上面显示着日期，这让我知道外面过去的时间，102 年。

《私寓手册》上写着"时间水漂"的解释，我从来没有看完过。要是把什么东西都看完了，我会崩溃的。不用看我也知道了，私寓是在时间里打水漂前进的，它大部分时候潜入时间的海面下，窗外是似乎夹杂着雪花点的深海。这个景象不能多看，会让人睡不着觉。在"海面"下潜行几个星期后，私寓会跃出时间的海面，这时可以看见外面的世界，持续一两天。"海面"下和"海面"上的时间流速不同，每次跃出"海面"，外面大约就过去了两年。镜子里的我没有明显老去，102 年的水漂时间大概就是我 3 年的时间。

外面已经天翻地覆了，楼房推倒又重建，新的汽车，飞行器，二者合二为一，新样貌的人，机器人，二者合二为一。就像我也经历了这么久似的，这让我快想不起我来自哪里了。我知道我认识的人都已经不在人世了，我和世界的一些结也应该解开了。

有一次我看到我以前生活过的一个郊区小镇旁边起了一座公园，我的纪念碑还保留在公园的一角，这让我感到欣慰。有时我希望外面的世界天下大乱，我才好看戏，打发这里的无聊。有几次我看到路上的行人在同一时间消失了，我意识到他们是躲起来了，此时一定是响起了防空警报，我在街道上看到过防空导弹车开过。随着私寓潜到时间的海面下，想看到又害怕看到下一幕的矛盾心情撕扯着我，我抓扯着自己的头发。看到掉落的头发，我才发现我还会对外面的事情感到焦心。这是为什么？这件事让我困惑。我以为父母死后我就不会有这样的心理了，可还是这样，我总感觉我的家人还生活在世界上，可能就在那个小镇里，所有我曾经认识的人都永远生活在那个世界上。我明白了，他们有一个名字叫人类。

"离开历史之人"跟踪报道项目——档案摘录：

《战线之后》

（记者　亚历山大·伊万诺维奇）

私寓为什么在历史上屡禁不止？

这里是世界地下私寓产业的一角。前线正在进行长年累月的反复的拉锯战，德米特里·彼得罗维奇十三个月前在前线被炸断了腿，被俘虏了。政府误以为他战死了，等他被交换回到家里，发现妻子已经拿了抚恤金进入私寓了。

他成为街上抗议私寓的一人。

在北欧，在中东，在东南亚，在中北美，地下私寓产业的成因各不相同。有些是虚无主义者拥抱的天堂，有些是王室斗争的流放地，有些是自闭症患者的父母为孩子安排的对双方都好的体面去处，有些是金融玩家逃脱法律制裁的法外之地。而在东欧，它是现实背后的沉默。

天天随着街上的人群涌动，彼得罗维奇越来越恍惚，觉得世界就是这样涌动着的，没什么两样。于是他来到辐射地带的边缘，想亲自看看妻子是怎么走到这一步的。这里几乎是所有地下活动的聚集地，其中就有不少私寓的推销商。在人烟稀少的锈林边上，彼得罗维奇租了一幢被炸弹掀掉一半屋顶没有修葺的屋子。没过多久，他就在门口捡到了一张销售私寓的小卡片。

他在屋子里准备了武器、绳索和一些工具，然后打通了私寓联络人的电话。

联络人应约过来了。彼得罗维奇确认了门外只有一人，是个中年老家伙。这是好事情，这不是个新人，他可以在对方身上拷问出有用的信息。

开门后他惊呆了。对方也没有了一条腿，他缺的是左腿，对方缺的是右腿。那人咧嘴一笑，还缺了几颗牙，一眼就能看穿他似的走进来，伸出粗粝的手掌用力地握了握他的手。

他们就这样聊了起来。

然后他预订了一个私寓。

这种生意的客户对价格不敏感，因为大多数人根本没有钱；私寓的要价很高，因此私寓行业提供了一整套解决方案：客户可以出售器官来换取购买私寓的钱。他们告诉咨询者，私寓里没有风吹雨淋，不需要辛苦操劳，住在里面用不了这么多器官。况且自己身上的一部分还在现实世界里活着，你就拥有了双重的生活。

虽然会有一纸简单的协议，但法律管不了这个，全凭信誉。交了订金后，一边开始组装私寓的建筑框架，一边等空间封闭核心走私进来。彼得罗维奇在自己的腰上和胸口上各画了一个圈，每天照镜子会看到，那是将要摘取一个肾和一个肺叶的地方。

那天，他们坐在残破的屋子里咯吱作响的椅子上闭目冥想，雪静静地从屋顶的缺口落下来。

每一种真理，每一场战争，都许诺人可以拥有的东西。人可以拥有未来之物是一种错觉，拥有一件永远不会失去的东西才是真实的。

摘取器官的日子到了。这里的私人诊所安置在房车上，在公路和平原上跑跑停停，躲避着检查。走进大雪后寂静的白桦林中，彼得罗维奇按照指示找到树林中停放的一辆房车。它静静地停在那里，窗户里透出暖光。

彼得罗维奇走进房车，脱掉衣服，坐在手术台上。这一段时间他每天看着这具结实而布满瘢痕的身体。

"我放弃我的订金。"然后他肯定地说。

空气凝固了。叉着双臂的联络人，拿着手术刀的医生，负责警戒的司机，看着他。

过了片刻，联络人张开双臂，走过来抱住他。"祝贺你，老兄！"

在场的人就像遇见了一件少见的好事情，他们的脸上是真正的高兴。他们开了一瓶伏特加为彼得罗维奇庆祝。

一个人找到了他的生活，这就是这里最稀少的童话。

再往林子深处，就是辐射地带的腹地，他本来要在那里进入私寓，去往属于他的世界。夕阳照在林梢间，把金色涂抹在白色的世界上。彼得罗维奇和联络人坐在两截树桩上，两只人的脚杆和两只假肢杆在雪地里。安静，此时世界片刻地属于他们。彼得罗维奇接过火头，点了一根烟，表示他理解了妻子，现在她化作了高悬于头上的永远存在的事物。

"我准备攒一笔钱买把马卡洛夫，那比私寓便宜多了。我不会再失去任何东西。"

私寓用户周小亮笔记：

局势在很长的时间里没有好转，战争好像持续很久了，经济也不景气的样子，世界已经习惯了这样的状态了吧。私寓再次跃出时间的海面时，我看到一颗巨大的彗星出现在天上，低低地压在城市黑色的轮廓上，彗尾长得要切割开天空。看不见大地上的任何人，我突然打了个冷颤，我怕人类全部进入私寓不存在了。在这样巨大的灾难下，这难道不是很诱人的选择吗？

我太了解这样的诱惑，所以我被这个担忧笼罩了。私寓再次潜入时间的海面下，我陷入了极度的抑郁。玩游戏一点也不能缓解，我感觉我要吐了。那个空荡荡的世界一直钉在我的脑海里。不知道在什么样的状态下，我忍受不下去了，尝试把储水槽里的水放到私寓里自杀。当水灌满私寓的时候，我后悔了，我憋着最后一口气重新启动了自维护系统。私寓把水抽回了储水槽，风干了房间，风干了我。

代价是，时间还会继续向前，直到永远。

"离开历史之人"跟踪报道项目——档案摘录：
《湮灭者永存》
（记者　鹰之）

前言：我接触到一群志愿者了解到这个跟踪报道项目，它已经中断了半个世纪了，所幸大部分资料还留存着，志愿者团队重启了报道项目，我作为一个普通的记录者见证了这段历史，留下这篇记录：

国际动员战线华北第二纵队的队员，共两万四千余人，埋伏在华北平原黎明前的黑夜中，他们正准备夺取世界紧急政府设立在这里的一座特殊的工厂。天上的白死神彗星发出的辉光冷冷照着人类的这一刻。

宋帷所在的班执行前出侦察任务，五人在红外和光学匿踪伪装下已经趴在城市郊区的一处楼顶上两天了。五人全是被称为"留守者"的人，他们的家人全都参加了世界紧急政府的私寓避难计划。据估算，那颗彗星坠落地球后，沸腾的冰物质会把地球的大气煮沸，岩石核心会在地球上溅起一个岩浆的海洋。宋帷的家人给他留了一封信，一早起来全都消失了。头一天晚上他和家人还发生了激烈的争吵，起因是他们家"幸运"地排到了私寓名额，家人给他也报了一个。

世界上的人像沙漠上的水珠一样不断蒸发。

一颗红色的信号弹在夜空中升起，给战士们的头盔镀上一层微光。总攻开始了。平原上，移动防御站带领冲锋，掩护着稀缺的重火力，步兵从掩体中跃出，他们的任务是无论伤亡也要冲进城市形成绞肉战。他们就像沙漠上剩下的两万四千多颗水珠，此时暂时汇成了一股激流。

负责夺取工厂的是只有两千人的精锐部队，其他战斗部门负责掩护和夺取并控制城市。

城市就像一头巨大的生物猛地惊醒了，这头生物伸出数以万计的态势感知触角，散出数以十万计的无人武器。两道火网开始在城市和平原之间交织。

人类太沉迷于自己的争斗，当撞向地球的白死神彗星被发现时，衰弱的人类社会已经来不及做出什么应对计划。世界紧急政府向民意妥协了，批准了私寓避难计划，将私寓作为一种公共产品提供。人们自我安慰，总会有一部分人类留在现实世界中作为人类的火种的。试图阻止消极避难的人组成了国际动员战线。仿佛一个宿命，现在问题又不得不由人类的争斗来解决。

华北第二纵队要夺取的工厂就是占世界近半产量的空间封闭核心工厂。

第一支小分队残存的战士冲进工厂的时候，看到工厂里散落着武装巡逻机器的残肢。这里已经爆发了暴乱，一部分工人在地下活动者的带领下攻入了生产车间，把生产线保护起来。

人们来到仓库，被眼前的景象惊呆了。仓库码放的空间封闭核心七零八落地散落在货架旁，仓库的地面遍布着坑坑洼洼的几何形状，在几何形状的间隙中间掉落着食物和杂物。人们明白过来，有另一部分工人来到仓库，使用了空间封闭核心，他们仓促中只带上了一些基本物资，连任何资源循环设备都没有，甚至没有私寓的建筑主体，只拖来了一些集装箱就草草组成了自己的避难所。那更像是一个个坟墓。

一个拿枪的战士踢了一脚硬邦邦的空间封闭核心，踩在上面。他抬头看向仓库顶上的一个破缺的大洞，在他涂满血污的眼睛中，白死神彗星拖着长长的裹尸布将死亡的光芒投下，洒在一地狼藉和冰冷的空间封闭核心上。

此时这个叫仓横的战士心里闪过一个疑惑：人类能够抵抗逃避的诱惑吗？

五天后就会有答案了。五天后，这些空间封闭核心就要被装载在全球各地的空天运输飞船上，撞向白死神彗星的最薄弱结构。这座工厂会继续生产空间封闭核心，最终，二万五千艘飞船组成的敢死舰队会在人类的天空中留下一场烟花，也会在历史上留下一个名字——湮灭舰队。

私寓用户周小亮笔记：

那场大洪水退去后，我发现被水泡过的房间里长出了苔藓，窗台的缝隙中就有一丛。我感动得流出了眼泪。我很久没有感到私寓里有什么变化了。

我开始定时为苔藓喷洒水雾，细数着它们的每一丝纤细的菌丝，盼望着它们一点点生长。一次在我照顾窗台上的苔藓的时候，私寓跃出了时间的海面。

我被窗外的景象惊呆了。一艘艘飞船正在从地平线上升空，天上还有很多艘已经升空的飞船拖着尾迹。它们的尾迹都指向同一个目标——那颗巨型彗星。

人类还存在！他们向死神发起了攻击！

我紧盯着那片天空。经过一段时间的飞行，飞船消失在天际。又经过一段时间的飞行，彗星体上出现了一小团爆炸的冲击波，紧接着是一连串的坍缩反应，这样小小的叮咬，竟然把巨大的彗尾扰动出振荡的湍流。我欢呼起来。然后这样的过程一次次上演，火光照在细小的苔藓上，让我止不住热泪盈眶。彗尾根部形成了新的小分叉，彗星体上的一块分离开来，被一艘飞船撞上后，它彻底散成了细小的碎块，陆续落入大气层中形成一场流星雨。

流星雨落到大地上，溅起岩浆，引起火灾。我沐浴在火雨中，毫发无伤，心却紧绷着。这一场流星雨过后，我看到人们从大地上冒出来了，他们一边救灾，一边欢呼。

我没有看到这场大战的结局，但我相信人类不会从历史中消失。

"离开历史之人"跟踪报道项目——档案摘录：

《召唤历史》

（记者　HA_旁瓣四）

我已经基本可以确认，这个报道项目是真实存在过的，我相信私寓是真实存在过的。空间封闭技术是人类科技树上的一个小小分支，我很惊讶，它竟然这样深刻地改变过我们的历史。

更让我吃惊的是，根据相对时间流速，他们可能还在看着我们！

如果这样的观察者在人类的历史中被认知过，他们就很难说没有持续参与到历史的塑造中来。那是一种什么样的塑造呢？也许类似于哲学中的"大彼者"对人类心灵的塑造吧。

我是跟随赶赴地球的抢救性挖掘队伍回到地球的。我们有两组挖掘队伍，一组负责挖掘地质遗迹，一组负责挖掘数据遗迹。地质遗迹挖掘组没有发现私寓的任何痕迹，它只存在于叙事性的记录中。

也就是说，它和一个编造的故事没有什么两样。

队友们都倾向于不把它当成一个真实的历史来看待，我本来也可以不当一回事的，毕竟，那一双眼睛太过沉重了。挖掘出更多的资料后，我发现一件很紧急的事情：他们就要离我们而去了。

私寓用户周小亮笔记：

距离我进入私寓时，外面的时间已经过去1300多年了，这个时间真长。刚开始我还幻想着，人类的科技发展会把私寓里的人解救出来，这是我活下去的动力之一，后来我就不抱这样天真的想法了，宇宙的规律就意味着会直到宇宙的尽头。

我已经六十多岁，镜子里的头发开始花白。依托医疗设备，我还没有遭遇过什么大病，但是我也做好了心理准备，等待那一天。我这一生是这样漫长而又短暂，像一片混沌，我没有历史，我与历史毫无关系，但是，人类的历史却组成了我的人生记忆。

我目睹大灾难后人类重建了世界，变革了社会的形式。我多么美慕可以创造历史的人类，我由衷地为他们高兴。后来我目力所及的地表渐渐被机械覆盖，我又再次担心，人类不存在了，或者存在的不再是人类。后来我渐渐推断出，人类是迁移到外星球了。地球上的留守人类越来越少，地球成了人类文明的一片遗迹。这不完全是坏事，毕竟活着就要面对变化，对于一个文明也是一样。有一天，地球重新成为旅游热门地，天外的人回到地球，他们大部分已经不是原来的模样，我能分辨出他们仍然是人类。这些我多多少少都在笔记里记录过，但是下面这件事促使我写下新的笔记。

不久前，这座城市被一圈工程机器围绕，机器射出一道道苍蓝色的光，像切蛋糕一样切入地层。然后，另一种模块化的机器被安装在地表上，钻入地壳。某一天，模块机器启动了，这座城市像一座倒立的金字塔被缓缓抽离地球表面，露出古老的不知道蕴藏了多少历史的地层。我意识到，他们在拆解地球。

一个模糊的印象浮现出来，我赶紧去翻看《私寓手册》，没错，上面写着，私寓是以地球的引力结构为参照系与地球相对锚定的。这意味着，一旦地球的引力结构被破坏，我的私寓就会失去锚定，眼睁睁地看着地球飘走。我知道地球、整个太阳系都在银河系的旋臂上高速运动，银河系又是在宇宙中高速运动的，我可能还没来得及看到这个过程，就一瞬间置身于空荡黑暗的宇宙中了，我的余生将这样度过。

我拍打着窗户，朝外面的人大喊。当然这没有什么用。人类可能已经忘记了私寓的存在，就算还有人记得，谁又会为了一些不存在于历史中的人去改变什么呢？这一切都是我咎由自取。

"离开历史之人"跟踪报道项目——档案摘录：

《召唤历史》

（记者　HA_旁瓣四）

联合政府召开了地球城市整体搬迁工程的听证会。

工程委员会认为，他们没有理由承认一种假设性的历史，更没有理由为此改变重大的工程规划。我用一组"离开历史之人"跟踪报道项目的详实资料试图证明这种存在。这组资料里提到的细节无一不能被我们的知识验证，唯一不能验证的是已经脱离了存在的私寓。

担任专家顾问的历史学者说道，历史的存在性问题有过诸多争论，大体可以归为实证主义和文化主义双重基础，历史既由客观事实和证据决定，又可以由文化观念和叙事话语塑造。

工程委员会认为，按照这样的观点，承认和否认一段文化性的历史都是塑造历史的一种方式，具有同等意义，那就应该如无必要勿增实体，按照对工程有利的方式来塑造历史。

听证会大厅的中央投影着城市搬迁工程的现场画面，一个巨大的倒金字塔城市底座已经半悬于空洞上方，向下掉落着细小的沙土。望着这个庞大的工程，几乎让我感到绝望。

历史不应该被简单地视为工具，历史是对我们应负的责任的审视。我表达了我的观点。

人类没有理由为不存在的人担负额外的责任。那些离开历史的人，我们暂时假设他们存在，他们既然选择了离开历史，就放弃了对历史拥有的一切权利。确切地说，正是他们自己创造了历史之外的不存在。工程委员会用观点回应。

如果一种不存在可以被创造，它就是一种存在。我指出。历史的权利不是被谁拥有的，是被存在之人选择的。

会场沉默了片刻。

我们想提醒您，这是一个务实的现实问题，不宜陷于哲学的辩论。工程委员会发言道。人类在文明的进程中无数次放下历史的负重，这样我们才能面对现实的问题朝前走，别忘了我们是怎么放下争斗成为太空公民的。假设它存在过，我们为什么要捡起一件前人已经放下的重物呢？

裁决员也提醒我，如果你想说服工程委员会和裁决团，你需要具体说明我们的社会能获得怎样的收益，风险如何。

这是一个直指要害的问题。在历史上创造一个伤口，提醒人类已经摒弃的风险，仅仅是为了拯救一群永远与我们没有关系的人吗？我总觉得不止于此。是什么推动着我来到这里呢？

这时历史学者插话道，在我看来，这件事的最大风险正是在于它的哲学层面，时间过去太久了，离开历史的人已经褪去了他们的世俗形象，成为近乎符号的存在，我们在试图召唤一种高度抽象的存在，我们不确定它会带来什么。各位都必须想清楚一个问题：我们应该将消失的历史从虚无中召唤出来吗？

会场上响起一阵议论的声浪。它不应该存在！有人喊道。应和纷纷，形成另一阵声浪。

工程委员会总结道，裁决团，我们认为这是一件于现实没有助益、对人类的根本认知有巨大风险的事情。

我无言以对。我不能否认其中的风险。当所有人都赤脚走在铺着羊绒地毯的房间里，你要是指出刀刃上的缺口，所有人就要承受缺失的那一部分带来的不安，哪怕他们本就知道。对了，这种心照不宣，再想起历史学者刚才的话，我瞬间明白了他的用意。一个巨大的透明的伤口被暴露了出来。

我想我们证明了，历史永远不会消失！我大声说。会场一时安静下来，我顺势继续。我们看到了，人类总有无法处理、不愿意去处理的一部分，驱逐自己的一部分历史，这是一种永恒的诱惑，它此刻就在我们的头顶盘桓。正因为如此，才有了逃离历史的人，这是一枚硬币的两面。但被驱逐的历史永远不会消失，它只是一直从透明的伤口中流着透明的血。刚刚，我们已经完成了召唤的仪式。

会场仍然安静着，我指着会场上方悬浮着投影的地方说，还有另一样东西悬浮在我们的头顶，那就是历史的眼睛——我想明白我来到这里的原因了，我们需要给历史的眼睛一个交代，因为我们没有人可以离开历史。

我再次看到那座城市时，它已经填补回了那个巨穴中。我走到城市切块的边缘。在夜幕下，一群人围着一个因地层坍塌而裸露出来的石柱。他们坐在石柱周围，在柱下燃起一堆篝火。我走近后发现他们正喝着酒唱着歌谣，石柱上挂着一个煮得咕噜响的酒锅。石柱被猛烈的高温灼烧过，表面熔化了又重新凝结，看不出任何记载了。

有人叫我一起坐下，问我要不要喝一杯。有个要求，你也要给它讲一个故事，或者唱出来，随你。

给谁？

给它。

我抬头望去，夜空中什么也没有，于是我看到了它，那是一双悲伤的眼睛。那一个近乎符号的存在，它会流淌到合适的位置上去，成为我们无法言说之物的替代。

我坐下来，融入这个人类的历史之夜。

——原载《长江文艺》2024 年第 9 期

2024 年选系列封面绘图画家介绍

段正渠 1958 年生于河南偃师，1983 年毕业于广州美术学院油画系。现为首都师范大学美术学院教授与博士研究生导师，中国国家画院油画所研究员，中国美术家协会油画艺委会委员和中国油画学会理事。

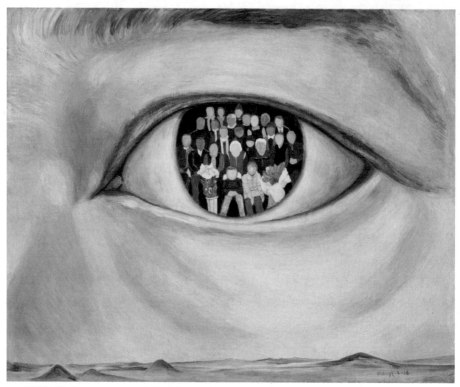

《左眼》 段正渠 130cm×160cm 布面坦培拉 2018 年

段正渠画作短评

在段正渠建立他的个人语言和风格之初，表现性绘画承载了艺术自由的时代意义，他所选择的对象——陕北的风土人情，则与民族和文化主体的意识有关。现在，复杂多元的画面内容代替了这些具体的文化符码，也使题材的选择上具有了极大的包容度，日常的场景，任何人、动物、植物，没有意义指向的内容，都可以入画。画面的复杂度支撑了一种具有说服力的完整性，也破解了在题材上和精神上对整一性和宏大叙事的某种依赖。借此，创作获得了自主和独立，脱离了借由题材或风格的选取来获得意义的束缚。

——卢迎华《右卫——段正渠的新作》

图书在版编目（CIP）数据

数字恋人：2024中国年度科幻小说 / 星河，王逢振
选编 . -- 桂林：漓江出版社，2025.1. -- ISBN 978-7-
5801-0121-1

Ⅰ . I247.5

中国国家版本馆 CIP 数据核字第 2024PL6958 号

SHUZI LIANREN：2024 ZHONGGUO NIANDU KEHUAN XIAOSHUO

数字恋人：2024 中国年度科幻小说

星河　王逢振　选编

出版人：梁志

责任编辑：辛丽芳

书籍设计：石绍康

责任监印：张璐

出版发行：漓江出版社有限公司

社址：广西桂林市南环路 22 号　邮编：541002

发行电话：010-85891290　0773-2582200

邮购热线：0773-2582200

网址：www.lijiangbooks.com

微信公众号：lijiangpress

印制：北京中科印刷有限公司

［北京市通州区宋庄工业区 1 号楼 101 号　邮编：101118］

开本：690mm×1000mm　1/16

印张：21　字数：293 千字

版次：2025 年 1 月第 1 版

印次：2025 年 1 月第 1 次印刷

书号：ISBN 978-7-5801-0121-1

定价：52.00 元